ऑलिवर बर्कमैन

ऑलिवर बर्कमैन *द एंटीडोट : हैप्पीनेस फ़ॉर पीपल हू कैन स्टैंड पॉज़िटिव थिंकिंग* के लेखक हैं, और कई वर्षों तक *गार्डियन* के लिए मनोविज्ञान पर एक लोकप्रिय साप्ताहिक कॉलम लिखते रहे हैं, 'यह कॉलम आपके जीवन को बदल देगा'। उनका काम *न्यू यॉर्क टाइम्स, वॉल स्ट्रीट जर्नल, साइकोलॉजीज़* और *न्यू फ़िलॉसफ़र* में भी प्रकाशित हुआ है।

उत्पादकता, नश्वरता, सीमाओं की शक्ति, और भ्रम के युग में एक सार्थक जीवन बनाने के बारे में किए गए उनके लेखन को लेकर उनका एक समर्पित अनुयायी वर्ग है।

फ़ोर थाउज़ेंड वीक्स

सभी के लिए समय प्रबंधन

ऑलिवर बर्कमैन

अनुवाद : मनोज पाराशर

MANJUL

मंजुल पब्लिशिंग हाउस

MANJUL

मंजुल पब्लिशिंग हाउस

कॉरपोरेट एवं संपादकीय कार्यालय

• द्वितीय तल, उषा प्रीत कॉम्प्लेक्स, 42 मालवीय नगर, भोपाल-462 003

विक्रय एवं विपणन कार्यालय

• सी-16, सेक्टर 3, नोएडा, उत्तर प्रदेश, 201301

वेबसाइट : www.manjulindia.com

वितरण केन्द्र

अहमदाबाद, बेंगलुरू, कोच्चि, कोलकाता, चेन्नई,
हैदराबाद, मुम्बई, नई दिल्ली, पुणे

ऑलिवर बर्कमैन द्वारा लिखित मूल अंग्रेजी पुस्तक
फ़ोर थाउज़ेंड वीक्स का हिन्दी अनुवाद

Four Thousand Weeks by Oliver Burkeman – Hindi Edition

English edition first published by The Bodley Head,
an imprint of Vintage, a division of Penguin Random House Group.

यह हिन्दी संस्करण 2025 में पहली बार प्रकाशित

ISBN 978-93-5543-571-2

अनुवाद : मनोज पाराशर

मुद्रण व जिल्दसाज़ी : गोपसंस पेपर्स प्राइवेट लिमिटेड

हीदर और रोवान को

यह बहुत आख़िर की चीज़ है, है ना, जिसके लिए हम आभारी महसूस करते हैं : होने के लिए। आप जानते हैं आपको ऐसा होने की ज़रूरत नहीं थी। लेकिन आप हुए।

–डगलस हार्डिंग

जो इसे असहनीय बनाता है, वह आपकी ग़लत धारणा है कि इसे ठीक किया जा सकता है

– शार्लेट जोको बेक

अनुक्रम

परिचय : लंबी अवधि में हम सब मर चुके हैं

मनुष्य का औसत जीवनकाल बेतुका, डरावना और अपमानजनक रूप से छोटा है। यहां इस परिप्रेक्ष्य में ध्यान रखने वाली एक बात यह है कि आधुनिक मानव का प्रादुर्भाव 200,000 हज़ार वर्ष पूर्व अफ्रीका के मैदानी इलाक़े में हुआ था और वैज्ञानिकों का अनुमान है कि आगे आनेवाले 1.5 अरब वर्षों तक जीवन किसी न किसी रूप में मौजूद रहेगा, जब तक कि सूर्य का निरंतर बढ़ता हुआ ताप धरती पर अंतिम जीव को नष्ट नहीं कर देता। परंतु आप? यदि अभी यह मान लिया जाए कि आप अस्सी वर्ष तक जीवित रहेंगे, तो आपके पास लगभग चार हज़ार सप्ताह हैं।

यदि आप नब्बे वर्ष तक जीते हैं तो *निश्चित रूप* से आप भाग्यशाली कहे जाएंगे। ऐसी स्थिति में तब आपके पास 4,700 सप्ताह होंगे। आप वास्तव में फ्रांसीसी महिला जीन कैलमेंट की तरह सौभाग्यशाली हो सकते हैं, जब 1997 में उनकी मृत्यु हुई, तब उनकी उम्र 122 वर्ष की मानी गई जिससे वह रिकॉर्ड में सबसे अधिक उम्रदराज इंसान के रूप में दर्ज हो गईं। कैलमेंट ने दावा किया कि वह विन्सेंट वैन गॉग से मुलाक़ात को याद कर सकती थी। उन्हें मुख्य रूप से उसकी शराब की दुर्गंध याद थी। जबकि अपनी मृत्यु के समय वह 1996 में सफलतापूर्वक क्लोन किए गए प्रथम स्तनपायी जीव डॉली भेड़ के जन्म के आस-पास थी। जीव वैज्ञानिकों का अनुमान है कि कैलमेंट के जीवनकाल के बराबर जीवनकाल जल्द ही आम बात हो जाएगी। फिर भी वह केवल 6,400 सप्ताह ही जी पाई।

इस विषय को इस तरह के चौंका देने वाले शब्दों में व्यक्त करने से यह समझना आसान हो जाता है कि प्राचीन यूनान से लेकर आज तक के

दार्शनिकों ने जीवन की संक्षिप्तता को मानव अस्तित्व की समस्या के रूप में क्यों पारिभाषित किया है। हमें लगभग असीम महत्त्वाकांक्षी योजनाएं बनाने की मानसिक क्षमता दी गई है, फिर भी व्यावहारिक रूप से उन्हें अमल में लाने के लिए बिलकुल भी समय नहीं है। रोमन दार्शनिक सेनेका ने अपने एक पत्र जिसे आज *ऑन द शॉर्टनेस ऑफ़ लाइफ़* शीर्षक के तहत जाना जाता है, में खेद प्रकट करते हुए कहा है कि यह स्थान जो हमें दिया गया है, वह इतनी शीघ्रता और इतनी तेज़ी से गुज़रता है कि बहुत कम लोगों को छोड़कर सभी के जीवन का अंतिम समय तब निकट आ जाता है, जब वे जीने के लिए तैयार हो रहे होते हैं। जब मैंने पहली बार चार हज़ार हफ़्तों की गणना की, तब मुझे असहजता और बेचैनी महसूस हुई, परंतु सहज और ठीक होने के पश्चात मैंने अपने दोस्तों को तंग करना शुरू कर दिया और उन्हें अपने दिमाग़ में बिना कोई मानसिक गणना किए हुए यह अनुमान लगाने के लिए कहा कि उनके हिसाब से कोई सामान्य व्यक्ति कितने हफ़्तों तक जीवित रहने की उम्मीद कर सकता है। उनमें से एक ने छह अंकों में एक संख्या का नाम दिया। फिर भी, जैसा कि मैंने उसे सूचित करने के लिए आभारी महसूस किया कि सप्ताहों की छह–आंकड़ा संख्या 310,00–मेसोपोटामिया के प्राचीन सुमेरियन के बाद से *सभी मानव सभ्यता* की कुल अनुमानित अवधि है। लगभग किसी भी सार्थक टाइम स्केल पर, जैसा कि समकालीन दार्शनिक थॉमस नागेल ने लिखा है, 'हम सभी किसी भी क्षण मर जाएंगे'।

मोटे तौर पर इससे यही निष्कर्ष निकलता है कि समय प्रबंधन, हर किसी की मुख्य चिंता और ध्येय होना चाहिए। यक़ीनन, समय प्रबंधन ही संपूर्ण जीवन है। फिर भी, समय प्रबंधन के रूप में जाना जाने वाला आधुनिक अनुशासन – अपने आधुनिक चचेरे संबंधी, उत्पादकता की तरह – एक निराशाजनक रूप से संकीर्ण सोच वाला मामला है, जो अधिक से अधिक कार्य को कैसे पूरा किया जाए, या एक आदर्श सुबह की दिनचर्या तैयार करने, या रविवार को एक ही बार में पूरे सप्ताह के लिए भोजन पकाने पर केंद्रित है। इसमें कोई संदेह नहीं कि ये चीज़ें कुछ हद तक मायने रखती हैं लेकिन वे सभी शायद ही महत्त्वपूर्ण होती हैं। दुनिया आश्चर्य से भर रही है, और फिर भी यह दुर्लभ उत्पादकता गुरु है जिसने इस संभावना पर विचार किया है कि हमारे सभी उन्मादी कार्यों का अंतिम बिंदु उस आश्चर्य

का अधिक अनुभव करना हो सकता है। दुनिया भी एक गाड़ी में नरक की ओर बढ़ रही है – हमारा नागरिक जीवन विक्षिप्त हो चुका है, महामारी ने समाज को पंगु बना दिया है, और हमारा ग्रह (पृथ्वी) निरंतर गर्म होता जा रहा है। लेकिन एक समय प्रबंधन प्रणाली खोजने के लिए शुभकामनाएं जो अपने साथी नागरिकों के साथ, वर्तमान घटनाओं के साथ, या पर्यावरण के भाग्य के साथ उत्पादक रूप में संलग्न होने के लिए एक स्थान का निर्माण करती हैं। कम से कम, आपने मान लिया होगा कि कुछ मुट्ठी भर रचनात्मक पुस्तकें होंगी जो जीवन की अल्पता के बारे में कठोर तथ्यों को गंभीरता से लेती हैं, बजाय इसके दिखावा करना कि हम इस विषय को अनदेखा कर सकते हैं। लेकिन आप ग़लत होंगे।

इसलिए यह पुस्तक संतुलन को दूर करने में मदद करने का एक प्रयास है एवं समय के बारे में यह देखने के लिए कि क्या हम सोचने के कुछ तरीक़ों की खोज या पुनर्प्राप्ति नहीं कर सकते हैं जो हमारे चार हज़ार सप्ताह की असीम संक्षिप्तता और चमकदार संभावनाओं के लिए हमारी वास्तविक स्थिति के साथ न्याय करते हों।

कन्वेयर बेल्ट पर जीवन

एक मायने में, निश्चित रूप से, इन दिनों किसी को भी यह बताने की आवश्यकता नहीं है कि उनके पास पर्याप्त समय नहीं है। हम अपने अत्यधिक भरे हुए इनबॉक्सों (मेल बॉक्स) और हमारे कार्यों की लंबी सूची के प्रति अत्यंत समर्पित हैं बल्कि हम आत्मग्लानि महसूस करते हैं कि हमें और भी अधिक काम करना चाहिए, या और भी अलग-अलग काम किए जाने चाहिए, या दोनों। (आप कैसे सुनिश्चित हो सकते हैं कि लोग इतना व्यस्त महसूस करते हैं? यह इस लाइन की तरह है कि कैसे पता करें कि कोई शाकाहारी है या नही...! चिंता ना करें, वे स्वयं आपको बताएंगे।) सर्वेक्षण विश्वसनीय रूप से दिखाते हैं कि हम समय के लिए पहले से कहीं अधिक दबाव महसूस करते हैं। फिर भी 2013 में, डच शिक्षाविदों की एक टीम द्वारा किए गए शोध ने इस रोचक संभावना को बढ़ा दिया कि इस तरह के सर्वेक्षण व्यस्तता की महामारी के पैमाने पर कम आंक सकते हैं – क्योंकि कई लोग सर्वेक्षणों में भाग लेने के लिए स्वयं को बहुत व्यस्त महसूस करते

हैं। हाल ही में, जैसे-जैसे गिग इकोनॉमी बढ़ी है, व्यस्तता को 'हसल' के रूप में रीब्रांड किया गया है – अथक परिश्रम एक बोझ के रूप में नहीं बल्कि एक आनंददायक जीवन शैली के रूप में, सोशल मीडिया पर गर्व करने लायक़ है। वास्तव में यह वही पुरानी समस्या है, जिसे चरम सीमा तक आगे बढ़ाया गया है। अर्थात कार्यों की लगातार बढ़ती मात्रा को दैनिक समय की गैर-बढ़ती मात्रा में हठधर्मितापूर्वक फ़िट करने का दबाव।

और फिर भी व्यस्तता वास्तव में केवल शुरुआत है। कई अन्य शिकायतें, जब आप उनके बारे में सोचना बंद कर देते हैं, तो अनिवार्य रूप से हमारे सीमित समय के बारे में शिकायतें होती हैं। अगर हम ऑनलाइन भटकाव के ख़िलाफ़ रोज़मर्रा के संघर्ष पर ही विचार करें तो यह अर्थ चेतावनीयुक्त प्रतीत होता है कि हमारा ध्यान इस हद तक कम हो गया है कि हममें से जो लोग अपने बचपन में बुकवर्म थे, वे भी अब अपने फ़ोन तक पहुंचने की इच्छा का अनुभव किए बिना किए ही एक पैराग्राफ़ के माध्यम से इसे पूरा करने के लिए संघर्ष करते हैं। अंत में, जो बात इसे इतना मुश्किल बनाती है, वह यह है कि यह समय की कम उपलब्धता का सबसे अच्छा उपयोग करने में हमारी विफलता को प्रदर्शित करती है। यदि सुबह का समय असीमितरूप से प्राप्त होता तो हमें किसी सुबह को फ़ेसबुक पर गुज़ारकर बर्बाद करने में कम आत्मग्लानि महसूस होती या शायद आपकी समस्या बहुत व्यस्तता की नहीं है लेकिन अपर्याप्त रूप से व्यस्त, एक अरुचिपूर्ण नौकरी में समय काटते हुए, या बेरोज़गार! यह अभी भी एक ऐसी स्थिति है जो जीवन की संक्षिप्तता से कहीं अधिक परेशान करती है, क्योंकि आप अपने सीमित समय का *उपयोग* इस तरह से कर रहे हैं, जो आप नहीं चाहते हैं। यहां तक कि एक तरह से जीवन की संक्षिप्तता से संबंधित इन्ही अंतर्निहित तथ्यों से हमारे युग के कुछ बहुत ख़राब पहलू भी-जैसे कि हमारी कट्टर अति-पक्षपातपूर्ण राजनीति और यू-ट्यूब वीडियो के माध्यम से कट्टरपंथी बने आतंकवादी आदि घटनाओं की व्याख्या की जा सकती है। ऐसा इसलिए है, क्योंकि हमारा समय और ध्यान सीमित होने के कारण अत्यंत मूल्यवान है और इसीलिए सोशल मीडिया कंपनियों को किसी भी तरीक़े से इसमें से जितना अधिक संभव हो सके, उतना उसे अपनी गिरफ़्त में लेकर इस्तेमाल करने के लिए प्रोत्साहित किया जाता है। यही कारण है कि

वे इसके उपयोगकर्ताओं को अधिक उबाऊ और सटीक सामग्री के बजाय उन्हें उत्तेजित करने की गारंटी देने वाली सामग्री दिखाते हैं।

फिर और भी सभी समय से परे अनेक मानवीय दुविधाएं हैं, जैसे कि किससे शादी करनी है, बच्चे पैदा करने हैं या नहीं, और किस तरह का काम करना है। अगर हमारे पास जीने के लिए हज़ारों साल होते, तो वे सभी भी बहुत कम तकलीफ़ देने वाले होते, क्योंकि हर तरह की कोशिश करने और उन कार्यों के हर संभव तरीक़े से करने में दशकों बिताने के लिए पर्याप्त समय होता। इस बीच, हमारी समय से संबंधित परेशानियों की कोई सूची इस बात का उल्लेख किए बिना पूरी नहीं होती जैसे लगभग तीस से अधिक उम्र के किसी भी व्यक्ति के लिए सहज कोई चिंताजनक या नुक़सान पहुंचानेवाली घटना, क्योंकि समय आपकी उम्र के साथ तेज़ी से बढ़ता हुआ प्रतीत होता है और लगातार तब तक तेज़ होता जा रहा है, जब तक कि सत्तर और अस्सी की उम्र तक पहुंचे लोगों के लिए महीने भी मिनटों की तरह महसूस किए जाते हैं। एक क्रूर व्यवस्था की कल्पना करना मुश्किल है, ना केवल हमारे चार हज़ार सप्ताह लगातार समाप्त हो रहे हैं, बल्कि उनमें से जो और जितने भी कम बचे हैं, उतनी ही तेज़ी से वे हमें खोते हुए प्रतीत होते हैं।

यद्यपि हमारे सीमित समय के साथ हमारा संबंध हमेशा से मुश्किल बना रहा है, और हाल की घटनाओं ने तो इस मामले को हमारे ठीक सिर पर ला दिया है। 2020 में, कोरोना वायरस महामारी के दौरान लॉकडाउन में, हमारी सामान्य दिनचर्या के निलंबित होने के साथ, कई लोगों ने यह बताया कि उन्हें ऐसा महसूस हो रहा था कि समय पूरी तरह से विघटित हो रहा था, जिससे उन्हें यह भ्रम उत्पन्न हो गया कि उनके दिन किसी न किसी तरह एक साथ दौड़ रहे थे और उन्हें अनवरत रूप से खींच रहे थे। पहले की तुलना में अधिक समय ने भी हमें विभाजित किया, जिनके पास नौकरी थी और घर पर छोटे बच्चे थे, उनके लिए यह पर्याप्त नहीं था और उन लोगों के लिए जो छुट्टी पर थे या बेरोज़गार थे, बहुत कुछ था। लोगों ने ख़ुद को दिन और अंधेरे के चक्र से अलग अजीब समय पर काम करते हुए पाया, घर पर चमकते लैपटॉप पर झुके हुए, या अस्पतालों और मेल-ऑर्डर गोदामों में अपनी जान जोख़िम में डालते हुए। और ऐसा लगा जैसे कि हम में से कई लोगों को फंसाकर भविष्य को रोक दिया गया है, एक मनोचिकित्सक के

शब्दों में, 'एक नए प्रकार के अनवरत में वर्तमान।' सोशल मीडिया स्क्रॉलिंग और निरुद्देश्य ज़ूम कॉल और अनिद्रा जैसी चिंताओं के बीच सार्थक योजनाएं बनाना असंभव महसूस हुआ और यहां तक कि अगले सप्ताह के अंत से आगे के जीवन की स्पष्ट रूप से कल्पना करना भी मुश्किल रहा।

जो सब इसे विशेष रूप से निराशाजनक बनाता है कि हममें से कई लोग अपने सीमित समय का प्रबंधन करने में इतने ख़राब हैं - कि इसका अधिकतम लाभ उठाने के लिए हमारे प्रयास ना केवल विफल होते हैं बल्कि नियमित रूप से विफल होते रहे हैं। ऐसा लगता है कि चीज़ें और भी बदतर हो गई हैं। वर्षों से हमें किताबों में पूरी तरह से अनुकूलित जीवन जीने की सलाह दी जाती रही है। *एक्स्ट्रीम प्रोडक्टिविटी* और *द 4-आवर वर्कवीक* और *स्मार्टर फ़ास्टर बेटर* जैसे शीर्षकों के साथ, साथ ही रोज़मर्रा के कामों से कुछ सेकंड दूर रहने के लिए 'लाइफ़ हैक' से भरी वेबसाइटें भी। ('लाइफ़ हैक' शब्द में एक अनोखा सुझाव है, कि आपका जीवन किसी प्रकार के दोषपूर्ण यंत्र के रूप में सोचा जाना चाहिए, जिसमें संशोधन की आवश्यकता होती है ताकि इसे कम समय में प्रदर्शन करने से रोका जा सके।) आपके कार्यदिवस, आपके वर्कआउट और यहां तक कि लंबे समय में भी अधिकतम भुगतान के लिए कई ऐप और प्रयोग करने योग्य उपकरण हैं। व्यायाम और आपकी नींद, साथ ही रात का खाना खाने में बर्बाद होने वाले समय को ख़त्म करने के लिए भोजन प्रतिस्थापन पेय और रसोईघर के उपकरणों से ऑनलाइन बैंकिंग तक, हज़ारों अन्य उत्पादों और सेवाओं का मुख्य विक्रय बिंदु यह है कि वे आपके समय का अधिकतम भाग प्राप्त करने के चैंपियन लक्ष्य को प्राप्त करने में मदद करेंगे।

यह समस्या ठीक से यह नहीं है कि ये तकनीक और उत्पाद काम नहीं करते। बल्कि यह उनका काम करता है - इस अर्थ में कि आप अधिक काम करेंगे, अधिक मीटिंग में भाग लेंगे, अपने बच्चों को अधिक बाहरी स्कूल के गतिविधियों के लिए ले जाएंगे, अपने कार्यों के लिए अधिक लाभ उत्पन्न करेंगे - और फिर भी, विरोधाभास से, आप केवल अधिक व्यस्त, अधिक चिंतित महसूस करते हैं, और किसी प्रकार से खाली महसूस करते हैं। आधुनिक दुनिया में, अमेरिकी मानवविज्ञानी एडवर्ड टी. हॉल ने कभी कहा था कि समय अविरल कन्वेयर बेल्ट की तरह महसूस होता है, जो हमें

नए कार्यों को करने के लिए उतनी ही तेज़ी से ले आता है जितनी हम पुराने कार्यों को समाप्त कर सकते हैं; और 'और अधिक उत्पादक' बनना केवल बेल्ट को और तेज़ करने के लिए प्रेरित करता है या फिर, आख़िरकार, यह टूट जाता है। सहस्राब्दी सामाजिक आलोचक माल्कोम हैरिस के शब्दों में, अब ऐसी रिपोर्टों का सामना करना आम बात हो गई है, विशेष रूप से युवा वयस्कों से, जो एक सर्वव्यापी, थकावट से चकनाचूर और जो बुनियादी दैनिक कार्यों को भी पूरा करने में असमर्थ होते प्रतीत होते है – 'बारीक रूप से तराशे हुए उपकरणों की एक पीढ़ी, जो क्षीण होने के लिए भ्रूण के स्तर से ही तैयार की गई है, अर्थात उत्पादन करनेवाली मशीनें'।

यह समय के बारे में कड़वी सच्चाई है, जिसे प्रबंधित करने की अधिकांश सलाह नज़रअंदाज़ की जाती है। यह एक ज़िद्दी बच्चे की तरह है : जितना अधिक आप इसे नियंत्रित करने के लिए संघर्ष करते हैं और इसे अपने एजेंडे के अनुरूप बनाने के लिए संघर्ष करते हैं, उतना ही यह आपके नियंत्रण से फिसलता जाता है। उन सभी तकनीकों पर विचार करें जिनका उद्देश्य हमें लाभ प्राप्त करने में मदद करना है। किसी भी विवेकपूर्ण तर्क से, डिशवॉशर, माइक्रोवेव और जेट इंजनों की दुनिया में, समय को अधिक विस्तृत और प्रचुर मात्रा में महसूस करना चाहिए, सभी घंटों के लिए धन्यवाद। लेकिन यह किसी का वास्तविक अनुभव नहीं है। इसके बजाय, जीवन तेज़ हो जाता है, और हर कोई और अधिक अधीर हो जाता है। माइक्रोवेव के लिए दो मिनट तक इंतज़ार करना, ओवन के लिए दो घंटे की तुलना में अधिक कष्टप्रद है ठीक इसी प्रकार धीमी गति से लोड होने वाले वेब पेज के लिए दस सेकंड का समय डाक द्वारा समान जानकारी प्राप्त करने के लिए तीन दिनों की तुलना में अधिक कष्टप्रद है।

कार्यस्थल पर अधिक कार्य उत्पादक बनने के हमारे कई प्रयासों पर भी यही आत्म-प्रवंचना का पैटर्न लागू होता है। कुछ साल पहले, ईमेल में पूरी तरह समर्पित और डूबकर कार्य किया तब, मैंने इनबॉक्स ज़ीरो नामक प्रणाली को सफलतापूर्वक लागू किया था, लेकिन मुझे जल्द ही पता चला कि जब आप ईमेल का जवाब देने में अत्यधिक कुशल हो जाते हैं तो ऐसा होता है कि आपको बहुत अधिक ईमेल मिलते हैं। अधिक ईमेल के कारण अधिक व्यस्त महसूस करते हुए – उन सभी ईमेल का धन्यवाद – मैंने

समय प्रबंधन गुरु डेविड एलन द्वारा लिखित *गेटिंग थिंग्स डन* को ख़रीदा, उनके इस वादे से आकर्षित होकर कि 'किसी व्यक्ति के पास करने के लिए बहुत सारी चीज़ें हों और फिर भी वह स्पष्ट दिमाग़ के साथ उत्पादक ढंग से कार्य कर सके, यह संभव है' और जिसे मार्शल कला के योद्धा पानी जैसा दिमाग़ कहते हैं। लेकिन मैं एलन के गहरे निहितार्थ की प्रशंसा करने में असफल रहा – वह यह कि करने के लिए हमेशा बहुत कुछ होगा – और इसके बजाय कि कार्य की एक असंभव मात्रा को किया जाए। वास्तव में, मैं अपनी कार्यसूची को तेज़ी से पूरा करने में बेहतर हो गया, लेकिन मैंने पाया कि अधिक कार्य की अधिक मात्रा जादुई रूप से प्रकट होने लगीं। (वास्तव में, यह जादू नहीं है बल्कि यह साधारण सरल मनोविज्ञान है, साथ ही पूंजीवाद भी है। इस पर और भी कुछ अधिक बाद में।)

इनमें से कुछ भी ऐसा नहीं है जैसा भविष्य में महसूस किया जाना चाहिए था। 1930 में, 'हमारे पोते-पोतियों के लिए आर्थिक संभावनाएं' शीर्षक वाले एक भाषण में, अर्थशास्त्री जॉन मेनार्ड कीन्स ने एक प्रसिद्ध भविष्यवाणी की : एक सदी के भीतर, धन की वृद्धि और प्रौद्योगिकी की प्रगति के कारण, किसी को भी सप्ताह में लगभग पंद्रह घंटे से अधिक काम नहीं करना पड़ेगा। चुनौती यह होगी कि मदमस्त हुए बिना हमारे सभी नए ख़ाली समय को कैसे व्यतीत किया जाए। कीन्स ने अपने श्रोताओं से कहा, 'अपनी पैदाइश के बाद पहली बार, मनुष्य को अपनी वास्तविक, अपनी स्थायी समस्या का सामना करना पड़ेगा-आर्थिक चिंताओं से अपनी स्वतंत्रता का उपयोग कैसे किया जाए।' लेकिन कीन्स ग़लत थे। अनुभव से यह पता चलता है कि जब लोग अपनी ज़रूरतों को पूरा करने के लिए पर्याप्त पैसा कमाते हैं, तो वे बस ज़रूरत के लिए नई चीज़ें और आकांक्षा करने के लिए नई जीवन शैली अपना लेते हैं; वे कभी भी जोन्सिस के साथ बने रहने का प्रबंधन नहीं करते हैं, क्योंकि जब भी उन्हें क़रीब आने का ख़तरा होता है, वे नए और बेहतर जोन्सिस को नामित करते हैं और उनके साथ बने रहने की कोशिश करते हैं। नतीजतन, वे कड़ी मेहनत करते हैं और जल्द ही उनकी व्यस्तता प्रतिष्ठा का प्रतीक बन जाती है जो स्पष्ट रूप से पूरी तरह से बेतुकी बात है : लगभग पूरे इतिहास में, अमीर होने का पूरा मुद्दा इतना महत्त्वपूर्ण नहीं होना चाहिए था। इसके अलावा, संपन्न लोगों की व्यस्तता संक्रामक होती है, क्योंकि संपन्नता के शीर्ष पर रहने वालों के लिए

अधिक पैसा कमाने का एक अत्यंत प्रभावी तरीक़ा लागत में कटौती करना और अपनी कंपनियों और उद्योगों की दक्षता में सुधार करना है। इसका मतलब है कि निचले स्तर के लोगों के लिए अधिक असुरक्षा, जो आगे बढ़ने के लिए कड़ी मेहनत करने के लिए बाध्य होते हैं।

ग़लत कार्य किए जाने पर

लेकिन अब हम यहां चीज़ों के मूल पर पहुंचते हैं, एक ऐसी भावना तक, जो गहराई से महसूस होती है, और जिसे शब्दों में व्यक्त करना कठिन होता है : यह अनुभूति कि इस सभी गतिविधि के बावजूद, हमारे बीच भी, जो सामूहिक रूप से सौभाग्यशाली होते हैं, कभी-कभी सही काम करने का समय नहीं निकाल पाते। हम महसूस करते हैं कि हमें अहम और संतोषजनक तरीक़े से अपने समय को बिताने के तरीक़े हैं, भले ही हम यह सटीक रूप से नहीं कह सकें कि वे क्या हैं - लेकिन फिर भी हम व्यवस्थित रूप से अपने दिन अन्य चीज़ों को करने में बिताते हैं। अधिक अर्थ की यह लालसा कई रूप ले सकती है : उदाहरण के लिए, यह किसी बड़े काम में ख़ुद को समर्पित करने की इच्छा में है, इस अंतर्ज्ञान में कि इतिहास का यह विशिष्ट क्षण, अपने सभी संकटों और पीड़ाओं के साथ, आपसे सामान्य प्राप्ति और ख़र्च की तुलना में समय की अधिक मांग कर सकता है। लेकिन यह उस हताशा की भावना में भी है, जो आपको अपने पसंदीदा काम के लिए समय निकालने के लिए दिनभर नौकरी करने पर होती है, और इस सामान्य इच्छा में भी है कि आप धरती पर अपने संक्षिप्त समय का अधिकाधिक हिस्सा अपने बच्चों के साथ, प्रकृति में, या कम से कम यात्रा ना करते हुए बिताएं। पर्यावरणवादी और आध्यात्मिक लेखक चार्ल्स आइन्स्टीन ने 1970 के दशक के अमेरिका में भौतिक सुख-सुविधा के बीच पल रहे एक बच्चे के रूप में समय के उपयोग में इस मौलिक 'ग़लती' को पहली बार महसूस किया :

> मैं जानता था कि जीवन को इससे अधिक आनंदमय, अधिक वास्तविक, अधिक सार्थक होना चाहिए था और दुनिया को अधिक सुंदर होना चाहिए था। हमें सोमवार से नफ़रत नहीं करनी

> चाहिए थी और सप्ताहांत और छुट्टियों के लिए नहीं जीना चाहिए था। मूत्र विसर्जन के लिए अनुमति लेने के लिए हमें हाथ ऊपर नहीं उठाने चाहिए थे। किसी ख़ूबसूरत दिन पर निरंतर हमें हमें घर के अंदर नहीं रखा जाना चाहिए था।

और ग़लत होने की यह भावना केवल अधिक कार्य उत्पादक बनने के हमारे प्रयासों से बढ़ जाती है, जो लगता है कि वास्तविक रूप से महत्त्वपूर्ण चीज़ों को समय के क्षितिज पर और आगे धकेलने का प्रभाव डालते हैं। हमारे दिन कार्यों के माध्यम से 'प्राप्त करने' की कोशिश में बिताए जाते हैं, ताकि उन्हें 'रास्ते से बाहर' किया जा सके, जिसके परिणामस्वरूप हम मानसिक रूप से भविष्य में रहते हैं और इस इंतज़ार में रहते हैं कि हम आख़िरकार उस चीज़ तक कब पहुंचेंगे, जो हमारे लिए वास्तव में मायने रखती है – और इस बीच, चिंता यह है कि हम अपने स्तर को माप नहीं पाते हैं, कि जिस गति से जीवन अब आगे बढ़ता हुआ प्रतीत होता है, उसके साथ तालमेल बिठाने के लिए हमारे पास ड्राइव या सहनशक्ति की कमी हो सकती है। समय की भावना आनंदरहित तात्कालिक आवश्यकता में से एक है, निबंधकार मर्लिन रॉबिन्सन लिखती हैं, जो देखती हैं कि हम में से कई लोग अपना जीवन 'खुद को और अपने बच्चों को ऐसे गूढ़ लक्ष्यों के लिए तैयार करने में बिताते हैं जो पूरी तरह से हमारे अपने नहीं हैं।' हर चीज़ में शीर्ष पर बने रहने का हमारा संघर्ष किसी के हितों की पूर्ति कर सकता है; लंबे समय तक काम करना और किसी भी अतिरिक्त आय का उपयोग और अधिक उपभोग का सामान ख़रीदने के लिए करना – हमें आर्थिक मशीन के पुर्जे में बदल देता है। लेकिन इसका परिणाम मन की शांति नहीं है जो हमें अपना अधिक सीमित समय उन लोगों और चीज़ों पर ख़र्च करने के लिए प्रेरित नहीं करता है जिनके बारे में हम सबसे अधिक गहराई से परवाह करते हैं।

चार हज़ार सप्ताह समय का सर्वोत्तम उपयोग करने के बारे में एक और पुस्तक है। लेकिन यह इस विश्वास के साथ लिखी गई है कि समय प्रबंधन जैसा कि हम जानते हैं कि यह बुरी तरह विफल रहा है, और हमें अन्यथा दिखावा करना बंद करने की आवश्यकता है। इतिहास का यह अजीब क्षण, जब समय इतना असहाय महसूस करता है, वास्तव में इसके साथ हमारे संबंधों पर पुनर्विचार करने का आदर्श अवसर प्रदान कर सकता है। पुराने

विचारकों ने हमारे सामने इन चुनौतियों का सामना किया है, और जब उनके ज्ञान को वर्तमान समय में लागू किया जाता है, तो कुछ सत्य अधिक स्पष्ट रूप से उद्घाटित हो जाते हैं। उत्पादकता एक जाल है। अधिक कुशल बनने से आप और अधिक हड़बड़ी में हो जाते हैं, और डेक को साफ़ करने का प्रयास करने से वे फिर से तेज़ी से भर जाते हैं। मानवता के इतिहास में किसी ने भी 'कार्य-जीवन संतुलन' हासिल नहीं किया है, चाहे वह कुछ भी हो, और आप निश्चित रूप से 'सफल लोगों द्वारा सुबह 7 बजे से पहले की जाने वाली छह चीज़ें' की नक़ल करके वहां नहीं पहुंच पाएंगे। वह दिन कभी नहीं आएगा, जब अंततः सब कुछ आपके नियंत्रण में होगा - जब ईमेल की बाढ़ पर क़ाबू पा लिया गया हो; जब आपके काम की सूचियां लंबी होना बंद हो गई हों; जब आप काम पर और अपने घरेलू जीवन में अपने सभी दायित्वों को पूरा कर रहे हों; जब समय सीमा चूकने या गेंद छोड़ने के कारण कोई भी आपसे नाराज़ नहीं हो; और जब आप पूरी तरह से अनुकूलित व्यक्ति बन जाते हैं, तो अंततः, उन चीज़ों की ओर मुड़ सकते हैं जिनके बारे में जीवन वास्तव में होना चाहिए। आइए हार स्वीकार करके शुरुआत करें : इनमें से कुछ भी कभी नहीं होने वाला है।

लेकिन क्या आप जानते है? यह एक बहुत *अच्छी* ख़बर है...!

भाग – 1

चुनने का चयन

1.

सीमा-आलिंगन का जीवन

वास्तविक समस्या हमारा सीमित समय नहीं है। मैं आपको समझाने की आशा करता हूं कि वास्तविक समस्या यह है कि हमें अनजाने में अपने सीमित समय का उपयोग करने के बारे में *विचारों* का एक परेशान करने वाला समूह विरासत में मिला है, और हम उन पर जीने के लिए दबाव महसूस करते हैं, जिनमें से सभी चीज़ों को बदतर बनाने की काफ़ी हद तक गारंटी देते हैं। यह देखने के लिए कि हम यहां तक कैसे पहुंचे, और समय के साथ बेहतर संबंध बनाने से कैसे बच सकते हैं, हमें घड़ी को पीछे की ओर घुमाने की ज़रूरत है - पहले की घड़ियों की तरह।

कुल मिलाकर, आपको निश्चित रूप से आभारी होना चाहिए कि आप प्रारंभिक मध्ययुगीन इंग्लैंड में एक किसान के रूप में पैदा नहीं हुए। अगर ऐसा हुआ होता तो पहली बात तो यह कि आपके वयस्क होने की संभावना बहुत कम होती; लेकिन अगर यह होती भी, तो भी आपके आगे का जीवन दासता से परिभाषित होता। आपने अपने दिन उस भूमि पर खेती करते हुए बिताए होते जिस पर स्थानीय स्वामी ने आपको रहने की अनुमति दी होती और उसके बदले में आपके द्वारा उत्पादित या उससे उत्पन्न होने वाली आय का एक अत्यंत अल्प अनुपात दिया गया होता। चर्च ने भी उसकी सेवा में आपके नियमित योगदान की मांग की होती, और उसकी अवज्ञा करने के लिए आप शाश्वत दंड से बहुत डरे हुए होते। रात में, आप ना केवल अपने परिवार के बाक़ी सदस्यों (जो आपकी तरह, कभी-कभार नहाते थे या अपने दांत साफ़ करते थे) के साथ अपनी एक कमरे की झोपड़ी

में रह रहे होते, बल्कि आपके सूअर और मुर्गियां भी अंदर आ जातीं, जिन्हें रोज आपको रात में घर के अंदर ले आना पड़ता था, क्योंकि भालू और भेड़िये अभी भी रात में जंगलों में घूमते थे और सूर्यास्त के बाद बाहर बचे किसी भी जानवर के जीवन की सुरक्षा नहीं थी। बीमारियां एक और निरंतर आपकी साथी रही होतीं : परिचित बीमारियां खसरा और इन्फ़्लूएंजा से लेकर बुबोनिक प्लेग और सेंट एंथोनी की आग तक थीं, जोकि फफूंदयुक्त अनाज ग्रहण करने के कारण होने वाली खाद्य विषाक्तता का एक रूप है, इससे पीड़ित को ऐसा महसूस होता है मानो उसकी त्वचा जल रही हो या उसे अज्ञात दांतों से काटा जा रहा है।

समय सारिणी से पहले का समय

लेकिन ऐसी समस्याओं का एक समूह है जिसका आपने लगभग निश्चित रूप से अनुभव नहीं किया होगा : समय की समस्याएं। यहां तक कि आपके सबसे थकाऊ दिनों में भी, यह शायद युवाओं के लिए नहीं हुआ होगा कि आपके पास 'करने के लिए बहुत कुछ' था, कि आपको जल्दबाजी करने की आवश्यकता थी, या कि जीवन बहुत तेज़ी से आगे बढ़ रहा था, ऐसा भी नहीं हुआ होगा कि कभी आपने अपने कार्य-जीवन संतुलन को ग़लत पाया था। उसी तरह, शांत और काम रहित दिनों में, आपने कभी बोरियत महसूस नहीं की होगी। हालांकि मृत्यु की निरंतर उपस्थिति थी बल्कि आज की तुलना में जीवन बहुत कम समय में ही नष्ट हो जाता था। समय की उपलब्धता भी कभी आपको सीमित मात्रा में महसूस नहीं हुई होगी। आपको इसे 'बचाने' के तरीक़े खोजने का कोई दबाव भी महसूस नहीं हुआ होगा। ना ही आपने इसे बर्बाद करने के लिए स्वयं को दोषी महसूस किया होगा। यदि आपने गांव की हरी घास पर मुर्गों की लड़ाई देखने के लिए अनाज की कटाई से दोपहर की छुट्टी ली होती, तो भी आपको कभी ऐसा महसूस नहीं होता कि आप 'काम के समय' के दौरान काम से अपना जी चुरा रहे थे और इनमें से कुछ भी केवल इसलिए नहीं था, क्योंकि उस समय चीज़ें अधिक धीमी गति से आगे बढ़ रही थीं, या क्योंकि मध्ययुगीन किसान अधिक निश्चिंत थे या अपने भाग्य के प्रति अधिक समर्पित थे। ऐसा इसलिए था, क्योंकि, जहां तक हम बता सकते हैं, वे आमतौर पर समय को एक

अमूर्त इकाई के रूप में – एक *चीज़* के रूप में – बिलकुल भी अनुभव नहीं करते थे।

अगर यह भ्रमित करने वाला महसूस होता है, तो ऐसा इसलिए है क्योंकि समय के बारे में सोचने का हमारा आधुनिक तरीक़ा इतना गहरा है कि हम भूल जाते हैं कि यह सोचने का एक तरीक़ा भी है; हम कहावत वाली मछली की तरह हैं जिन्हें पता नहीं है कि पानी क्या है, क्योंकि यह उन्हें पूरी तरह से घेरे रहता है। हालांकि, इस पर थोड़ी मानसिक दूरी बनाए रखें, और हमारा दृष्टिकोण थोड़ा अजीब लगने लगता है। हम कल्पना करते हैं कि समय हमारे और हमारे आस-पास की दुनिया से कुछ अलग गणितीय रूप से एक स्वतंत्र दुनिया है। अमेरिकी सांस्कृतिक आलोचक लुईस ममफ़ोर्ड के शब्दों में गणितीय रूप से मापने योग्य अनुक्रमों की एक स्वतंत्र दुनिया। यह देखने के लिए कि उसका क्या मतलब है, कुछ बातों पर विचार करें–समय से संबंधित प्रश्न–आप कल दोपहर कैसे बिताने की योजना बना रहे हैं, या कहें, आपने पिछले वर्ष में क्या हासिल किया है– और पहले इसके बारे में पूरी तरह से सचेत हुए बिना, आप शायद ख़ुद को एक कैलेंडर, एक मापदंड, एक टेप माप, एक घड़ी के चेहरे पर संख्या, या कुछ अस्पष्ट प्रकार की अमूर्त समय रेखा की कल्पना करते हुए पाएंगे। फिर आप इस काल्पनिक माप के आधार पर अपने वास्तविक जीवन को मापने और आकलन करने के लिए आगे बढ़ेंगे, अपनी गतिविधियों को अपने दिमाग़ में समय रेखा के ख़िलाफ़ पंक्तिबद्ध करेंगे। एडवर्ड हॉल एक कन्वेयर बेल्ट के रूप में समय की अपनी छवि के साथ भी यही बात कह रहा था कि समय एक कन्वेयर बेल्ट की तरह है, जो लगातार हमारे पास से गुज़र रहा है। प्रत्येक घंटा या सप्ताह या वर्ष बेल्ट पर ले जाए जाने वाले पात्र की तरह होता है, अगर हमें यह महसूस करना है कि हम अपने समय का अच्छा उपयोग कर रहे हैं तो हमें इसको हमें गुज़रते-गुज़रते भरना पड़ता है, जब कंटेनरों में आराम से फ़िट होने के लिए बहुत सारी गतिविधियां होती हैं, तो हम अप्रिय रूप से व्यस्त महसूस करते हैं; जब इनकी मात्र बहुत कम होती है तो हम ख़ुद को उबाऊ महसूस करते हैं। अगर हम गुज़रने वाले पात्रों के साथ तालमेल रखते हैं, तो हम ख़ुद को 'चीज़ों के शीर्ष पर रहने' के लिए बधाई देते हैं और महसूस करते हैं कि हम अपने समय प्रबंधन के

कार्यों को उचित रूप से समायोजित कर रहे हैं; यदि हम बहुत सी चीज़ों को ख़ाली छोड़ देते हैं, तो हमें लगता है कि हमने समय बर्बाद कर दिया है। अगर हम फुर्सत के उद्देश्यों के लिए 'कार्य समय' लेबल वाले कंटेनरों का उपयोग करते हैं, तो हमारे नियोक्ता नाराज़ हो सकते हैं। (उन्होंने उन पात्रों के लिए भुगतान किया है इसलिए वो उनके हैं!)

मध्यकालीन किसान के पास इस तरह के विचित्र विचार को अपनाने का कोई कारण भी नहीं था। मजदूर दिन निकल आने के साथ सोकर उठते थे और रात हो जाते ही सो जाते थे, उनके दिनों की लंबाई मौसमों के साथ बदलती रहती थी। समय को जीवन से कुछ अमूर्त और अलग के रूप में सोचने की उन्हें कोई आवश्यकता ही नहीं थी। गायों को दूध देने की आवश्यकता होने पर वे उनका दूध दुहते थे और फ़सल कटाई के समय फ़सलों की कटाई करते थे, और इस दिनचर्या के अतिरिक्त जो कोई भी उस पर कोई अन्य पद्धति लागू करने की कोशिश करता था-उदाहरण के लिए एक महीने के दूध देने का काम एक दिन में करके इसे समाप्त करने का प्रयास या फ़सल को जल्दी लाने की कोशिश करके-उसे विक्षिप्त माना जाता था। 'सब कुछ पूरा कर लेने' का कोई चिंताजनक दबाव भी नहीं था, क्योंकि एक किसान का काम अनंत है : हमेशा एक ओर दूध दुहना और दूसरी फ़सल होती रहेगी, इसलिए काम पूरा होने के किसी काल्पनिक क्षण की ओर दौड़ने का कोई मतलब नहीं है। इतिहासकार जीवन जीने के इस तरीक़े को 'कार्य अभिविन्यास' कहते हैं, क्योंकि जीवन की लय कार्यों से नहीं, बल्कि कार्यों से ही स्वाभाविक रूप से उभरती है।

एक अमूर्त समयरेखा के विरुद्ध पंक्तिबद्ध होना, वह दृष्टिकोण जो आज हमारे लिए दूसरी प्रकृति बन गया है। (मध्ययुगीन जीवन को धीरे-धीरे आगे बढ़ने के रूप में सोचना आकर्षक है, लेकिन यह कहना अधिक सटीक होगा कि 'धीरे-धीरे आगे बढ़ने' वाले जीवन की अवधारणा ने अधिकांश लोगों को अर्थहीन बना दिया होगा। किसकी तुलना में धीरे-धीरे?) घड़ियों से पहले के उन दिनों में, जब आपको यह समझाने की आवश्यकता होती थी कि किसी चीज़ में कितना समय लग सकता है, तो आपका एकमात्र विकल्प इसकी तुलना किसी अन्य ठोस गतिविधि से करना होता था। मध्यकालीन लोग एक ऐसे कार्य के बारे में बात कर सकते हैं,

जो 'मिसरेरे व्हाइल' तक चलता है - बाइबल के 50 भजन, जिसे मिसेरे के रूप में जाना जाता है, का पाठ करने में लगने वाला अनुमानित समय-या वैकल्पिक रूप से एक 'पिस्सिंग व्हाइल', जिसके लिए किसी स्पष्टीकरण की आवश्यकता नहीं होनी चाहिए।

इस तरह से जीवन जीते हुए, कोई कल्पना कर सकता है कि अनुभव व्यापक और अवधारणात्मक महसूस हुआ होगा, किसी चीज़ से भरा हुआ, इसे एक प्रकार का जादू कहना अतिशयोक्ति नहीं हो सकता है। अपने अस्तित्व के कई वास्तविक अभावों को समझते हुए, हमारे किसानों ने अपने आस-पास की दुनिया के लिए एक चमकदार, विस्मयकारी आयाम को महसूस किया होगा। समय के 'दूर होने' की किसी भी धारणा से परेशान हुए बिना, उन्होंने चीज़ों की जीवंतता, कालातीतता की भावना के बारे में एक बढ़ी हुई जागरूकता का अनुभव किया होगा जिसे एक समकालीन फ्रांसिस्कन पादरी और लेखक रिचर्ड रोहर 'गहरे समय में रहना' कहते हैं। शाम के समय, मध्ययुगीन ग्रामीण ने भालू और भेड़ियों के साथ जंगल में फुसफुसाते हुए आत्माओं को महसूस किया होगा; खेतों में जुताई करते हुए, उन्होंने ख़ुद को इतिहास के एक विशाल क्षेत्र का एक छोटा सा हिस्सा महसूस किया होगा, जिसमें उनके दूर के पूर्वज उनके लिए अपने बच्चों की तरह जीवित थे। हम कुछ आत्मविश्वास के साथ यह सब कह सकते हैं, क्योंकि आज भी कभी-कभी हम गहरे समय के द्वीपों का सामना करते हैं - उन क्षणों में जब, लेखक गैरी एबरले को उद्धृत करने के लिए, 'एक ऐसे दायरे में चले जाते हैं, जहां हर चीज़ पर्याप्त है, जहां हम अपने आप में या दुनिया में एक शून्य को भरने की कोशिश नहीं कर रहे हैं। आत्मा को बाक़ी वास्तविक से अलग करने वाली सीमा धुंधली होती जाती है, और समय स्थिर रहता है। निश्चित रूप से घड़ी नहीं रुकती है,' एबरले लिखती हैं, 'लेकिन हम इसे टिक-टिक करते नहीं सुनते हैं।'

यह कुछ लोगों के लिए प्रार्थना में, या ध्यान में, या शानदार परिदृश्य में होता है; मुझे पूरा यक़ीन है कि मेरे छोटे बेटे ने अपना पूरा बचपन ऐसी स्थिति में बिताया और अब वही इसे छोड़ना शुरू कर रहा है। (जब तक हम उन्हें समय-सारिणी में नहीं लाते, तब तक बच्चे अंतिम 'कार्य-उन्मुख' प्राणी होते हैं, जो नींद की कमी के साथ-साथ उन पहले कुछ महीनों की

अन्य-सांसारिक वस्तुओं की व्याख्या कर सकते हैं। आपको घड़ी के समय से गहरे समय में घसीटा जाता है, चाहे आप इसे पसंद करें या नहीं। स्विस मनोवैज्ञानिक कार्ल यंग, 1925 में केन्या की यात्रा पर थे, एक बार वह सुबह के सुनहरे प्रकाश में एक पैदल यात्रा पर निकल रहे थे, उस समय वह अचानक कालातीतता में डूब गए :

> इस विस्तृत सवाना में एक निचली पहाड़ी से, एक शानदार परिदृश्य मेरे सामने प्रकट हुआ। क्षितिज के बिलकुल किनारे तक हमने जानवरों के विशाल झुंड देखे : चिंकारा, मृग, नू, ज़ेबरा, वॉर्थोग, इत्यादि। चरते हुए सिर हिलाते हुए, झुंड धीमी नदियों की तरह आगे बढ़े। किसी शिकारी पक्षी की उदासी भरी चीख़ के अलावा शायद ही कोई आवाज़ थी। यह शाश्वत शुरुआत की शांति थी, संसार जैसा कि यह हमेशा से था, अस्तित्वहीनता की स्थिति में था। मैं अपने साथियों से तब तक दूर चला गया, जब तक कि वे मेरी नज़रों से ओझल नहीं हो गए, और मैंने पूरी तरह से अकेले होने का अहसास महसूस किया।

अनंतता का अंत

हालांकि, समय जैसे अमूर्त विषय पर इतना कम विचार करने में एक बड़ी कमी है, जो यह है कि आप जो हासिल कर सकते हैं, यह उसे गंभीर रूप से सीमित करता है। अपने कार्यक्रम के लिए मौसमों पर भरोसा करते हुए आप एक छोटे पैमाने के किसान हो सकते हैं, लेकिन आप एक छोटे पैमाने के किसान (या एक बच्चे) के अलावा बहुत कुछ नहीं हो सकते हैं। जब आप मुट्ठी भर लोगों से कुछ अधिक लोगों की गतिविधियों के बीच समन्वय स्थापित करना चाहते हैं, तब आपको समय मापने के लिए एक भरोसेमंद और सर्वसम्मत विधि की आवश्यकता होती है। व्यापक रूप से माना जाता है कि किस तरह यांत्रिक घड़ी का आविष्कार मध्यकालीन भिक्षुओं द्वारा किया गया, जिन्हें जल्दी सुबह मुंह अंधेरे में ही उठकर 'सुबह की प्रार्थना' करनी पड़ती थी। उन्हें एक ऐसा तरीक़ा सुनिश्चित करने की आवश्यकता थी कि सारा मठ एक विशेष समय पर जाग जाए। (इस विषय में पहले उनका

तरीक़ा यह हुआ करता था कि कोई एक भिक्षु रात भर जागता हुआ तैनात रहता था, जो तारों की गति पर नज़र रखता था परंतु यह तरीक़ा तभी काम आता था, जब बादल ना हों अथवा भिक्षु की नींद ना लग जाए) समय को इस तरीक़े से मानकीकृत और दृश्यमान बनाना अनिवार्य रूप से लोगों को इसके एक स्वतंत्र अस्तित्व वाली एक अमूर्त चीज़ के रूप में सोचने के लिए प्रोत्साहित करता है। जोकि उन विशेष कार्यकलापों से अलग है जिस पर इसे व्यतीत किया जाता है। 'समय' वह है जो घड़ी पर हाथ घुमाते समय टिक–टिक करके आगे बढ़ जाता है। भाप इंजिन के आविष्कार का श्रेय सामान्यतः औद्योगिक क्रांति को दिया जाता है परंतु लेकिन जैसा कि ममफ़ोर्ड ने अपनी 1934 की महान कृति, *टेक्निक्स ऐंड सिविलाइज़ेशन* में बताया है, यह संभवतः घड़ी के बिना नहीं हो सकता था। 1700 के अंतिम दशक तक, ग्रामीण किसान अंग्रेज़ शहरों में आकर मिलों और कारख़ानों में नौकरी कर रहे थे, जिनमें से प्रत्येक को सैकड़ों लोगों के साथ समन्वय करने की आवश्यकता होती थी, मशीनों को चालू रखने के लिए अक्सर वे सप्ताह में छह दिन निश्चित घंटे काम करते थे।

समय को अमूर्त रूप में मानने से, यह स्वाभाविक है कि इसे एक *संसाधन*, के रूप में मानना प्रारंभ करें जैसे कोई ऐसी चीज़ जो ख़रीदी या बेचीं जा सके या उसका उपयोग पूर्ण दक्षता के साथ किया गया हो जैसे कोयला लोहा या अन्य कोई कच्चा माल। पहले, मजदूरों को अस्पष्ट रूप से परिभाषित 'दिन के काम' के हिसाब से भुगतान किया जाता था, या फिर एक टुकड़े के आधार पर, घास की प्रति गांठ या प्रति वध किए गए सुअर के आधार पर लेकिन धीरे–धीरे घंटे के हिसाब से भुगतान किया जाना आम बात हो गई और जिन कारख़ानों के मालिक ने श्रमिकों के इन घंटों का पूरी तरह उपयोग करते हुए श्रमिकों की अधिकतम संभव श्रम क्षमता का पूरी तरह उपयोग किया, उन्होंने ऐसा ना करनेवालों की तुलना में मोटा मुनाफ़ा कमाया। कुछ सनकी क़िस्म के उद्योगपतियों को महसूस हुआ कि जिन श्रमिकों ने अपनी पूरी क्षमता के साथ कार्य नहीं किया, वे कुछ चुराने के आरोपी हैं। 'मुझे अनेक प्रकार के लोगों ने बुरी तरह धोखा दिया है', काउंटी डरहम के लौह कारोबारी एम्ब्रोस क्राउली अत्यंत क्रोध में थे। उन्होंने 1790 के दशक में एक ज्ञापन में बिना कार्य के बिताए गए समय के लिए वेतन में

कटौती की अपनी नई नीति की घोषणा की। उन्होंने देखा की उनके कर्मचारी चोर थे और वे धूम्रपान, गाना, समाचार पढ़ना, विवाद, वाद -विवाद या उनके व्यवसाय से अलग क्रियाकलापों में संलग्न होकर समय के कन्वेयर बेल्ट से अवैध रूप से कंटेनर चुरा रहे थे।

आपको विश्वास करने की आवश्यकता नहीं है, जैसा कि ममफ़ोर्ड कभी-कभी संकेत देते हैं, कि घड़ी का आविष्कार आज हमारी समय से संबंधित सभी समस्याओं के लिए पूरी तरह से दोषी है। (मैं निश्चित रूप से मध्ययुगीन किसानों की जीवन शैली में वापसी के लिए नहीं कह रहा हूं।)लेकिन एक सीमा पार कर दी गई। पहले, समय केवल एक माध्यम था जिसमें जीवन प्रकट हुआ, अर्थात वह सामग्री जिससे जीवन बना था। लेकिन बाद में जब एक बार ज़्यादातर लोगों के दिमाग़ में 'समय' और 'जीवन' अलग हो गए तो समय एक ऐसी *चीज़* बन गया जिसका आपने *उपयोग* किया – और यह बदलाव आज हमारे उन सभी विशिष्ट आधुनिक तरीक़ों जिनसे हम समय के साथ संघर्ष करते हैं, के लिए पूर्व शर्त के रूप में कार्य करता है। जब एक बार आप समय को संसाधन की तरह प्रयोग करने लगते हैं, तब आप इसे उचित रूप से उपयोग करने के लिए बाहरी अथवा अपने अंदर के कारण से दबाव महसूस करते हैं और जब आपको लगता है कि आपने इसे व्यर्थ ही नष्ट कर दिया है, तब आप स्वयं को कोसते हैं। जब आपके समक्ष कार्यों की अधिकता होती है तब आसानी से माना जा सकता है कि समय का *उचित सदुपयोग* करते हुए अधिक कुशल बनना, कठोर परिश्रम करना और लंबे समय तक कार्य करना ही इसका एकमात्र जवाब होना चाहिए। मानो आप औद्योगिक क्रांति में एक मशीन थे – यह पूछने के बजाय कि क्या कार्य हैं अपने आप में अनुचित हो सकता है। अनेक कार्य एकसाथ करने का यह प्रयास इसके आकर्षण में वृद्धि करता है यानी, समय के एक ही हिस्से का उपयोग एक साथ दो कार्यों के लिए करना, जर्मन दार्शनिक फ्रेडरिक नीत्शे इसे सबसे पहले आत्मसात करने वालों में से एक था। 'कोई अपने हाथ में घड़ी लेकर सोचता है,' उन्होंने 1887 के एक निबंध में शिकायत की, यहां तक कि जब कोई शेयर बाज़ार की नवीनतम ख़बरों को पढ़ते हुए अपना दोपहर का भोजन करता है। यह जीवन के बारे में आपके विचारों को एक काल्पनिक भविष्य में प्रक्षेपित करने के लिए

अत्यधिक सहज रूप में हो जाता है, जिससे आप जिज्ञासु-उत्सुक होकर विचार करने लगते हैं कि क्या भविष्य चीज़ें या घटनाएं वैसी ही सामने आएंगी, जैसा आप चाहते हैं। जल्द ही, आपके आत्म-मूल्य की भावना पूरी तरह से इस बात से जुड़ जाती है कि आप समय का उपयोग कैसे कर रहे है, परंतु यह केवल उस पानी को रोक देता है जिसमें आप तैर रहे होते हैं और फिर मन में स्थिति कुछ इस प्रकार की बन जाती है कि आप महसूस करते हैं कि यदि आपको आत्मग्लानि, व्याकुलता और घबराहट से बचना है तो आपको इसे दबाने या नियंत्रित करने की आवश्यकता है। एक दिन मेरी मेज़ पर आई एक पुस्तक का शीर्षक इन बातों को बेहतर ढंग से बताता है- *अपने समय में महारत हासिल करें, अपने जीवन में महारत हासिल करें।*

मूल समस्या यह है कि समय के प्रति यह रवैया एक बेईमानी-धांधली वाले खेल जैसा है जिसमें यह महसूस करना असंभव है कि आप अच्छा कर रहे हैं। आप कह सकते हैं कि अपने जीवन को केवल समय के साथ जीने के बजाय-प्रत्येक क्षण को मुख्य रूप से भविष्य के किसी लक्ष्य के लिए इसकी उपयोगिता के अनुसार महत्त्व नहीं देना मुश्किल हो जाता है। या भविष्य में किसी रमणीक स्थान में कुछ विश्राम के लिए आप अपने कार्यों के अंत में 'रास्ते से बाहर' होने के बाद पहुंचने की उम्मीद करते हैं। सतही तौर पर, यह जीने का एक विवेकपूर्ण तरीक़ा लगता है, ख़ासकर एक तुच्छ प्रतिस्पर्धात्मक आर्थिक माहौल में, जिसमें ऐसा लगता है जैसे आप यदि आप जीवित रहना चाहते हैं तो अपने समय का लगातार सबसे विवेकपूर्ण उपयोग करना चाहिए। (यह उस तरीक़े को भी दर्शाता है जिसमें हम में से अधिकांश का पालन-पोषण किया गया था : वर्तमान के सुखों पर भविष्य के लाभों को प्राथमिकता देना।) लेकिन आख़िरकार इसका उल्टा असर होता है, यह हमें वर्तमान से विमुख कर देता है, जिससे हम भविष्य की ओर झुकते हुए, इस बात की चिंता करते हुए कि चीज़ें काम करेंगी या नहीं, हर चीज़ को बाद में अपेक्षित लाभ के रूप में अनुभव करते हुए, जीवन व्यतीत करने की ओर अग्रसर होते हैं ताकि मन की शांति कभी भी नहीं मिले और इससे 'गहरे समय', समय की उस अनुभूति का अनुभव करना लगभग असंभव हो जाता है - कम समय जो अमूर्त मापदंड को भूलने और वास्तविकता की जीवंतता में वापस डूबने पर निर्भर करता है।

जैसे-जैसे यह आधुनिक मानसिकता हावी होने लगी, ममफ़ोर्ड ने लिखा, 'अनंत काल ने धीरे-धीरे मानव कार्यों के माप और केंद्र के रूप में काम करना बंद कर दिया।' इसके स्थान पर घड़ी, शेड्यूल और गूगल कैलेंडर अलर्ट की तानाशाही आई; मर्लिन रॉबिन्सन की 'आनंदहीन तात्कालिकता' और निरंतर भावना कि आपको और अधिक काम करना चाहिए। यह पता चलता है कि अपने समय में महारत हासिल करने की कोशिश करने में समस्या यह है कि समय आप पर महारत हासिल कर लेता है।

कार्य उत्पादकता के शौकीन व्यक्ति की स्वीकारोक्तियां

इस पुस्तक का शेष भाग समय के पुनर्कथन के एक विवेकपूर्ण तरीक़े की खोज और ऐसा करने के लिए व्यावहारिक विचारों का एक उपकरण बॉक्स है, जो दार्शनिकों, मनोवैज्ञानिकों और आध्यात्मिक शिक्षकों के काम से लिया गया है, जिन सभी ने इस पर हावी होने या महारत हासिल करने के संघर्ष को ख़ारिज कर दिया था। मेरा मानना है कि यह एक तरह के जीवन को दर्शाता है जो बहुत अधिक शांतिपूर्ण और सार्थक है-जबकि, यह लंबे समय तक निरंतर कार्य उत्पादकता के लिए बेहतर साबित होता है। लेकिन मुझे ग़लत मत समझिए: मैंने अपने समय में महारत हासिल करने के लिए कई वर्ष तक कोशिश की, और असफल रहा। वास्तव में, जिन उप-प्रजातियों से मैं संबंधित था, उनमें लक्षण विशेष रूप से स्पष्ट थे। मैं एक 'उत्पादकता का शौकीन व्यक्ति' था। आप जानते हैं कि कैसे कुछ लोग शरीर सौष्ठव, या फ़ैशन, या रॉक क्लाइम्बिंग, या कविता के बारे में उत्साहित होते हैं? कार्य उत्पादकता के शौकीन अपनी कार्य सूचियों से कार्यों को ख़त्म करने के बारे में बहुत उत्साहित होते हैं। तो यह एक तरह से वही है, सिवाय अनंत रूप से दुखद।

इनबॉक्स ज़ीरो के साथ मेरा रोमांच हिमशैल के केवल एक छोर की तरह था, अर्थात अत्यंत कठिन कार्य था। मैंने अनगिनत घंटे बर्बाद किए हैं और एक बड़ी धन राशि, मुख्य रूप से फ़ैंसी नोटबुक और फ़ील-टिप पेन

ख़रीदने पर ख़र्च की है - इस विश्वास के साथ कि अगर मैं केवल सही समय प्रबंधन प्रणाली पा सकता हूं, अपनी सही आदतें बना सकता हूं, और स्वयं पर पर्याप्त आत्म-अनुशासन लागू कर सकता हूं, तो मैं वास्तव में समय के साथ संघर्ष को एक बार और हमेशा के लिए जीतने में सक्षम हो सकता हूं। (मैं कार्य उत्पादकता पर एक साप्ताहिक समाचार पत्र कॉलम लिखकर यह भ्रम उत्पन्न करने में सक्षम हो गया था, जिसने मुझे इस आधार पर नई तकनीकों के साथ प्रयोग करने का बहाना दिया कि मैं काम के उद्देश्यों के लिए ऐसा कर रहा था; मैं एक शराबी की तरह था जिसे आसानी से शराब विशेषज्ञ के रूप में नियुक्त किया गया था।) एक अवसर पर, मैंने पूरे दिन को पंद्रह मिनट के ब्लॉक में निर्धारित करने की कोशिश की; दूसरे पर, मैंने पांच मिनट के ब्रेक के साथ विशेष रूप से पच्चीस मिनट की अवधि में काम करने के लिए एक रसोई टाइमर का उपयोग किया। (इस एप्रोच का एक आधिकारिक नाम पोमोडोरो तकनीक है और ऑनलाइन काम करनेवालों के लिए यह एक अनुसरण करने वाली एक पद्धति है।) मैंने अपनी सूचियों को ए, बी और सी प्राथमिकताओं में विभाजित किया। (अनुमान लगाएं कि मुझे कितने बी-और सी-प्राथमिकता वाले कार्य पूरे करने को मिले होंगे?) मैंने अपने दैनिक कार्यों को अपने लक्ष्यों के साथ और अपने लक्ष्यों को अपने मूल मूल्यों के साथ संरेखित करने की कोशिश की। इन तकनीकों का उपयोग करने से मुझे अक्सर ऐसा महसूस होता था जैसे मैं शांत, निरंतर कार्य उत्पादकता और सार्थक गतिविधि के स्वर्ण युग की शुरुआत करने के क़गार पर हूं। लेकिन यह स्वर्ण युग कभी नहीं आया। इसके बजाय, मैं और अधिक तनावग्रस्त और दुखी हो गया।

मुझे याद है कि 2014 में एक सर्दियों की सुबह ब्रुकलिन में अपने घर के पास एक पार्क में बेंच पर बैठा हुआ, उस समय मैं अपने अधूरे कार्यों की मात्रा के विषय में पूर्व की अपेक्षा अधिक चिंता कर रहा था, और अचानक महसूस कर रहा था कि *इनमें से कोई भी काम पूरा नहीं हो पा रहा था।* मैं कभी भी पर्याप्त कुशलता, आत्म-अनुशासन और अपने तरीक़े को यह महसूस करने के लिए मजबूर करने के प्रयास में सफल नहीं हो पाऊंगा कि मैं हर काम के उच्च पायदान पर हूं, कि मैं अपने सभी दायित्वों को पूरा कर रहा हूं और मुझे भविष्य के बारे में चिंता करने की कोई आवश्यकता नहीं

है। विडंबना यह है कि यह महसूस करने से कि यह मन की शांति प्राप्त करने के लिए एक बेकार क़दम था, मुझे तुरंत मन की शांति मिली। (आख़िरकार, एक बार जब आप आश्वस्त हो जाते हैं कि आप जो प्रयास कर रहे हैं वह असंभव है, तो असफल होने के लिए ख़ुद को भला-बुरा कहते रहना बहुत कठिन है।) मुझे अभी तक जो बात समझ में नहीं आई थी, वह यह थी कि ये सभी तरीक़े क्यों विफल हो गए, इसका कारण यह था कि मैं उनका उपयोग अपने जीवन पर नियंत्रण की भावना प्राप्त करने की कोशिश करने के लिए कर रहा था, जो हमेशा पहुंच से बाहर रहेगा।

हालांकि मैं इसके बारे में काफ़ी हद तक अनजान बना रहा था, मेरा कार्य उत्पादकता के प्रति जुनून एक छिपे हुए भावनात्मक एजेंडे को बढ़ा रहा था। एक बात के लिए, इसने मुझे काम की आधुनिक दुनिया में निहित अनिश्चितता की भावना का मुक़ाबला करने में मदद की : अगर मैं अपने स्वयं के विभिन्न साइड प्रोजेक्ट्स को लॉन्च करते समय हर संपादक की हर मांग को पूरा कर पाता, तो शायद एक दिन मैं आख़िरकार अपने करियर और अपने वित्त में सुरक्षित महसूस करता। लेकिन इसमें कुछ डरावने सवाल भी थे कि मैं अपने जीवन के साथ क्या कर रहा था, और क्या बदलावों की आवश्यकता नहीं होगी। अगर मैं पर्याप्त रूप से काम कर पाता, तो मेरे अवचेतन ने स्पष्ट रूप से निष्कर्ष निकाला था, मुझे यह पूछने की आवश्यकता नहीं होगी कि क्या काम से मेरे आत्म-मूल्य की भावना को प्राप्त करना इतना उचित था। और जब तक मैं हमेशा अपने समय में महारत हासिल करने के क़गार पर था, तब तक मैं इस विचार से बच सकता था कि जो जीवन वास्तव में मेरे लिए निराशाजनक था, उसमें महारत की लालसा को *समर्पण* करना और इसके बजाय अज्ञात में गोता लगाना शामिल हो सकता है। मेरे मामले में, इसका मतलब एक दीर्घकालिक संबंध के लिए प्रतिबद्ध होना और बाद में, अपनी पत्नी के साथ एक परिवार शुरू करने की कोशिश करने का निर्णय लेना था-दो चीज़ें जो मैं कार्यों को पूरा करने के लिए गिनती में अनगिनत प्रणालियों के साथ करने में विफल रहा। यह कल्पना करना अधिक आरामदायक था कि मैं अंततः ख़ुद को ऐसे व्यक्ति के रूप में 'अनुकूलित' कर सकता हूं जो बिना किसी डर के इस तरह के निर्णयों का सामना कर सकता है और पूरी तरह से इस प्रक्रिया के लिए

ज़िम्मेदार महसूस कर सकता है। मैं यह स्वीकार नहीं करना चाहता था कि ऐसा कभी नहीं होने वाला था - वह डर समझौते का हिस्सा था, और यह अनुभव करना मुझे ख़त्म नहीं करेगा।

लेकिन (चिंता मत करो!) हम यहां अपनी व्यक्तिगत परेशानियों पर ध्यान नहीं देंगे। मेरे विशिष्ट मुद्दों के पीछे सार्वभौमिक सच्चाई यह है कि हम में से अधिकांश लोग उस वास्तविकता का पूरी तरह से अनुभव करने से बचने की कोशिश में, एक या दूसरे तरीक़े से, अपनी बहुत अधिक ऊर्जा ख़र्च करते हैं, जिसमें हम ख़ुद को पाते हैं। हम उस चिंता को महसूस नहीं करना चाहते हैं जो उत्पन्न हो सकती है। अगर हम ख़ुद से पूछें कि क्या हम सही रास्ते पर हैं, या अपने बारे में क्या विचार हैं तो यह त्यागने का समय हो सकता है। हम रिश्ते में चोट लगने या पेशेवर रूप से असफल होने का जोख़िम नहीं उठाना चाहते हैं; हम यह स्वीकार नहीं करना चाहते हैं कि हम अपने माता-पिता को ख़ुश करने या कुछ चीज़ों को बदलने में कभी सफल नहीं हो सकते हैं जो हमें अपने बारे में पसंद नहीं हैं - और हम निश्चित रूप से बीमार होकर मरना नहीं चाहते हैं। प्रत्येक व्यक्ति के विवरण अलग-अलग होते हैं, लेकिन मूल एक ही होता है। हम इस धारणा से पीछे हटते हैं कि वो यही है - कि यह जीवन, अपनी सभी ख़ामियों और आवश्यक कमज़ोरियों, इसकी अत्यधिक संक्षिप्तता और यह कैसे प्रकट होता है, इस पर हमारे सीमित प्रभाव के साथ, एकमात्र ऐसा जीवन है जिसमें हमें सिर्फ़ एक मौक़ा मिलेगा। इसके बजाय, हम मानसिक रूप से चीज़ों के ख़िलाफ़ लड़ते हैं - ताकि, मनोचिकित्सक ब्रूस टिफ़्ट के शब्दों में, 'हमें सचेत रूप से क्लस्ट्रोफ़ोबिक, क़ैद, शक्तिहीन और वास्तविकता से विवश महसूस करने में भाग लेने की ज़रूरत नहीं है।' वास्तविकता की कष्टकारी बाधाओं के विरुद्ध इस संघर्ष को कुछ पुरानी विचारधारा के मनोविश्लेषक 'न्यूरोसिस' कहते हैं, और यह वर्कहोलिज़्म और प्रतिबद्धता-फ़ोबिया से लेकर सह-निर्भरता और चिरकालिक शर्मीलेपन तक अनगिनत रूप लेता है।

समय के साथ हमारा परेशानी उत्पन्न करने वाला संबंध काफ़ी हद तक वास्तविकता की तकलीफ़देह बाधाओं से बचने के इसी प्रयास से उत्पन्न होता है। और अधिक कार्य उत्पादक बनने के लिए हमारी अधिकांश रणनीतियां चीज़ों को बदतर बनाती हैं, क्योंकि वे वास्तव में कार्य में

टालमटोल को आगे बढ़ाने के तरीक़े हैं। आख़िरकार, यह सामना करना तकलीफ़ देने वाला है कि आपका समय कितना सीमित है, क्योंकि इसका मतलब है कि कठिन विकल्प का प्रयोग आवश्यक हैं और आपके पास उन सभी के लिए समय नहीं होगा जो आपने एक बार सपने में देखा था कि आप कर सकते हैं। आपको जो समय मिलता है उस पर अपने सीमित नियंत्रण को स्वीकार करना भी तकलीफ़देह होता है : हो सकता है कि आपके पास उन सभी भूमिकाओं में अच्छा प्रदर्शन करने के लिए सहनशक्ति या प्रतिभा या अन्य संसाधनों की कमी हो, जो आपको लगता है कि आपको करनी चाहिए। और इसलिए, अपनी सीमाओं का सामना करने के बजाय, हम असीम महसूस करने के प्रयास में कार्य को टालने की रणनीतियों में संलग्न होते हैं। हम सही कार्य-जीवन संतुलन की कल्पनाओं का पीछा करते हुए ख़ुद की परिस्थितियों को और भी कठिन बनाते हैं; या हम समय प्रबंधन प्रणालियों को लागू करते हैं जो हर चीज़ के लिए समय उपलब्ध करवाने का वादा करती है, ताकि कठिन विकल्पों की आवश्यकता न पड़े। या हम विलंब करते हैं, जो जीवन पर सर्वशक्तिमान नियंत्रण की भावना को बनाए रखने का एक और साधन है - क्योंकि आपको एक डराने वाली परियोजना में विफल होने के परेशान करने वाले अनुभव को जोख़िम में डालने की आवश्यकता नहीं है, ज़ाहिर है, अगर आप इसे कभी शुरू भी नहीं करते हैं। हम भावनात्मक रूप से ख़ुद को संवेदना रहित करने के लिए अपने दिमाग़ को व्यस्तता और अवहेलना से पूरी तरह भर देते हैं। (नीत्शे ने लिखा, 'हम अपने दैनिक कार्य में अपने जीवन को चलाए रखने के लिए आवश्यकता से अधिक उत्साह और विचारहीन रूप से काम करते हैं, क्योंकि हमारे लिए यह और भी अधिक आवश्यक है कि रुकने और सोचने के लिए अवकाश नहीं हो। जल्दबाजी सर्वव्यापी है, क्योंकि हर कोई अपने आप से भाग रहा है।') या हम अनिवार्य रूप से योजना बनाते हैं, क्योंकि विकल्प यह है कि भविष्य पर हमारा वास्तव में कितना कम नियंत्रण है। इसके अलावा, हम में से अधिकांश समय के साथ एक विशेष रूप से व्यक्तिगत प्रकार की महारत की तलाश करते हैं- हमारी संस्कृति का आदर्श यह है कि आप अकेले ही अपनी कार्ययोजना को नियंत्रित करें, जो भी आप चाहें, जब चाहें करें - क्योंकि इस सच्चाई का सामना करना भयभीत करनेवाला है कि किए जाने वाला लगभग प्रत्येक कार्य विवाह और

पालन–पोषण से लेकर व्यवसाय या राजनीति तक, दूसरों के साथ सहयोग और रिश्तों की भावनात्मक अनिश्चितताओं के प्रति ख़ुद को उजागर करने पर निर्भर करता है।

हालांकि, वास्तविकता को नकारना कभी कारगर नहीं होता है। हां, तत्काल रूप से यह कुछ राहत प्रदान कर सकता है, क्योंकि यह आपको यह सोचने की अनुमति देता है कि भविष्य में किसी समय आप अंततः स्थितियों को पूरी तरह से अपने नियंत्रण में महसूस कर सकते हैं। लेकिन यह कभी भी यह अर्थ नहीं ला सकता है कि आप जो कर रहे हैं, वह पर्याप्त कर रहे हैं – क्योंकि यह 'पर्याप्त' को एक प्रकार के असीम नियंत्रण के रूप में परिभाषित करता है जिसे कोई भी इंसान नहीं कर सकता है। इसके बजाय, अंतहीन संघर्ष अधिक चिंता और कम संतोषजनक जीवन की ओर ले जाता है। उदाहरण के लिए, जितना अधिक आपको लगता है कि आप 'हर चीज़ को फ़िट' करने में सफल हो सकते हैं, उतना ही अधिक प्रतिबद्धता आप स्वाभाविक रूप से लेते हैं, और जितना कम आपको यह पूछने की आवश्यकता महसूस होती है कि क्या प्रत्येक नई प्रतिबद्धता वास्तव में आपके समय के एक हिस्से के लायक़ है – और इसलिए आपके दिन अनिवार्य रूप से अधिक गतिविधियों से परिपूर्ण हो जाते हैं जिन्हें आप विशेष रूप से महत्त्व नहीं देते हैं। आप जितनी जल्दी करेंगे, उन कार्यों (या छोटे बच्चों) का सामना करना उतना ही अधिक निराशाजनक होगा जो जल्दबाजी में नहीं होंगे; जितना अधिक आप भविष्य के लिए योजना बनाते हैं, उतनी ही अधिक आप किसी भी शेष अनिश्चितताओं के बारे में चिंतित महसूस करते हैं, जिनमें से हमेशा बहुत कुछ होगा। और जितना अधिक व्यक्तिगत संप्रभुता आप अपने समय के साथ प्राप्त करते हैं, उतना ही आप अकेले हो जाते हैं। यह सब बताता है कि जिसे *सीमा का विरोधाभास* कहा जा सकता है, जो आगे आने वाली हर चीज़ से गुज़रता है : जितना अधिक आप पूर्ण नियंत्रण की भावना प्राप्त करने के लक्ष्य के साथ अपने समय का प्रबंधन करने की कोशिश करते हैं, और मानव होने की अपरिहार्य बाधाओं से स्वतंत्रता प्राप्त करते हैं, उतना ही अधिक तनावपूर्ण, ख़ाली और निराशाजनक जीवन प्राप्त होता है। लेकिन इसके बजाय जितना अधिक आप सीमितता के तथ्यों का सामना करते हैं – और उनके ख़िलाफ़ काम करने

के बजाय उनके साथ काम करते हैं – जीवन उतना ही अधिक उत्पादक, सार्थक और आनंदमय बन जाता है। मुझे नहीं लगता कि चिंता की भावना कभी पूरी तरह से दूर हो पाती है; हम अपनी सीमाओं को अपनाने की क्षमता में भी सीमित हैं। लेकिन मुझे किसी अन्य समय प्रबंधन तकनीक के बारे में पता नहीं है जो चीज़ों को वास्तव में जिस तरह से सामना करना पड़ता है, उससे आधी मात्रा में भी प्रभावी है।

वास्तविकता का एक बर्फ़ीला विस्फोट

व्यावहारिक रूप से, समय के प्रति दृष्टिकोण को सीमित करने का अर्थ है अपने दिनों को इस समझ के साथ व्यवस्थित करना कि आप जो कुछ भी करना चाहते हैं उसके लिए आपके पास निश्चित रूप से समय नहीं होगा, या अन्य लोग चाहते हैं कि आप करें–और इसलिए, कम से कम, आप असफल होने के लिए ख़ुद को दंड देना बंद कर सकते हैं। चूंकि कठिन विकल्प आवश्यक हैं, इसलिए महत्त्वपूर्ण है उन्हें सचेत रूप से प्रयोग करना सीखना, यह तय करना कि उन्हें डिफ़ॉल्ट रूप से प्रयोग करने के बजाय किस पर ध्यान केंद्रित करना है और किसकी उपेक्षा करनी है–या ख़ुद को धोखा देना कि, पर्याप्त मेहनत और सही समय प्रबंधन प्रणाली के साथ, आपको उन्हें बिलकुल भी प्रयोग नहीं करना पड़ सकता है। इसका मतलब यह भी है कि 'अपने विकल्पों को खुला रखने' के प्रलोभन का विरोध करना–जो वास्तव में नियंत्रण में महसूस करने की कोशिश करने का एक और तरीक़ा है – जानबूझकर बड़ी, चुनौतीपूर्ण, अपरिवर्तनीय प्रतिबद्धताओं के पक्ष में, जिन्हें आप पहले से नहीं जान सकते हैं, वे सबसे अच्छे साबित होंगे, लेकिन जो अंत में विश्वसनीय रूप से अधिक परिपूर्ण साबित होंगे और इसका मतलब है कि FOMO के सामने दृढ़ता से खड़े रहना, कुछ छूट जाने का डर, क्योंकि आपको यह अहसास हो जाता है कि किसी चीज़ से चूक जाना – वास्तव में, लगभग हर चीज़ से चूक जाना – मूलतः निश्चित है। जो वास्तव में वैसे भी कोई समस्या नहीं है, यह पता चलता है, क्योंकि 'चूकना' ही हमारे विकल्पों को पहले स्थान पर सार्थक बनाता है। किसी भी चीज़ पर समय के एक हिस्से का उपयोग करने का प्रत्येक निर्णय उन सभी अन्य तरीक़ों के त्याग का प्रतिनिधित्व करता है जिनमें आप उस समय

को बिता सकते थे, लेकिन ऐसा नहीं किया – और स्वेच्छा से उस त्याग को करने के लिए, बिना किसी बचाव के, एक स्टैंड लेना है, जो आपके लिए सबसे अधिक मायने रखता है। मुझे शायद यह स्पष्ट करना चाहिए कि मैंने अभी तक इनमें से किसी भी दृष्टिकोण में पूर्णता प्राप्त नहीं की है; मैंने यह पुस्तक अपने लिए लिखी है, जितना कि किसी और के लिए, लेखक रिचर्ड बाख के शब्दों में अपना विश्वास रखते हुए : 'आप सबसे अच्छा वही सिखाते हैं जो आपको सीखने की सबसे अधिक आवश्यकता है।'

सीमा के साथ यह टकराव इस सच्चाई को भी प्रकट करता है कि स्वतंत्रता, कभी-कभी, अपने स्वयं के निर्धारित कार्यक्रम पर अधिक संप्रभुता प्राप्त करने में नहीं बल्कि ख़ुद को समुदाय की लय से विवश होने में पाई जाती है – सामाजिक जीवन के रूपों में भाग लेना जहां आपको यह तय करने का मौक़ा *नहीं* मिलता है कि आप क्या करते हैं या आप इसे कब करते हैं। और यह इस अंतर्दृष्टि की ओर ले जाता है कि सार्थक उत्पादकता अक्सर चीज़ों को जल्दबाजी में करने से नहीं आती है, बल्कि उन्हें समय लेने देने से, जिसे जर्मन में *आइगेनज़िट* कहा जाता है, या एक प्रक्रिया के लिए अंतर्निहित समय के लिए आत्मसमर्पण करने से आती है। शायद सबसे मौलिक रूप से, हमारे समय के साथ हमारी सीमित शक्तियों को देखना और स्वीकार करना हमें इस विचार पर सवाल उठाने के लिए प्रेरित कर सकता है कि समय एक ऐसी चीज़ है जिसका उपयोग आप सबसे पहले करते हैं। एक विकल्प है : *समय को अपना उपयोग करने* देने की अप्रचलित लेकिन शक्तिशाली धारणा, जीवन को सफलता के लिए अपनी पूर्वनिर्धारित योजनाओं को लागू करने के एक अवसर के रूप में नहीं बल्कि एक विषय के रूप में देखना। इतिहास में अपने स्थान और अपने क्षण की ज़रूरतों पर प्रतिक्रिया देना।

मैं यह स्पष्ट करना चाहता हूं कि मैं यह सुझाव नहीं दे रहा हूं कि समय के साथ हमारी परेशानियां किसी न किसी तरह दिमाग़ में हैं, या यह कि दृष्टिकोण में एक साधारण बदलाव उन सभी को ग़ायब कर देगा। समय का दबाव मुख्य रूप से हमारे बाहर की ताक़तों से आता है : एक कठोर अर्थव्यवस्था से; सामाजिक सुरक्षा जाल और पारिवारिक नेटवर्क के नुक़सान से जो काम और बच्चों की देखभाल के बोझ को कम करने में

मदद करते थे; और लैंगिक भेदभावपूर्ण अपेक्षा से कि महिलाओं को घर पर अधिकांश ज़िम्मेदारियों को संभालते हुए अपने करियर में उत्कृष्टता प्राप्त करनी चाहिए। इनमें से कोई भी अकेले स्वयं सहायता से हल नहीं होगा; जैसा कि पत्रकार ऐनी हेलेन पीटरसन ने सहस्राब्दी बर्नआउट पर व्यापक रूप से साझा किए गए एक निबंध में लिखा है, 'आप ऐसी समस्याओं को सुलझा नहीं सकते, चाहे वो छुट्टी, एक बड़े रंग भरने की किताब, या ''चिंता से बेचैनी दूर करने की क्रिया'', या पोमोडोरो तकनीक, या रात भर के ओट्स खाने की हो।' लेकिन यहां मेरा कहना यह है कि आपकी विशिष्ट स्थिति चाहे कितनी भी विशेषाधिकार प्राप्त या दुर्भाग्यपूर्ण क्यों ना हो, इसकी वास्तविकता का पूरी तरह से सामना करने से ही मदद मिल सकती है। जब तक आप अपने समय पर असंभव मांगों का जवाब देना जारी रखते हैं और ख़ुद को यह समझाने की कोशिश करते हैं कि आप एक दिन असंभव को पूरा करने का कोई तरीक़ा खोज सकते हैं, आप उन मांगों के साथ परोक्ष रूप से सहयोग कर रहे हैं। जब आप गहराई से समझ लेंगें कि वे असंभव हैं, तब आप उन्हें प्रतिरोध करने और बजाय इसके, उनके बजाय जितना संभव हो, उत्कृष्ट जीवन बनाने पर ध्यान केंद्रित करने की नई शक्ति प्राप्त करेंगे, चाहे आप किसी भी परिस्थिति में हों।

यह धारणा कि संतुष्टि हमारी लौकिक सीमाओं को नकारने के बजाय उन्हें स्वीकार करने में निहित है, प्राचीन ग्रीस और रोम के दार्शनिकों को आश्चर्यचकित नहीं करती होगी। वे समझते थे कि असीमता केवल देवताओं का विशेषाधिकार है; मानव का सबसे महान लक्ष्य ईश्वर जैसा बनना नहीं था, बल्कि पूरी तरह से मानव बनना था। किसी भी मामले में, वास्तविकता ऐसी ही है, और इसका सामना करना आश्चर्यजनक रूप से उत्साहजनक हो सकता है। 1950 के दशक में, चार्ल्स गारफ़ील्ड लॉट डू कैन नामक एक सनकी ब्रिटिश लेखक ने एक लघु पुस्तक, *टीच योरसेल्फ़ टु लिव* लिखी, जिसमें उन्होंने सीमित जीवन की सिफ़ारिश की, और उन्होंने इस सुझाव पर अपनी तीखी प्रतिक्रिया दी कि उनकी सलाह निराशाजनक थी। 'डिप्रेसिंग? थोड़ा सा भी नहीं। ठंड स्नान से अधिक निराशाजनक कुछ नहीं है ... आप अधिकांश लोगों की तरह अब अपने जीवन के बारे में एक झूठ से भ्रमित और हतप्रभ नहीं हैं। यह एक उत्कृष्ट भावना है जिसमें समय का अच्छी तरह से उपयोग करने की चुनौती का सामना करना पड़ता है।

हममें से कोई भी असीमित कार्य उत्पादकता, व्याकुलता और गति के लिए समर्पित समाज का अकेले तख़्तापलट नहीं सकता है। लेकिन यहीं, अभी, आप इस भ्रम में पड़ना बंद कर सकते हैं कि इनमें से कुछ भी कभी संतुष्टि लाने वाला है। आप सच्चाई का सामना कर सकते हैं। आप शॉवर चालू कर सकते हैं, ख़ुद को स्फूर्तिदायक बर्फ़ीले पानी के लिए तैयार कर सकते हैं, और पानी में उतर सकते हैं।

2.

सक्षमता का जाल

आइए व्यस्तता से शुरुआत करें। यह हमारे समय की हमारी एकमात्र समस्या नहीं है, और यह हर किसी की समस्या नहीं है। लेकिन यह उस प्रयास का एक विशिष्ट रूप से जीवंत उदाहरण है जिसे हम हमारी अंतर्निहित सीमाओं के ख़िलाफ़ लड़ने में प्रयोग करते हैं। हम इस बात के लिए बहुत आभारी हैं और यह महसूस करने के लिए धन्यवाद कहना चाहते हैं कि अब यह अत्यंत सामान्य बात है कि आप जितना काम कर सकते हैं निश्चित तौर पर आपको उससे अधिक करना चाहिए। वास्तव में 'व्यस्तता' इस स्थिति के लिए एक ग़लत नाम है, क्योंकि व्यस्तता के कुछ रूप आनंददायक हो सकते हैं। अमेरिकी चित्रकार रिचर्ड स्कार्री द्वारा 1960 के दशक की बच्चों की किताबों की प्रतिष्ठित जगह बिजीटाउन में कौन नहीं रहना चाहेगा? उसकी पंसारी की बिल्लियां और आग से अग्निशामक सूअर निश्चित रूप से व्यस्त हैं; व्यस्त शहर में कोई भी निष्क्रिय नहीं है – या अगर वे हैं, तो उन्हें प्योंगयांग-शैली के अधिकारियों द्वारा सावधानीपूर्वक छिपाया जाता है। हालांकि, वे जो नहीं हैं, वह *अभिभूत* करने वाला है। वे उन बिल्लियों और सूअरों की तरह प्रसन्न आत्मविश्वास से भरे रहते हैं जिनके पास करने के लिए बहुत कुछ होता है, लेकिन इस बात का पूरा यक़ीन होता है कि उनके कार्य उपलब्ध समय में आसानी से समा जाएंगे। जबकि हम डर की निरंतर चिंता के साथ रहते हैं, या निश्चित रूप से जानते हैं कि हमारे साथ ऐसा नहीं होगा।

शोध से पता चलता है कि यह भावना आर्थिक सीढ़ी के हर पायदान पर उत्पन्न होती है। यदि आप अपने बच्चों को भोजन उपलब्ध करवाने

के लिए न्यूनतम मजदूरी वाले दो काम कर रहे हैं, तो इस बात की बहुत संभावना है कि आप बहुत अधिक तनाव महसूस करेंगे। लेकिन अगर आप बेहतर स्थिति में हैं, तो आप ख़ुद को उन कारणों से अत्यधिक तनावग्रस्त महसूस करेंगे, जो आपको कम आकर्षक नहीं लगते : क्योंकि आपके पास उच्च बंधक भुगतान के साथ एक अच्छा घर है, या क्योंकि आपकी (दिलचस्प, अच्छी तनख्वाह वाली) नौकरी की मांग आपके बुज़ुर्ग माता-पिता के साथ समय बिताने, या अपने बच्चों के जीवन में अधिक शामिल होने, या जलवायु परिवर्तन से लड़ने के लिए अपने जीवन को समर्पित करने की आपकी इच्छा के साथ संघर्ष करती है। जैसा कि येल विश्वविद्यालय के विधि प्रोफ़ेसर डैनियल मार्कोविट्स ने व्यक्त किया है कि हमारी उपलब्धि-प्रेरित संस्कृति में, यहां तक कि विजेता – जो प्रतिष्ठित विश्वविद्यालयों तक पहुंचते हैं और फिर सबसे ऊंची तनख़्वाह प्राप्त करते हैं – महसूस करते हैं कि उसका परिणाम लगातार 'अत्यधिक दबाव' में काम करने का होता है, ताकि उस आय और प्रतिष्ठा को बनाए रखा जा सके जो उनके जीने के लिए आवश्यकताओं की तरह महसूस होती हैं।

ऐसा नहीं है कि तार्किक शब्दों में यह स्थिति असंभव महसूस होती है; यह वास्तव में असंभव है। ऐसा नहीं हो सकता कि आप *जितना* कर सकते हैं *उससे ज़्यादा* आपको करना चाहिए। इस विचार का कोई मतलब नहीं है : अगर आपके पास वास्तव में हर चीज़ के लिए समय नहीं है तो आप करना चाहते हैं, या महसूस करते हैं कि आपको करना चाहिए, या कि अन्य लोग आपको ऐसा करने के लिए बुरा कह रहे हैं, तो, ठीक है, आपके पास समय नहीं है – कोई बात नहीं परंतु इससे यह साबित हो जाता है कि यह सब करने में विफल रहने के परिणाम कितने गंभीर हो सकते हैं। इसलिए, तकनीकी रूप से, अत्यधिक काम करने की सूची से परेशान महसूस करना अतार्किक है। आप जो कर सकते हैं, आप करेंगे, आप वह नहीं करेंगे जो आप नहीं कर सकते हैं, और ह्रदय की पीड़ादायक आंतरिक आवाज़ कि आपको सब कुछ करना चाहिए, ग़लत है। हम शायद ही कभी चीज़ों पर इतनी तर्कसंगत रूप से विचार करना बंद कर देते हैं, क्योंकि इसका अर्थ यह होगा कि हम अपनी सीमाओं के तकलीफ़देह सत्य का सामना करें। हम यह स्वीकार करने के लिए मजबूर होंगे कि वहां चुनने के

लिए क्या कठिन विकल्प हैं : जैसे कौन से काम होने देना है, किन लोगों को निराश करना है, किन प्रिय महत्त्वाकांक्षाओं को त्यागना है और किन भूमिकाओं में असफल होना है। हो सकता है कि आप अपनी वर्तमान नौकरी को जारी रखते हुए अपने बच्चों की पर्याप्त देखभाल नहीं कर पाएं; हो सकता है कि अपने रचनात्मक कार्य के लिए सप्ताह में पर्याप्त समय निकालने के कारण आपका घर कभी भी साफ़-सुथरा नहीं रहेगा, या आप उतना व्यायाम नहीं कर पाएंगे जितना आपको करना चाहिए, इत्यादि। इसके बजाय, इन अप्रिय सच्चाइयों से बचने के प्रयास में, हम उस रणनीति का उपयोग करते हैं जो व्यस्तता से निपटने पर पारंपरिक सलाह में हावी रहती है : हम ख़ुद से कहते हैं कि हमें बस और अधिक करने का तरीक़ा ढूंढना होगा – आप कह सकते हैं कि अपनी व्यस्तता का समाधान करने के लिए हम ख़ुद को और भी अधिक व्यस्त बनाने की कोशिश करते हैं।

सिसिफ़स का इनबॉक्स

यह एक आधुनिक समस्या के लिए एक आधुनिक प्रतिक्रिया है, लेकिन यह बिलकुल नई नहीं है। 1908 में, अंग्रेज़ी लेखक अर्नोल्ड बेनेट ने सलाह की एक छोटी और कड़ी नसीहत देनेवाली पुस्तक प्रकाशित की, जिसके शीर्षक ने प्रदर्शित किया कि अधिक फ़िट होने का यह चिंतित प्रयास पहले से ही उनकी एडवर्डियन दुनिया : *हाउ टु लिव ऑन 24 आवर्स ए डे* को परेशान कर रहा था। हाल ही में, एक दैनिक अख़बार में, इस सवाल के इर्द-गिर्द एक बहस छिड़ गई कि क्या एक महिला देश में 85 पाउंड प्रति वर्ष पर अच्छी तरह से रह सकती है। बेनेट ने लिखा। 'मैंने एक निबंध भी देखा है, "सप्ताह में आठ शिलिंग पर कैसे जिएं।" लेकिन मैंने कभी "दिन में चौबीस घंटे कैसे जिएं" कोई निबंध नहीं देखा।' यह मज़ाक़ है! यह स्पष्ट करने के लिए कि किसी को ऐसी सलाह की आवश्यकता कैसे हो सकती है, क्योंकि किसी को भी जीने के लिए दिन में चौबीस घंटे से अधिक नहीं मिलते हैं। फिर भी लोगों को इसकी आवश्यकता थी : बेनेट और उनके द्वारा लक्षित दर्शकों, उपनगरीय नौकरी-पेशा लोगों के लिए जो ट्राम से आते हैं और इंग्लैंड के तेज़ी से समृद्ध होते शहरों में कार्यालय की नौकरियों के लिए ट्रेन में सफ़र करते हैं, इन सभी को समय एक कंटेनर की तरह महसूस होने लगा

था, जो अपनी सारी ज़रूरतों को पूरा करने के लिए बहुत छोटा था। उन्होंने समझाया कि वह अपने 'संकट में फंसे साथियों के लिए लिख रहे थे – उन असंख्य आत्माओं का समूह जो इस भावना से, कमोबेश दर्दनाक रूप से पीड़ित हैं कि वर्ष दर वर्ष गुज़र जाते हैं और निरंतर गुज़रते भी जा रहे हैं लेकिन वे अभी तक अपने जीवन को सही ढंग से अपनी निर्धारित रूपरेखा के अनुसार बना पाने में सक्षम नहीं हो पाए हैं।' उनका स्पष्ट मत यह था कि अधिकांश लोग हर दिन कई घंटे बर्बाद करते थे। विशेष रूप से शाम को; उन्होंने ख़ुद से कहा कि वे कि थक गए थे, जबकि वे आसानी से आराम करते हुए उन सभी जीवन–समृद्ध गतिविधियों के साथ आगे बढ़ सकते थे जिनके लिए उन्होंने दावा किया था कि उनके पास कभी समय नहीं था। बेनेट ने लिखा कि 'मेरा सुझाव यह है कि छह बजे आप अपने कार्यों की समीक्षा करें और अपने मन में यह स्वीकार करें कि आप थक नहीं रहे हैं (क्योंकि आप थके नहीं हैं, यह आप भी जानते हैं)' एक वैकल्पिक रणनीति के रूप में, वह इसके बजाय पहले उठने का सुझाव देते हैं; उनकी किताब में यह भी निर्देश दिए गए हैं कि अगर आप नौकरों से पहले उठ जाएं तो अपनी चाय ख़ुद कैसे बनाएं।

हाउ टु लिव ऑन 24 आवर्स अ डे एक अद्भुत और प्रेरणादायक पुस्तक है, जो व्यावहारिक सुझावों से भरी हुई है, इसी कारण यह पढ़ने योग्य है। लेकिन पूरी बात एक पूर्व–संदिग्ध धारणा पर आधारित है (इस धारणा के अलावा कि मेरा आशय है कि आपके पास नौकर हैं) लगभग हर बार के प्रबंधन विशेषज्ञ की तरह, जो उनके बाद आने वाले थे, बेनेट का मतलब है कि यदि आप उनकी सलाह का पालन करते हैं, तो आप समय के साथ शांति महसूस करने के साथ–साथ महत्त्वपूर्ण कार्यों को संपन्न कर सकेंगे। उनका सुझाव है कि प्रत्येक दिन के पात्र में थोड़ी अधिक गतिविधि संपन्न करें, और आप अंत में 'पर्याप्त समय' होने की शांत और प्रभावी स्थिति तक पहुंच जाएंगे। लेकिन यह 1908 में सच नहीं था, और यह आज और भी कम सच है। मैंने ब्रुकलिन के उस पार्क की बेंच पर बैठकर जो समझना शुरू किया था, वह अब भी मुझे समय के दबाव से निपटने का सबसे अच्छा उपाय लगता है। अपनी सीमाओं को अपनाने की दिशा में यह एक शानदार रूप से मुक्त करने वाला पहला क़दम है : समस्या यह है

कि हर उस चीज़ के लिए समय निकालने की कोशिश करना, जो महत्त्वपूर्ण लगती है - या बस उतनी महत्त्वपूर्ण चीज़ों के लिए समय निकालने की कोशिश करना - वह *पर्याप्त* है कि आप निश्चित रूप से ऐसा कभी नहीं कर पाएंगे।

इसका कारण यह नहीं है कि आपने अभी तक समय प्रबंधन के सही तरीक़े नहीं खोजे हैं या पर्याप्त प्रयास नहीं किए हैं, या आपको जल्दी उठना शुरू करना है, या आप आम तौर पर ख़राब हैं। ऐसा इसलिए है, क्योंकि इसमें अंतर्निहित धारणा अनुचित है: यह मानने का कोई कारण नहीं है कि केवल बस अधिक काम करके आप कभी भी 'चीज़ों के शीर्ष पर' महसूस करेंगे, या जो कुछ भी मायने रखता है, उसके लिए समय निकाल लेंगे। शुरुआत के लिए, जो 'मायने रखता है' वह व्यक्तिपरक है, इसलिए आपके पास यह मानने का कोई आधार नहीं है कि हर उस चीज़ के लिए समय होगा जिसे आप, या आपके नियोक्ता, या आपकी संस्कृति महत्त्वपूर्ण मानती है। लेकिन दूसरा परेशान करने वाला मुद्दा यह है कि यदि आप अधिक चीज़ों को फ़िट करने में सफल हो जाते हैं, तो आप पाएंगे कि लक्ष्य बदलने लगते हैं : और भी अधिक चीज़ें महत्त्वपूर्ण, अर्थपूर्ण या अनिवार्य लगने लगेंगी। अपने काम को अद्भुत गति से करने की प्रतिष्ठा हासिल करें, और आपको और अधिक काम दिया जाएगा। (आपका बॉस बेवकूफ़ नहीं है : वह किसी धीमे व्यक्ति को अतिरिक्त काम क्यों देगा?) यह पता लगाएं कि अपने बच्चों के साथ और कार्यालय में पर्याप्त समय कैसे बिताया जाए, ताकि आप दोनों के बारे में स्वयं को दोषी महसूस नहीं करें, और आप अचानक कुछ नया सामाजिक दबाव महसूस करेंगे : व्यायाम करने में अधिक समय बिताने के लिए या अभिभावक-शिक्षक संघ में शामिल होने के लिए-ओह, और अंत में आपको लगेगा कि आपके पास ध्यान करना सीखने का समय नहीं है? जिस साइड बिज़नेस का आपने वर्षों से सपना देखा है, उसे शुरू करने के लिए आगे बढ़ें, और अगर यह सफल हो जाता है, तो आपको इसे छोटा रखने से संतुष्ट होने में देर नहीं लगेगी। यही बात घर के कामों के बारे में भी लागू होती है : अपनी पुस्तक *मोर वर्क फ़ॉर मदर* में, अमेरिकी इतिहासकार रूथ श्वार्ट्ज़ कोवान बताती हैं कि जब गृहिणियों ने पहली बार कपड़े धोने की मशीन और वैक्यूम क्लीनर जैसे 'श्रम-बचत' उपकरणों का इस्तेमाल किया, तो समय की कोई बचत नहीं हुई, क्योंकि

समाज के स्वच्छता के मानक केवल लाभों की भरपाई करने के लिए बढ़े हैं; अब जब आप अपने पति की प्रत्येक शर्ट को एक बार पहनने के बाद बेदाग़ स्थिति में वापस कर सकते हैं, तो ऐसा महसूस होने लगा कि आपको यह दिखाना चाहिए कि आप उससे कितना प्यार करते हैं। अंग्रेज़ी हास्यकार और उनके लेखक सी. नॉर्थकोट पार्किंसन ने 1955 में लिखा कि 'काम का विस्तार इस तरह होता है कि इसके पूरा होने के लिए उपलब्ध समय को पूरा किया जा सके', जिसे 'पार्किंसंस के नियम' के रूप में जाना जाने लगा। लेकिन यह केवल एक मज़ाक़ नहीं है, और यह केवल काम पर लागू नहीं होता है। यह हर उस चीज़ पर लागू होता है जिसे करने की आवश्यकता होती है। वास्तव में, यह 'क्या करने की आवश्यकता है' की परिभाषा है जो उपलब्ध समय को भरने के लिए विस्तारित होती है।

यह पूरी दुःखद विडंबना विशेष रूप से ईमेल के मामले में भी दिखाई देती है, जो बीसवीं सदी का उत्कृष्ट आविष्कार है, जिसके द्वारा पूरी दुनिया का कोई भी अनजान व्यक्ति जब भी उसका मन चाहे, आपकी नाक के पास एक डिजिटल खिड़की के माध्यम से, या आपकी जेब में, आपके कामकाजी दिन में, और अक्सर सप्ताहांत में भी आपको परेशान कर सकता है और यह सब करने के लिए उसको कुछ भी ख़र्च करने की ज़रूरत नहीं है। इस व्यवस्था का 'इनपुट' पक्ष–ईमेल की संख्या जो आप सिद्धांत रूप में प्राप्त कर सकते हैं – अनिवार्य रूप से अनंत है। लेकिन 'आउटपुट' पक्ष–आपके पास ठीक से पढ़ने, जवाब देने या हटाने का निर्णय लेने के लिए समय की मात्रा–पूरी तरह से सीमित है। इसलिए अपने ईमेल को संसाधित करने में बेहतर होना एक असीम लंबी सीढ़ी पर और भी अधिक तेज़ी से चढ़ने जैसा है : आप अधिक जल्दबाजी महसूस करेंगे, लेकिन आप कितनी भी जल्दी जाएं, आप कभी भी शीर्ष पर नहीं पहुंचेंगे। प्राचीन यूनानी मिथक के अनुसार, देवताओं ने राजा सिसिफ़स को उसके अहंकार के लिए दंडित किया और उसे एक विशाल चट्टान को पहाड़ी पर ऊपर धकेलने की सज़ा दी, जो वापस लुढ़क जाती है। यह क्रिया वह अनंत काल तक दोहराने के लिए अभिशप्त होता है। समकालीन संस्करण में, सिसिफ़स अपने इनबॉक्स को ख़ाली करता, पीछे की ओर झुकता और गहरी सांस लेता, तभी एक परिचित पिंग सुनाई देता : 'आपके पास नए संदेश हैं...'

हालांकि, यहां स्थिति और भी ख़राब हो जाती है, क्योंकि यहां गोलपोस्ट-शिफ़्टिंग प्रभाव शुरू हो जाता है : हर बार जब आप किसी ईमेल का जवाब देते हैं, तो उस ईमेल का जवाब देने का एक अच्छा मौक़ा होता है, जिसके लिए स्वयं एक और जवाब की आवश्यकता हो सकती है, और इसी तरह यह क्रम निरंतर चलता रहता है। उसी समय, आप किसी ऐसे व्यक्ति के रूप में जाने जाएंगे जो ईमेल का तुरंत जवाब देता है, इसलिए आपको अधिक लोग संदेश भेजने के लिए अपने समय के योग्य समझेंगे। (इसके विपरीत, लापरवाही से ईमेल करने वाले अक्सर पाते हैं कि जवाब देना भूल जाने से उनका समय बचता है : लोग उन समस्याओं का वैकल्पिक समाधान ढूंढते हैं जिन्हें वे आपको हल करने के लिए परेशान कर रहे थे, या जिस संकट के बारे में वे ईमेल कर रहे थे, वह कभी भी साकार नहीं होता है।) तो यह सिर्फ़ इतना नहीं है कि आप कभी अपने ईमेल को पूरी तरह से समाप्त नहीं कर पाते; वास्तव में 'अपने ईमेल को समाप्त करना' की प्रक्रिया *और भी अधिक ईमेल उत्पन्न करती है।* संचालन में सामान्य सिद्धांत यह है जिसे आप 'दक्षता जाल' कह सकते हैं। अपने आप को अधिक कुशल बनाना-या तो विभिन्न उत्पादकता तकनीकों को लागू करके या ख़ुद को अधिक मजबूत बनाकर भी सामान्यतः आपको यह महसूस नहीं कराएगा कि आपके पास 'पर्याप्त समय' है क्योंकि बाक़ी सब स्थितियां समान होने के कारण, समय के लाभ की भरपाई करने के लिए अतिरिक्त समय की मांग बढ़ जाएगी। शेष कार्यों को पूरा करने की जगह, आप करने के लिए नए कार्यों का सृजन कर रहे होंगे।

हम में से अधिकांश के लिए, ज़्यादातर समय, दक्षता जाल से पूरी तरह से बचना संभव *नहीं* है। आख़िरकार, हम में से कुछ ही लोग अपने ईमेल को समाप्त करने का प्रयास करने की स्थिति में होते हैं, भले ही परिणाम यह हो कि हमें अधिक ईमेल प्राप्त हों। यही बात जीवन की अन्य ज़िम्मेदारियों पर भी लागू होती है : हम अक्सर समान समय में कार्यों की अधिक संख्या बढ़ाने के तरीक़े खोजने के लिए बाध्य होते हैं, भले ही हम परिणामस्वरूप बहुत व्यस्त महसूस करें। (इसी तरह, श्वार्ट्ज कोवान की बीसवीं शताब्दी की शुरुआती गृहिणियों ने संभवतः महसूस किया कि वे कभी भी साफ़-सुथरे और स्वच्छ घरों के प्रति सामाजिक दबाव का सामना

नहीं कर सकती हैं। इसलिए मेरा मतलब यह नहीं है कि एक बार जब आप समझ जाते हैं कि यहां क्या हो रहा है, तो आप फिर कभी व्यस्त महसूस नहीं करेंगे।

लेकिन आप जो विकल्प चुन सकते हैं, वह यह है कि आप यह विश्वास करना बंद कर दें कि आप कभी भी अधिक व्यस्तता की चुनौती को हल करेंगे, क्योंकि इससे मामला और ख़राब हो जाता है। और एक बार जब आप इस धारणा पर विचार करना बंद कर देते हैं कि शायद एक दिन आप उसी तरीक़े से चिंता मुक्ति प्राप्त कर लें, तो वर्तमान में और समय की अत्यधिक मांग के दौरान भी चिंता मुक्ति प्राप्त करना आसान हो जाता है, क्योंकि आप अब अपनी चिंता मुक्ति को समय की मांगों का सामना करने पर निर्भर नहीं कर रहे हैं। एक बार जब आप यह विश्वास करना बंद कर देते हैं कि समय के बारे में कठिन विकल्पों से बचना किसी तरह संभव हो सकता है, तो बेहतर विकल्प बनाना आसान हो जाता है। आप यह समझने लगते हैं कि जब करने के लिए बहुत कुछ होता है, और हमेशा होगा, तो मनोवैज्ञानिक स्वतंत्रता का एकमात्र मार्ग यह है कि यह सब करने की सीमा से इनकार करने वाली कल्पना को छोड़ दिया जाए और इसके बजाय कुछ चीज़ें करने पर ध्यान केंद्रित किया जाए जो महत्त्वपूर्ण हैं।

तलहीन बकेट सूची

इनबॉक्स और वॉशिंग मशीनों की इस सारी चर्चा से यह धारणा बनने का जोख़िम उत्पन्न हो सकता है कि अधिक चिंतित महसूस होना केवल कार्यालय में या घर के आसपास बहुत काम होने के कारण है। लेकिन इसका एक गहरा अर्थ यह है कि आज दुनिया में जीवित रहने का मतलब 'बहुत कुछ करने को है' की भावना से ग्रस्त होना है, भले ही आप किसी पारंपरिक अर्थ में व्यस्त जीवन जी रहे हों या नहीं। इसे 'अस्तित्वगत अभिभूतता' के रूप में सोचें : आधुनिक दुनिया उन कार्यों की एक निरंतर उपलब्धता प्रदान करती है जो करने लायक़ लगते हैं, और इसलिए आप आदर्श रूप से क्या करना चाहते हैं और आप वास्तव में क्या कर सकते हैं, इसके बीच एक आवश्यक और अपरिवर्तनीय अंतर पैदा होता है। जैसा

कि जर्मन समाजशास्त्री हार्टमट रोसा बताते हैं, पूर्व-आधुनिक लोग ऐसे विचारों से ज़्यादा परेशान नहीं थे, आंशिक रूप से इसलिए कि वे मृत्यु के बाद के जीवन में विश्वास करते थे : अपने सीमित समय का 'अधिकतम लाभ उठाने' के लिए उन पर कोई विशेष दबाव नहीं था, क्योंकि जहां तक उनका संबंध है, यह सीमित नहीं था, और किसी भी मामले में, सांसारिक जीवन सबसे महत्त्वपूर्ण भाग के लिए एक अपेक्षाकृत महत्त्वहीन प्रस्तावना थी। अपने इतिहास के माध्यम से वे दुनिया को अपरिवर्तनीय चीज़ के रूप में अथवा कुछ संस्कृतियों में, एक जैसे ही अनुमानित चरणों के माध्यम से बार-बार चलनेवाले चक्र के रूप में देखने की वृत्ति रखते थे। यह एक जानी-मानी मात्रा की तरह लगता था : आप जीवन के मानवरुपी नाटक में अपनी भूमिका निभाने के लिए संतुष्ट थे - एक ऐसी भूमिका जो आपसे पहले अनगिनत हज़ारों लोगों ने निभाई थी, और हज़ारों और भी लोग आपकी मृत्यु के बाद निभाएंगे - बिना किसी अर्थ के कि आप इतिहास में अपने विशेष क्षण की रोमांचक नई संभावनाओं से चूक रहे थे। (इतिहास के अपरिवर्तनीय या चक्रीय दृष्टिकोण में, कभी भी कोई रोमांचक नई संभावनाएं नहीं होती हैं।) लेकिन धर्मनिरपेक्ष आधुनिकता यह सब बदल देती है। जब लोग मृत्यु के बाद के जीवन में विश्वास करना बंद कर देते हैं, तो सब कुछ *इस* जीवन का अधिकतम लाभ उठाने पर निर्भर करता है। और जब लोग प्रगति में विश्वास करना शुरू करते हैं - इस विचार में कि इतिहास एक और अधिक परिपूर्ण भविष्य की ओर बढ़ रहा है, तब वे अपने छोटे से जीवनकाल की तकलीफ़ को कहीं अधिक तीव्र रूप से महसूस करते हैं, जो उन्हें लगभग उस भविष्य से चूकने की निंदा करता है। और इसलिए वे अपने जीवन को अनुभव से भरकर अपनी चिंताओं को शांत करने की कोशिश करते हैं। रोज़ा की पुस्तक *सोशल एक्सेलरेशन* के अपने अनुवादक के परिचय में, जोनाथन ट्रेजो-मैथिस लिखते हैं :

> जितना अधिक हम विभिन्न स्थानों पर जाने, नई चीज़ें देखने, नए खाद्य पदार्थों की कोशिश करने, आध्यात्मिकता के विभिन्न रूपों को अपनाने, नई गतिविधियों को सीखने, दूसरों के साथ कामुक सुख साझा करने की अपनी क्षमता को तेज़ कर सकते हैं, चाहे वह नृत्य में हो या सेक्स में और कला के विभिन्न रूपों

> का अनुभव करें, इत्यादि, अनुभव की संभावनाओं के बीच उतनी ही कम असंगति होगी जिसे हम अपने जीवनकाल में महसूस कर सकते हैं और वर्तमान और भविष्य में मनुष्यों के लिए उपलब्ध संभावनाओं की कुल श्रृंखला के बीच कम विसंगति होगी। यानी, हम वास्तविक रूप से *पूर्ण* जीवन के क़रीब आते हैं, शाब्दिक अर्थ में जो अनुभवों से भरा हो सकता है।

इसलिए एक बकेट लिस्ट से विदेशी गंतव्यों को चिह्नित करने वाला सेवानिवृत्त व्यक्ति और अपने सप्ताहांत को मस्ती से भर देनेवाला आनंदजीवी व्यक्ति यक़ीनन एक थके हुए सामाजिक कार्यकर्ता या कॉर्पोरेट वकील की तरह अभिभूत हैं। यह सच है कि जिन चीज़ों से वे घिरे हुए हैं, वे नाममात्र के रूप में अधिक सुखद हैं; आवास खोजने के लिए छोड़े गए बेघर परिवारों की लंबी सूची, या प्रूफ़रीडिंग के लिए छोड़े गए अनुबंधों के एक बड़े ढेर की तुलना में यात्रा करने के लिए ग्रीक द्वीपों की एक लंबी सूची रखना निश्चित रूप से अच्छा है। लेकिन यह मामला अपनी जगह पर ही बना हुआ है कि उनकी आवश्यकताओं की पूर्ति अभी भी उनके प्रबंधन पर निर्भर करती है कि वे जितना कर *सकते* हैं उससे अधिक करें। इससे यह समझाने में मदद मिलती है कि क्यों अपने जीवन को आनंददायक गतिविधियों से भरपूर रखना आपकी अपेक्षा से कम संतोषजनक साबित होता है। यह दुनिया द्वारा प्रदान किए जाने वाले अनुभवों को आत्मसात करने का एक प्रयास है, ऐसा महसूस करने के लिए कि आप वास्तव में *जी* चुके हैं– लेकिन दुनिया के पास प्रदान करने के लिए प्रभावी रूप से अनंत संख्या में अनुभव हैं, इसलिए उनमें से कुछ को अपने जीवन में ग्रहण कर लेने से जीवन की संभावनाओं का आनंद लेने की भावना के क़रीब नहीं पहुंच जाते। इसके बजाय, आप ख़ुद को सीधे दक्षता के जाल में फंसते हुए पाते हैं। आप जितने अधिक अद्भुत अनुभव प्राप्त करने में सफल होते हैं, उतने ही अधिक अद्भुत अनुभव आपको महसूस होने लगते हैं कि आपके पास पहले से मौजूद सभी अनुभवों के अलावा आपके पास भी हो सकता है, या होना चाहिए, जिसके परिणामस्वरूप अस्तित्व पर हावी होने की भावना बदतर हो जाती है।

शायद यह कहने की आवश्यकता नहीं है कि इंटरनेट इस सब को और भी अधिक कष्टप्रद बनाता है, क्योंकि यह आपको अपने समय का बेहतर उपयोग करने में मदद करने का वादा करता है, साथ ही साथ आपको अपने समय के लिए बहुत अधिक संभावित उपयोगों के लिए उजागर करता है–ताकि आप जीवन का अधिकतम लाभ उठाने के लिए जिस उपकरण का उपयोग कर रहे हैं, वह आपको ऐसा महसूस कराए कि आप इससे भी अधिक कुछ खो रहे हैं। उदाहरण के लिए, फ़ेसबुक उन कार्यक्रमों के बारे में जानकारी रखने का एक बहुत ही प्रभावी तरीक़ा है जिनमें आप उपस्थित होना चाहते हैं। लेकिन यह उन कार्यक्रमों के बारे में सुनने का भी एक निश्चित तरीक़ा है जिनमें आप संभवतः किसी से भी अधिक भाग लेना चाहते हैं। ओकक्यूपिड लोगों को डेट करने के लिए खोजने का एक कुशल तरीक़ा है, लेकिन लगातार अन्य सभी, संभावित रूप से अधिक आकर्षक लोगों के बारे में याद दिलाया जा रहा है जिन्हें आप डेट कर सकते हैं। ईमेल बड़ी मात्रा में संदेशों का तेज़ी से जवाब देने के लिए एक अद्वितीय उपकरण है–लेकिन फिर, अगर ईमेल नहीं होता, तो आपको पहले स्थान पर इतने सारे संदेश प्राप्त ही नहीं होते। जिन तकनीकों का उपयोग करके हम 'हर चीज़ के शीर्ष पर पहुंचने' की कोशिश करते हैं, वे अंत में हमेशा हमें विफल कर देती हैं, क्योंकि वे 'हर चीज़' के आकार को बढ़ाती हैं जिसमें हम शीर्ष पर पहुंचने की कोशिश कर रहे हैं।

आपको डेक को साफ़ करना क्यों बंद कर देना चाहिए

अब तक, मैं लिख रहा हूं जैसे कि दक्षता जाल मात्रा का एक साधारण मामला है : आपको बहुत कुछ करना है, इसलिए आप अधिक फ़िट होने की कोशिश करते हैं, लेकिन विडंबना यह है कि आपके पास और ज़्यादा काम हो जाता है। हालांकि, इस जाल का सबसे बुरा पहलू यह है कि यह गुणवत्ता का भी मामला है। आप हर चीज़ में फ़िट होने के लिए जितना अधिक संघर्ष करेंगे, उतना ही अधिक समय आप ख़ुद को कम से कम सार्थक चीज़ों पर ख़र्च करते हुए पाएंगे। एक अति-महत्त्वाकांक्षी समय प्रबंधन प्रणाली को अपनाएं जो आपकी पूरी कार्य सूची का ध्यान रखने का वादा करती है, और आप शायद उस सूची की सबसे महत्त्वपूर्ण वस्तुओं तक

भी नहीं पहुंच पाएंगे। जितना संभव हो सके उतना अपनी सेवानिवृत्ति को दुनिया को देखने के लिए समर्पित करें, और आपको शायद सबसे दिलचस्प भाग भी देखने को नहीं मिलेंगे।

इस प्रभाव का कारण सीधा है : जितना अधिक आप दृढ़ता से सोचते हैं कि हर चीज़ के लिए समय निकालना संभव होना चाहिए, उतना ही कम दबाव आपको यह पूछने के लिए महसूस होगा कि क्या कोई भी गतिविधि आपके समय के एक हिस्से के लिए सबसे अच्छा उपयोग है। जब भी आप अपनी टु-डू सूची या अपने सामाजिक कार्यों की सूची के लिए किसी संभावित नए कार्य का सामना करते हैं, तो आप इसे स्वीकार करने के पक्ष में दृढ़ता से इसका समर्थन करेंगे, क्योंकि आप मान लेंगे कि आपको इसके लिए समय निकालने के लिए किसी अन्य कार्य या अवसरों का त्याग करने की आवश्यकता नहीं है। फिर भी क्योंकि वास्तव में आपका समय सीमित है, कुछ भी करने के लिए त्याग की आवश्यकता होती है - उन सभी अन्य चीज़ों का त्याग जो आप उस समय के साथ कर सकते थे। यदि आप अपने आप से यह पूछना बंद नहीं करते हैं कि क्या त्याग इसके लायक़ है, तो आपके दिन स्वतः रूप से ना केवल अधिक कार्यो से परिपूर्ण होने लगेंगे, बल्कि अधिक तुच्छ या थकाऊ कार्यों में व्यस्त रहने लगेंगे, क्योंकि उन्हें कभी भी किसी और चीज़ से अधिक महत्त्वपूर्ण निर्णय लेने की बाधा को दूर नहीं करना पड़ा है। आम तौर पर, ये ऐसी चीज़ें होंगी जो अन्य लोग चाहते हैं कि आप *अपने* जीवन को आसान बनाने के लिए करें, और जिनका आपने विरोध करने की कोशिश करने के बारे में नहीं सोचा था। प्रबंधन विशेषज्ञ जिम बेन्सन के शब्दों में, आप जितने अधिक कुशल होते हैं, उतने ही अधिक आप 'अन्य लोगों की अपेक्षाओं के लिए एक असीमित भंडार' बन जाते हैं।

एक पेड-अप प्रोडक्टिविटी गीक के रूप में कार्य करने के दौरान उस वक़्त मेरे पूरे परिदृश्य का यही वह पहलू था जिसने मुझे सबसे ज़्यादा परेशान किया। अपने आप को एक ऐसे व्यक्ति के रूप में सोचने के बावजूद, जो चीज़ों को पूरा करता था, यह कष्टप्रद रूप से स्पष्ट हो गया कि जिन कार्यों को मैंने सबसे अधिक लगन से किया, वे *महत्त्वहीन* थे, जबकि महत्त्वपूर्ण कार्य स्थगित हो गए - या तो हमेशा के लिए या जब तक कि एक औसत

दर्जे की एक तनावपूर्ण हड़बड़ी में एक आसन्न समय सीमा ने मुझे उन्हें पूरा करने के लिए मजबूर नहीं किया। नियमित रूप से अपना पासवर्ड बदलने के महत्त्व के बारे में मेरे समाचार पत्र के आईटी विभाग का ईमेल मुझे त्वरित कार्रवाई के लिए उकसाता था, हालांकि मैं इसे पूरी तरह से नज़रअंदाज़ कर सकता था। (संकेत विषय पंक्ति में था, जहां 'कृपया पढ़ें' शब्द आम तौर पर एक संकेत हैं कि आपको आगे क्या पढ़ने की आवश्यकता नहीं है।) इस बीच, अब नई दिल्ली में रहने वाले एक पुराने दोस्त के लंबे संदेश और उस प्रमुख लेख के लिए शोध जो मैं महीनों से योजना बना रहा था, को नज़रअंदाज़ कर दिया जाएगा, क्योंकि मैंने ख़ुद से कहा कि इस तरह के कार्यों पर मेरा पूरा ध्यान केंद्रित करने की आवश्यकता है, जिसका अर्थ है तब तक इंतज़ार करना जब तक कि मेरे पास ख़ाली समय का एक अच्छा हिस्सा नहीं हो और कम छोटे-लेकिन-ज़रूरी काम मेरा ध्यान खींच सकें। और इसलिए, इसके बजाय, मैं एक कर्तव्यनिष्ठ और कुशल कर्मचारी की तरह, छोटी-छोटी चीज़ों को निपटाते हुए अपनी ऊर्जा डेक को साफ़ करने में लगाऊंगा। - यह सब कैसे किया जाये यह पता लगाने में ही पूरा दिन निकल गया और रात भर में डेक फिर से कार्यों से भर गया और नई दिल्ली के ईमेल का जवाब देने या उस चिरप्रतीक्षित महत्त्वपूर्ण लेख पर शोध करने का क्षण कभी नहीं आया। कोई भी इस तरह से वर्षों को बर्बाद कर सकता है, व्यवस्थित रूप से उन चीज़ों को स्थगित कर सकता है जिनकी वह सबसे अधिक परवाह करता है।

ऐसी स्थितियों में विशेष रूप से क्या आवश्यक है, मुझे धीरे-धीरे समझ में आया है, अपने आप को अधिक कुशल बनाने की कोशिश करने की प्रति-उत्पादक रणनीति नहीं, बल्कि इस तरह के आग्रहों का विरोध करने की इच्छा-अभिभूत महसूस करने की चिंता के साथ रहना सीखना, हर चीज़ के शीर्ष पर नहीं होना, अधिक फ़िट होने की कोशिश करके स्वचालित रूप से प्रतिक्रिया दिए बिना एक प्रकार का कौशल-विरोधी है। इस तरह से अपने दिनों तक पहुंचने का मतलब है, डेक को साफ़ करने के बजाय, डेक को साफ़ करने से *इनकार* करना, इसके बजाय वास्तव में सबसे बड़ा परिणाम क्या है, यह जानने की असुविधा को सहन करते हुए कि, जैसे-जैसे आप ऐसा करते हैं, डेक ईमेल और कामों और अन्य कामों से भर जाएगा, जिनमें से कई को आप शायद कभी भी पूरा नहीं कर पाएंगे।

जब परिस्थितियों की मांग होगी, तब आप कभी-कभी ख़ुद से और भी अधिक से अधिक कार्य करवाने के लिए प्रयासरत रहेंगे और इसके लिए कड़ी मेहनत करने का फ़ैसला करेंगे, लेकिन यह आपका डिफ़ॉल्ट मोड नहीं होगा, क्योंकि आप अब हर चीज़ के लिए एक दिन का समय निकालने के भ्रम में काम नहीं करेंगे।

अस्तित्वगत अतिरेक के लिए भी यही बात लागू होती है : जो आवश्यक है वह है अधिक से अधिक अनुभवों का उपभोग करने की इच्छा का विरोध करना, क्योंकि यह रणनीति केवल उपभोग करने के लिए और भी अधिक अनुभवों को छोड़ देने की भावना को जन्म दे सकती है। एक बार जब आप वास्तव में समझ जाते हैं कि आपको दुनिया के लगभग हर अनुभव से चूकने की गारंटी है, तो यह तथ्य कि बहुत सारे ऐसे हैं जिन्हें आपने अभी भी अनुभव नहीं किया है, एक समस्या की तरह महसूस होना बंद हो जाता है। इसके बजाय, आपको उन अनुभवों के छोटे-छोटे टुकड़ों का पूरा आनंद लेने पर ध्यान केंद्रित करने का मौक़ा मिलता है जिनके लिए आपके पास वास्तव में समय होता है-और जितना अधिक आप प्रत्येक क्षण में चुनने के लिए स्वतंत्र हैं, उतना ही अधिक आपके लिए सबसे महत्त्वपूर्ण है।

सुविधा के नुक़सान

एक और, विशेष रूप से छलपूर्ण तरीक़ा है जिसमें बढ़ी हुई दक्षता की खोज इन दिनों समय के साथ हमारे संबंधों को विकृत करती है : *सुविधा* का आकर्षक प्रलोभन। पूरा उद्योग अब थकाऊ और अधिक समय लेने वाले कामों को समाप्त या तेज़ करके हमें भारी मात्रा में काम करने से निपटने में मदद करने के वादे पर फलता-फूलता है। लेकिन इसका परिणाम भी एक विडंबना ही होता है जिसका बहुत आश्चर्य नहीं होना चाहिए, वह यह है कि जीवन सूक्ष्म रूप से बदतर हो जाता है। दक्षता जाल की अन्य अभिव्यक्तियों की तरह, इस तरह से समय ख़ाली करना मात्रा के मामले में प्रतिकूल प्रभाव डालता है, क्योंकि ख़ाली किया गया समय और अधिक चीज़ों से भर जाता है, जो आपको लगता है कि आपको करना है, और यह सब करने से कार्यों की गुणवत्ता भी प्रभावित होती है क्योंकि तकलीफ़ देने वाले अनुभवों को

समाप्त करने के प्रयास में हम ग़लती से उन महत्त्वपूर्ण चीज़ों को भी ख़त्म कर देते हैं जिनके ख़त्म हो जाने के बाद हमें महसूस होता है कि वे हमारे लिए महत्त्वपूर्ण थीं।

यह इस तरह काम करता है : स्टार्ट-अप शब्दजाल में, सिलिकॉन वैली में भाग्य बनाने का तरीक़ा एक 'दर्द बिंदु' की पहचान करना है - दैनिक जीवन के 'घर्षण' के परिणामस्वरूप (अधिक शब्दजाल) छोटी परेशानियों में से एक-और फिर इसे दरकिनार करने का एक तरीक़ा पेश करना। इस प्रकार उबर आपकी स्थानीय टैक्सी कंपनी के लिए एक नंबर का पता लगाने और उसे कॉल करने, या सड़क पर एक कैब चलाने की कोशिश करने के 'दर्द' को समाप्त करता है; एपल पे जैसे डिजिटल वॉलेट ऐप आपके बटुए या नकदी के लिए आपके बैग में पहुंचने के 'दर्द' को दूर करते हैं। अमेरिकी खाद्य वितरण सेवा सीमलेस ने विज्ञापन भी चलाए हैं - आपके स्वाद को लुभाने वाले, इसमें वे दावा करते हुए नज़र आते हैं कि यह आपको एक मांसाहारी रेस्तरां कार्यकर्ता से बात करने की पीड़ा से बचाता है; इसके बजाय, आपको केवल एक स्क्रीन के साथ संवाद करने की आवश्यकता है। यह सच है कि सब कुछ इस तरह से अधिक सुचारू रूप से चलता है। लेकिन यह पता चला है कि सरलता एक संदिग्ध गुण है।

यह अक्सर जीवन की सहज बनावट ही होती है, जो इसे जीने योग्य बनाती है और उन रिश्तों को पोषित करने में मदद करती है जो हमारे मानसिक और शारीरिक स्वास्थ्य एवं हमारे समुदायों के सामंजस्य के लिए महत्त्वपूर्ण हैं। आपकी स्थानीय टैक्सी फ़र्म के प्रति आपकी वफ़ादारी उन नाज़ुक सामाजिक धागों में से एक है, जो हज़ारों गुना बढ़कर एक पड़ोस को एक साथ बांधती है; पास में चाइनीज़ टेकअवे चलाने वाली महिला के साथ आपकी बातचीत महत्त्वहीन लग सकती है, लेकिन वे आपको उस तरह का क्षेत्र बनाने में मदद करते हैं जहां लोग अभी भी एक-दूसरे से बात करते हैं, जहां तकनीक से प्रेरित अकेलापन अभी भी सर्वोच्च नहीं है। (इसे घर से काम करने वाले लेखक से लें : दूसरे इंसान के साथ कुछ संक्षिप्त बातचीत एक दिन में सभी तरह के अंतर उत्पन्न कर सकती है।) एपल पे के बारे में, जब मैं कुछ ख़रीदता हूं तो मुझे थोड़ी खींचतान पसंद है, क्योंकि यह अत्यल्प रूप से मेरी व्यर्थ ख़रीद को रोकने की संभावना बढ़ा देता है।

दूसरे शब्दों में, सुविधा चीज़ों को आसान बनाती है, लेकिन इस बात की परवाह किए बिना कि क्या सहजता वास्तव में किसी भी संदर्भ में सबसे मूल्यवान है। उन सेवाओं को लें – जिन पर मैंने हाल के वर्षों में बहुत अधिक भरोसा किया है – जो आपको जन्मदिन के कार्ड को डिजाइन करने और फिर दूर से मेल करने देती हैं, ताकि आप कभी भी भौतिक वस्तु को स्वयं ना देख सकें और ना ही छू सकें। शायद कुछ भी नहीं से बेहतर। लेकिन प्रेषक और प्राप्तकर्ता दोनों जानते हैं कि किसी दुकान से कार्ड ख़रीदना, उस पर हाथ से लिखना और फिर उसे पोस्ट करने के लिए पोस्टबॉक्स में जाना एक ख़राब विकल्प है, क्योंकि इसके विपरीत घिसी-पिटी बात यह है कि वास्तव में केवल विचार ही मायने नहीं रखता, बल्कि मायने रखता है प्रयास – जिसका अर्थ है, असुविधा। जब आप प्रक्रिया को अधिक सुविधाजनक बनाते हैं, तो आप इसका अर्थ खो देते हैं। उद्यम पूंजीपति और रेडिट के सह-संस्थापक एलेक्सिस ओहानियन ने देखा है कि हम अक्सर हम अक्सर 'यह तब तक नहीं समझते कि कुछ ख़राब है जब तक कोई और हमें एक बेहतर तरीक़ा नहीं दिखाता।' लेकिन हम यह महसूस नहीं कर पाते कि कोई दैनिक प्रक्रिया वास्तव में ख़राब है या नहीं, इसका एक और कारण यह है कि वह प्रक्रिया शुरू से ही ख़राब नहीं होती है – और उसमें शामिल असुविधा, जो बाहर से ख़राब होने जैसी लग सकती है, लेकिन वास्तव में यह कुछ अनिवार्य रूप से मानवीय है।

अक्सर, सुविधा का प्रभाव केवल यह नहीं होता है कि एक दी गई गतिविधि कम मूल्यवान महसूस होने लगती है, बल्कि यह है कि हम अधिक सुविधाजनक गतिविधियों के पक्ष में कुछ मूल्यवान गतिविधियों में शामिल होना बंद कर देते हैं। क्योंकि आप घर पर रह *सकते* हैं, ऑनलाइन खाना ऑर्डर कर सकते हैं, और नेटफ़्लिक्स पर सिटकॉम देख सकते हैं, आप ख़ुद को ऐसा करते हुए पाते हैं – हालांकि आप पूरी तरह से जानते होंगे कि आपके पास एक बेहतर समय होता अगर आपने शहर में दोस्तों से मिलने के लिए अपनी योजना बनाई होती अथवा एक दिलचस्प नई योजना बनाने की कोशिश की होती। कोलंबिया विश्वविद्यालय के क़ानून के प्रोफ़ेसर टिम वू सुविधा संस्कृति के नुक़सान पर एक निबंध में लिखते हैं, 'मैं अपनी कॉफ़ी बनाना पसंद करता हूं, लेकिन स्टारबक्स इंस्टेंट इतना सुविधाजनक है कि मैं शायद ही कभी वह करता हूं जो मुझे पसंद है।' इस

बीच, जीवन के वे पहलू जो अधिक सुचारू रूप से चलने का विरोध करते हैं, वे अनाकर्षक प्रतीत होने लगने लगते हैं। वू बताती हैं, 'जब आप क़तार को छोड़ सकते हैं और अपने ''फोन'' पर संगीत कार्यक्रम के टिकट ख़रीद सकते हैं, तो चुनाव में वोट देने के लिए क़तार में इंतज़ार करना परेशान करने वाला होता है।'' जैसे-जैसे सुविधा रोज़मर्रा के जीवन में बढती जाती हैं, गतिविधियां धीरे-धीरे ख़ुद को दो प्रकारों में विभाजित करती हैं : एक प्रकार वह जो अब कहीं अधिक सुविधाजनक है, लेकिन जो ख़ाली या हमारी वास्तविक प्राथमिकताओं के साथ तालमेल नहीं बिठा पाते; और इसका दूसरा प्रकार वह जो अब अत्यधिक कष्टप्रद लगता है, क्योंकि वे अत्यंत असुविधाजनक हैं।

एक व्यक्ति के रूप में या एक परिवार के रूप में इन सब का विरोध करने के लिए धैर्य की आवश्यकता होती है, क्योंकि जीवन जितना सहज होता जाता है और तब यदि यदि आप चीज़ों को करने के असुविधाजनक तरीक़े को चुनकर कठिनाई को बनाए रखने का इरादा करते हैं तो यह उतना ही अधिक विकृत लगता है। अपने स्मार्टफ़ोन से छुटकारा पाएं, गूगल का उपयोग करना बंद कर दें, या वाट्सएप पर स्नेल मेल चुनें, और लोगों द्वारा आपके विवेक पर प्रश्न उठाने की संभावना बढ़ती जा रही हो तब भी, यह किया जा सकता है। बाइबल विद्वान और कृषिविद् सिल्विया कीसमात ने टोरंटो में विश्वविद्यालय की एक पूर्णकालिक नौकरी को छोड़ दिया, क्योंकि वह एक ऐसी व्यस्तता के बीच जीवन गुजार रही थी कि उसका व्यस्त जीवन-और इसकी दक्षता और सुविधाएं-किसी न किसी तरह उसके अर्थ को कम कर रही थीं। वह अपने पति और बच्चों के साथ कैनेडा के विशाल क्षेत्र में एक खेत में चली गई, जिसे लैंड बिटवीन के नाम से जाना जाता है, जहां सर्दियों का प्रत्येक दिन आग जलाने से शुरू होता है जो फ़ार्महाउस को गर्म करता था और खाना पकाने के लिए ऊष्मा प्रदान करता था।

> हर सुबह मैं ध्यानपूर्वक कल की राख़ बाहर निकालती हूं... जैसे ही मैं छोटी लकड़ियां लगाती हूं और लकड़ी की चटकने की आवाज़ का इंतजार करती हूं। घर ठंडा है, और अगले कुछ मिनटों के लिए मेरा काम सिर्फ़ ध्यान देना और सब्र करना है। आग पैदा करने के लिए समय की आवश्यकता होती है, इसे

> सुलगाया जाना चाहिए और खाना पकाने के लिए इसे और भी ऊष्मा से पोषित किया जाना चाहिए। अगर मैं चली जाती हूं और ऐसी ही अवस्था में इसे छोड़ देती हूं, तो यह ख़त्म हो जाएगी। बेशक, आग होने के नाते, अगर मैं इसे बहुत बड़ा बनाती हूं और ध्यान देना भूल जाती हूं, तो मैं मर सकती हूं। यह ख़तरा क्यों मोल लूं?
>
> एक बार किसी ने मुझसे पूछा कि सुबह मेरा पहला गर्म कप चाय पीने में कितना समय लगता है। खैर, चलो देखते हैं : सर्दियों में मैं आग जलाती हूं, फ़र्श पर झाड़ू लगती हूं, और बच्चों को काम के लिए जगाती हूं ... मैं गायों के लिए पानी की व्यवस्था करती हूं, उनके लिए कुछ घास लाती हूं, मुर्गियों को कुछ अनाज और उनका पानी देती हूं, बतखों को दाना खिलाती हूं। कभी-कभी मैं घोड़ों और बार्न बिल्लियों के साथ बच्चों की मदद करती हूं और फिर वापस अंदर आती हूं। तब मैं केतली को खोलती हूं शायद मुझे जागने के एक घंटे के भीतर पीने के लिए कुछ मिल जाए। अगर सब कुछ ठीक रहा। एक घंटा?''

हमें यहां इस बात पर ध्यान देने की आवश्यकता नहीं है कि क्या कीसमात का नया, आत्म-सचेत रूप से असुविधाजनक जीवन शैली केंद्रीय हीटिंग, टेकअवे और दो बार दैनिक आवागमन के साथ आंतरिक रूप से बेहतर है। (हालांकि मुझे लगता है कि शायद यह हो सकता है : उसके दिन बिलकुल वैसे ही आनंददायक, अत्यधिक भरपूर, रिचर्ड स्कैरी के अर्थ में व्यस्त लगते हैं।) और ज़ाहिर है कि हर किसी के पास ठीक से अपने रास्ते पर चलने का विकल्प नहीं होता है। लेकिन असली बात यह है कि इस तरह के आमूल-चूल बदलाव करने का उसका निर्णय इस मान्यता से उत्पन्न हुआ कि वह कभी भी अधिक सार्थक जीवन का निर्माण करने का प्रबंधन नहीं कर पाएगी - जिसका अर्थ उसके लिए अपने परिवार के भौतिक परिवेश के साथ समय की बचत करके और स्वयं का अधिकतम और पूरी तरह उपयोग करके सचेत संबंध विकसित करना था। उसके जीवन में जो कुछ भी महत्त्वपूर्ण था, उसके लिए समय निकालने के लिए, उसे चीज़ों को त्यागने की ज़रूरत थी।

सुविधा संस्कृति हमें यह कल्पना करने के लिए लुभाती है कि हम केवल जीवन के थकाऊ कार्यों को समाप्त करके हर महत्त्वपूर्ण चीज़ के लिए जगह बना सकते हैं। लेकिन यह झूठ है। आपको कुछ चीज़ों को चुनना होगा, बाक़ी सब कुछ त्यागना होगा, और इसके परिणामस्वरूप होने वाले नुक़सान के लिए आवश्यक मनोभाव से निपटना होगा। कीसमात ने अपने बच्चों के साथ आग जलाने और अन्न उगाने का विकल्प चुना। वह लिखती हैं,'हम इस जगह की देखभाल करने के अलावा, इस जगह को और कैसे जान सकते हैं, जहां हम स्थित हैं? हम जो भोजन खाते हैं उसे उगाने के अलावा, हम मिट्टी के जीवित चरित्र, मिर्च, सलाद और काली मिर्च की विभिन्न ज़रूरतों के बारे में कैसे सीखेंगे?' बेशक, आप एक बहुत ही अलग विकल्प चुन सकते हैं। लेकिन एक सीमित मानव जीवन की अटल वास्तविकता यह है कि आपको चुनना *होगा।*

3.

सीमितता का सामना

इस विषय में मार्टिन हाइडेगर की तुलना में किसी अन्य चिंतक या अधिक संवेदनशील दार्शनिक का सामना करने से पहले, आप इस सवाल की गहराई तक नहीं जा सकते कि इस ग्रह पर सीमित समय के साथ एक सीमित मानव होने का क्या अर्थ है। यह दो कारणों से दुर्भाग्यपूर्ण है, सबसे स्पष्ट कारण यह है कि 1933 में शुरू होने वाले एक दशक से अधिक समय तक, वह नाजी पार्टी के एक कार्ड-वाहक सदस्य थे। (यह प्रश्न कि उनके दर्शन के लिए इसका क्या अर्थ है, यह प्रश्न जटिल एवं दिलचस्प है, लेकिन यह हमें यहां राह से भटका देगा। इसलिए आपको स्वयं निर्णय लेना होगा कि क्या यह असाधारण रूप से ख़राब जीवन विकल्प उसके विचारों को अमान्य कर देता है कि हम सामान्य रूप से जीवन पद्धति कैसे चुनते हैं।) दूसरा कारण यह है कि उसे पढ़ना लगभग असंभव है। उसका काम जैसे टूटे-फूटे वाक्यांशों से भरा हुआ है, जैसे 'मौत-की-ओर होना' और 'अलगाव' और - आपको यह जानकर आश्चर्य हो सकता है कि आगे का यह ''उस संभावना-के-लिए-बने-होने के सामर्थ्य के सामने चिंता'' है जो किसी के लिए अपना सबसे अंतर्मुखी भाव है।' यही कारण है कि हाइडेगर के काम की किसी की भी व्याख्या, जिसमें मेरी भी शामिल है, को निश्चित नहीं माना जाना चाहिए। फिर भी इस दूसरे आरोप पर उनके पास एक तरह का बचाव है जो कि समझ से बाहर है। 'प्रतिदिन की भाषा हमारे प्रतिदिन के दृश्य को प्रतिबिंबित करती है। लेकिन हाइडेगर चाहते हैं कि वह हमारे जीवन के सबसे बुनियादी तत्वों के पीछे अपना ध्यान केंद्रित करें जो हमारे रोज़मर्रा के जीवन में इतनी सुपरिचित हैं कि उन पर हम कभी ध्यान ही नहीं

देते ताकि हमारे निरीक्षण के लिए उन्हें बाहर निकाल सकें। इसका मतलब है अपरिचित शब्दों का उपयोग करके चीज़ों को अपरिचित बनाना। इसलिए आप ठोकर खाते हैं और उनके लेखन से भटक जाते हैं, लेकिन कभी-कभी, परिणामस्वरूप, आप वास्तविकता के ख़िलाफ़ अपना सिर धुनते हैं।

समय में फेंका गया

हाइडेगर ने अपनी महान कृति *बीइंग एंड टाइम* में कहा है कि दुनिया के बारे में सबसे बुनियादी चीज़ जिसकी हम सराहना करने में विफल रहते हैं, वह यह है कि यह कितना आश्चर्यजनक है कि इसमें यह तथ्य है कि कुछ भी नहीं होने के बजाय कुछ भी है। अधिकांश दार्शनिक और वैज्ञानिक अपने करियर को इस बात पर विचार करने में बिताते हैं : किस तरह की चीज़ें मौजूद हैं, वे कहां से आती हैं, वे एक-दूसरे से कैसे संबंधित हैं, और इसी तरह और भी बहुत कुछ। लेकिन हम आश्चर्यचकित होना भूल गए हैं *कि* चीज़ें पहले स्थान पर हैं-कि 'एक दुनिया हमारे चारों ओर घूम रही है', जैसा कि हाइडेगर कहते हैं। लेखक सारा बेकवेल के शानदार वाक्यांश में यह तथ्य-यह तथ्य कि *अस्तित्व* है, शुरू में - वह क्रूर वास्तविकता है जिस पर हम सभी को लगातार ध्यान देना चाहिए। लेकिन इसके बजाय, यह लगभग हमेशा हमारे पास से गुज़रता रहता है।

स्वयं 'होने' के इस ज़मीनी स्तर के मुद्दे पर अपना ध्यान केंद्रित करने के बाद, हाइडेगर विशेष रूप से मनुष्यों और हमारे अपने विशेष प्रकार के अस्तित्व की ओर मुड़ते हैं। मनुष्य *होने* का क्या अर्थ है? (मुझे अहसास है कि यह जंगली अमूर्तता में खोए दार्शनिकों के बारे में एक ख़राब कॉमेडी स्केच की तरह लग रहा है। मुझे डर है कि यह बेहतर होने से पहले कुछ और पैराग्राफ़ के लिए बदतर होने वाला है।) उनका उत्तर है कि हमारा अस्तित्व पूरी तरह से, पूरी तरह से हमारे सीमित समय से जुड़ा हुआ है। वास्तव में, इतना बंधा हुआ है कि दोनों पर्यायवाची हैं : मनुष्य के लिए, जन्म और मृत्यु के बीच अस्थायी रूप से अस्तित्व में रहना सबसे ऊपर है, यह निश्चित है कि अंत आएगा, फिर भी यह जानने में असमर्थ है कि कब। हम अपने सीमित समय के बारे में बात करते हैं। लेकिन हाइडेगर के अजीब

दृष्टिकोण से, यह कहना अधिक समझ में आ सकता है कि हम सीमित समय हैं। इस तरह हमारा सीमित समय हमें पूरी तरह से परिभाषित करता है।

जब से हाइडेगर ने यह दावा किया है, तब से दार्शनिक इस बात पर असहमत रहे हैं कि वास्तव में यह कहने का क्या अर्थ हो सकता है कि हम समय हैं – कुछ ने तो यह भी तर्क दिया है कि इसका कोई अर्थ नहीं है – इसलिए हमें इसे सटीकता के साथ स्पष्ट करने की कोशिश में नहीं फंसना चाहिए। इससे यह अंतर्दृष्टि लेने के लिए पर्याप्त है कि मानव अस्तित्व के हर क्षण को पूरी तरह से इस तथ्य के साथ शूट किया जाता है जिसे हाइडेगर हमारी 'सीमितता' कहते हैं। हमारा सीमित समय केवल उन विभिन्न चीज़ों में से एक नहीं है जिनका हमें सामना करना पड़ता है; बल्कि, यह वह चीज़ है, जो हमें मनुष्य के रूप में परिभाषित करती है, इससे पहले कि हम किसी भी चीज़ का सामना करना शुरू करें। इससे पहले कि मैं इस बारे में एक भी सवाल पूछूं कि मुझे अपने समय के साथ क्या करना चाहिए, मैं अपने आप को पहले से ही समय में, इस विशेष क्षण में, अपनी विशेष जीवन कहानी के साथ फंसा हुआ पाता हूं, जिसने मुझे वह बना दिया है जो मैं हूं और जिसके नीचे से मैं कभी बाहर नहीं निकल सकता। भविष्य की ओर देखते हुए, मैं अपने आप को अपनी सीमा में समान रूप से विवश पाता हूं : मैं समय की नदी पर आगे बढ़ रहा हूं और इसके प्रवाह से बाहर निकलने की कोई संभावना नहीं है, मेरी अपरिहार्य मृत्यु की ओर–जो, मामले को और भी पेचीदा बनाने के लिए, किसी भी समय आ सकती है।

इस स्थिति में, मैं अपने समय के साथ कुछ भी करने का जो भी निर्णय लेता हूं, वह पहले से ही मौलिक रूप से सीमित है। एक बात के लिए, यह एक पूर्वव्यापी अर्थ में सीमित है, क्योंकि मैं पहले से ही हूं कि मैं कौन हूं और मैं कहां हूं, जो निर्धारित करता है कि मेरे लिए क्या संभावनाएं खुली हुई हैं। लेकिन यह एक दूरदृष्टि के अर्थ में भी मौलिक रूप से सीमित है, कम से कम इसलिए नहीं कि किसी भी काम को करने के निर्णय का मतलब स्वचालित रूप से अनंत संख्या में संभावित वैकल्पिक रास्तों का त्याग करना होगा। जैसे-जैसे मैं पूरे दिन सैकड़ों छोटे-छोटे विकल्प चुनता हूं, वैसे-वैसे मैं एक जीवन का निर्माण कर रहा हूं लेकिन एक ही समय में, मैं अनगिनत अन्य लोगों की संभावना को हमेशा के लिए बंद कर रहा हूं।

('निर्णय' के लिए मूल लैटिन शब्द, *डेसिडेरे*, का अर्थ है 'काटना', जैसा कि विकल्पों को काटते हुए; यह 'हत्या' और 'आत्महत्या' जैसे शब्दों का निकट संबंधी है।) कोई भी सीमित जीवन–यहां तक कि सबसे अच्छा जिसकी आप संभवतः कल्पना कर सकते हैं – इसलिए संभावनाओं को लगातार अलविदा कहने का मामला है।

इन सभी परिमितियों के बारे में एकमात्र वास्तविक सवाल यह है कि क्या हम इसका सामना करने के लिए तैयार हैं या नहीं। और हाइडेगर के लिए, यह मानव अस्तित्व की मुख्य चुनौती है : चूंकि परिमितता हमारे जीवन को परिभाषित करती है, इसलिए उनका तर्क है कि वास्तव में प्रामाणिक जीवन जीने और पूरी तरह से मानव बनने–का मतलब उस तथ्य का सामना करना है। हमें अपने जीवन को जिस हद तक भी जीना चाहिए, अपनी सीमाओं को स्पष्ट रूप से स्वीकार करते हुए, अस्तित्व के उस मूर्खतापूर्ण तरीक़े में जिसे हाइडेगर 'बीइंग-टॉवर्ड्स-डेथ' कहते हैं, यह जानते हुए कि *यह जीवन है*, कि जीवन एक ड्रेस रिहर्सल नहीं है, कि हर विकल्प के लिए असंख्य बलिदानों की आवश्यकता होती है, और वह समय हमेशा पहले से ही समाप्त हो रहा है – वास्तव में, कि यह आज, कल या अगले महीने समाप्त हो सकता है। और इसलिए यह केवल हर दिन ख़र्च करने की बात नहीं है, जैसे कि यह आपका आख़िरी दिन था, जैसा कि प्रचलित कहावत है। मुद्दा यह है कि यह वास्तव में हमेशा कभी भी हो सकता है। मैं भविष्य के एक क्षण पर भी पूरी तरह से निर्भर नहीं रह सकता।

ज़ाहिर है, किसी भी सामान्य दृष्टिकोण से, यह सब असहनीय रूप से कष्टप्रद और तनावपूर्ण लगता है। लेकिन फिर, जिस हद तक आप जीवन पर इस दृष्टिकोण को प्राप्त करने का प्रबंधन करते हैं, आप इसे एक सामान्य दृष्टिकोण से *नहीं* देख रहे हैं – और 'कष्टप्रद और तनावपूर्ण', कम से कम हाइडेगर के अनुसार, बिलकुल वही है जो यह नहीं है। इसके विपरीत, यह एक सीमित मनुष्य के लिए पूरी तरह से जीने, अन्य लोगों के साथ पूर्ण मानव के रूप में जुड़ने और दुनिया को वास्तव में अनुभव करने का एकमात्र तरीक़ा है। इस दृष्टिकोण से, जो वास्तव में रुग्ण है, वह है जो हम में से अधिकांश लोग करते हैं, ज़्यादातर समय, अपनी सीमा का सामना करने के बजाय, जो कि टालने और इनकार करने में लिप्त होना है, या जिसे हाइडेगर

'गिरना' कहते हैं। अपने जीवन का स्वामित्व लेने के बजाय, हम भटकाव की तलाश करते हैं, या ख़ुद को व्यस्तता और दैनिक रोज़मर्रा के कार्यों की व्यस्तता में खपा देते हैं, ताकि हम अपनी वास्तविक दुरावस्था को भूलने की कोशिश कर सकें। या हम ख़ुद को यह बताकर कि हमें हमारी मर्ज़ी से कार्य करने की स्वतंत्रता प्राप्त नहीं है, अपने सीमित समय के साथ हमें क्या करना है, यह तय करने की भयभीत करने वाली ज़िम्मेदारी से बचने की कोशिश करते हैं जैसे कि हमें शादी करनी चाहिए, या अत्यंत कष्ट देने वाली नौकरी में रहना चाहिए, या कुछ और, सिर्फ़ इसलिए कि यह काम हो गया है। या, जैसा कि हमने पिछले अध्याय में देखा, हम 'सब कुछ पूरा करने' के व्यर्थ प्रयास को शुरू करते हैं, जो वास्तव में अपने सीमित समय के साथ क्या करना है, यह तय करने की ज़िम्मेदारी से बचने की कोशिश करने का एक और तरीक़ा है–क्योंकि यदि आप वास्तव में सब कुछ कर सकते हैं, तो आपको कभी भी पारस्परिक रूप से अनन्य संभावनाओं में से चुनना नहीं होगा। जीवन आमतौर पर अधिक आरामदायक होता है जब आप इसे इस तरह से सच्चाई से सामना करने से बचने में बिता देते हैं। लेकिन यह एक अपमानजनक एवं कष्टप्रद क़िस्म का आराम है। हम जीवन के साथ वास्तव में प्रामाणिक संबंध बना सकें,यह केवल अपनी सीमा का सामना करके ही हो सकता है।

वास्तविक होना

अपनी 2019 की पुस्तक, *दिस लाइफ़* में, स्वीडिश दार्शनिक मार्टिन हैग्लुंड ने शाश्वत जीवन में धार्मिक विश्वास के साथ हमारे सीमितता का सामना करने के विचार को जोड़कर यह सब थोड़ा स्पष्ट और कम रहस्यमय बना दिया है। उनका तर्क है कि अगर आप वास्तव में सोचते हैं कि जीवन कभी समाप्त नहीं होगा, तो वास्तव में कुछ भी मायने नहीं रखता है, क्योंकि आपको कभी भी इस बात का सामना नहीं करना पड़ेगा कि अपने क़ीमती जीवन के एक हिस्से का उपयोग किसी चीज़ पर करना है या नहीं। हैग्लुंड लिखते हैं, 'अगर मुझे विश्वास था कि मेरा जीवन हमेशा के लिए रहेगा तो मैं कभी भी अपने जीवन को दांव पर नहीं लगा सकता था, और मुझे कभी भी अपने समय के साथ कुछ भी करने की आवश्यकता नहीं होगी।'

अनंत काल बुरी तरह से नीरस होगा, क्योंकि जब भी आप अपने आप को यह सोचते हुए पाते हैं कि किसी भी दिन किसी भी काम को करना है या नहीं, तो जवाब हमेशा यह होता है : इसकी परवाह कौन करता है? आख़िरकार, हमेशा कल होता है, और अगला दिन, और उसके बाद एक और दिन। हैग्लुंड ने *यू.एस. कैथोलिक* पत्रिका से एक शीर्षक उद्धृत किया है जिसमें एक धार्मिक और आस्तिक भक्त द्वारा जो लिखा गया है उससे एक डरावनी संभावना अचानक सामने आई है वह यह है कि 'स्वर्ग : क्या यह उबाऊ होगा?'

इसके विपरीत, हैग्लुंड उस वार्षिक गर्मी की छुट्टी का वर्णन करता है जो वह अपने पूरे परिवार के साथ स्वीडन की हवा से ओत-प्रोत बाल्टिक तट पर एक घर में बिताता है। उसने यह नोट किया कि इस अनुभव के मूल्य में यह समाहित है कि वह हमेशा के लिए इसे अनुभव करने के लिए नहीं रहेगा, उसके रिश्तेदार भी नहीं, इसलिए उसके रिश्तों को भी अस्थायी माना जाता है - और कि यहां के समुद्र तट भी, अपनी वर्तमान रूप में, एक अस्थायी प्रकृति है, जैसा कि क्षेत्र के ग्लेशियरों के 12,000 साल के पीछे हटाव के कारण सूखी भूमि का उत्थान होता रहता है। अगर हैग्लुंड को इन गर्मियों की छुट्टियों की अनंतता की गारंटी दी जाती, तो उनमें से किसी एक के बारे में कुछ भी बहुत चिंता करने लायक़ नहीं होता; परन्तु यहां केवल इस बात की गारंटी है कि उसके पास निश्चित रूप से उनमें से कुछ भी चिरस्थायी रूप से उपलब्ध नहीं होगा, इसी कारण ये मूल्यवान है। वास्तव में, यह भी केवल इस दृष्टिकोण से है कि जो परिमित है उसका मूल्यांकन करें, क्योंकि यह सीमित है, हैग्लुंड का तर्क है, कि कोई भी वास्तव में जलवायु परिवर्तन जैसे सामूहिक ख़तरे के प्रभाव की चिंता कर सकता है, जो अपने मूल देश के परिदृश्य में बदलाव ला रहा है। यदि हमारा सांसारिक अस्तित्व केवल स्वर्ग में अनंत काल की प्रस्तावना था, तो उस अस्तित्व के लिए ख़तरे किसी भी अंतिम अर्थ में मायने नहीं रख सकते थे।

बेशक, अगर आप धार्मिक नहीं हैं, और हो सकता है कि आप धार्मिक भी हों, तो हो सकता है कि आप सचमुच शाश्वत जीवन में विश्वास न करते हों। लेकिन जो कोई भी अपना समय अपनी सीमा की सच्चाई का सामना करने में विफल रहने में बिताता है और एक अवचेतन स्तर पर,

ख़ुद को आश्वस्त करता है, कि उसके पास दुनिया में अनंत समय है, या वैकल्पिक रूप से कि वे अपने समय को अनंत रूप से स्थायी करने में सक्षम होंगे – अनिवार्य रूप से एक ही स्तर पर मौजूद हैं है। वे इस तथ्य से इनकार कर रहे हैं कि उनका समय सीमित है; इसलिए जब यह तय करने की बात आती है कि उस समय के किसी भी हिस्से का उपयोग कैसे किया जाए, तो उनके लिए वास्तव में कुछ भी दांव पर नहीं हो सकता है। यह सचेत रूप से मृत्यु की निश्चितता का सामना करने से है, और मृत्यु की निश्चितता को जानकर यह होता है, कि हम अंततः अपने जीवन जीने के लिए वास्तविक रूप से में उपस्थित हो जाते हैं।

यह उस सेलिब्रिटी के कथन में ज्ञान का सार है जो दावा करता है कि कैन्सर के साथ एक 'सबसे अच्छी चीज़ थी जो उनके साथ हुई थी': यह उसे उसके जीवन के एक अधिक प्रामाणिक मोड में रखता है, जिसमें सब कुछ अचानक अधिक स्पष्ट रूप से सार्थक महसूस होता है। ऐसे विवरण कभी-कभी यह आभास देते हैं कि मृत्यु के बारे में सच्चाई का सामना करने के परिणामस्वरूप लोग विश्वसनीय रूप से अधिक ख़ुश हो जाते हैं, जो कि सच नहीं है; 'खुश' स्पष्ट रूप से उस नई गहराई के लिए ग़लत शब्द है, जो जीवन में तब जुड़ती है जब आप अपने मन की अनंत गहराई में इस तथ्य को समझ लेते हैं कि आप मरने वाले हैं और इसलिए आपका समय गहन रूप से अत्यधिक सीमित है। लेकिन चीज़ें निश्चित रूप से *वास्तविक रूप* में प्रकट हो जाती हैं। जैसा कि वह अपने संस्मरण द *आइसबर्ग* में याद करती है, मूर्तिकार मैरियन कॉट्स अपने दो साल के बेटे को एक नए बच्चे के साथ अपने पहले दिन ले जा रही थी, जब उसका पति, कला समीक्षक टॉम लब्बॉक, उसे घातक मस्तिष्क ट्यूमर के बारे में बताने के लिए उसे खोजने आया, जिससे वह तीन साल के भीतर मरने वाला था :

> कुछ तो हुआ है। समाचार का एक टुकड़ा। हमारे पास एक निदान है जो एक घटना की स्थिति है। ख़बर पहले जो हुआ उसके साथ टूट जाती है : साफ़, पूर्ण और कुल, एक मामले को छोड़कर। ऐसा लगता है कि घटना के बाद, हम जो निर्णय लेते हैं वह बने रहने का है। हमारी (परिवार) इकाई खड़ी है...

> हम कुछ सीखते हैं। हम नश्वर हैं। आप कह सकते हैं कि आप यह जानते हैं लेकिन आप नहीं जानते। ख़बर एक पल से दूसरे पल के बीच अच्छी तरह से आती है। आप नहीं सोचेंगे कि इस तरह की चीज़ के लिए कोई अंतर था ...यह ऐसा है जैसे हमारे लिए एक नए भौतिक नियम का वर्णन किया गया है : अन्य सभी की तरह निरपेक्ष, फिर भी भयानक रूप से आकस्मिक। यह धारणा का नियम है। इसमें कहा गया है, *आप वह सब कुछ खो देंगे जो आपकी नज़र में आता है।*

यदि यह कहने की आवश्यकता है, तो ऐसा नहीं है कि घातक बीमारी, या शोक, या मृत्यु के साथ किसी अन्य अनुभव का निदान किसी तरह अच्छा, या वांछनीय, या 'इसके लायक़' है। लेकिन इस तरह के अनुभव, भले ही पूरी तरह से अवांछित हों, अक्सर उन लोगों को समय के साथ एक नए और अधिक ईमानदार रिश्ते से संबंधित कर देते हैं जिनसे वे जुड़े हुए होते हैं। प्रश्न यह है कि क्या हम बिना पीड़ादायक हानि के अनुभव के भी उस दृष्टिकोण का थोड़ा सा हिस्सा प्राप्त कर सकते हैं। लेखकों ने इस अस्तित्व के तरीके. से जीवन में आने वाली विशिष्ट गुणवत्ता को व्यक्त करने के लिए संघर्ष किया है कि अस्तित्व का यह तरीक़ा जीवन में प्रवेश करता है, क्योंकि 'खुश' ग़लत है, लेकिन 'दुखी' भी इसे व्यक्त नहीं करता है। आप इसे 'उज्ज्वल उदासी' (पादरी और लेखक रिचर्ड रोहर की तरह) 'ज़िद्दी ख़ुशी' (कवि जैक गिल्बर्ट) या 'सरल ख़ुशी' कह सकते हैं। सोबर जॉय (हेइडेगर स्कॉलर ब्रूस बैलार्ड) या आप इसे अंत में वास्तविक जीवन का सामना करना और हमारे सीमित हफ़्तों का क्रूर तथ्य कह सकते हैं।

सब कुछ उधार का समय है

यह वह बिंदु है जिस पर मुझे सफ़ाई देनी चाहिए और स्वीकार करना चाहिए कि, दुर्भाग्य से, मैं अपनी मृत्यु को स्थायी रूप से स्वीकार करने की स्थायी मनोदशा में अपना दैनिक जीवन नहीं जी रहा हूं। शायद कोई ऐसा नहीं करेगा। हालांकि, मैं यह पुष्टि कर सकता हूं कि यदि आप यहां जिस दृष्टिकोण की खोज कर रहे हैं, उसे थोड़ा सा भी अपना सकते हैं – यदि

आप अपने ध्यान को, चाहे कितनी ही संक्षिप्त या कभी-कभी, अस्तित्व की अद्भुतता और उस अस्तित्व *होने* के छोटे से हिस्से पर केंद्रित कर सकते हैं जो आपको मिलता है - तो आप यहां, अभी, समय के प्रवाह में जीवित होने का अनुभव करने में एक स्पष्ट बदलाव महसूस कर सकते हैं। (या समय के प्रवाह के रूप में, एक हाइडेगेरियन कह सकता है।) रोज़मर्रा के दृष्टिकोण से, यह तथ्य कि जीवन सीमित है, एक विद्वान के शब्दों में एक भयानक अपमान, 'एक प्रकार का व्यक्तिगत अपमान, किसी के समय को छीनने' की तरह महसूस होता है। वहां आप हमेशा के लिए जीने की योजना बना रहे थे - जैसा कि पुरानी वुडी एलन लाइन में है, आपके देशवासियों के दिलों में नहीं, बल्कि आपके अपार्टमेंट में - लेकिन अब उस जीवन को चुराने के लिए जो आपका अधिकार था, यहां मृत्यु आ रही है।

फिर भी, विचार करने पर यह रवैया कुछ ऐसा है जिसके बारे में बहुत कुछ कहा जा सकता है। क्यों मान लें कि असीमित समय की उपलब्धता स्वाभाविक है, और मृत्यु इसका एक अपमानजनक उल्लंघन है? या इसे दूसरे तरीक़े से कहें, चार हज़ार हफ़्तों को बहुत छोटी संख्या क्यों मानें, क्योंकि यह अनंत की तुलना में बहुत छोटी है, बजाय इसके कि इसे एक बड़ी संख्या के रूप में मानें, क्योंकि यह उन हफ़्तों से कहीं अधिक है जितने कि यदि आपका जन्म ही नहीं हुआ होता? निश्चित रूप से केवल वही व्यक्ति ऐसा मानेगा जिसने ध्यान नहीं दिया है कि पहले से ही कुछ होना कितना अद्वितीय है, वह अपने अस्तित्व को इतना स्वाभाविक मानेगा- मानो यह कोई ऐसी चीज़ हो जिस पर उनका पूरा अधिकार हो और उसे यह उन्हें प्रदान किया गया है, और कभी छीना नहीं जाएगा। तो शायद ऐसा नहीं है कि आपको समय की असीमित उपलब्धता से धोखा दिया गया है; लेकिन शायद किसी भी समय दिया जाना लगभग समझ से बाहर और चमत्कारिक है।

कैनेडाई लेखक डेविड केन ने 2018 की गर्मियों में एक झटके में ही यह सब समझा जब उन्होंने टोरंटो के ग्रीकटाउन जिले में एक कार्यक्रम में भाग लिया। शाम अपने आप में सामान्य रूप से बीत गई : उन्होंने याद किया कि 'मैं जल्दी पहुंच गया था,' इसलिए मैंने कुछ समय पास के एक पार्क में बिताया, फिर डैनफ़ोर्थ एवेन्यू पर दुकानों और रेस्तरां की जांच की।

मैं अपना जूता बांधने के लिए एक चर्च के सामने रुका। मुझे याद है कि मैं नए लोगों के समूह से मिलने को लेकर घबरा रहा था। फिर, दो सप्ताह बाद, सड़क के उसी हिस्से में, एक विक्षिप्त व्यक्ति ने चौदह लोगों को गोली मार दी, जिनमें से दो की मौत हो गई, फिर ख़ुद को भी मार लिया। तर्कसंगत ढंग से समझाते हुए, कैन स्वीकार करता है कि यह उसकी ओर से बाल-बाल बचने का मामला नहीं था; हज़ारों लोग हर दिन डैनफ़ोर्थ एवेन्यू से नीचे चलते हैं, और ऐसा नहीं था कि वह केवल कुछ ही मिनटों में गोलीबारी से चूक गया था। फिर भी, यह समझ कि वह उस गोलीकांड का शिकार बन सकता था, इस बात पर ध्यान केंद्रित करने के लिए उसके पास पर्याप्त और शक्तिशाली तर्क था कि इसका क्या अर्थ है की वो उस गोलीकांड का शिकार नहीं बना। बाद में उन्होंने लिखा, 'जब मैंने प्रत्यक्षदर्शी वृत्तांतों के वीडियो देखे, जिनमें कुछ चर्च के सामने थे, जहां मैंने अपने जूते बांधे थे और जिस कोने में मैं घबराया हुआ मौजूद था, इसने मुझे एक महत्त्वपूर्ण विचार दृष्टिकोण दिया : मैं जीवित हूं, और मुझे जीवित रहने का अधिकार देने वाला कोई लौकिक क़ानून नहीं है। जीवित रहना महज़ एक घटना है, और इसके लिए एक और दिन की कोई गारंटी नहीं है।'

मैंने अनुभव किया है कि इस प्रकार के दृष्टिकोण परिवर्तन का, रोज़मर्रा की झुंझलाहट के अनुभव पर विशेष रूप से प्रभाव पड़ता है - जैसे ट्रैफ़िक जाम, हवाईअड्डे की सुरक्षा लाइन, सुबह 5 बजे के बाद सोने ना देने वाले शिशु, और बर्तनों को जिन्हें मुझे लगता है कि आज रात फिर ख़ाली करना होगा, भले ही (मुझे लगता है कि आपको लगेगा कि!) मैंने कल ही तो ऐसा किया था। मुझे यह स्वीकार करने में शर्म महसूस होती है कि पिछले कुछ वर्षों में इस तरह की छोटी-मोटी कुंठाओं का मेरी ख़ुशी पर कितना नकारात्मक प्रभाव पड़ा है। अक्सर, ये अभी भी होता हैं; और इसका बहुत बड़ा और बुरा प्रभाव मेरी कार्य क्षमता पर भी पड़ा है, क्योंकि जब आप अपने समय पर महारत हासिल करने की कोशिश कर रहे होते हैं, तो कुछ चीज़ें उस अनुसूची की परवाह किए बिना जो आपने अपनी अधिक क़ीमत वाली नोटबुक में मेहनत से तैयार की है उस कार्य या देरी की तुलना में अधिक उग्र होती हैं जो आपकी इच्छा के ख़िलाफ़ आप पर थोपी जाती हैं। लेकिन जब आप इस तथ्य की ओर अपना ध्यान केंद्रित करते हैं कि आप

पहली जगह में एक परेशान करने वाले अनुभव की स्थिति में हैं, तो चीज़ें वास्तव में बहुत अलग दिखने के लिए उत्तरदायी प्रतीत होती हैं। एक बार में, वहां पर होना और कोई भी अनुभव होना, इस तरह से आश्चर्यजनक लग सकता है जो इस तथ्य की तुलना में अत्यधिक महत्त्वपूर्ण है कि अनुभव कष्टप्रद होता है। एक पर्यावरण सलाहकार ज्योफ़ लाइ ने एक बार मुझसे कहा था कि अपने दोस्त और सहकर्मी डेविड वॉटसन की अचानक और असामयिक मृत्यु के बाद, वह ख़ुद को ट्रैफ़िक में फंसा हुआ पाएंगे, हमेशा की तरह, उत्तेजना में अपनी मुट्ठी भींच नहीं रहे होंगे, बल्कि सोच रहे होंगे : 'डेविड को इस ट्रैफ़िक जाम में फंसे होने पर क्या मिलता?' सुपरमार्केट और ग्राहक सेवा लाइनों में क़तारों के लिए भी ऐसा ही था जिसने उन्हें बहुत लंबे समय तक रोके रखा। लाई का ध्यान अब वह *क्या* कर रहा था उस पर अथवा उसे इसके बजाय क्या करना चाहिए, ये नहीं था; अब, उसने यह भी देखा *कि* वह ऐसा ही कर रहा था, कृतज्ञता के साथ जिसने उसे आश्चर्यचकित कर दिया।

और अब विचार करें कि अपने सीमित समय के साथ क्या करना है, यह चुनने के महत्त्वपूर्ण और बुनियादी प्रश्न के लिए इन सब का क्या अर्थ है। जैसा कि हमने देखा है, यह जीवन का एक तथ्य है कि, एक सीमित इंसान के रूप में, आप हमेशा कठिन विकल्प चुन रहे हैं – उदाहरण के लिए, आज दोपहर को एक चीज़ पर व्यतीत करने से जो मेरे लिए अत्यंत आवश्यक है (लेखन) मुझे अनिवार्य रूप से अन्य महत्त्वपूर्ण चीज़ें भी छोड़ना पड़ीं जैसे कि अपने बेटे के साथ खेलना छोड़ना पड़ा जो कि मेरे लिए अत्यधिक महत्त्व रखता है। इस स्थिति को अत्यधिक खेदजनक के रूप में देखना और जीवन के कुछ वैकल्पिक स्वरूपों के लिए तरसना स्वाभाविक है जिसमें हमें इस तरह से मूल्यवान गतिविधियों के बीच चयन नहीं करना होगा। लेकिन अगर किसी को कुछ भी प्रदान किया जाना आश्चर्यजनक है – यदि 'आपका पूरा जीवन उधार लिया हुआ समय है', जैसा कि डैनफ़ोर्थ एवेन्यू गोलीबारी की समाचार रिपोर्टों को देखकर कैन को अहसास हुआ – तो क्या ऐसा ना करने की बात करना अधिक सार्थक नहीं होगा बजाय ऐसे विकल्प चुनने के? इस दृष्टिकोण से, स्थिति बहुत कम खेदजनक लगने लगती है : निर्णय का प्रत्येक क्षण संभावनाओं के

एक आकर्षक मेन्यू से चयन करने का अवसर बन जाता है, जब आपको शुरुआत में कभी भी मेन्यू प्रस्तुत नहीं किया गया हो और अन्य सभी विकल्पों से ठगे जाने के लिए ख़ुद पर तरस खाने का कोई अर्थ नहीं है।

इस स्थिति में, एक विकल्प चुनना-मेन्यू से एक वस्तु चुनना-किसी प्रकार की हार का प्रतिनिधित्व करने से दूर, एक पुष्टि बन जाती है। इसके बजाय ऐसा करने में समय का एक हिस्सा बिताना वास्तव में एक सकारात्मक प्रतिबद्धता है – अन्य *वह* की एक अनंत संख्या के बजाय- क्योंकि *यह* आपने तय किया है, अभी सबसे अधिक मायने रखता है। दूसरे शब्दों में, यह सटीक रूप से तथ्य है कि मैं आज दोपहर बिताने के लिए एक अलग और शायद उतना ही मूल्यवान तरीक़ा चुन सकता था जो मेरे द्वारा किए गए चयन को महत्त्व प्रदान करता है और यह बात पूरे जीवन में लागू होती है। उदाहरण के लिए, यह सटीक रूप से तथ्य है कि शादी करने से किसी और से मिलने की संभावना बंद हो जाती है – कोई व्यक्ति अब पहले से ही यह कैसे बता सकता है कि कौन सा इंसान बेहतर जीवनसाथी साबित हो सकता है? जब आप सीमितता के बारे में इस सच्चाई को समझते हैं तो कभी-कभी जो उत्साह उत्पन्न होता है, उसे 'चूकने का आनंद' कहा जाता है, जो 'चूकने के डर' के विचार के साथ जानबूझकर विपरीत है। यह एक रोमांचक मान्यता है कि आप वास्तव में सब कुछ करने में सक्षम नहीं होना चाहेंगे, क्योंकि अगर आपको यह तय नहीं करना है कि क्या छोड़ना है, तो आपकी पसंद का वास्तव में कोई मतलब नहीं हो सकता है। मन की इस स्थिति में, आप इस तथ्य को स्वीकार कर सकते हैं कि आप कुछ सुखों को छोड़ रहे हैं, या कुछ दायित्वों की उपेक्षा कर रहे हैं, क्योंकि इसके बजाय आपने जो कुछ भी करने का फ़ैसला किया है-अपने परिवार का समर्थन करने के लिए पैसे कमाना, अपना उपन्यास लिखना, बच्चे को स्नान कराना, लंबी पैदल यात्रा के रास्ते पर गोधूलि बेला में सर्दियों के पीले सूरज को क्षितिज के नीचे डूबते हुए देखने के लिए रुकना-इस तरह आपने समय का एक हिस्सा बिताने के लिए चुना है जिसकी अपेक्षा करने का आपको कभी अधिकार नहीं था।

4.

एक बेहतर विलंबकर्ता बनना

हालांकि, शायद हम इस सब के बारे में जानकर थोड़ा और अधिक आध्यात्मिक हो जाने की संभावना में हैं। कई दार्शनिक जिन्होंने मानव परिमितता के विषय पर विचार किया है, वे अपनी टिप्पणियों को व्यावहारिक सलाह में बदलने के लिए अनिच्छुक रहे हैं, क्योंकि इससे आत्म-सहायता की गंध आती है। (और ईश्वर ना करे कि कोई स्वयं अपनी सहायता करना चाहे!) फिर भी उनकी अंतर्दृष्टि का दैनिक जीवन पर ठोस प्रभाव पड़ता है। किसी भी चीज़ के अलावा, वे यह स्पष्ट करते हैं कि हमारे सीमित समय को प्रबंधित करने की मुख्य चुनौती यह नहीं है कि सब कुछ कैसे किया जाए-ऐसा कभी नहीं होने वाला है - बल्कि यह है कि सबसे बुद्धिमानी से कैसे निर्णय लिया जाए कि क्या *नहीं* करना है, और ऐसा नहीं करने पर शांति कैसे महसूस करनी है। जैसा कि अमेरिकी लेखक और शिक्षक ग्रेग क्रेच कहते हैं, हमें काम को टालने में बेहतर होना सीखना होगा, किसी प्रकार का विलंब अपरिहार्य है : वास्तव में, किसी भी समय, आप लगभग हर चीज़ पर विलंब कर रहे होंगे, और अपने जीवन के अंत तक, आप उन चीज़ों में से लगभग कोई भी काम नहीं कर पाएंगे जो आप सैद्धांतिक रूप से कर सकते थे। इसलिए मुद्दा ढिलाई को ख़त्म करना नहीं है, बल्कि अधिक बुद्धिमानी से चुनना है कि आप किस पर ढिलाई करने जा रहे हैं, ताकि उस पर ध्यान केंद्रित किया जा सके जो सबसे अधिक महत्त्व रखता है। *किसी भी समय प्रबंधन तकनीक का वास्तविक उपाय यह है कि क्या यह आपको सही चीज़ों की उपेक्षा करने में मदद करता है या नहीं।*

उनमें से एक बड़ा हिस्सा ऐसा नहीं करता है। वह मामले को और ख़राब कर देता है। अधिकांश कार्य उत्पादकता विशेषज्ञ केवल हमारे समय की परेशानियों को दूर करने वाले के रूप में कार्य करते हैं, ये केवल यह विश्वास रखने के तरीक़े प्रदान करते हैं कि सब कुछ करना संभव हो सकता है। शायद आप जार में चट्टानों के असाधारण रूप से परेशान करने वाले दृष्टांत से परिचित हैं, जो पहली बार स्टीफ़न कवी की 1994 की पुस्तक, *फ़र्स्ट थिंग्स फ़र्स्ट* में दुनिया पर थोपा गया था, और जिसे तब से कार्य उत्पादकता मंडलियों में बार-बार परेशान करने की हद तक दोहराया गया है। इसके जिस संस्करण से मैं सबसे अधिक परिचित हूं, वह यह है कि एक दिन एक शिक्षक कई बड़ी चट्टानों, कुछ कंकड़, रेत का एक थैला और एक बड़े कांच के जार के साथ कक्षा में आता है। वह अपने छात्रों को एक चुनौती देता हैः क्या वे सभी चट्टानों, कंकड़ और रेत को जार में भर कर फ़िट कर सकते हैं? छात्र, जो स्पष्ट रूप से मंद-बुद्धि वाले हैं, पहले कंकड़ या रेत डालने की कोशिश करते हैं, केवल यह पता लगाने के लिए कि चट्टानें फ़िट नहीं होंगी। आख़िरकार-और इसमें कोई संदेह नहीं है कि एक विनम्र मुस्कान के साथ-शिक्षक समाधान का सुझाव देता है : वह पहले चट्टानों को अंदर रखता है, फिर कंकड़, फिर रेत, ताकि छोटी वस्तुएं बड़ी बस्तुओं के बीच की जगह में आराम से बन सकें। इस उदाहरण का सारांश यह है कि यदि आप सबसे महत्त्वपूर्ण चीज़ों के लिए पहले समय निकालते हैं, तो आप उन सभी को पूरा कर लेंगे और इसके अलावा कम महत्त्वपूर्ण चीज़ों के लिए बहुत समय होगा। लेकिन यदि आप इस क्रम में अपनी कार्य सूची में संशोधन नहीं करते हैं, तो आप कभी भी उसमे बड़ी चीज़ों को बिलकुल भी फ़िट नहीं कर पाएंगे।

कहानी यहीं समाप्त होती है - लेकिन यह झूठ है। स्व गर्वित शिक्षक बेईमानी कर रहा है। उसने कक्षा में केवल कुछ बड़ी चट्टानें लाकर अपने प्रदर्शन में धांधली की है, यह जानते हुए कि वे सभी जार में फ़िट बैठ जायेंगे। हालांकि, आज-कल समय प्रबंधन की वास्तविक समस्या यह नहीं है कि हम बड़ी चट्टानों को प्राथमिकता देने में ठीक नहीं हैं। वास्तविकता यह है कि वहां बहुत अधिक चट्टानें हैं-और उनमें से अधिकांश कभी भी उस ज़ार में कहीं भी नहीं बन पा रही हैं। महत्त्वपूर्ण सवाल यह नहीं है कि

उन गतिविधियों के बीच अंतर कैसे किया जाए जो महत्त्व रखती हैं और जो अधिक महत्त्व नहीं रखती हैं, लेकिन क्या करना है जब बहुत सी चीज़ें हमारे लिए महत्त्वपूर्ण हैं और इसलिए यक़ीनन वे हमारे लिए बड़ी चट्टानों के रूप में हैं। सौभाग्य से, कुछ मुट्ठी भर बुद्धिमान लोगों ने इस दुविधा का ठीक से विश्लेषण किया है, और उनकी सलाह तीन मुख्य सिद्धांतों के इर्द-गिर्द केंद्रित होती है।

रचनात्मक उपेक्षा की कला

सिद्धांत नंबर एक यह है कि जब समय की बात आती है तो इसे *पहले स्वयं को प्रदान करें।* मैं इस वाक्यांश को ग्राफ़िक उपन्यासकार और रचनात्मकता प्रशिक्षक जेसिका एबेल से उधार ले रहा हूं, जिन्होंने इसे व्यक्तिगत वित्त की दुनिया से उधार लिया था, जहां यह लंबे समय से भरोसेमंद लेख रहा है, क्योंकि यह काम आता है। यदि आप अपने वेतन चेक का एक हिस्सा उस दिन लेते हैं जिस दिन आप इसे प्राप्त करते हैं और इसे बचत या निवेश के रूप में काम लेते हैं, या ऋण चुकाने के लिए इसका उपयोग करते हैं, तो जब आप अपना व्यवसाय करेंगे - अपना किराने का सामान ख़रीदेंगे, अपने बिलों का भुगतान करेंगे, तब आपको शायद उस नकदी की कमी कभी महसूस नहीं होगी, ठीक वैसे ही जैसे कि आपके पास शुरू में आपके पैसे का वह हिस्सा कभी था ही नहीं। (निश्चित रूप से सीमाएं हैं : यह योजना काम नहीं करेगी यदि आप सचमुच जीवित रहने के लिए पर्याप्त कमाते हैं।) लेकिन अगर, ज़्यादातर लोगों की तरह, आप इसके बजाय 'खुद को सबसे पहले भुगतान करते हैं'- अपनी ज़रूरत की चीज़ों को ख़रीदते हैं और उम्मीद करते हैं कि बचत में डालने के लिए अंत में कुछ पैसे बचे रहेंगे-तो आप आमतौर पर पाएंगे कि कुछ भी नहीं बचा। और यह आवश्यक रूप से इसलिए नहीं होगा, क्योंकि आपने इसे लेटेस, या पेडिक्योर, या नए इलेक्ट्रॉनिक गैजेट्स, या हेरोइन पर ख़र्च कर दिया। जिस क्षण आपने इस धन को प्राप्त किया, उस समय हर ख़र्च को काफ़ी समझदारी भरा और आवश्यक महसूस किया होगा। मुश्किल यह है कि हम लंबे समय की योजना बनाने में बहुत ही ख़राब होते हैं : अभी अगर हमें कुछ महत्त्वपूर्ण लगता है, तो उसका यह मूल्यांकन करना लगभग असंभव हो जाता है कि

क्या यह एक हफ़्ते या एक महीने में भी वैसा ही लगेगा। और इसलिए हम स्वाभाविक रूप से ख़र्च करने के विषय में ग़लती करते हैं–और फिर बाद में बुरा महसूस करते हैं, जब बचत करने के लिए कुछ भी नहीं बचा होता है।

आबेल बताती हैं कि यही तर्क समय पर भी लागू होता है। यदि आप पहले अपने समय की अन्य सभी महत्त्वपूर्ण मांगों को पूरा करके अपनी सबसे मूल्यवान गतिविधियों के लिए समय निकालने की कोशिश करते हैं, तो इस उम्मीद में कि अंत में कुछ बचा होगा, आप निराश ही होंगे। इसलिए यदि कोई निश्चित गतिविधि या कार्य वास्तव में आपके लिए महत्त्व रखता है – उदाहरण के लिए कोई रचनात्मक परियोजना, जैसे यह भी हो सकता है कि आपसी किसी रिश्ते या संबंध का पालन करना हो, या किसी विशेष सेवा या कार्य में सक्रियता बनाए रखनी हो – तो इसे संपन्न करने का एकमात्र तरीक़ा यह है कि आप आज ही कुछ इसमें करें, चाहे थोड़ा ही क्यों ना हो, और चाहे कितने ही अन्य वास्तविक बड़े और महत्त्वपूर्ण कार्यों पर आपको ध्यान देने की आवश्यकता हो। कई वर्षों तक अपने चित्रण कार्य के लिए समय निकालने की कोशिश करने और असफल होने के बाद, अपनी कार्य सूची को नियंत्रित करने और अपने कार्यक्रम में फेरबदल करने के बाद, आबेल ने देखा कि उसका एकमात्र संभव विकल्प समय निकालने का प्रयास करना था–बस एक या दो घंटे के लिए चित्र बनाना शुरू करना, हर दिन, और परिणामों को स्वीकार करना, भले ही उनमें अन्य गतिविधियों की उपेक्षा करना शामिल हो, जो उसके लिए महत्त्वपूर्ण थी। 'यदि आप अब, हर सप्ताह में से, अपने लिए कुछ समय नहीं बचाते हैं,' जैसा कि वह कहती हैं, 'भविष्य में ऐसा कोई क्षण नहीं आएगा जब आप जादुई ढंग से सब कुछ कर लेंगे और आपके पास बहुत सारा ख़ाली समय होगा।' यह वही अंतर्दृष्टि है जो समय प्रबंधन सलाह के दो सम्मानजनक हिस्सों में निहित है: प्रत्येक दिन के पहले घंटे में अपने सबसे महत्त्वपूर्ण प्रोजेक्ट पर काम करना, और अपने साथ 'बैठकें' शेड्यूल करके, उन्हें अपने कैलेंडर में चिह्नित करके अपने समय की बचत करना ताकि इसमें अन्य प्रतिबद्धताएं हस्तक्षेप नहीं कर सकें। 'अपने आप को पहले भुगतान करने' के संदर्भ में सोचना इन एकमात्र युक्तियों को जीवन के दर्शन में बदल देता है, जिसके मूल में यह सरल अंतर्दृष्टि निहित है: यदि आप अपने चार हज़ार हफ़्तों में

से कुछ को वही सब करने में बिताने की योजना बनाते हैं जो आपके लिए सबसे अधिक मायने रखता है, तो बस किसी बिंदु पर आपको इसे करना शुरू करना होगा।

दूसरा सिद्धांत यह है कि *आप अपने काम को सीमित करें।* आपके सीमित समय के बारे में सच्चाई का विरोध करने का सबसे आकर्षक तरीक़ा एक साथ बड़ी संख्या में परियोजनाओं को शुरू करना है; इस तरह, आपको ऐसा महसूस होता है जैसे आपने आग में बहुत सारे लोहे के टुकड़े रखे हुए हैं और इन सभी को एक साथ गर्म करने के कार्य के सभी पहलुओं पर प्रगति कर रहे हैं। इसके बजाय, आमतौर पर जो होता है वह यह है कि आप बिना किसी पहलू के प्रगति करते हैं–क्योंकि हर बार जब कोई परियोजना मुश्किल, डराने वाली, या उबाऊ महसूस होने लगती है, तो आप इसके बजाय किसी अन्य परियोजना पर अपना ध्यान केंद्रित करने लगते हैं। आपको चीज़ों पर नियंत्रण रखने की अपनी भावना को बनाए रखने का मौक़ा मिलता अवश्य है, लेकिन कभी भी कोई भी महत्त्वपूर्ण काम पूरा नहीं करने की क़ीमत पर।

इसका वैकल्पिक दृष्टिकोण यह है कि उन कार्यों की संख्या कठोरता से निर्धारित कर दी जाए जिन्हें आप नियत समय में पूरा करना चाहते हैं। अपनी पुस्तक *पर्सनल कानबन* में, जो इस रणनीति की विस्तार से पड़ताल करती है, प्रबंधन विशेषज्ञ जिम बेन्सन और टोनियन डेमारिया बैरी ने तीन से अधिक कार्यों का सुझाव नहीं दिया है। एक बार जब आप उन कार्यों का चयन कर लेते हैं, तो आगे और भी समय की आवश्यकता महसूस होने पर तीन कार्यों में से एक के पूरा होने तक इंतज़ार करना होगा, जिससे समय एक स्लॉट ख़ाली हो जाएगा। (यदि कोई परियोजना पर कार्य नहीं हो पा रहा है तो उसे पूरी तरह से छोड़ कर स्लॉट को ख़ाली करने की भी अनुमति है। मुद्दा यह नहीं है कि आप जो कुछ भी शुरू करते हैं उसे पूरी तरह से ख़त्म करने के लिए ख़ुद को विवश करें, बल्कि पृष्ठभूमि में अधूरी परियोजनाओं की लगातार बढ़ती संख्या को रखने की बुरी आदत को दूर करें।)

मेरे काम करने के तरीक़ों में इस मामूली बदलाव ने एक आश्चर्यचकित कर देने वाला बड़ा प्रभाव पैदा किया। मेरे लिए अब इस तथ्य को नज़रअंदाज़ करना संभव नहीं था कि काम करने के लिए मेरी क्षमता पूरी तरह से सीमित

थी – क्योंकि हर बार जब मैंने अपनी कार्य–सूची से एक नया कार्य चुना, तो मेरे तीन कार्य–प्रगति वस्तुओं में से एक के रूप में, मैं उन सभी पर विचार करने के लिए बाध्य था, जिन्हें मैं अनिवार्य रूप से नज़रअंदाज़ कर रहा था ताकि इस पर ध्यान केंद्रित कर सकूं। और फिर भी ठीक इसलिए कि मुझे इस तरह से वास्तविकता का सामना करने के लिए मजबूर किया जा रहा था – यह देखने के लिए कि मैं हमेशा अधिकांश कार्यों की उपेक्षा कर रहा था, किसी भी चीज़ पर काम करने के लिए, और एक बार में सभी चीज़ों पर काम करना केवल एक विकल्प नहीं था – इसका परिणाम अत्यधिक शांति का अनुभव एवं अत्यधिक कार्य उत्पादकता प्राप्त करने हेतु मेरे पूर्ण समर्पण के समय की तुलना में बहुत अधिक कार्य उत्पादकता थी। इसका एक और सुखद परिणाम यह था कि मैं आसानी से अपनी परियोजनाओं को प्रबंधनीय हिस्सों में विभाजित कर सका, एक ऐसी रणनीति जिसके साथ मैं सिद्धांत रूप में लंबे समय से सहमत था, लेकिन कभी भी ठीक से लागू नहीं कर पाया था। अब यह करना सहज हो गया : यह स्पष्ट था कि अगर मैं 'राइट बुक' या 'मूव हाउस' को अपने तीन कार्यों में से एक के रूप में नामांकित करता हूं, तो यह महीनों तक सिस्टम को बंद कर देगा, इसलिए मैं स्वाभाविक रूप से प्रत्येक मामले में अगले उपलब्धिकारक क़दम का पता लगाने के लिए प्रेरित हुआ। सब कुछ करने की कोशिश करने के बजाय, मुझे इस सच्चाई को स्वीकार करना आसान लगा कि एक दिन में मैं केवल कुछ निर्धारित कार्य ही करूंगा। इस बार अंतर यह था कि मैंने वास्तव में उन्हें किया था।

तीसरा सिद्धांत है *मध्यम प्राथमिकताओं के आकर्षण का विरोध करना।* वारेन बफ़ेट की एक कहानी है- यद्यपि उस अप्रामाणिक तरीक़े से जिसमें बुद्धिमान अंतर्दृष्टियां होती हैं और उनके वास्तविक स्रोत की परवाह किए बिना भले ही इनका श्रेय अल्बर्ट आइंस्टीन या बुद्ध को दिया जाता है – जिसमें प्रसिद्ध बुद्धिमान और चतुर निवेशक से उनके निजी पायलट ने पूछा कि प्राथमिकताओं को कैसे निर्धारित किया जाए। मुझे जवाब देने के लिए लुभाया जाएगा, 'बस विमान उड़ाने पर ध्यान केंद्रित करें!' लेकिन ज़ाहिर तौर पर यह उड़ान के बीच में नहीं हुआ, क्योंकि बफ़ेट की सलाह अलग है : वह आदमी को उन शीर्ष पच्चीस चीज़ों की एक सूची बनाने के लिए कहते हैं जो वह जीवन से चाहता है और फिर उन्हें सबसे महत्त्वपूर्ण

से लेकर कम से कम महत्त्वपूर्ण होने के क्रम में व्यवस्थित करने के लिए कहते हैं। बफ़ेट का कहना है कि शीर्ष पांच में वे चीज़ें होनी चाहिए जिनके आसपास वह अपना समय बिताता है। लेकिन पायलट जो सुनने की उम्मीद कर रहा था, उसके विपरीत, शेष बीस, बफ़ेट कथित रूप से बताते हैं, दूसरे स्तर की चीज़ें उसके लिए प्राथमिकताएं नहीं होनी चाहिए और जिन पर मौक़ा मिलने पर ही उसे ध्यान देना चाहिए। इससे बिलकुल अलग। वास्तव में, ये वे चीज़ें हैं जिनसे उसे हर क़ीमत पर सक्रिय रूप से बचना चाहिए - क्योंकि ये महत्त्वाकांक्षाएं उसके लिए अपर्याप्त रूप से महत्त्वपूर्ण हैं जो उसके जीवन का मूल आधार बन सकती हैं, फिर भी इतनी आकर्षक हैं कि वे उसे उन चीज़ों से विचलित कर सकती हैं, जो सबसे ज़्यादा महत्त्व रखती हैं।

आपको अपने लक्ष्यों को सूचीबद्ध करने के विशिष्ट अभ्यास को अपनाने की आवश्यकता नहीं है (मैं व्यक्तिगत रूप से नहीं करता) अंतर्निहित बिंदु की सराहना करने के लिए, जो यह है कि बहुत सारे बड़े लक्ष्यों की दुनिया में, यह मध्यम रूप से आकर्षक है–काफ़ी दिलचस्प नौकरी का अवसर, अर्ध–सुखद दोस्ती–जिस पर एक सीमित जीवन दुखी हो सकता है। स्वयं को मदद करनेवाली यह एक घिसी–पिटी बात है कि हम में से अधिकांश को ना कहना सीखने में बेहतर होने की आवश्यकता है। लेकिन जैसा कि लेखक एलिज़ाबेथ गिल्बर्ट बताती हैं, यह मान लेना बहुत आसान है कि इसमें केवल उन विभिन्न नीरस चीज़ों को अस्वीकार करने का साहस प्राप्त करना शामिल है जिन्हें आप पहले कभी नहीं करना चाहते थे। वास्तव में, वह बताती हैं, 'यह उससे कहीं अधिक कठिन है। आपको यह सीखने की ज़रूरत है कि आप जिन चीज़ों को *करना* चाहते हैं, उन्हें ना कहना कैसे शुरू करें, इस मान्यता के साथ कि आपके पास केवल एक ही जीवन है।

पूर्णता और पक्षाघात...!!

यदि कुशल समय प्रबंधन को सबसे अच्छे तरीक़े से समझा जाए, तो यह एक अच्छे ढंग से स्थगित करना सीखने का मामला है, अपनी सीमाओं के बारे में सच्चाई का सामना करके और उसके अनुसार अपने कार्यों का चुनाव करना है, तो दूसरे प्रकार का तरीक़ा स्थगित करना है - बुरा तरीक़ा, जो

हमें हमें महत्त्वपूर्ण काम पर प्रगति करने से रोकता है – आमतौर पर उस सच्चाई से बचने की कोशिश का परिणाम होता है। अच्छी टाल-मटोल करने वाली महिला इस तथ्य को स्वीकार करती है कि वह सब कुछ पूरा नहीं कर सकती है, फिर यथासंभव समझदारी से निर्णय लेती है कि किन कार्यों पर ध्यान केंद्रित करना है और किन कार्यों की उपेक्षा करनी है। इसके विपरीत, ख़राब विलंबकर्ता ख़ुद को असमर्थ पाता है, क्योंकि वह अपनी सीमाओं का सामना करने के विचार को सहन नहीं कर सकता है। उनके लिए, ढिलाई भावनात्मक परिहार की एक रणनीति है – मनोवैज्ञानिक संकट को महसूस नहीं करने की कोशिश करने का एक़ तरीक़ा जो यह स्वीकार करने के साथ आता है कि वह एक सीमित इंसान है।

जब हम इस आत्म-पराजयकारी प्रकार के विलंब में संलग्न होते हैं तो हम जिन सीमाओं से बचने की कोशिश कर रहे होते हैं, अक्सर इसका इस बात से कोई लेना-देना नहीं होता है कि हम उपलब्ध समय में *कितना* काम कर पाएंगे; आमतौर पर, यह चिंता की बात है कि हमारे पास पर्याप्त गुणवत्ता का काम करने की प्रतिभा नहीं होगी, या कि अन्य लोग इसका जवाब नहीं देंगे जैसा हम चाहते हैं, या किसी अन्य तरीक़े से चीज़ें वैसी नहीं होंगी, जैसी हम चाहते हैं। दार्शनिक कोस्टिका ब्राडाटन फ़ारस में शिराज शहर के एक वास्तुकार के बारे में एक कथा के माध्यम से इस बिंदु को स्पष्ट करते हैं, जिन्होंने दुनिया की सबसे ख़ूबसूरत मस्जिद का डिजाइन किया था : एक लुभावनी संरचना, मूल रूप से चमकदार लेकिन शास्त्रीय रूप से अच्छी तरह से आनुपातिक, अपनी भव्यता में विस्मयकारी लेकिन पूरी तरह से सरल। जिन लोगों ने वास्तुकला की योजनाओं को देखा वे उन्हें ख़रीदना चाहते थे, या उन्हें चुराना चाहते थे; प्रसिद्ध बिल्डरों ने उनसे विनती की कि वे उन्हें इस पर काम करने दें। लेकिन वास्तुकार ने ख़ुद को अपने अध्ययन कक्ष में बंद कर लिया और तीन दिन और तीन रातों तक उन योजनाओं को देखता रहा और फिर उन सभी को जला दिया। वह एक प्रतिभाशाली व्यक्ति थे, लेकिन वह एक पूर्णतावादी भी थे : उनकी कल्पना की मस्जिद परिपूर्ण थी, और इसे वास्तविक बनाने में शामिल होने वाले समझौतों पर विचार करना उन्हें पीड़ा देता था। यहां तक कि सबसे बड़े निर्माता भी अनिवार्य रूप से अपनी योजनाओं को पूरी तरह से ईमानदारी से दोहराने में विफल रहेंगे; ना ही वह अपनी रचना को समय के प्रभाव से बचा पाएंगे-भौतिक

क्षय या लूटपाट करने वाली सेनाओं से जो अंततः इसे धूल में मिला देंगे। वास्तव में मस्जिद का निर्माण करके, सीमितता की दुनिया में क़दम रखने का मतलब उन सभी का सामना करना होगा जो वह नहीं कर सकते थे। अपनी सभी सीमाओं और अप्रत्याशितताओं के साथ ख़ुद को वास्तविकता के हवाले कर देने से बेहतर है कि एक आदर्श कल्पना को संजोया जाए।

ब्रैडाटन का तर्क है कि जब हम अपने लिए किसी महत्त्वपूर्ण चीज़ में ढिलाई करते हैं, तो हम किसी न किसी रूप में आम तौर पर इसी मानसिकता के होते हैं। हम यह देखने में विफल रहते हैं, या स्वीकार करने से इनकार करते हैं, कि हमारे विचारों को ठोस वास्तविकता में लाने का कोई भी प्रयास अनिवार्य रूप से हमारे सपनों से कम होना चाहिए, चाहे हम चीज़ों को आगे बढ़ाने में कितनी भी शानदार तरीक़े से सफल हों–क्योंकि वास्तविकता, कल्पना के विपरीत, एक ऐसा क्षेत्र है जिसमें हमारे पास असीम नियंत्रण नहीं है, और संभवतः हम पूर्णतावादी मानकों को पूरा करने की उम्मीद नहीं कर सकते हैं। कुछ–हमारी सीमित प्रतिभा, हमारा सीमित समय, घटनाओं पर और अन्य लोगों के कार्यों पर हमारा सीमित नियंत्रण–हमेशा हमारी रचना को परिपूर्णता से कम कर देगा। शुरू में यह निराशाजनक लग सकता है, क्योंकि इसमें एक स्वतंत्र संदेश है : यदि आप किसी चीज़ पर विलंब कर रहे हैं, क्योंकि आप चिंतित हैं कि इस काम को आप पूर्णता के साथ बहुत अच्छे ढंग से नहीं कर पाएंगे तो आप इसे छोड़कर आराम कर सकते हैं – क्योंकि आपकी कल्पना के त्रुटिहीन मानकों के आधार पर, आप निश्चित रूप से एक अच्छा काम नहीं करेंगे। तो आप भी एक शुरुआत कर सकते हैं।

और इस तरह की सीमितता से बचने वाली ढिलाई निश्चित रूप से काम की दुनिया तक ही सीमित नहीं है। यह रिश्तों में भी एक बड़ा मुद्दा है, जहां परिमितता के बारे में सच्चाई का सामना करने से इनकार करने वाले लोगों को वर्षों तक जीवन की अत्यंत गंभीर अस्थायी स्थिति में फंसाए रखा जा सकता है। चेतावनी देने वाली कहानी के माध्यम से, अब तक के सबसे ख़राब प्रेमी, फ्रांज काफ़्का के मामले पर विचार करें, जिनके सबसे महत्त्वपूर्ण रोमांटिक रिश्ते की शुरुआत 1912 में प्राग में एक ग्रीष्मकालीन शाम को हुई थी, जब वे उनतीस वर्ष के थे। उस रात अपने दोस्त मैक्स

ब्रॉड के घर पर भोजन करते हुए, काफ़्का अपने मेजबान की चचेरी बहन, फ़ेलिस बाउर से मिले, जो बर्लिन से आई थी। वह एक स्वतंत्र सोच वाली चौबीस वर्षीय लड़की थी, जो पहले से ही जर्मनी में एक निर्माण कंपनी में पेशेवर सफलता का आनंद ले रही थी, और उसकी डाउन-टु-अर्थ ऊर्जा ने न्यूरोटिक, आत्म-जागरूक काफ़्का को आकर्षित किया। दूसरी दिशा में भावना की शक्ति के बारे में हम बहुत कम जानते हैं केवल काफ़्का की विवरण ही शेष है, लेकिन वह भी उससे गहराई से प्रभावित हुआ था, इसलिए जल्द ही एक रिश्ता शुरू हो गया।

यह रिश्ता प्रारंभ में पत्राचार के रूप में शुरू हुआः अगले पाँच वर्षों में, इस जोड़े ने सैकड़ों पत्रों का आदान-प्रदान किया, फिर भी वे केवल कुछ ही बार मिले, प्रत्येक मुलाक़ात स्पष्ट रूप से काफ़्का के लिए पीड़ा का स्रोत थी। उनकी पहली मुलाक़ात के सात महीने बाद, उन्होंने आख़िरकार दूसरी बार मिलने को स्वीकार किया, लेकिन उस दिन की सुबह एक टेलीग्राम भेजकर कहा कि वह नहीं आ रहा है; फिर भी वह आ गया, लेकिन उदास हो गया। जब यह जोड़ा आख़िरकार सगाई के बंधन में बंध गया, तो बाउर के माता-पिता ने एक स्वागत समारोह का आयोजन किया; लेकिन इसमें भाग लेते हुए, काफ़्का ने अपनी डायरी में लिखा कि वह 'स्वयं को हाथ-पैर बंधे हुए एक अपराधी की तरह महसूस करने लगा। इसके कुछ ही समय बाद, बर्लिन के एक होटल में एक मुलाक़ात के दौरान, काफ़्का ने सगाई तोड़ दी, लेकिन पत्र जारी रहे। (हालांकि काफ़्का उनके बारे में भी अनिर्णय की स्थिति में था : 'यह ठीक है कि हमें इन इतने सारे पत्रों को बंद कर देना चाहिए,' उन्होंने एक बार बाउर को लिखा, जो उनके एक सुझाव के प्रतिक्रिया में था... 'कल मैंने इस विषय पर एक पत्र भी लिखना शुरू किया है, जिसे मैं कल भेजूंगा।') दो साल बाद, सगाई फिर से शुरू हो गई, लेकिन केवल कुछ समय के लिए : 1917 में, काफ़्का ने इसे दूसरी और अंतिम बार रद्द करने के लिए एक बहाने के रूप में तपेदिक की शुरुआत का इस्तेमाल किया। संभवतः यह कुछ राहत की बात थी कि बाउर ने एक बैंकर से शादी की, उसके दो बच्चे हुए, और वह संयुक्त राज्य अमेरिका चली गई, जहां उसने एक सफल निटवेअर फ़र्म खोली- वह अपने पीछे एक ऐसा संबंध छोड़ गई जिसमें इतने सारे दुःस्वप्न और अप्रत्याशित उलटफेर थे कि इसे काफ़्केस्क के रूप में वर्णित करने का विरोध करना असंभव है।

काफ़्का को 'पीड़ित जीनियस' के शीर्षक के तहत रखना सरल हो सकता है, एक दूरस्थ व्यक्ति जिसकी हमारे अधिक सामान्य जीवन के लिए बहुत कम प्रासंगिकता है। लेकिन सच्चाई, जैसा कि आलोचक मॉरिस डिकस्टीन लिखते हैं, यह है कि उनकी 'न्यूरॉज़ हमारे से अलग नहीं हैं, कोई अधिक अजीब नहीं : केवल अधिक तीव्र, अधिक शुद्ध' ... और प्रतिभा द्वारा अप्रसन्नता की उस समग्रता की ओर प्रेरित, जिसके क़रीब हममें से अधिकांश लोग कभी नहीं पहुंचते।' हम बाक़ी लोगों की तरह, काफ़्का ने वास्तविकता की सीमाओं का विरोध किया। वह प्यार में अनिर्णायक था, और बहुत कुछ में, क्योंकि वह एक से अधिक जीवन जीने के लिए तरसता था : एक सम्मानित नागरिक बनने के लिए, यही कारण था कि उसने एक बीमा दावा अन्वेषक के रूप में अपनी दिन की नौकरी रखी; शादी में किसी अन्य व्यक्ति के साथ घनिष्ठ संबंध बनाने के लिए, जिसका अर्थ होगा बाउर से शादी करना; और फिर भी अपने लेखन के लिए समझौता किए बिना खुद को समर्पित करना। एक से अधिक अवसरों पर, बाउर को लिखे पत्रों में, उन्होंने इस संघर्ष को अपने भीतर एक दूसरे के साथ कुश्ती करने वाले 'दो स्वयं' के रूप में चित्रित किया – एक उसके साथ प्यार में लेकिन दूसरा साहित्य में इतना डूब गया कि 'अपने सबसे प्यारे दोस्त की मृत्यु' ऐसा प्रतीत होता है कि यह उनके कार्य में एक बाधा से अधिक कुछ प्रतीत नहीं होती है।

यहां पीड़ा का स्तर अत्यधिक हो सकता है, लेकिन आवश्यक तनाव वही है जो काम और परिवार, दैनिक नौकरी और रचनात्मक व्यवसाय, गृह नगर और बड़े शहर, या संभावित जीवन के किसी अन्य टकराव के बीच फंसे किसी भी व्यक्ति द्वारा महसूस किया जाता है। और हममें से बाक़ी लोगों की तरह, काफ़्का ने भी समस्या का सामना नहीं करने की कोशिश करके प्रतिक्रिया व्यक्त की। बाउर के साथ अपने रिश्ते को पत्रों के दायरे तक सीमित रखने का मतलब था कि वह काम के लिए अपने गहरे समर्पण के साथ प्रतिस्पर्धा करने की अनुमति दिए बिना, उसके साथ अंतरंगता के जीवन की संभावना से चिपके रह सकता था, जैसा कि वास्तविक जीवन का रिश्ता ज़रूरी होता है। परिमितता के निहितार्थ को चकमा देने का यह प्रयास हमेशा काफ़्का की तरह प्रतिबद्धता-फ़ोबिया में प्रकट नहीं होता है : कुछ लोग बाहरी तौर पर किसी रिश्ते के प्रति प्रतिबद्ध होते हैं, लेकिन अंदर

से पूरी भावनात्मक प्रतिबद्धता से पीछे हट जाते हैं। अन्य लोग कई वर्षों से अलग-अलग शादियों में लगे हुए हैं जिन्हें उन्हें वास्तव में छोड़ना चाहिए, लेकिन ऐसा नहीं करते हैं, क्योंकि वे इस संभावना को खुला रखना चाहते हैं कि उनका रिश्ता अभी भी एक लंबे और संतुष्ट रिश्ते में विकसित हो सकता है, और भविष्य में इसे किसी निश्चित तिथि पर छोड़ने की अपनी स्वतंत्रता का उपयोग करने का विकल्प भी चाहते हैं। हालांकि, यह सब समान रूप से एक ही तरह की चोरी है। एक समय पर हताश बाउर ने अपने मंगेतर को 'वास्तविक दुनिया में अधिक जीने' की कोशिश करने की सलाह दी। लेकिन इसी सब से काफ़्का बचना चाहता था।

छह सौ मील दूर पेरिस में, और फ्रांज की फ़ेलिस से मुलाक़ात से दो दशक पहले, फ्रांसीसी दार्शनिक हेनरी बर्गसन ने अपनी पुस्तक *'टाइम ऐंड फ्री विल'* में काफ़्का की समस्या के केंद्र में गहराई से पड़ताल की। बर्गसन ने लिखा कि हम हमेशा एक ही रास्ते के लिए ख़ुद को प्रतिबद्ध करने के बजाय अनिर्णय को प्राथमिकता देते हैं, क्योंकि 'भविष्य, जिसे हम अपने इच्छानुसार व्यवस्थित करते हैं, हमें एक ही समय में कई रूपों के तहत दिखाई देता है, जो समान रूप से आकर्षक और समान रूप से संभव प्रतीत होता है'। दूसरे शब्दों में, मेरे लिए कल्पना करना आसान है, मान लीजिए, एक ऐसा जीवन जिसमें शानदार पेशेवर सफलता हासिल की जाए, साथ ही एक अभिभावक और साथी के रूप में उत्कृष्ट प्रदर्शन किया जाए, साथ ही मैराथन या लंबी ध्यान रिट्रीट के लिए प्रशिक्षण या अपने समुदाय में स्वयंसेवा करने के लिए ख़ुद को समर्पित किया जाए, क्योंकि ऐसा जब तक मैं केवल कल्पना कर रहा हूं, मैं उन सभी को एक साथ और त्रुटिहीन रूप से प्रकट होने की कल्पना करता हूं। हालांकि, जैसे ही मैं उनमें से किसी भी जीवन को जीने की कोशिश करना शुरू करता हूं, मुझे समझौता करने के लिए मजबूर होना पड़ेगा -उन डोमेन में से किसी एक में अपनी इच्छा से कम समय लगाने के लिए ताकि दूसरे के लिए जगह बनाई जा सके - और यह स्वीकार करना कि मैं जो कुछ भी करता हूं, वह पूरी तरह से नहीं होगा, जिसके परिणामस्वरूप मेरा वास्तविक जीवन कल्पना की तुलना में अनिवार्य रूप से निराशाजनक साबित होगा। भविष्य का विचार, अनंत संभावनाओं से युक्त, इस प्रकार भविष्य से भी अधिक फलदायी है, बर्गसन ने लिखा, 'और यही कारण है कि हम वास्तविकता की तुलना में

सपने में, वास्तविकता में प्राप्त करने की तुलना में उसकी आशा में अधिक आकर्षण पाते हैं।' एक बार फिर, यहां निराशाजनक प्रतीत होने वाला संदेश वास्तव में मुक्ति प्रदान करने वाला है। चूंकि जीने के तरीक़े के बारे में हर वास्तविक दुनिया के विकल्प में जीवन जीने के अनगिनत वैकल्पिक तरीक़ों का नुक़सान होता है, इसलिए इस उत्सुक आशा में कि आप किसी तरह उन नुक़सानों से बचने में सक्षम हो सकते हैं, विलंब करने या प्रतिबद्धताओं से परहेज करने का कोई कारण नहीं है। नुक़सान निश्चित है। वह जहाज चल पड़ा है – और यह कितनी राहत की बात है।

बसने की अनिवार्यता

डेटिंग की विभिन्न सलाहों में से मैं जिस सलाह को चुनता हू और जिसके प्रति मैं पूरी तरह से आश्वस्त महसूस करता हूं, हालांकि वास्तव में यह जीवन के दूसरे क्षेत्रों में भी प्रासंगिक है, वह 'सेटलमेंट' से संबंधित है–सर्वव्यापी आधुनिक भय कि आप अपने आप को एक ऐसे रोमांटिक साथी के प्रति समर्पित पा सकते हैं जो आपके आदर्श से कम है, या जो आपके उत्कृष्ट व्यक्तित्व के योग्य नहीं है। (करियर संबंधित इस चिंता का एक संस्करण 'सेटलमेंट' होता है जो काम करने के लिए जो भी भुगतान मिल रहा हो, वही चुनना अपने जज़्बे को पूरी तरह से समर्थित करने के बजाय...) हज़ारों पत्रिका लेखों और प्रेरणादायक इंस्टाग्राम मीम्स में व्यक्त किया गया ज्ञान यह है कि समझौता करना हमेशा एक अपराध होता है। लेकिन यह प्राप्त ज्ञान ग़लत है। आपको निश्चित रूप से समझौता करना चाहिए।

या अधिक सटीक होने के लिए, आपके पास कोई विकल्प नहीं है। आप समझौता कर लेंगे–और इस तथ्य से आपको ख़ुश होना चाहिए। अमेरिकी राजनीतिक सिद्धांतकार रॉबर्ट गुडिन ने इस विषय पर एक पूरा ग्रंथ, *ऑन सेटलमेंट* लिखा, जिसमें उन्होंने शुरूआत में यह प्रदर्शित किया कि जब हम 'सेटलमेंट' के रूप में परिभाषित करते हैं तो हम असंगत होते हैं। ऐसा लगता है कि हर कोई इस बात से सहमत है कि यदि आप एक रिश्ते की शुरुआत करते हैं और जब आपको गुप्त रूप से संदेह होता है कि आपको उससे कोई बेहतर मिल सकता है, तो आप सेटलमेंट के लिए दोषी हैं, क्योंकि आप अपने जीवन के एक हिस्से का उपयोग एक कम आदर्श

साथी के साथ करने का विकल्प चुन रहे हैं। लेकिन चूंकि समय सीमित है, इसलिए सेटलमेंट से *इनकार* करने का निर्णय–एक दशक तक बेसब्र होकर सही व्यक्ति की तलाश में ऑनलाइन डेटिंग नेटवर्क को खंगालना – यह भी सेटलमेंट का मामला है, क्योंकि आप अपने सीमित समय के एक दशक को एक अलग प्रकार की आदर्श से कम स्थिति में उपयोग करने का विकल्प चुन रहे हैं। इसके अलावा, गुडिन का मानना है कि हम समझौता करने वाले जीवन की तुलना उस जीवन से करते हैं जिसे वह 'प्रयास करना' या पूर्णता से जीवन जीना कहते हैं। लेकिन यह भी एक ग़लती है, और सिर्फ़ इसलिए नहीं कि समझौता करना अपरिहार्य है, बल्कि इसलिए भी कि जीवन को पूरी तरह से जीने के लिए समझौता करना पड़ता है। वे लिखते हैं, 'आपको अपेक्षाकृत स्थायी तरीक़े से, किसी ऐसी चीज़ पर समझौता करना चाहिए जो आपके प्रयास का उद्देश्य होगी, ताकि उस प्रयास को प्रयास के रूप में गिना जा सके', वे लिखते हैं : 'आप एक अति सफल वकील या कलाकार या राजनेता नहीं बन सकते हैं जब तक कि पहले क़ानून, कला, या राजनीति पर ''सेटलमेंट'' नहीं हो, और इसलिए अन्य करियर के संभावित पुरस्कारों को छोड़ने का निर्णय नहीं लें।'' यदि आप उन सभी के बीच भटक जाते हैं, तो आप उनमें से किसी में भी सफल नहीं होंगे। इसी तरह, एक रोमांटिक रिश्ते के वास्तव में पूरा होने की कोई संभावना नहीं है जब तक कि आप कम से कम कुछ समय के लिए, उस विशिष्ट रिश्ते के लिए, इसकी सभी ख़ामियों के साथ समझौता करने के लिए तैयार ना हों – जिसका अर्थ है कि अनंत संख्या में बेहतर काल्पनिक विकल्पों के मोहक प्रलोभन को दूर करना।

बेशक, हम शायद ही कभी रिश्तों को इतनी समझदारी से देखते हैं। इसके बजाय, हम किसी एक रिश्ते के लिए पूरी तरह से प्रतिबद्ध होने में असफल होने में वर्षों बिता देते हैं – या तो जैसे ही गंभीर रिश्ते की संभावना दिखने लगती है तो चीज़ों को बंद करने का कारण ढूंढ़ते हैं या हम जिस भी रिश्ते में होते हैं, उसके लिए प्रतिबद्धता केवल आधे–अधूरे मन से दिखाते हैं। या, वैकल्पिक रूप से, एक पैटर्न में जिसका हर अनुभवी मनोचिकित्सक ने सैकड़ों बार सामना किया है, हम प्रतिबद्ध होते हैं – लेकिन फिर, तीन या चार वर्षों के बाद, चीज़ों को तोड़ने के बारे में सोचना शुरू करते हैं,

स्वयं को आश्वस्त करते हैं कि हमारे साथी के मनोवैज्ञानिक मुद्दे इस रिश्ते को असंभव बना रहे हैं, या कि हम उतने सुसंगत नहीं हैं जितना कि हमने सोचा था। इनमें से कोई भी कुछ मामलों में सच हो सकता है; लोग कभी-कभी प्यार में और अन्य क्षेत्रों में भी असाधारण रूप से ख़राब विकल्प चयन करने के लिए दोषी होते हैं। लेकिन अक्सर, असली समस्या सिर्फ़ यह है कि दूसरा व्यक्ति एक और व्यक्ति है। दूसरे शब्दों में, आपकी कठिनाइयों का कारण यह नहीं है कि आपका साथी विशेष रूप से त्रुटिपूर्ण है, या आप दोनों विशेष रूप से असंगत हैं, बल्कि यह है कि आप अंत में उन सभी तरीक़ों को देख रहे हैं जिनमें आपका साथी (अनिवार्य रूप से) सीमित है, और इस प्रकार आपकी कल्पना की दुनिया की तुलना में अधिक निराशाजनक है, जहां वास्तविकता के सीमित नियम लागू नहीं होते हैं।

बर्गसन ने भविष्य के बारे में जो बात कही - वह वर्तमान की तुलना में अधिक आकर्षक है, क्योंकि आप इसके लिए अपनी सभी आशाओं में शामिल हो जाते हैं, भले ही वे एक-दूसरे के विरोधाभासी हों, काल्पनिक रोमांटिक साझेदारों के बारे में भी कम सच नहीं है, जो आसानी से कई प्रकार के रूपों में हो सकती हैं, ऐसी विशेषताएं जो वास्तविक दुनिया में एक व्यक्ति में साथ-साथ नहीं हो सकतीं। उदाहरण के लिए, किसी रिश्ते में अनजाने में यह उम्मीद करते हुए प्रवेश करना कि आपका साथी स्थिरता और उत्साह की असीमित भावना आपको प्रदान करेगा - और तब, जब ऐसा नहीं होता है यह मान लेना कि समस्या आपका साथी है और कि ये गुण किसी और में एकसाथ हो गए हों, इसलिए आपको इस तरह के इंसान को ढूंढ़ने के लिए निकलना चाहिए। वास्तविकता यह है कि मांगें विरोधाभासी हैं। जो गुण किसी को उत्साह का एक भरोसेमंद स्रोत बनाते हैं, वे आम तौर पर उन गुणों के विपरीत होते हैं जो उसे स्थिरता का एक भरोसेमंद स्रोत बनाते हैं। एक वास्तविक मनुष्य में दोनों की तलाश करना एक ऐसे साथी का सपना देखने से कम बेतुका नहीं है जो एक साथ छह और पांच फ़ीट लंबा हो।

ना केवल आपको सेटलमेंट करना चाहिए; बल्कि आदर्श रूप से, आपको एक ऐसे तरीक़े से सेटलमेंट करना चाहिए जिससे पीछे हटना मुश्किल हो जाए, जैसे कि एक साथ रहना, या शादी करना, या बच्चा होना।

परिमितता का सामना करने से बचने के हमारे सभी प्रयासों की बड़ी विडंबना यह विश्वास करते रहना कि पारस्परिक रूप से अन्य विकल्पों के बीच चयन नहीं करना संभव हो सकता है – यह है कि जब लोग अंततः अपेक्षाकृत अपरिवर्तनीय रूप से चुनाव करते हैं, तो वे आमतौर पर परिणाम के रूप में बहुत ख़ुश होते हैं। सीमाओं से बंधे भविष्य के कल्पना को जीवित रखने के लिए हम अपने रिश्ते को ख़त्म होने से बचाने के लिए लगभग कुछ भी करेंगे, फिर भी उन्हें ख़त्म करने के बाद, आमतौर पर हम ख़ुश होते हैं कि हमने ऐसा किया। एक बार, एक प्रयोग में, हार्वर्ड विश्वविद्यालय के सामाजिक मनोवैज्ञानिक डैनियल गिल्बर्ट और एक सहयोगी ने सैकड़ों लोगों को कला प्रिंटों के चयन से एक मुफ़्त पोस्टर चुनने का अवसर दिया। फिर उन्होंने प्रतिभागियों को दो समूहों में विभाजित किया। पहले समूह को बताया गया कि उनके पास एक महीना है जिसमें वे किसी अन्य के लिए अपने पोस्टर का आदान-प्रदान कर सकते हैं; दूसरे समूह को बताया गया कि जो निर्णय वे पहले ही ले चुके थे वह अंतिम था। फ़ॉलो-अप सर्वेक्षणों में, यह बाद वाला समूह था – जो अपने निर्णय में उलझा हुआ था, और जो इस विचार से विचलित नहीं था कि अभी भी एक बेहतर विकल्प बनाना संभव हो सकता है – जिन्होंने अपने द्वारा चुनी गई कला के काम के लिए अब तक अधिक प्रशंसा दिखाई।

ऐसा नहीं है कि हमें इस बात को साबित करने के लिए मनोवैज्ञानिकों की आवश्यकता है। गिल्बर्ट का अध्ययन एक ऐसी अंतर्दृष्टि को दर्शाता है जो कई सांस्कृतिक परंपराओं में गहराई से अंतर्निहित है, सबसे स्पष्ट रूप से विवाह की। जब दो पति-पत्नी 'बेहतर या बदतर' के लिए एक साथ रहने के लिए सहमत होते हैं, तो हालात कठिन होते ही समझौता करने के बजाय, वे एक समझौता कर रहे होते हैं जो ना केवल उन्हें कठिन दौर से निपटने में मदद करेगा, बल्कि यह अच्छे समय को कई गुना अधिक संतुष्टिदायक बनाने का भी दावा करता है –क्योंकि एक सीमित क्रिया के लिए अपने आप को समर्पित कर देने के कारण, इस बात की बहुत कम संभावना है कि उन्हें उस समय को खोकर किसी कल्पनात्मक विकल्प के पीछे परेशान होना पड़े। सचेत रूप से एक समर्पण करते समय, वे अपरिमित संभावना की अपनी कल्पनाओं को बंद कर रहे हैं, जिसका वर्णन मैंने पिछले अध्याय में किया था, 'जॉय ऑफ़ मिसिंग आउट': यह मान्यता कि

विकल्पों का त्याग ही उनकी पसंद को सार्थक बनाता है। यही कारण है कि जिन कार्यों को करने से आप डर रहे थे या जिनमें देरी हो रही थी, उन्हें करने में अप्रत्याशित रूप से शांति मिल सकती है – आख़िरकार काम पर अपना नोटिस सौंपना, माता-पिता बनना, किसी पारिवारिक समस्या का समाधान करना या घर पर लेन-देन करना। जब आप अब पीछे नहीं मुड़ सकते हैं, तो चिंता दूर हो जाती है, क्योंकि अब यात्रा करने के लिए केवल एक ही दिशा है : अपनी पसंद के परिणामों में आगे बढ़ें।

5.

तरबूज की समस्या

अप्रैल 2016 में एक शुक्रवार को, जैसे ही उस वर्ष की ध्रुवीकरण करने वाली अमेरिकी राष्ट्रपति की दौड़ तेज़ हुई, और दुनिया भर में तीस से अधिक सशस्त्र संघर्ष हुए, तब लगभग तीस लाख लोगों ने अपने दिन का एक बड़ा भाग बज़फ़ीड के दो पत्रकारों को तरबूज के चारों ओर रबर बैंड लपेटते हुए देखते हुए बिताया। धीरे-धीरे, तैंतीस कष्टप्रद मिनटों के दौरान, मनोवैज्ञानिक और शारीरिक दबाव दोनों तरबूज पर बढ़ गए–जब तक कि, चालीस मिनट में, 686 वीं रबर बैंड नहीं लगाई गई। इसके बाद जो हुआ वह आपको आश्चर्यचकित नहीं करेगा : तरबूज में गड़बड़ से विस्फोट हो गया। संवाददाताओं ने अपने प्रतिबिंबिवाले चश्मे से छींटों को पोंछा, फिर कुछ तरबूज खाया। प्रसारण समाप्त हो गया। दुनिया पूर्व की तरह चलती रही।

मैं इस विषय को यह कहने के लिए नहीं उठा रहा हूं कि आपको अपने दिन के चालीस मिनट इंटरनेट पर तरबूज को देखते हुए बिताने में कुछ विशेष रूप से लज्जाजनक है। इसके विपरीत, यह देखते हुए कि 2016 के बाद के वर्षों में ऑनलाइन जीवन का क्या होने वाला था–जैसे–जैसे ट्रॉल्स और नव नाजियों की भीड़ ने पॉप क्विज़ और कैट वीडियो का प्रदर्शन शुरू कर दिया, और सोशल मीडिया तेज़ी से बुरी ख़बरों के अथाह प्रसारण के माध्यम से एक अवसादग्रस्त चकाचौंध में 'डूम्सक्रॉलिंग' का मामला बन गया–बज़ फीड तरबूज जैसी हरकत अब पहले की तुलना में एक ख़ुशहाल समय की कहानी की तरह महसूस होता है। लेकिन यह उल्लेखनीय है,

क्योंकि यह कमरे में एक हाथी की समस्या को दर्शाता है जो मैं समय और समय प्रबंधन के बारे में अब तक बहस कर रहा हूं। वह समस्या ध्यान भटकाने की है। आख़िरकार, इससे कोई फ़र्क़ नहीं पड़ता कि आप अपने सीमित समय का सर्वोत्तम उपयोग करने के लिए कितने प्रतिबद्ध हैं, दिन-ब-दिन आपका ध्यान उन चीज़ों से भटक जाता है जिन पर आप कभी ध्यान केंद्रित नहीं करना चाहते थे। यह एक निश्चित बात है कि उन तीस लाख लोगों में से कोई भी उस सुबह तरबूज के फटने को देखने के लिए अपने समय का उपयोग करने के इरादे से नहीं उठा; और ना ही, जब वह क्षण आया, तो उन्हें आवश्यक रूप से ऐसा महसूस हुआ जैसे वे *अपनी इच्छा* से ऐसा कर रहे थे। फ़ेसबुक पर एक एक ख़ेदजनक टिप्पणी पढ़ी कि मैं इतनी घटिया चीज़ें देखना नहीं चाहता परंतु यह देखना मेरे लिए अत्यावश्यक है। किसी और ने लिखा, 'मैं आपको 40 मिनट से तरबूज के चारों ओर रबड़ की पट्टी लगाते हुए देख रहा हूं। मैं अपने जीवन के साथ क्या कर रहा हूं?'

तरबूज की कहानी एक स्मरण दिलाने के लिए है, इसके अलावा, इन दिनों ध्यान भटकाना डिजिटल ध्यान भटकाव का पर्याय बन गई है : ऐसा तब होता है जब इंटरनेट ध्यान केंद्रित करने के हमारे प्रयासों के रास्ते में आ जाता है। लेकिन यह सब भ्रामक है। दार्शनिक कम से कम प्राचीन यूनानियों के समय से ही ध्यान विचलन के बारे में चिंतित रहे हैं, जिन्होंने इसे बाहरी रुकावटों के मामले के रूप में कम और चरित्र के सवाल के रूप में अधिक देखा-किसी के समय का उपयोग करने में एक व्यवस्थित आंतरिक विफलता, जिसे सबसे अधिक महत्त्व देने का दावा किया जाता है। ध्यान भटकाव को इतनी गंभीरता से लेने का उनका कारण सीधा था, और यही कारण है कि हमें भी ऐसा करना चाहिए: आप जिस पर ध्यान देंगे वही आपके लिए परिभाषित करेगा कि वास्तविकता क्या है।

यहां तक कि टिप्पणीकार जो आधुनिक समय के 'ध्यान भटकने के संकट' के बारे में चिंता करने में बहुत समय बिताते हैं, शायद ही कभी इसके पूरे निहितार्थ को समझते हैं। उदाहरण के लिए, आपने सुना है कि ध्यान एक 'परिमित संसाधन' है, और यह निश्चित रूप से सीमित है : मनोवैज्ञानिक टिमोथी विल्सन द्वारा की गई एक गणना के अनुसार, किसी भी समय लगभग 0.0004 प्रतिशत जो जानकारी हमारे दिमाग़ को लगातार मिलती

रहती है, उसे हम सचेत रूप से ग्रहण करने में सक्षम हैं। लेकिन ध्यान को एक 'संसाधन' के रूप में वर्णित करना हमारे जीवन में इसकी केंद्रीयता का सूक्ष्मता से ग़लत अर्थ निकालना है। अधिकांश अन्य संसाधन जिन पर हम व्यक्तिगत रूप से भरोसा करते हैं - जैसे कि भोजन, पैसा और बिजली- ऐसी चीज़ें हैं जो जीवन को *सुविधाजनक* बनाती हैं, और कुछ मामलों में उनके बिना रहना संभव है, कम से कम कुछ समय के लिए। दूसरी ओर, ध्यान ही जीवन है : आपके जीवित रहने के अनुभव में उन सभी चीज़ों के योग के अलावा और कुछ नहीं होता है जिन पर आप ध्यान देते हैं। अपने जीवन के अंत में, पीछे मुड़कर देखने पर, जो कुछ भी आपके ध्यान को पल-पल के लिए मजबूर करता है, वही आपका जीवन होगा। तो जब आप किसी ऐसी चीज़ पर ध्यान देते हैं जिसे आप विशेष रूप से महत्त्व नहीं देते, तो यह कहना अतिशयोक्ति नहीं है कि आप अपने जीवन से उसकी क़ीमत चुका रहे हैं। इस तरह से देखा जाए तो, 'ध्यान भटकना' केवल क्षणिक ध्यान की अवधि के लिए ही नहीं होता, जैसे कि जब आपको आपके काम के दायित्वों को पूरा करने से एक आने वाले टेक्स्ट संदेश के 'टिंग' या एक अत्यंत ख़राब ख़बर से ध्यान भटकता है। ख़ुद नौकरी भी एक ध्यान भटकाने वाली चीज़ हो सकती है - यानी, आपका ध्यान और इसलिए आपका जीवन, किसी ऐसी चीज़ में लगाना जो अन्य उपलब्ध विकल्पों की तुलना में कम सार्थक हो।

यही कारण है कि सेनेका ने, *ऑन द शॉर्टनेस ऑफ़ लाइफ़* में, अपने साथी रोमनों पर राजनीतिक करियर बनाने के लिए इतनी सख़्ती से हमला किया, जिसकी उन्हें वास्तव में कोई परवाह नहीं थी, विस्तृत भोज आयोजित करना, जिनका वे विशेष रूप से आनंद नहीं लेते थे, या बस 'अपने शरीर को धूप में सेंकना' : उन्हें इस बात का अहसास ही नहीं हुआ कि इस तरह के भटकाव के आगे झुककर, वे जीवन जैसी क़ीमती सामग्री को बर्बाद कर रहे थे। सेनेका यहां एक उत्साही एवं आनंद-विरोधी व्यक्ति की तरह व्यवहार करने का जोख़िम उठाती है - आख़िरकार, थोड़ी सी धूप में स्नान करने में इतना बुरा क्या है? और ईमानदारी से कहूं तो, मुझे संदेह है कि वह बुरा था। लेकिन महत्त्वपूर्ण बात यह नहीं है कि अपना समय आराम से बिताना ग़लत है, चाहे वह समुद्र तट पर हो या बज़फ़ीड पर।

यह ऐसा है कि विचलित व्यक्ति वास्तव में अपनी इच्छा से कुछ भी नहीं चुन रहा है। उसका ध्यान उन ताक़तों द्वारा नियंत्रित किया गया है जो उनके सर्वोच्च हितों को ध्यान में नहीं रखतीं। इस स्थिति के लिए उचित प्रतिक्रिया, हमें अक्सर कहा जाता है, रुकावटों के सामने ख़ुद को अविचलित बनाना है : 'अथक ध्यान' के रहस्यों को सीखना-आमतौर पर ध्यान, वेब-ब्लॉकिंग ऐप्स, महंगे शोर से बचाने वाले हेडफ़ोन, और अधिक ध्यान करना -ताकि ध्यान की लड़ाई में एक बार फिर जीता जा सके। लेकिन यह एक जाल है।

जब आप अपने ध्यान पर इस हद तक नियंत्रण का लक्ष्य रखते हैं, तो आप मानवीय सीमा के बारे में एक सच्चाई के विषय में ध्यान दिलाने की ग़लती कर रहे हैं - आपका सीमित समय, और इसके परिणामस्वरूप इसका अच्छी तरह से उपयोग करने की आवश्यकता-मानव सीमा के बारे में एक और सच्चाई को नकारकर, जो कि है कि अपने ध्यान पर पूर्ण अधिकार प्राप्त करना लगभग निश्चित रूप से असंभव है। किसी भी मामले में, अपने ध्यान के साथ ठीक वैसा ही करने में सक्षम होना अत्यधिक अवांछनीय होगा जैसा आप चाहते हैं। अगर बाहरी ताक़तें आपकी इच्छा के ख़िलाफ़ कम से कम कुछ नहीं कर सकतीं, तो आप अपने रास्ते में आने वाले वाहनों से बचकर नहीं निकल सकते, या कभी यह नहीं सुन सकते कि आपका बच्चा संकट में है। ये लाभ केवल आपात स्थिति तक ही सीमित नहीं हैं बल्कि यही घटना है जो आपका ध्यान एक सुंदर सूर्यास्त की ओर खींचती है, या आपकी नज़र कमरे में किसी अजनबी पर टिकी होती है। लेकिन यह इस तरह के भटकाव के स्पष्ट और जीवंत लाभ हैं, जो बताते हैं कि हम इस तरह से क्यों विकसित हुए। पुरापाषाणकालीन शिकारी-संग्रहकर्ता जिसका ध्यान झाड़ियों में एक सरसराहट से सतर्क हो जाता था,चाहे वह इसे पसंद करता या नहीं, उसके फलने-फूलने और विकसित होने की संभावना उस व्यक्ति की तुलना में कहीं अधिक रही होगी जिसने पहली बार उन्हें सुनने का सचेत निर्णय लेने के बाद ही ऐसी सरसराहट सुनी थी।

न्यूरोसाइंटिस्ट इसे 'बॉटम-अप' या अनैच्छिक ध्यान कहते हैं, और हम इसके बिना जीवित रहने के लिए संघर्ष करेंगे। फिर भी आपके ध्यान के दूसरे भाग - 'ऊपर से नीचे' या स्वैच्छिक प्रकार - पर कुछ प्रभाव डालने

की क्षमता एक अच्छे जीवन और एक नारकीय जीवन के बीच पूरा अंतर ला सकती है। इसका उत्कृष्ट और सर्वोच्च प्रदर्शन ऑस्ट्रियाई मनोचिकित्सक विक्टर फ्रैंकल का मामला है, जो *मैन्स सर्च फ़ॉर मीनिंग* के लेखक थे, जो ऑशविट्ज़ में एक क़ैदी के रूप में अपनी निराशा को दूर करने में सक्षम थे, क्योंकि उन्होंने अपने ध्यान के एक हिस्से को केवल उस क्षेत्र की ओर निर्देशित करने की क्षमता बनाए रखी जिसका शिविर के गार्ड उल्लंघन नहीं कर सकते थे : उनका आंतरिक जीवन, जिसे वे स्वायत्तता के एक उपाय के साथ संचालित करने में सक्षम थे, बाहरी दबावों का विरोध करते हुए जिसने उन्हें एक जानवर की स्थिति तक पहुंचा दिया था। लेकिन इस प्रेरक सच्चाई का दूसरा पहलू यह है कि यातना शिविर की तुलना में अपरिमित रूप से बेहतर परिस्थितियों में बिताया गया जीवन अभी भी काफ़ी अर्थहीन महसूस कर सकता है – यदि आप अपना कुछ ध्यान अपनी इच्छानुसार निर्देशित करने में असमर्थ हैं। आख़िरकार, कोई भी सार्थक अनुभव प्राप्त करने के लिए, आपको उस पर कम से कम थोड़ा ध्यान केंद्रित करने में सक्षम होना चाहिए। अन्यथा, क्या आप वास्तव में ऐसा कर रहे हैं? क्या आपके पास ऐसा अनुभव हो सकता है जिसे आप अनुभव नहीं करते हैं? यदि आपका मन कहीं और है तो मिशेलिन-तारांकित रेस्तरां में सबसे अच्छा भोजन इंस्टेंट नूडल्स की प्लेट भी हो सकता है; और एक ऐसी दोस्ती जिसके बारे में आप वास्तव में एक पल भी नहीं सोचते हैं, वह केवल नाम की दोस्ती है। 'ध्यान भक्ति की शुरुआत है', कवि मैरी ऑलिवर इस तथ्य की ओर इशारा करते हुए लिखती हैं, 'भटकाव और देखभाल एक दूसरे के साथ असंगत हैं : आप वास्तव में एक साथी या एक बच्चे से प्यार नहीं कर सकते हैं, अपने आप को एक करियर या किसी विशेष उद्देश्य के लिए समर्पित कर सकते हैं-या केवल पार्क में टहलने का आनंद ले सकते हैं-सिवाय इसके कि आप अपनी रूचि के विषय पर अपना ध्यान केंद्रित कर सकते हैं।'

अपने जीवन का दुरुपयोग करने के लिए एक मशीन

ये सभी यह स्पष्ट करने में मदद करते हैं कि समकालीन ऑनलाइन 'ध्यान अर्थव्यवस्था' के बारे में इतना चिंताजनक क्या है, जिसके बारे में हमने हाल के वर्षों में बहुत कुछ सुना है : यह अनिवार्य रूप से एक विशाल मशीन

है, जो आपको अपने सीमित जीवन के साथ उन चीज़ों की परवाह करने के लिए प्रेरित करके जिनकी आप परवाह नहीं करना चाहते थे, इस बारे में ग़लत विकल्प चुनने के लिए राजी करती है कि आपके ध्यान के साथ क्या करना है, और आपका अपने ध्यान पर बहुत कम नियंत्रण है,बस यह तय करने के लिए कि आप इसके प्रलोभनों के आगे सफल नहीं होंगे।

हममें से कई लोग अब तक इस स्थिति की बुनियादी रूपरेखा से परिचित हैं। हम जानते हैं कि हम जिन 'मुक्त' सोशल मीडिया प्लेटफ़ार्मों का उपयोग करते हैं वे वास्तव में स्वतंत्र नहीं हैं, क्योंकि जैसा कि कहा जाता है, आप ग्राहक नहीं हैं, बल्कि आप बेचा जा रहा उत्पाद हैं : दूसरे शब्दों में, प्रौद्योगिकी कंपनियों का लाभ हमारा ध्यान आकर्षित करने से आता है, फिर इसे विज्ञापनदाताओं को बेचा जाता है। हम कम से कम इस बात से भी अवगत हैं कि हमारे स्मार्टफ़ोन हमारी हर चाल पर नज़र रख रहे हैं, रिकॉर्ड कर रहे हैं कि हम कैसे स्वाइप करते हैं और क्लिक करते हैं, हम किस पर रुकते हैं या स्क्रॉल करते हैं, ताकि एकत्र किए गए डेटा का उपयोग हमें उस सामग्री को सटीक रूप से दिखाने के लिए किया जा सके जिसकी हमें बांधे रखने की सबसे अधिक संभावना है, जिसका अर्थ है कि वह सब कुछ जो हमें क्रोधित या सबसे अधिक भयभीत करता है। इसलिए, सोशल मीडिया पर सभी झगड़े और फ़र्जी ख़बरें और सार्वजनिक रूप से धोखा देने वाली बातें, इस मंच के मालिकों के दृष्टिकोण से, एक दोष नहीं हैं; वे व्यापार मॉडल का एक अभिन्न हिस्सा हैं।

आपको यह भी पता होगा कि यह सब 'प्रेरक डिज़ाइन' के माध्यम से दिया जाता है – एक व्यापक शब्द जो कैसीनो स्लॉट मशीनों के डिज़ाइनरों से सीधे उधार ली गई मनोवैज्ञानिक तकनीकों के लिए प्रयुक्त होता है और जिसका प्रमुख उद्देश्य अनिवार्य व्यवहार को प्रोत्साहित करना है। सैकड़ों में से एक उदाहरण सर्वव्यापी ड्रैग-डाउन-टु-रिफ्रेश गेश्चर है, जो लोगों को 'वेरिएबल रिवार्ड्स' के रूप में जानी जाने वाली घटना का फ़ायदा उठाकर स्क्रॉल करता रहता हैः जब आप यह अनुमान नहीं लगा सकते हैं कि स्क्रीन को रिफ्रेश करने से पढ़ने के लिए नई पोस्ट आएंगी या नहीं, तो यह अनिश्चितता आपको बार-बार कोशिश करते रहने की अधिक संभावना बनाती है, जैसे आप एक स्लॉट मशीने पर करते हैं। जब यह पूरी प्रणाली

निराशाजनक स्थिति के स्तर तक पहुंच जाती है, तो पूर्व फ़ेसबुक निवेशक से आलोचक बने रोज़र मैकनेमी ने तर्क दिया है, कि उपयोगकर्ताओं के बारे में 'उत्पाद बेचा जा रहा है' वाली पुरानी कहावत इतनी उपयुक्त नहीं लगती है। आख़िरकार, कंपनियां आम तौर पर अपने उत्पादों के साथ भी सम्मान के साथ व्यवहार करने के लिए प्रेरित होती हैं, जो इस बारे में कहा जा सकता है कि उनमें से कुछ अपने उपयोगकर्ताओं के साथ कैसा व्यवहार करते हैं। मैकनेमी का सुझाव है कि इसकी एक बेहतर उपमा यह है कि हम ईंधन हैं : सिलिकॉन वैली की आग में फेंकी गईं लकड़ियां, बिना दया के शोषण किए जाने वाले ध्यान के भंडार, जब तक कि हम सभी प्रयुक्त नहीं हो जाते।

हालांकि, उस सब से कहीं कम व्यापक रूप से सराहना की जाने वाली चीज़ क्या है? वह यह है कि ध्यान भटकाना कितना गहरा है और यह कितना मौलिक है कि यह हमारे सीमित समय को हमारी इच्छानुसार व्यतीत करने के हमारे प्रयासों को कमज़ोर कर देता है। जैसे ही आप फ़ेसबुक पर अनजाने में एक घंटे तक दूर चले जाते हैं, आपको यह मानने के लिए माफ़ कर दिया जाएगा कि समय बर्बाद होने के मामले में नुक़सान, उस एक ग़लत घंटे तक सीमित था। लेकिन आप ग़लत होंगे। क्योंकि ध्यान अर्थव्यवस्था को प्राथमिकता देने के लिए डिज़ाइन किया गया है, क्योंकि जो कुछ भी सबसे आकर्षक है – जो कुछ भी सबसे सच है, या सबसे उपयोगी है – वह व्यवस्थित रूप से दुनिया की तसवीर को विकृत करता है जिसे हम हर समय अपने दिमाग़ में रखते हैं। यह हमारी समझ को प्रभावित करता है कि क्या मायने रखता है, हम किस तरह के ख़तरों का सामना करते हैं, हमारे राजनीतिक विरोधी कितने ख़तरनाक हैं, और हज़ारों अन्य चीज़ें–और ये सभी विकृत निर्णय तब प्रभावित करते हैं कि हम अपने ऑफ़लाइन समय को किस तरह आवंटित करते हैं। उदाहरण के लिए, यदि सोशल मीडिया आपको आश्वस्त करता है कि आपके शहर में हिंसक अपराध वास्तव में कहीं अधिक बड़ी समस्या है, तो आप ख़ुद को अनावश्यक डर के साथ सड़कों पर चलते हुए, बाहर निकलने के बजाय घर पर रहते हुए, और अजनबियों के साथ बातचीत से बचते हुए पा सकते हैं। यदि आप कभी भी अपने वैचारिक विरोधियों को ऑनलाइन देखते हैं और उनका सबसे बुरा व्यवहार है, तो आप यह भी मान सकते हैं कि राजनीतिक रूप से आपसे

अलग होने वाले परिवार के सदस्य भी समान रूप से, अविश्वसनीय रूप से ख़राब होने चाहिए, जिससे उनके साथ संबंध बनाए रखना मुश्किल हो जाता है। ऐसा नहीं है कि हमारे उपकरण हमें अधिक महत्त्वपूर्ण मामलों से भटकाते हैं। वह ऐसा है कि वे सबसे पहले हमारे 'महत्त्वपूर्ण मामलों' को परिभाषित करने के तरीक़े को बदल देते हैं। दार्शनिक हैरी फ्रैंकफ़र्ट के शब्दों में, वे 'हम जो चाहते हैं उसे पाने' की हमारी क्षमता को नष्ट कर देते हैं।

यह मेरा स्वयं का घिनौना कृत्य है, लेकिन मुझे संदेह है कि पूरी तरह से सामान्य, एक ट्विटर जंकी के रूप में इतिहास में एक उदाहरण के रूप में काम कर सकता है। यहां तक कि इस पर अपनी सर्वाधिक निर्भरता के समय में भी (मैं अब ठीक हो रहा हूं) मैंने शायद ही कभी दिन में दो घंटे से अधिक समय स्क्रीन पर बिताया हो। फिर भी मेरे ध्यान पर ट्विटर का प्रभुत्व इससे कहीं अधिक बढ़ गया। ऐप बंद करने के लंबे समय बाद, मैं जिम में ट्रेडमिल पर हांफते हुए होता, या रात के खाने के लिए गाजर काट रहा होता, केवल अपने आप को मानसिक रूप से ग़लत राय के कुछ मूर्ख होल्डर के ख़िलाफ़ एक क्षति पहुंचानेवाला मुकदमा चलाता हुआ पाता, जिसका मुझे उस दिन पहले ऑनलाइन सामना करना पड़ा था। (यह वास्तव में दुर्भाग्य नहीं था, निश्चित रूप से; एल्गोरिद्म ने मुझे जानबूझकर उन पोस्टों को दिखाया, यह जानने के बाद कि मुझे क्या होगा। या मेरा नवजात बेटा कुछ ऐसी आकर्षक हरकत करेगा, और मैं ख़ुद इस बारे में अटकलें लगाता रहूंगा कि मैं एक ट्वीट में इसका वर्णन कैसे कर सकता हूं, जैसे कि जो महत्त्व रखता था, वह अनुभव नहीं था बल्कि ट्विटर के लिए सामग्री प्रदाता के रूप में मेरी (अवैतनिक!) भूमिका थी और मुझे अच्छी तरह याद है कि मैं स्कॉटिश समुद्र तट पर हवा में अकेले चल रहा था, जैसे-जैसे शाम ढलने लगी, मैंने 'प्रेरक डिज़ाइन' के एक विशेष रूप से परेशान करने वाले दुष्प्रभाव का अनुभव किया, जो कि वह घबराहट है जिसे आप तब महसूस करना शुरू करते हैं, जब आप जिस गतिविधि में लगे हुए हैं और उसे पेशेवर मनोवैज्ञानिकों की एक टीम द्वारा तैयार *नहीं* किया गया है। वे यह सुनिश्चित करने पर तुले हुए हैं कि आपका ध्यान कभी नहीं भटके। मुझे शाम के समय स्कॉटलैंड के समुद्र तटों पर हवा में घूमना सोशल मीडिया पर देखी गई किसी भी चीज़ की तुलना में कहीं अधिक पसंद है। लेकिन

बाद वाली चीज़ को केवल मेरी रुचियों के अनुरूप लगातार अनुकूलित करने और मेरे मनोवैज्ञानिक बटनों को दबाने के लिए निर्मित किया गया है, ताकि मेरा ध्यान बंधा रहे। इसमें कोई आश्चर्य नहीं कि बाक़ी वास्तविकता कभी-कभी प्रतिस्पर्धा करने में असमर्थ लगती है।

उसी समय, जिस दुनिया का मैंने ऑनलाइन सामना किया, उसकी निराशा कंक्रीट की दुनिया में फैलने लगी। ट्विटर के गुस्से और पीड़ा को सहन करना असंभव था-मेरे लिए चयनित समाचारों और विचारों का सटीक रूप से पढ़ना क्योंकि वे आदर्श नहीं थे, जिसने उन्हें विशेष रूप से आकर्षक बना दिया-शेष जीवन तक पहुंचने के लिए शुरू किए बिना जैसे कि वे आदर्श थे, जिसका अर्थ था लगातार टकराव या आपदा के लिए तैयार रहना, या पूर्वाभास की एक अस्पष्ट भावना को शरण देना। आश्चर्यजनक रूप से, यह शायद ही कभी एक परिपूर्ण दिन का आधार साबित हुआ। चीज़ों को और अधिक परेशान करने के लिए, यह नोटिस करना भी मुश्किल हो सकता है, जब जीवन के प्रति आपका दृष्टिकोण इस निराशाजनक तरीक़े से बदला जा रहा है, ध्यान के साथ एक विशेष समस्या के लिए धन्यवाद, जो यह है कि इसके लिए ख़ुद की निगरानी करना बेहद मुश्किल है। केवल एक संकाय जिसका उपयोग आप यह देखने के लिए कर सकते हैं कि आपके ध्यान में क्या हो रहा है, वह आपका ध्यान है, जो पहले से ही आदेशित है। इसका मतलब यह है कि एक बार जब ध्यान अर्थव्यवस्था ने आपको पर्याप्त रूप से विचलित, या परेशान, या किनारे पर ला दिया है, तो यह मान लेना आसान हो जाता है कि इन दिनों जीवन अनिवार्य रूप से ऐसा ही महसूस होता है। टी. एस. इलियट के शब्दों में, हम 'ध्यान भटकाने से ध्यान भटकाकर विचलित होते रहते हैं'। परेशान करने वाली संभावना यह है कि यदि आप आश्वस्त हैं कि इनमें से कोई भी आपके लिए एक समस्या *नहीं* है - कि सोशल मीडिया ने आपको क्रोधित, कम सहानुभूतिपूर्ण, अधिक चिंतित या स्तब्ध नहीं कर दिया है - ऐसा इसलिए हो सकता है क्योंकि यह ऐसा कर देता है। बिना आपको कुछ भी ग़लत होने का अहसास हुए आपके सीमित समय का उपयोग किया गया है।

निश्चित रूप से, यह कुछ समय से स्पष्ट है कि यह सब एक राजनीतिक आपातकाल है। हमारे विरोधियों को विश्वास से परे चित्रित करके, सोशल

मीडिया हमें और भी अधिक शत्रुतापूर्ण जनजातियों में विभाजित करता है, फिर दूसरे पक्ष की सबसे अतिशयोक्तिपूर्ण निंदा के लिए हमें लाइक और शेयर के साथ पुरस्कृत करता है, यह सब एक दुष्चक्र को बढ़ावा देता है जो विवेकपूर्ण बहस को असंभव बना देता है। इस बीच, हमने यह जान लिया है कि बेईमान राजनेता किस तरह से अपने विपक्ष पर हावी हो सकते हैं, पत्रकारों की तथ्य-जांच क्षमताओं का तो जिक्र ही नहीं, बस देश के ध्यान को एक के बाद एक आक्रोश से भरकर, ताकि हर नया घोटाला जनता के दिमाग़ में पिछले घोटाले को ख़त्म कर दे। और जो कोई भी प्रतिक्रिया देता है या रीट्वीट करता है, भले ही उसका इरादा नफ़रत फैलाने वाले की निंदा करना हो, वह ख़ुद को इस पर ध्यान देने के साथ पुरस्कृत करता है, जिससे इसे फैलने में मदद मिलती है।

जैसा कि प्रौद्योगिकी समीक्षक ट्रिस्टन हैरिस कहना पसंद करते हैं, हर बार जब आप कोई सोशल मीडिया ऐप खोलते हैं, तो 'स्क्रीन के दूसरी तरफ़ एक हज़ार लोग' होते हैं जो आपको वहां बनाए रखने के लिए भुगतान करते हैं और इसलिए उपयोगकर्ताओं से यह अपेक्षा करना अवास्तविक है कि वे केवल इच्छा शक्ति के माध्यम से अपने समय और ध्यान पर हमले का विरोध करेंगे। राजनीतिक संकट राजनीतिक समाधान की मांग करते हैं। फिर भी, यदि हमें ध्यान भटकाने को सबसे गहरे स्तर पर समझना है, तो हमें इसके पीछे की एक असहज सच्चाई को भी स्वीकार करना होगा, जो यह है कि 'आक्रमण' - जिसमें एक अनचाहे हमले के संकेत होते हैं - एक बिन बुलाए हमले के निहितार्थ के साथ-यह बिलकुल सही शब्द नहीं है। हमें सिलिकॉन वैली को ख़तरे में नहीं पड़ने देना चाहिए, लेकिन हमें ईमानदार रहना चाहिए : ज़्यादातर समय, हम स्वेच्छा से ध्यान भटकाने में लगे रहते हैं। हममें कुछ ऐसा है जो विचलित होना चाहता है,चाहे वह हमारे डिजिटल उपकरणों से हो या किसी और चीज़ से-ताकि हम अपना जीवन उस पर नहीं बिताएं जिसके बारे में हम सोचते हैं और जिसकी हम सबसे अधिक परवाह करते हैं। घर के अंदर से फ़ोन आ रहे हैं। यह हमारे सीमित जीवन का अच्छी तरह से उपयोग करने के हमारे प्रयासों में आने वाली बाधाओं में से सबसे ख़तरनाक है, इसलिए इस पर क़रीब से नज़र डालने का समय आ गया है।

6.

अन्तरंग अवरोधक

यदि आप 1969 की सर्दियों के महीनों के दौरान दक्षिणी जापान के पहाड़ों में घूम रहे होते, तो आपने एक चौंका देने वाला दृश्य देखा होता : एक बेहद कमज़ोर और पतला अमेरिकी आदमी, पूरी तरह से नग्न, लकड़ी के बने एक बड़े कुंड से अपने सिर पर आधा जमा हुआ बर्फ़ीला पानी फेंक रहा था। उसका नाम स्टीव यंग था, और वह बौद्ध धर्म की शिंगोन शाखा में एक भिक्षु बनने का प्रशिक्षण ले रहा था – लेकिन अब तक यह प्रक्रिया अपमान के एक क्रम के अलावा और कुछ नहीं थी। सबसे पहले, माउंट कोया मठ के मठाधीश ने उसे अपने यहां प्रवेश देने से इनकार कर दिया था। यह लंबा-दुबला श्वेत एशियाई पी.एचडी. अध्ययनरत छात्र कौन था, जिसने स्पष्ट रूप से जापानी भिक्षु का जीवन अपनाने का निर्णय लिया था? आख़िरकार, कुछ परेशानी के बाद, यंग को वहां मठ में रहने की अनुमति मिल गई थी, लेकिन केवल मठ के आसपास विभिन्न मामूली कार्यों को करने के बदले में, जैसे कि दालानों को साफ़ करना और बर्तन धोना। अब, आख़िरकार, उसे सौ-दिवसीय एकांतवास शुरू करने के लिए आदेशित किया गया था, जो मठ का सदस्य बनने की यात्रा के लिए पहला वास्तविक क़दम था, लेकिन बाद में उसे पता चला कि इसमें एक छोटी सी बिना गरम की हुई झोपड़ी में रहना और दिन में तीन बार शुद्धिकरण का अनुष्ठान करना शामिल था, जिसमें यंग, जो सुहावने कैलिफ़ोर्निया में समुद्र के किनारे पला-बढ़ा था, उसे हड्डियों को कंपा देने वाली कई गैलन पिघली हुई बर्फ़ में रहना पड़ा। यह एक 'भयानक अग्निपरीक्षा' थी, जिसे वह वर्षों बाद तक याद करेगा। 'यह इतना ठंडा है कि पानी फ़र्श को छूते ही जम

जाता है, और आपका तौलिया आपके हाथ में जम जाता है। तो आप बर्फ़ पर नंगे पैर घूम रहे हैं, जमे हुए हाथ के तौलिए से अपने शरीर को सुखाने की कोशिश कर रहे हैं।'

शारीरिक कष्ट का सामना करना - यहां तक कि इससे भी हल्के प्रकार का-अधिकांश लोगों की स्वाभाविक प्रतिक्रिया यह होती है कि उस पर ध्यान नहीं देने का प्रयास किया जाए और उसके अलावा कुछ भी अन्य चीज़ पर ध्यान केंद्रित करने की कोशिश की जाए। उदाहरण के लिए, यदि आप हाइपोडर्मिक सिरिंज के बारे में थोड़ा डरते हैं, जैसे कि मैं हूं, तो आप शायद ख़ुद डॉक्टरों के क्लीनिकों में औसत दर्जे की कलाकृति को देखने के लिए अपना ध्यान लगाते हैं ताकि आप अपने दिमाग़ को उस इंजेक्शन के दर्द से दूर कर सकें जो आपको मिलने वाला है। सबसे पहले, यंग की भी यही प्रवृत्ति थी : कुछ अलग सोचकर अपनी त्वचा को स्पर्श करने वाले वाले ठंडे पानी के अनुभव से मानसिक रूप से पीछे हटना-या फिर केवल इच्छाशक्ति के माध्यम से, ठंड महसूस नहीं करने की कोशिश करना। यह शायद ही एक अनुचित प्रतिक्रिया है : जब वर्तमान अनुभव पर ध्यान केंद्रित करना इतना अप्रिय होता है, तो सामान्य बुद्धि यह सुझाव देती है कि मानसिक रूप से ख़ुद को ऐसी स्थिति में अनुपस्थित रखने से दर्द कम हो जाएगा।

फिर जैसे-जैसे बर्फ़ीला जलप्रलय लगातार और आता गया, यंग समझने लगे कि यह बिलकुल ग़लत रणनीति थी। वास्तव में, उसने तीव्र ठंड की संवेदनाओं को महसूस करने पर जितना अधिक ध्यान केंद्रित किया, उसे उतनी ही कम पीड़ा हुई - जबकि एक बार उसका 'ध्यान भटक गया तब पीड़ा असहनीय हो गई'। कुछ दिनों के बाद, उसने हर बार बर्फ़ीले पानी में भीगने से पहले तैयारी करना शुरू की, सबसे पहले अपने वर्तमान अनुभव पर ध्यान केंद्रित करने की कोशिश की, ताकि जब पानी लगे, तो वह उस असुविधा को पीड़ा में बदलने से स्वयं को बचा सके। धीरे-धीरे उसे यह अहसास हुआ कि पूरे कार्यक्रम का केंद्रीय तत्व यही था। जैसा कि उन्होंने कहा - हालांकि पारंपरिक बौद्ध भिक्षुओं ने निश्चित रूप से ऐसा नहीं किया होगा - यह एक 'विशाल बायोफ़ीडबैक उपकरण' था, जिसे उन्हें तब तक (पीड़ा में कमी के साथ) पुरस्कृत करके ध्यान केंद्रित करने के लिए प्रशिक्षित

करने के लिए डिज़ाइन किया गया था जितने भी समय तक वे अविचलित रह सकते थे, और जब भी वह विफल होते थे तो उन्हें (पीड़ा में वृद्धि के साथ) दंडित किया जाता था। उसके इस एकांतवास के बाद, यंग – जो अब एक ध्यान शिक्षक हैं, जिन्हें शिंजेन यंग के नाम से जाना जाता है, उसका नया पहला नाम माउंट कोया में मठाधीश द्वारा उन्हें दिया गया था – ने पाया कि उनकी एकाग्रता की शक्तियां बदल गई थीं। जबकि वर्तमान पर ध्यान केंद्रित रखने से बर्फ़ के पानी की रस्म की पीड़ा अधिक सहने योग्य हो गई थी, इसने तकलीफ़देह कार्यों को कम कर दिया – दैनिक काम जो पहले पीड़ा का नहीं बल्कि बोरियत या झुंझलाहट का कारण होते थे–अब सकारात्मक रूप से मनोरंजक हो गए। वह जो कुछ भी कर रहा था उसके अनुभव पर जितनी अधिक तीव्रता से वह अपना ध्यान केंद्रित कर सका, उसे यह उतना ही स्पष्ट हो गया कि वास्तविक समस्या स्वयं गतिविधि नहीं थी, बल्कि इसे अनुभव करने के लिए उसके मन का आंतरिक विरोध था। जब उन्होंने उन संवेदनाओं को रोकने की कोशिश करना बंद कर दिया और इसके बजाय उन पर ध्यान दिया, तो असुविधाएं समाप्त हो गईं।

यंग की कठिन परीक्षा इस बारे में एक महत्त्वपूर्ण बिंदु को दर्शाती है कि जब हम भटकाव के शिकार होते हैं तो क्या होता है, वह यह है कि हम वर्तमान के अपने अनुभव के बारे में किसी भी तकलीफ़ से बचने की कोशिश करने की इच्छा से प्रेरित होते हैं। यह काफ़ी स्पष्ट है जब प्रश्न में दर्द शारीरिक है, जैसे नग्न त्वचा पर बर्फ़ीला पानी और डॉक्टर की सर्जरी पर फ़्लू जैब – ऐसे मामले जिनमें कठिन संवेदनाओं को नज़रअंदाज़ करना इतना कठिन होता है कि आपका ध्यान कहीं और स्थानांतरित करने के लिए वास्तविक प्रयास करना पड़ता है। लेकिन जब रोज़मर्रा के ध्यान भटकाने की बात आती है तो यह सूक्ष्म तरीक़े से भी सच है। सोशल मीडिया द्वारा आपके काम से आकर्षित होने के आदर्श मामले पर विचार करें : आमतौर पर ऐसा नहीं होता है कि आप वहां बैठे हों, ध्यान केंद्रित कर रहे हों, जब आपका ध्यान आपकी इच्छा के विरुद्ध खींच लिया जाता है। सच तो यह है कि आप जो कर रहे हैं उससे मुंह मोड़ने के लिए आप किसी भी बहाने की तलाश में रहते हैं, ताकि आप यह करने से बचने के लिए कि ऐसा करना कितना अप्रिय लगता है; आप अनिच्छा से नहीं बल्कि सुखद भावना के

साथ ट्विटर पाइल–ऑन या सेलिब्रिटी गपशप साइट पर चले जाते हैं। हमें बताया गया है कि 'हमारे ध्यान के लिए युद्ध' चल रहा है, जिसमें सिलिकॉन वैली हमलावर शक्ति है। लेकिन अगर यह सच है, तो युद्ध के मैदान पर हमारी भूमिका अक्सर दुश्मन के साथ सहयोगी की ही होती है।

मैरी ऑलिवर ध्यान भटकाने के प्रति इस आंतरिक आग्रह को 'अंतरंग व्यवधान' कहती हैं – वह 'स्वयं के भीतर का स्वयं, जो सीटी बजाता है और दरवाजे के पैनलों पर थपथपाता है', एक आसान जीवन का वादा करता है यदि आप केवल अपना ध्यान सार्थक लेकिन चुनौतीपूर्ण कार्य से दूर करते हैं। अमेरिकी लेखक ग्रेग क्रेच इसी आग्रह के अपने अनुभव का वर्णन करते हुए कहते हैं, 'एक हैरान करने वाला सबक़ जो मैंने सीखा है, वह यह है कि मुझे अक्सर उन अधिकांश चीज़ों को करने का मन नहीं होता जिन्हें करने की आवश्यकता होती है। मैं सिर्फ़ शौचालय के बर्तन की सफ़ाई या अपने टैक्स रिटर्न की बात नहीं कर रहा हूं। मैं उन चीज़ों का ज़िक्र कर रहा हूं जिन्हें मैं वास्तव में पूरा करना चाहता हूं।'

महत्त्वपूर्ण चीज़ों की असहजता

यह कितना असाधारण है, इस पर ध्यान देना ज़रूरी है। वास्तव में, हम महत्त्वपूर्ण चीज़ों पर ध्यान केंद्रित करके इतने असहज क्यों हो जाते हैं? – जिन चीज़ों के बारे में हमने सोचा था कि हम अपने जीवन में इन्हें करना चाहते हैं – लेकिन इनसे हमारा ध्यान भटकेगा, परिभाषा के अनुसार, वे चीज़ें हैं जो हम अपने जीवन में नहीं करना चाहते हैं? कुछ विशिष्ट कार्य इतने अप्रिय या डराने वाले हो सकते हैं कि उनसे बचने की प्राथमिकता बहुत उल्लेखनीय नहीं होगी। लेकिन अधिक सामान्य मुद्दा बोरियत का है, जो अक्सर बिना स्पष्टीकरण के उत्पन्न होती है। अचानक, जिस काम को करने का आपने संकल्प लिया था, क्योंकि इसे करना आपके लिए महत्त्वपूर्ण था, वह इतना आश्चर्यजनक रूप से थकाऊ लगता है कि आप एक पल के लिए भी उस पर ध्यान केंद्रित नहीं कर सकते।

इस रहस्य का समाधान, हालांकि यह नाटकीय लग सकता है, यह है कि जब भी हम भटकाव के शिकार होते हैं, तो हम सीमित समय

की मानवीय त्रासदी के साथ अपनी सीमितता के साथ एक तकलीफ़देह परिस्थिति का सामना करने से बचने का प्रयास कर रहे होते हैं, और विशेष रूप से, भटकाव के मामले में, उस समय पर सीमित नियंत्रण, जिससे यह निश्चित महसूस करना असंभव हो जाता है कि चीज़ें कैसे होंगी। (सिवाय, अर्थात्, इस गहरी अप्रिय निश्चितता के लिए कि एक दिन मृत्यु यह सब समाप्त कर देगी।) जब आप किसी ऐसी चीज़ पर ध्यान केंद्रित करने की कोशिश करते हैं जिसे आप महत्त्वपूर्ण मानते हैं, तो आप अपनी सीमाओं का सामना करने के लिए मजबूर होते हैं, एक ऐसा अनुभव जो विशेष रूप से असहज महसूस करता है, क्योंकि हाथ में काम वह है जिसे आप बहुत महत्त्व देते हैं। शिराज़ के वास्तुकार के विपरीत, जिसने अपनी आदर्श मस्जिद को समय और अपूर्णता की दुनिया में लाने से इनकार कर दिया, आप अपनी ईश्वरीय कल्पनाओं को छोड़ने और उन चीज़ों पर अपनी शक्ति की कमी का अनुभव करने के लिए बाध्य होते हैं जो आपके लिए महत्त्वपूर्ण हैं और जिनकी आप परवाह करते हैं। संभव है कि आपकी प्रिय सृजनात्मक परियोजना आपकी प्रतिभा से परे साबित होगी, या शायद कठिन वैवाहिक बातचीत जिसके लिए आप ख़ुद को मज़बूती से तैयार कर रहे थे,एक तीखी बहस में बदल जाएगी और और भले ही सब कुछ आश्चर्यजनक और समुचित रूप से आगे बढ़े, आप पहले से नहीं जान सकते थे कि ऐसा होने वाला है, इसलिए आपको अभी भी अपने समय का स्वामी होने की भावना को छोड़ना होगा। मनोचिकित्सक ब्रूस टिफ़्ट को एक बार फिर उद्धृत करने के लिए, आपको ख़ुद को 'संज्ञानात्मक, क़ैद, शक्तिहीन और वास्तविकता से विवश' महसूस करने का जोख़िम उठाना होगा।

यही कारण है कि बोरियत आपको इतनी आश्चर्यजनक, आक्रामक रूप से अप्रिय महसूस करा सकती हैः हम इसे केवल इस बात के रूप में सोचते हैं कि हम जो कुछ भी कर रहे हैं, उसमें विशेष रूप से रुचि नहीं रखते हैं, लेकिन वास्तव में यह आपके सीमित नियंत्रण का सामना करने के गहरे असहज अनुभव के लिए एक तीव्र प्रतिक्रिया है। बोरियत व्यापक रूप से अलग-अलग संदर्भों में आ सकती है - जब आप किसी बड़ी परियोजना पर काम कर रहे हों; जब आप रविवार की दोपहर को कुछ करने के बारे में नहीं सोच रहे हों; जब दो साल के बच्चे की सीधे पांच घंटे तक

देखभाल करना आपका काम हो – लेकिन उन सभी में एक विशेषता समान है : इन सभी में आपको आवश्यक है कि आप अपनी सीमा का सामना करें। आप इस बात से निपटने के लिए बाध्य हैं कि इस क्षण में आपका अनुभव कैसा हो रहा है, इस वास्तविकता से ख़ुद को अलग करने के लिए कि *यह वही है।*

इसमें कोई आश्चर्य नहीं कि हम ऑनलाइन ध्यान भटकाने वाली चीज़ें ढूंढ़ते हैं, जहां ऐसा महसूस होता है मानो कोई सीमा लागू नहीं है – जहां आप किसी महाद्वीप से दूर होने वाली घटनाओं पर ख़ुद को अपडेट कर सकते हैं, आलोचक जेम्स ड्यूस्टरबर्ग को उद्धृत करते हुए अपने आप को अपनी इच्छानुसार प्रस्तुत करें, और अनंत न्यूज़फ़ीड के माध्यम से हमेशा स्क्रॉल करते रहें, 'एक ऐसे क्षेत्र के माध्यम से जिसमें स्थान कोई मायने नहीं रखता और समय एक अंतहीन वर्तमान में फैल जाता है।' यह सच है कि इंटरनेट पर समय बिताना अक्सर इन दिनों विशेष रूप से *मज़ेदार* नहीं लगता है। लेकिन इसके लिए परेशान होने की ज़रूरत नहीं है। सीमितता की तकलीफ़ को कम करने के लिए, आपको केवल अनियंत्रित महसूस कराने की आवश्यकता है।

इससे यह देखना भी आसान हो जाता है कि भटकाव को दूर करने के लिए आमतौर पर जिन रणनीतियों की सिफ़ारिश की जाती है – डिजिटल डिटॉक्स, व्यक्तिगत नियम कि आप स्वयं को अपने इनबॉक्स की जांच करने की अनुमति कब देंगे, इत्यादि – शायद ही कभी काम करते हैं, या कम से कम लंबे समय तक नहीं। इनमें उन चीज़ों तक आपकी पहुंच को सीमित करना शामिल है जिनका उपयोग आप ध्यान भटकाने की अपनी इच्छा को शांत करने के लिए करते हैं, और प्रौद्योगिकी के सबसे व्यसनी रूपों के मामले में, यह निश्चित रूप से एक समझदार विचार है। लेकिन वे अपनी इच्छा को स्वयं अभिव्यक्त नहीं करते हैं। यहां तक कि अगर आप फ़ेसबुक छोड़ देते हैं, या कार्यदिवस के दौरान सोशल मीडिया से भी ख़ुद को दूर कर देते हैं, या ख़ुद को पहाड़ों में किसी एक कमरे में निर्वासित कर देते हैं, तो भी आप शायद अभी भी उन चीज़ों पर ध्यान केंद्रित करने के लिए स्वयं को असहज महसूस करेंगे, जो महत्त्वपूर्ण हैं, इसलिए आप अपना ध्यान भटकाकर दर्द से राहत पाने का कोई तरीक़ा ढूंढ़ लेंगे : जैसे

कोई दिवास्वप्न देखकर, अनावश्यक झपकी लेकर, या – उत्पादकता गीक का पसंदीदा विकल्प चुनकर – जैसे अपनी कार्य सूची को फिर से डिज़ाइन करना और अपने डेस्क को पुनर्व्यवस्थित करना।

व्यापक मुद्दा यह है कि जिसे हम 'भटकाव' के रूप में सोचते हैं, वह हमारे विचलित होने का अंतिम कारण नहीं है। वे केवल वे स्थान हैं, जहां हम सीमा का सामना करने की असुविधा से राहत पाने के लिए जाते हैं। अपने जीवनसाथी के साथ बातचीत पर ध्यान केंद्रित करना मुश्किल होने का कारण यह नहीं है कि आप गुप्त रूप से खाने की मेज़ के नीचे अपना फ़ोन देख रहे हैं। इसके विपरीत, 'गुप्त रूप से खाने की मेज़ के नीचे अपने फ़ोन की जांच करना' वह है जो आप करते हैं क्योंकि बातचीत पर ध्यान केंद्रित करना मुश्किल है – क्योंकि सुनने के लिए प्रयास और धैर्य और समर्पण की भावना की आवश्यकता होती है, और *क्योंकि* आप जो सुनते हैं, वह आपको परेशान कर सकता है। इसलिए अपने फ़ोन की जांच करना स्वाभाविक रूप से अधिक सुखद है। यहां तक कि अगर आप अपने फ़ोन को पहुंच से बाहर रखते हैं, तो आपको यह जानकर आश्चर्य नहीं होना चाहिए कि आप ध्यान देने से बचने के लिए कोई अन्य तरीक़ा खोज रहे हैं। बातचीत के मामले में, यह आम तौर पर मानसिक रूप से अभ्यास करने का रूप लेता है कि आप आगे क्या कहने जा रहे हैं, जैसे ही दूसरा व्यक्ति अपने मुंह से आवाज़ निकालना समाप्त कर देता है।

काश, मैं इस बिंदु पर, ध्यान भटकाने की इच्छा को जड़ से उखाड़ने का रहस्य प्रकट कर पाता – ऐसा तरीक़ा जिससे आपको किसी ऐसी चीज़ पर, जिसे आप महत्त्वपूर्ण मानते हैं, या जिसे आप नहीं कर सकते, अपना ध्यान लंबे समय तक बनाए रखने का निर्णय लेना अप्रिय ना लगे और इसे आसानी से नहीं करने का चयन कर सकें। लेकिन सच्चाई यह है कि मुझे नहीं लगता कि ऐसा है। इसकी शक्ति का ध्यान भटकाने का सबसे प्रभावी तरीक़ा यह है कि चीज़ों के अन्यथा होने की उम्मीद करना बंद कर दिया जाए – यह स्वीकार करना कि यह अप्रियता बस वही है जो सीमित मनुष्यों के लिए ख़ुद को उन प्रकार की मांग और मूल्यवान कार्यों के लिए प्रतिबद्ध करने के लिए महसूस करती है जो हमें हमारे सीमित नियंत्रण का सामना करने के लिए मजबूर करते हैं कि हमारा जीवन कैसे सामने आता है।

फिर भी एक तरीक़ा यह है कि किसी भी मामले में समस्या का जब कोई समाधान नहीं मिल पा रहा हो तो समाधान की इस कमी को स्वीकार करना ही समाधान है। आख़िरकार, पहाड़ पर यंग की खोज यह थी कि उसकी पीड़ा तभी कम हुई जब उसने अपनी स्थिति की सच्चाई को स्वीकार कर लिया, जब उन्होंने तथ्यों से लड़ना बंद कर दिया और ख़ुद को अपनी त्वचा पर बर्फ़ीले पानी को पूरी तरह से महसूस होने दिया। उसके साथ जो हो रहा था उस पर आपत्ति करने के लिए वह जितना कम ध्यान दे रहा था, उतना ही अधिक ध्यान वह इस बात पर दे सका कि वास्तव में क्या हो रहा था। मेरी एकाग्रता की शक्तियां यंग जैसी नहीं हो सकती हैं, लेकिन मैंने पाया है कि वही तर्क लागू होता है। किसी कठिन परियोजना, या एक बोरियत भरे रविवार की दोपहर में शांतिपूर्ण तल्लीनता पाने का तरीक़ा, शांति या तल्लीनता की भावनाओं का पीछा करना नहीं है, बल्कि असुविधा की अनिवार्यता को स्वीकार करना है, और इसका विरोध करने की बजाय अपनी स्थिति की वास्तविकता पर अपना अधिक ध्यान केंद्रित करना है।

कुछ जैन-बौद्धों का मानना है कि कि मानव के सभी दुखों का इस प्रयास में संक्षेपण किया जा सकता है कि हम चीज़ों के विकास को पूरी तरह से ध्यान में नहीं देना चाहते, क्योंकि हम चाहते हैं कि वे अलग हों ('ऐसा नहीं होना चाहिए!'), या क्योंकि हम चाहते हैं कि हम प्रक्रिया के नियंत्रण में अधिक महसूस करें। यह समझने में एक बहुत ही डाउन-टु-अर्थ प्रकार की स्वतंत्रता है जो कि एक सीमित मानव होने के बारे में कुछ सत्य हैं जिनसे आप कभी भी स्वतंत्र नहीं होंगे। आप घटनाओं की दिशा निर्धारित नहीं कर पाते हैं और वास्तविकता की बाधाओं को स्वीकार करने का विरोधाभासी प्रतिफल यह है कि वे अब इतनी बाधा महसूस नहीं करते हैं।

भाग - 2

नियंत्रण से परे

7.

हमारे पास वास्तव में कभी समय नहीं होता

संज्ञानात्मक वैज्ञानिक डगलस हॉफस्टैडटर अन्य कारणों के अलावा, 'हॉफ़स्टैडटर के नियम' को गढ़ने के लिए प्रसिद्ध हैं, जिसमें कहा गया है कि आप जो भी कार्य करने की योजना बना रहे हैं, उसमें हमेशा आपकी अपेक्षा से अधिक समय लगेगा, 'भले ही आप हॉफ़स्टैडटर के नियम को ध्यान में रखें'। दूसरे शब्दों में, भले ही आप जानते हों कि किसी परियोजना के ख़त्म होने की संभावना है, और आप उसी के अनुसार अपने कार्यक्रम को समायोजित करते हैं, तो भी यह आपके नए अनुमानित समय को ख़त्म कर देगा। इससे यह पता चलता है कि योजना बनाने के बारे में मानक सलाह – अपने आप को जितना समय आप सोचते हैं उससे दोगुना समय देना – वास्तव में मामले को बदतर बना सकता है। आप अच्छी तरह से जानते होंगे, मान लीजिए, यह मानने की आपकी अवास्तविक प्रवृत्ति है कि आप साप्ताहिक किराने की ख़रीदारी एक घंटे में, घर-घर जाकर पूरी कर सकते हैं। लेकिन यदि आप अपने आप को दो घंटे का समय देते हैं, ठीक इसलिए क्योंकि आप जानते हैं कि आप आमतौर पर अति-आशावादी हैं, तो आपको इसके बजाय ढाई घंटे लग सकते हैं। (इसका प्रभाव विशेष रूप से बड़े पैमाने पर और भी स्पष्ट हो जाता है : न्यू साउथ वेल्स की सरकार, इस बात के प्रति पूरी तरह सचेत थी कि बड़ी निर्माण परियोजनाएं निर्धारित समय से आगे बढ़ जाती हैं, जैसे सिडनी ओपेरा हाउस के निर्माण के लिए पर्याप्त चार साल की अनुमति दी गई – लेकिन इसमें चौदह साल

लग गए, मूल बजट के 1,400 प्रतिशत से अधिक की लागत पर।) बेशक, हॉफ़स्टैटर आधा मज़ाक कर रहे थे। लेकिन मैंने हमेशा पाया है कि उनके सिद्धांत के बारे में कुछ परेशान करने वाली बात है, क्योंकि अगर यह सच है – और यह निश्चित रूप से मेरे अनुभव में प्रतीत होता है – तो यह कुछ बहुत ही अजीब बात का सुझाव देता है : कि जिन गतिविधियों के लिए हम योजना बनाने की कोशिश करते हैं, वे हमारी योजनाओं के अनुरूप बनाने के हमारे प्रयासों का सक्रिय रूप से विरोध करते हैं। यह ऐसा है जैसे कि अच्छे योजनाकार बनने के हमारे प्रयास ना केवल विफल हो जाते हैं बल्कि वे चीज़ों को और अधिक समय लेने का कारण बनते हैं। वास्तविकता इसका प्रतिकार करती हुई प्रतीत होती है, एक क्रोधित भगवान ने हमें यह याद दिलाने के लिए दृढ़ संकल्प लिया है कि उसका पलड़ा हमेशा भारी रहता है, चाहे हम अपने कार्यक्रम में अतिरिक्त शिथिलता पैदा करके इसके लिए कितना भी अनुरोध करने की कोशिश करें।

सच कहूं तो, इस तरह की चीज़ शायद मुझे सबसे ज़्यादा परेशान करती है, क्योंकि मैं ऐसे लोगों के परिवार से आता हूं जिन्हें आप उचित रूप से अत्यधिक समर्पित योजनाकार कह सकते हैं। हम ऐसे लोग हैं जो भविष्य में चीज़ें कैसे घटेंगी, इसे यथासंभव पहले से सुनिश्चित करके सब कुछ व्यवस्थित करना पसंद करते हैं, और जब हमें उन लोगों के साथ समन्वय करना पड़ता है जो जीवन को वैसे ही लेना पसंद करते हैं तो हम बेचैन और चिंतित हो जाते हैं। मेरी पत्नी और मैं भाग्यशाली हैं कि किसी भी वर्ष में, जून के अंत तक पहुंचने के लिए क्योंकि इसी समय मेरे माता पिता क्रिसमस के लिए हमारी योजनाओं के बारे में पहली पूछताछ करते हैं। मेरा लालन-पालन एक ऐसे व्यक्ति के रूप में किया गया है, जो किसी भी प्रस्तावित यात्रा की तारीख़ से लगभग चार महीने पहले हवाई जहाज की उड़ान या होटल कमरे की बुकिंग करते हैं। पारिवारिक छुट्टियों के लिए जाने पर, हम निश्चित तौर पर हवाई अड्डे पर तीन घंटे, या रेलवे स्टेशन पर एक घंटे की प्रतीक्षा करते ही करते हैं, क्योंकि हम समय से बहुत पहले घर से निकलते थे। (अख़बार द *अनियन* में एक शीर्षक है, 'पिताजी का सुझाव : हवाई अड्डे पहुंचें 14 घंटे पहले,' जो कि लगभग मेरे बचपन से प्रेरित लगता है।) यह सब मुझे आज भी वैसा ही परेशान करता है जैसा कि उस समय

करता था, उस विशेष चिड़चिड़ाहट के साथ जो उन लक्षणों के अनुरूप है जिन्हें कोई भी अपने आप में बहुत स्पष्ट रूप से पहचानता है।

कम से कम मुझे लगता है कि मैं कह सकता हूं कि मेरा परिवार ईमानदारी से ऐसा करता है। मेरी दादी, जो यहूदी थीं, नौ साल की थीं और 1933 में जब हिटलर सत्ता में आया, तब वह बर्लिन में रह रही थीं, और उस समय वह पंद्रह वर्ष की थी, जब उसके सौतेले पिता ने क्रिस्टालनाश्ट के मलबे का सर्वेक्षण करते हुए अंततः अपने परिवार को हैम्बर्ग ले जाने और वहां से इंग्लैंड में साउथेम्प्टन के लिए एसएस *मैनहट्टन* जहाज पर सवार होकर साउथेम्प्टन इंग्लैंड के लिए रवाना हो गए। (यात्रियों ने मुझे एक बार बताया था कि उस समय यात्रियों ने जहाज के डेक पर शैंपेन कॉर्क जलाए थे, लेकिन केवल तभी जब वे निश्चिंत हो गए थे कि जहाज जर्मन जलक्षेत्र छोड़ चुका है।) उसकी अपनी दादी, मेरी परदादी, कभी बाहर नहीं निकल पाईं, और बाद में थेरेसिएनस्टैड में यातना शिविर में उनकी मृत्यु हो गई। यह देखना विशेष रूप से कठिन नहीं है कि द्वितीय विश्व युद्ध की पूर्व संध्या पर लंदन पहुंचने वाली एक किशोर जर्मन-यहूदी लड़की वहां कैसे समाहित हो सकती है, और बाद में अपने बच्चों को यह अटूट विश्वास दे सकती है कि यदि आपने चीज़ों की बिलकुल सही योजना नहीं बनाई, तो बहुत बड़ी कोई अनहोनी आपके या आपके प्रियजनों के साथ हो सकती है। कभी-कभी, जब आप किसी यात्रा पर निकल रहे होते हैं, तो बहुत समय में अपने प्रस्थान के बिंदु तक पहुंचना वास्तव में महत्त्वपूर्ण होता है।

हालांकि, भविष्य के लिए योजना बनाने में भावनात्मक रूप से इतनी अधिक संलग्नता के साथ समस्या यह है कि यह कभी-कभी आनेवाली किसी एक आपदा को रोक सकता है, बाक़ी समय यह उसी चिंता को बढ़ा देता है जिसे इसे दूर करना चाहिए था। एक समर्पित योजनाकार, अनिवार्य रूप से, भविष्य से कुछ निश्चितता की अपेक्षा करता है लेकिन भविष्य ऐसी चीज़ नहीं है जो कभी भी ठीक वैसा ही आश्वासन प्रदान कर सके जैसा कि वह चाहता है, इसका स्पष्ट कारण यह है क्योंकि यह अभी भी भविष्य में है। आख़िरकार, आप कभी भी पूरी तरह से निश्चित नहीं हो सकते हैं कि किसी वजह से आपको हवाई अड्डे के लिए देर नहीं होगी, चाहे इसके लिए आप कितने भी अतिरिक्त ख़ाली घंटे रख लें। या इसके बजाय आप निश्चित

हो सकते हैं – लेकिन केवल एक बार जब आप पहुंच जाते हैं और आप टर्मिनल में समय पर पहुंच जाने से विश्राम अवस्था में संतुष्ट महसूस कर रहे हैं, लेकिन फिर भी उस समय यह तथ्य कोई स्पष्ट और स्थायी संतुष्टि की बात नहीं है कि सब कुछ ठीक हो गया, क्योंकि यह सब अब अतीत की बात है अब, इसके बजाय चिंतित महसूस करने के लिए भविष्य का अगला हिस्सा है। (क्या विमान समय पर अपने गंतव्य पर उतरेगा ताकि आप अपनी आगे की ट्रेन पकड़ सकें? और इसी तरह इत्यादि)। वास्तव में, इससे कोई फ़र्क़ नहीं पड़ता कि आप कितनी आगे की योजना बनाते हैं, आपको कभी भी इस निश्चितता में आराम नहीं मिलता है कि सब कुछ आपकी इच्छा के अनुसार होने वाला है। इसके बजाय, आपकी अनिश्चितता की सीमा क्षितिज की ओर आगे और आगे बढ़ती चली जाती है। एक बार जब आपकी क्रिसमस की योजनाएं पूरी हो जाती हैं, तो सोचने के लिए जनवरी होती है, फिर फ़रवरी, फिर मार्च...

मैं यहां उदाहरण के रूप में अपने न्यूरोटिक परिवार का उपयोग कर रहा हूं, लेकिन यह देखना महत्त्वपूर्ण है कि भविष्य को किसी भरोसेमंद चीज़ में बदलने की यह अंतर्निहित लालसा बाध्यकारी योजनाकारों तक ही सीमित नहीं है। यह किसी भी व्यक्ति में मौजूद होता है जो किसी भी चीज़ के बारे में चिंता करता है, चाहे वे विस्तृत समय सारिणी या अति-सतर्क यात्रा योजनाएं बनाकर प्रतिक्रिया दें या नहीं। चिंता, अपने मूलस्वरुप में, एक मन का दोहराए जाने वाला अनुभव है जो भविष्य के बारे में सुरक्षा की भावना पैदा करने का प्रयास करता है, असफल होता है, फिर बार-बार प्रयास करता है-मानो चिंता करने का प्रयास ही किसी तरह आपदा को रोकने में मदद कर सकता है। दूसरे शब्दों में, चिंता के पीछे की शक्ति, पहले से यह जानने की आंतरिक मांग है कि सारी चीज़ें ठीक हो जाएंगी : कि आपका साथी आपको *नहीं* छोड़ेगा, कि आपके पास सेवानिवृत्त होने पर पर्याप्त पैसा *होगा*, कि महामारी किसी भी व्यक्ति की जान नहीं लेगी जिसे आप प्यार करते हैं, कि आपका पसंदीदा उम्मीदवार अगला चुनाव जीत *जाएगा*, कि आप शुक्रवार दोपहर के अंत तक अपनी कार्य सूची पूरी कर *सकते* हैं। लेकिन भविष्य पर नियंत्रण के लिए संघर्ष समय आने पर हमारी अंतर्निहित सीमाओं को स्वीकार करने से इनकार करने का एक स्पष्ट उदाहरण है, क्योंकि यह एक ऐसी लड़ाई है जिसे चिंता करने वाला स्पष्ट

रूप से नहीं जीत पाएगा। आप भविष्य के बारे में कभी भी निश्चित नहीं हो सकते। और इसलिए आपकी पहुंच हमेशा आपकी समझ से अधिक रहेगी।

कुछ भी हो सकता है

इस पुस्तक के अब तक के अधिकांश भाग में, मैंने इस असुविधाजनक वास्तविकता से बचने के बजाय कि हमारे पास कितना कम समय है, उसका सामना करने के महत्त्व पर ज़ोर दिया है। लेकिन समय के विचार के बारे में यह भी स्पष्ट होना चाहिए कि समय पहले से 'रखने' वाली एक वस्तु के रूप में कुछ संदेहास्पद है... जैसा कि लेखक डेविड केन बताते हैं, हमारे पास कभी भी ठीक वैसे अर्थ में समय नहीं होता है जैसे कि हमारे पास अपने बटुए में नक़दी है या हमारे पैरों पर जूते हैं। जब हम दावा करते हैं कि हमारे पास समय है, तो हमारा वास्तव में मतलब यह है कि हम इसकी उम्मीद करते हैं। 'हम मानते हैं कि हमारे पास कुछ करने के लिए तीन घंटे या तीन दिन हैं,' कैन लिखते हैं, 'लेकिन यह वास्तव में हमारे कब्ज़े में कभी नहीं आता है।' कितने ही कारक आपकी अपेक्षाओं को भ्रमित कर सकते हैं, जिससे आपके वे तीन घंटे बर्बाद हो सकते हैं जो आपने सोचा था कि आपके पास एक महत्त्वपूर्ण कार्य परियोजना को पूरा करने के लिए हैं : आपका बॉस किसी अत्यावश्यक अनुरोध के साथ हस्तक्षेप कर सकता है; ट्यूब टूट सकती है; आप मर सकते हैं। और यहां तक कि भले ही आपको वे पूरे तीन घंटे मिल भी जाएं, बिलकुल आपकी अपेक्षाओं के अनुरूप, लेकिन आपको इसका तब तक निश्चित रूप से पता नहीं चलेगा जब तक वे घंटे इतिहास में दर्ज नहीं हो जाते।

आप भविष्य के बारे में केवल तभी निश्चित महसूस करते हैं, जब यह पहले से ही अतीत में बदल जाता है। इसी तरह, और जो कुछ भी मैं कहता रहा हूं उसके बावजूद, किसी को भी वास्तव में जीने के लिए चार हज़ार सप्ताह नहीं मिलते हैं – ना केवल इसलिए कि हो सकता है कि आपको इससे भी कम समय मिले, बल्कि इसलिए कि वास्तव में आपको कभी भी एक सप्ताह भी नहीं मिलता है, इस बात की गारंटी देने में सक्षम होने के अर्थ में कि यह आ जाएगा, या कि आप इसे अपनी इच्छानुसार सटीक रूप से उपयोग करने की स्थिति में होंगे। इसके बजाय, आप बस अपने आप

को हर क्षण में पाते हैं जैसा कि यह आता है, इसे पहले से ही इस समय और स्थान में स्थापित कर दिया गया है, इसकी सभी आवश्यक सीमाओं के साथ, और इस बारे में निश्चित महसूस करने में असमर्थ है कि आगे क्या हो सकता है। इस पर थोड़ा विचार करें, और हाइडेगर का विचार कि हम समय हैं – कि समय के क्षणों के अनुक्रम के अलावा अधिक समझ में आने लगता है कि किसी व्यक्ति के अस्तित्व के बारे में सोचने का कोई सार्थक तरीक़ा नहीं है – और इसके वास्तविक मनोवैज्ञानिक परिणाम हैं, क्योंकि यह धारणा कि समय एक ऐसी चीज़ है जिसे हम अपने पास रख सकते हैं या नियंत्रित कर सकते हैं, भविष्य के बारे में हमारी लगभग सभी सोच, हमारी योजना और लक्ष्य निर्धारण और चिंता का अनकहा आधार है। इसलिए यह चिंता और उत्तेजना का एक निरंतर स्रोत है, क्योंकि हमारी उम्मीदें हमेशा इस ज़िद्दी वास्तविकता के ख़िलाफ़ चल रही हैं कि समय हमारे क़ब्ज़े में नहीं है और इसे हमारे नियंत्रण में नहीं लाया जा सकता है।

स्पष्ट रूप से मेरा कहना यह नहीं है कि योजना बनाना, या सेवानिवृत्ति के लिए पैसे बचाना, या वोट देना याद रखना एक बुरा विचार है, ताकि संभावना बढ़ जाए कि भविष्य आपकी इच्छानुसार हो जाएगा। भविष्य को प्रभावित करने के हमारे प्रयास समस्या नहीं है। समस्या – सभी चिंताओं का मूल – वह आवश्यकता है जो हम अपने वर्तमान क्षण में अपनी दृष्टिकोण से महसूस करते हैं, यह जानने में सक्षम होने के लिए कि वे प्रयास सफल साबित होंगे। निःसंदेह, यह ठीक है कि आप दृढ़ता से यह चाहें कि आपका साथी आपको कभी ना छोड़े, और उसके साथ इस तरह से व्यवहार करें जिससे उस सुखद परिणाम की संभावना अधिक हो। लेकिन यह अंतहीन तनाव के जीवन के लिए एक नुस्खा है कि आप इस बात पर ज़ोर दें कि अब आपको निश्चित महसूस करने में सक्षम होना चाहिए कि भविष्य में आपका रिश्ता निश्चित रूप से इसी तरह विकसित होगा। इसलिए चिंता का एक आश्चर्यजनक रूप से प्रभावी प्रतिकार यह महसूस करना हो सकता है कि भविष्य से आश्वासन की यह मांग निश्चित रूप से कभी पूरी नहीं होगी – इससे कोई फ़र्क़ नहीं पड़ता कि आप कितनी योजना बनाते हैं या परेशान हैं, या हवाई अड्डे तक पहुंचने के लिए आप कितना अतिरिक्त समय छोड़ते हैं। आप नहीं जान सकते कि सब कुछ ठीक हो जाएगा। निश्चितता के लिए संघर्ष एक आंतरिक रूप से निराशाजनक है – जिसका अर्थ है कि

आपको इसमें शामिल होने से रोकने की अनुमति है। भविष्य ऐसी चीज़ नहीं है जिसे आप इस तरह ऑर्डर कर सकें, जैसा कि फ्रांसीसी गणितज्ञ और दार्शनिक ब्लेज़ पास्कल ने समझा था : 'हम इतने नासमझ हैं,' उन्होंने लिखा, 'कि हम उस समय में भटकते हैं जो हमारा नहीं है...हम भविष्य का वर्तमान को समर्थन देने का प्रयास करते हैं, और ऐसे मामलों की व्यवस्था करने के बारे में सोचते हैं जो हमारे अधिकार में नहीं हैं, एक ऐसे समय के लिए जिस तक पहुंचने की हमें कोई निश्चितता नहीं है।'

जब अतीत के संदर्भ में विचार किया जाता है, तो भविष्य की अनियंत्रितता के बारे में हमारी चिंता अधिक बेतुकी लगने लगती है, और शायद इसीलिए इसे छोड़ना थोड़ा आसान हो जाता है। हम अपने दिन चिंताओं में गुजारते हैं, क्योंकि हम यह नियंत्रित नहीं कर सकते कि भविष्य में क्या होगा; और फिर भी हममें से अधिकांश शायद यह स्वीकार करेंगे कि हम अपने जीवन में जहां भी हैं, उस पर बहुत अधिक नियंत्रण किए बिना ही वहां तक पहुंचे हैं। आप अपने जीवन में जिस चीज़ को भी सबसे अधिक महत्त्व देते हैं, उसका पता हमेशा कुछ आकस्मिक घटनाओं से लगाया जा सकता है जिनके लिए आप संभवतः योजना नहीं बना सकते थे, और जिसे आप निश्चित रूप से अब पूर्वव्यापी रूप से नहीं बदल सकते हैं। हो सकता है कि आपको उस पार्टी में कभी आमंत्रित नहीं किया गया हो, जहां आप अपने भावी जीवनसाथी से मिले थे। आपके माता-पिता शायद कभी भी उस प्रेरक शिक्षक के साथ स्कूल के पास के पड़ोस में नहीं गए होंगे, जिन्होंने आपकी अविकसित प्रतिभा को पहचाना और आपकी प्रतिभा को निखारने में मदद की। और इसी तरह - और यदि आप समय में और पीछे, अपने जन्म से भी पहले की ओर देखते हैं, तो यह संयोग पर संयोग का और भी अधिक चकरा देने वाला मामला है। अपनी आत्मकथा *ऑल सेड एंड डन* में, सिमोन डी बोवोइर कई चीज़ों पर आश्चर्यचकित हैं, जो उसके नियंत्रण से बाहर हैं, जो उसे *उसे* बनाने के लिए होनी थीं :

> अगर मैं दोपहर के भोजन के बाद उस कमरे में सोने जाती हूं, जहां मैं काम करती हूं, तो कभी-कभी मैं बचकाने आश्चर्य की भावना के साथ जागती हूं-मैं ख़ुद क्यों हूं? इस जीवन में जो चीज़ मुझे आश्चर्यचकित करती है, ठीक उसी तरह जैसे एक बच्चे को तब

> आश्चर्य होता है जब वह अपनी पहचान के बारे में जागरूक हो जाता है, यह तथ्य है कि मैं ख़ुद को यहां और इसी क्षण, इस जीवन की गहराई में पाती हूं, किसी और में नहीं। किस संयोग के कारण ऐसा हुआ?... उस विशेष शुक्राणु द्वारा उस विशेष डिंब का प्रवेश, जो मेरे माता-पिता की मुलाक़ात और उनके जन्म से पहले और उनके सभी पूर्वजों के जन्म के निहितार्थ के साथ, लाखों लोगों के आने का एक भी मौक़ा नहीं था। और यह संयोग है, जो विज्ञान की वर्तमान स्थिति में पूरी तरह से अप्रत्याशित है, जिसके कारण मेरा जन्म एक महिला के रूप में हुआ। उस समय से मुझे यह लगता है कि मेरे अतीत की हर एक गति से हज़ारों विभिन्न भविष्य उत्पन्न हो सकते थे : शायद मैं बीमार पड़ गया होती और मेरी पढ़ाई छूट गई होती; शायद मेरी मुलाक़ात सात्रे से ना हुई हो; कुछ भी हो सकता था....!!

डी बोवोइर के शब्दों में एक सुखदायक निहितार्थ है : कि इनमें से किसी भी घटना पर हमारे नियंत्रण की पूरी कमी के बावजूद, हममें से प्रत्येक ने अपने जीवन को इस मुक़ाम तक पहुंचाया है – इसलिए यह कम से कम इस संभावना का मनोरंजन करने लायक़ हो सकता है कि जब अनियंत्रित भविष्य आएगा, तो हमारे पास उसका सामना करने के लिए आवश्यक क्षमताएं होंगी। और यह कि आपको आवश्यक रूप से ऐसा नियंत्रण भी नहीं चाहिए, यह देखते हुए कि आप जीवन में जिसे भी महत्त्व देते हैं, वह केवल उन परिस्थितियों के कारण ही पूरा होता है जिन्हें आपने कभी नहीं चुना।

अपना ख़ुद का काम करना

अतीत की अनियंत्रितता और भविष्य की अज्ञानता के बारे में ये सत्य बताते हैं कि इतनी सारी आध्यात्मिक परंपराएं एक ही सलाह पर क्यों मिलती प्रतीत होती हैं : कि ''हमें अपनी ध्यान को केवल उस समय के हिस्से तक सीमित रखने की आकांक्षा करनी चाहिए जो वास्तव में हमारा काम है – यह, यहीं वर्तमान में। ''भविष्य को नियंत्रित करने की कोशिश करना मास्टर बढ़ई का स्थान लेने की कोशिश करने जैसा है'', ताओवाद

के संस्थापक ग्रंथों में से एक, ताओ ते चिंग, बौद्ध विद्वान गेशे शॉओपा द्वारा कई शताब्दियों बाद प्रतिध्वनित एक चेतावनी देते हैं, जिन्होंने अपने छात्रों को कठोरता से आज्ञा दी थी। 'अनंत रूप से बढ़ती संभावनाओं के काल्पनिक राज्यों पर शासन नहीं करें।' यीशु पर्वत पर उपदेश में भी यही बात कहते हैं (हालांकि उनके बाद के कई अनुयायियों ने अनंत जीवन के ईसाई विचार की व्याख्या भविष्य पर ध्यान केंद्रित करने के कारण के रूप में की, ना कि इसे अनदेखा करने के लिए) 'कल के लिए मत सोचिए, क्योंकि कल अपनी चीज़ों के लिए सोच लेगा। वह सलाह देता है। तब उन्होंने उन्हें मशहूर वाक्य 'दिन की चिंता, उस दिन की ही पर्याप्त है' का उल्लेख किया, जिसे मैंने अब तक केवल अपने श्रोताओं पर व्यंग्यात्मक हँसी की भांति सुना है। क्या पहली सदी के कार्यशील गैलिली निवासियों की जीवनशैली वास्तव में इतनी समस्या-मुक्त होती है, जिसे वह उनके साथ मज़ाक़िया तरीक़े से चिढ़ा रहे हैं, जिससे कि कल क्या हो सकता है, उसकी चिंता करके अतिरिक्त समस्याओं का आविष्कार करना समझ में आए?

लेकिन इस विचार का जो संस्करण हमेशा मेरे लिए सबसे अधिक प्रतिध्वनित होता है, वह आधुनिक समय के आध्यात्मिक शिक्षक जिड्डु कृष्णमूर्ति द्वारा दिया गया है है, जिन्होंने 1970 के दशक के अंत में कैलिफ़ोर्निया में दिए गए एक व्याख्यान में इसे प्रत्यक्ष रूप से व्यक्त किया था। 'इस विशेष बातचीत के बीच,' लेखक जिम ड्रीवर याद करते हैं, जो वहां उपस्थित थे, कृष्णमूर्ति अचानक ठहरे, 'आगे की ओर झुके, और लगभग गुप्त रूप से कहते हैं, ''क्या आप जानना चाहते हैं कि मेरा रहस्य क्या है?'' मानो हम एक शरीर थे, हम उठ खड़े हुए... मैं अपने आस-पास के लोगों को आगे झुकते हुए देख सकता था, उनके कान खड़े हो रहे थे, उनका मुंह धीरे-धीरे शांत प्रत्याशा में खुल रहा था।' तब कृष्णमूर्ति ने एक नरम, लगभग शर्मीली आवाज़ में कहा, ''आप देखिए, मुझे कोई फ़र्क़ नहीं पड़ता कि क्या होता है।''

मुझे कोई फ़र्क़ नहीं पड़ता कि क्या होता है। शायद कृष्णमूर्ति के इन शब्दों को खोलने की आवश्यकता है; मुझे नहीं लगता कि कृष्णमूर्ति का मतलब यह है कि जब हमारे साथ या दूसरों के साथ बुरी चीज़ें होती हैं तो हमें दुख, करुणा या क्रोध महसूस नहीं करना चाहिए, ना ही हमें भविष्य

में बुरी चीज़ें होने से रोकने के अपने प्रयासों को छोड़ना चाहिए। बल्कि, 'जो होता है, उसे मानने' में बिताया जाने वाला जीवन एक ऐसा है जिसमें आपकी इच्छाओं के लिए भविष्य को यक़ीन रखने की आंतरिक मांग नहीं होती है – और इस प्रकार हमेशा की तरह आगे बढ़ने के लिए चिंतित नहीं होना पड़ता है, जब आप यह जानने के लिए प्रतीक्षा करते हैं कि चीज़ें अपेक्षित रूप से होंगी या नहीं। इससे कोई इसका मतलब नहीं है कि हम बाद में बुरी घटनाओं के आसार को कम करने के लिए वर्तमान में बुद्धिमानी से काम नहीं कर सकते। और हालांकि यदि बुरी चीज़ें फिर भी हो जाएं, तो हम अपनी सर्वोत्तम क्षमता के अनुसार उत्तर दे सकते हैं; हम पीड़ा या अन्याय को चीज़ों के आवश्यक क्रम के हिस्से के रूप में स्वीकार करने के लिए बाध्य नहीं हैं। लेकिन इस हद तक कि हम निश्चितता की मांग करना बंद कर सकते हैं कि चीज़ें बाद में हमारे अनुसार चलेंगी, हम केवल उस क्षण में चिंता से मुक्त हो जाएंगे जो वास्तव में है, जो कि यह है।

संयोग से, मैं यह भी नहीं मानता कि कृष्णमूर्ति यह सुझाव दे रहे हैं कि हमें उन चिड़चिड़े व्यक्तियों का अनुकरण करना चाहिए (हम सभी उनमें से एक या दो को जानते हैं) उन्हें जो सहज होने की अपनी प्रतिबद्धता पर कुछ ज़्यादा ही गर्व महसूस करते हैं। जो जीवन में कभी भी योजना नहीं बनाने और आवेग में छोड़ देने के अपने अधिकार पर ज़ोर देते हैं, और जिनके बारे में आप कभी भी आश्वस्त नहीं हो सकते हैं कि ड्रिंक के लिए छह बजे मिलने के लिए कहने के बावजूद उनके आने का थोड़ा सा भी इरादा है। ये स्पष्ट रूप से स्वतंत्र और आसान प्रकार योजना बनाने के कार्य तक ही स्वयं को सीमित महसूस करते हैं, या उनसे चिपके रहने की कोशिश करते हैं। लेकिन एक सार्थक जीवन के निर्माण और अन्य लोगों के प्रति अपनी जिम्मेदारियों का प्रयोग करने के लिए योजना एक आवश्यक उपकरण है। असली समस्या योजना बनाना नहीं है बल्कि यह है कि हम अपनी योजनाओं को कुछ ऐसा मानते हैं जो वास्तव में वे नहीं हैं। अमेरिकी ध्यान शिक्षक जोसेफ़ गोल्डस्टीन के शब्दों में, 'एक योजना सिर्फ़ एक विचार है', जिसे हम भूल जाते हैं, या जिसका सामना करना बर्दाश्त नहीं कर सकते हैं। हम अपनी योजनाओं को ऐसे मानते हैं जैसे ये एक परवाना हो, जो वर्तमान से भविष्य की ओर फेंका गया है, ताकि हम उसे अपने नियंत्रण में

ला सकें। लेकिन सब कुछ एक योजना है–जो कभी भी संभव हो सकती है – कि यह एक वर्तमान क्षण की संकल्पना है। यह आपके वर्तमान विचारों की अभिव्यक्ति है कि आप आदर्श रूप से भविष्य में अपने मामूली प्रभाव को कैसे लागू करना चाहेंगे। भविष्य,निश्चित रूप से, अनुपालन करने के लिए बाध्य नहीं है।

8.

आप यहां हैं

एक और अर्थ यह है कि समय को ऐसी चीज़ मानना जो हमारे पास है और जिसे हम नियंत्रित कर सकते हैं, ऐसा लगता है कि यह बात जीवन को बदतर बना रही है, जिसके परिणामस्वरूप हमें एक दुर्भाग्यपूर्ण सच्चाई का पता चलता है : हम अनिवार्य रूप से, इसका *अच्छी तरह से* उपयोग करने के लिए हम पूर्णतः समर्पित हो जाते हैं, और इसके बाद हम एक दुर्भाग्यपूर्ण सत्य की खोज करते हैं : जितना अधिक आप समय का अच्छी तरह से उपयोग करने पर ध्यान केंद्रित करते हैं, उतना ही अधिक हर दिन ऐसा महसूस होने लगता है कि आपको भविष्य में कुछ शांत, बेहतर, अधिक संतुष्टिदायक स्थिति की ओर जाना है, जो वास्तव में कभी नहीं आती है। समस्या यंत्रीकरण की है। परिभाषा के अनुसार, समय का उपयोग करने का अर्थ है इसे साधन के रूप में अर्थात साध्य के साधन के रूप में व्यवहार करना है, और निश्चित रूप से हम इसे हर दिन करते हैं : आप केतली को अपने उबालने के शौक के कारण नहीं उबालते हैं, या वाशिंग मशीन चलाने के शौक के कारण अपने मोज़े वॉशिंग मशीन में नहीं डालते हैं, बल्कि यह इसलिए करते हैं, क्योंकि आप एक कप कॉफ़ी या साफ़ मोज़े चाहते हैं। फिर भी समय के साथ इस साधन संबंध में अधिक रुचि लेना अत्यधिक रूप से आसान हो जाता है – विशेष रूप से इस बात पर ध्यान केंद्रित करना कि आप कहां जा रहे हैं, इस बात पर ध्यान केंद्रित करने की क़ीमत पर कि आप कहां हैं – जिसके परिणामस्वरूप आप ख़ुद मानसिक रूप से भविष्य में जी रहे हैं और इस कल्पित भविष्य में अपने जीवन के

'वास्तविक' मूल्य का पता लगा रहे हैं, जिस तक आप अभी तक नहीं पहुंचे हैं, और कभी नहीं पहुंचेंगे।

अपनी पुस्तक *बैक टु सैनिटी* में, मनोवैज्ञानिक स्टीव टेलर लंदन के ब्रिटिश संग्रहालय में पर्यटकों को देखते हुए याद करते हैं जो वास्तव में अपने सामने प्रदर्शित प्राचीन मिस्र की कलाकृति रोसेटा स्टोन को नहीं देख रहे थे, बल्कि अपने फ़ोन पर इसकी छवियां और वीडियो रिकॉर्ड करके इसे बाद में देखने की तैयारी कर रहे थे। वे भविष्य के लाभ के लिए एवं बाद में इस अनुभव को फिर से देखने या साझा करने के लिए अपने वर्तमान समय का उपयोग करने पर इतना ध्यान केंद्रित कर रहे थे कि वे उस समय प्रदर्शनी का अनुभव ही नहीं कर पा रहे थे। (और वैसे भी इनमें से अधिकतर वीडियो कौन देखता है?) बेशक, युवा लोगों की स्मार्टफ़ोन की आदतों के बारे में शिकायत करना टेलर और मेरे जैसे मध्यम आयु वर्ग के लोगों का पसंदीदा मनोरंजन है। लेकिन उनकी गहरी बात यह है कि हम सभी अक्सर कुछ इसी तरह के दोषी होते हैं। हम जो कुछ भी कर रहे हैं–दूसरे शब्दों में कहें तो जीवन को भी हम उतना ही मूल्यवान मानते हैं जितना कि यह किसी और चीज़ के लिए आधार तैयार करता है।

यह भविष्य-केंद्रित रवैया अक्सर उस रूप को लेता है जिसे मैंने एक बार 'जब-मैं-अंत में' मन के रूप में वर्णित सुना था, जैसा कि : ''जब मैं अंततः अपने कार्यभार को नियंत्रण में ले लूंगा/अपने उम्मीदवार को चुन लूंगा/अपने लिए सही रोमांटिक साथी ढूंढ़ लूंगा/अपने मनोवैज्ञानिक मुद्दों को सुलझा लूंगा, *तो* मैं आराम कर सकता हूं, और जिस जीवन को मैं हमेशा जीना चाहता था, वह शुरू हो सकता है।'' इस मानसिकता में डूबा हुआ इंसान मानता है कि वह संतुष्ट और ख़ुश महसूस नहीं करता है, क्योंकि वह अभी तक कुछ विशिष्ट चीज़ों को पूरा करने में कामयाब नहीं हुई है; जब वह ऐसा करती है, तो वह कल्पना करती है, वह अपने जीवन की स्वामिनी महसूस करेगी और अपने समय की मालिक होगी। लेकिन वास्तव में जिस तरह से वह उस सुरक्षा की भावना को प्राप्त करने की कोशिश कर रही है, उसका मतलब है कि वह कभी भी संतुष्ट महसूस नहीं करेगी, क्योंकि वह वर्तमान को केवल किसी बेहतर भविष्य की स्थिति के लिए एक मार्ग के रूप में मान रही है - और इसलिए वर्तमान क्षण अपने आप में कभी

भी संतोषजनक महसूस नहीं करेगा। यहां तक कि अगर वह अपने काम के बोझ को नियंत्रण में रखने में सफल होती है, या अपने मनपसंद आत्मीय साथी से मिल भी लेती है, तो भी वह अपनी किसी न किसी आकांक्षा को बाद तक स्थगित करने का कोई अन्य कारण ढूंढ़ ही लेगी।

निश्चित रूप से, संदर्भ मायने रखता है; ऐसी बहुत सी परिस्थितियां हैं, जिनमें यह समझ में आता है कि लोग बेहतर भविष्य की संभावना पर ध्यान केंद्रित करते हैं। सार्वजनिक शौचालयों के कम वेतन पाने वाले सफ़ाईकर्मी को दिन के अंत की प्रतीक्षा करने के लिए, या भविष्य में ऐसे समय की प्रतीक्षा करने के लिए कोई दोष नहीं देता है, जब उसके पास बेहतर नौकरी हो; इस बीच, वह स्वाभाविक रूप से अपने काम के घंटों को मुख्य रूप से वेतन का चेक प्राप्त करने के साधन के रूप में मानता है। लेकिन महत्त्वाकांक्षी और अच्छी तनख़्वाह पाने वाले वास्तुकार के बारे में कुछ अलग होता है, जो उस पेशे में कार्यरत है जिसमें काम करने की उसकी हमेशा से इच्छा थी जो फिर भी ख़ुद को अपने अनुभव के हर क्षण को केवल एक परियोजना के पूरा होने के क़रीब लाने के संदर्भ में सार्थक मानता है, ताकि वह अगले एक पर आगे बढ़ सके, या रैंक में आगे बढ़ सके, या सेवानिवृत्ति की ओर बढ़ सके। इस तरह जीना यक़ीनन पागलपन है – लेकिन यह एक ऐसा पागलपन है जो जीवन के शुरुआती दिनों में ही हमारे अंदर समाहित हो जाता है, जैसा कि स्वयंभू 'आध्यात्मिक मनोरंजनकर्ता' और नए युग के दार्शनिक एलन वाट्स ने विशेष उत्साह के साथ समझाया :

> शिक्षा ग्रहण करें। क्या छलावा है! एक बच्चे के रूप में, आपको नर्सरी स्कूल भेजा जाता है। नर्सरी स्कूल में, वे कहते हैं कि आप किंडरगार्टन जाने के लिए तैयार हो रहे हैं। और फिर पहली कक्षा आ रही है और दूसरी और तीसरी कक्षा आ रही है... हाई स्कूल में, वे आपको बताते हैं कि आप कॉलेज के लिए तैयार हो रहे हैं। और कॉलेज में आप व्यापार की दुनिया में जाने के लिए तैयार हो रहे हैं... (लोग) गाजरों के पीछे दौड़ने वाले गधों की तरह हैं जो उनके चेहरे के सामने उनके कॉलर से बंधी हुई डंडियों से लटक रही हैं। वे वहां कभी नहीं पहुंचते, वे उन्हें कभी हासिल नहीं कर पाते। वे कभी जीवित नहीं रहते।

कारणात्मक आपदा

मुझे यह समझने के लिए एक पिता बनने में समय लगा कि मैंने अपना पूरा वयस्क जीवन, उस समय तक, इस भविष्य का पीछा करने की मानसिकता में कितना पूरी तरह से बिताया है। ऐसा नहीं है कि यह अनुभूति तात्कालिक थी। दरअसल, सबसे पहले यह हुआ कि जैसे-जैसे मेरे बेटे का जन्म क़रीब आया, मैं समय का सदुपयोग करने के प्रति सामान्य से अधिक समर्पित हो गया। संभवतः प्रत्येक नए माता-पिता, बच्चे के पालन-पोषण के मामले में अपनी सामर्थ्य की वास्तविकता का सामना करने के लिए अस्पताल से घर आते हैं और अपना समय यथासंभव बुद्धिमानी से बिताने की इच्छा महसूस करते हैं।- सबसे पहले उस हिलती-डुलती गठरी (नवजात शिशु) को जीवित रखना, और फिर उसके लिए एक सुखद भविष्य की नींव रखने के लिए जो कुछ भी वे कर सकते हैं वह करना। लेकिन उस समय, मैं अभी भी कार्य उत्पादकता का इतना शौकीन था कि नवजात शिशुओं के माता-पिता के उद्देश्य से मैंने अनेक कैसे करें शीर्षक वाली किताबें ख़रीदकर अपनी समस्याएं बढ़ा लीं; मैं उन पहले महत्त्वपूर्ण महीनों का सबसे अच्छा उपयोग करने के लिए दृढ़-संकल्पित था।

मुझे जल्द ही अहसास हुआ कि सार्वजनिकता की यह शैली तेज़ी से दो गुटों में विभाजित हो गई थी, जिनमें से प्रत्येक दूसरे के अस्तित्व पर स्थायी आक्रोश की स्थिति में था। एक तरफ़ वे गुरु थे जिन्हें मैं बेबी ट्रेनर्स के रूप में सोचने लगा, जिन्होंने हमें अपने शिशु को जल्द से जल्द एक सख़्त अनुशासन के साथ पालने-पोसने का आग्रह किया -क्योंकि इस तरह की सख़्त अनुशासन पद्धति का अभाव उसके व्यक्तित्व को कमज़ोर एवं असुरक्षित बना देगा और इसलिए भी कि उसके समय को और अधिक पूर्वानुमानित बनाने का मतलब होगा कि उसे घर के वातावरण में सहजता से ढाला जा सकेगा। इससे सभी को आराम एवं थोड़ी नींद मिल सकेगी और मैं और मेरी पत्नी जल्द ही काम पर लौट सकेंगे। दूसरी तरफ सामान्य माता-पिता थे, जिनके लिए ऐसे सभी कार्यक्रम और विशेष रूप से, माताओं की अपनी नौकरियों की तरफ़ लौटने के धारणा ही इस बात का पक्का सबूत थी कि आधुनिकता ने माता-पिता बनने की पवित्रता को भ्रष्ट कर दिया है,जिसे विकासशील दुनिया में स्वदेशी जनजातियों और/या प्रागैतिहासिक मनुष्यों

की ज़मीन से जुड़ी प्रथाओं का अनुकरण करके ही पुनर्प्राप्त किया जा सकता है, पालन-पोषण विशेषज्ञों के इन दोनों समूहों को सभी व्यावहारिक उद्देश्यों के लिए एक जैसा ही माना जाता है।

बाद में, मुझे पता चला कि इनमें से किसी भी शिविर के पक्ष में वस्तुतः कोई विश्वसनीय वैज्ञानिक प्रमाण नहीं है। (उदाहरण के लिए : 'प्रमाण' कि अपने बच्चे को ख़ुद रोने देना ग़लत है, सोने के लिए काफ़ी हद तक रोमानियाई अनाथालयों में छोड़े गए शिशुओं के बीच शोध से ज्ञात होता है, जो शायद ही आपके बच्चे को उनके आरामदायक स्कैंडिनेवियाई बासनेट में बीस मिनट के लिए अकेले छोड़ने के समान है। इस बीच, एक पश्चिम अफ़्रीकी जातीय समूह है, हौसा-फ़ुलानी, जो हर पश्चिमी पालन-पोषण दर्शन का उल्लंघन करता है यह समूह कुछ मामलों में माताओं के लिए अपने बच्चों के साथ आंखों से संपर्क करना वर्जित मानता है - और ऐसा लगता है कि वे बच्चे भी ज़्यादातर ठीक हो जाते हैं।) लेकिन जिस बात ने मुझे सबसे अधिक प्रभावित किया वह यह था कि दोनों विशेषज्ञों के समूह भविष्य के बारे में वास्तव में पूरी तरह से व्यस्त थे, मुझे किताबों और ऑनलाइन में माता-पिता की सभी सलाह का सामना करना पड़ा, जो बाद में सबसे ख़ुश या सबसे सफल या आर्थिक रूप से उत्पादक बड़े बच्चों और वयस्कों को पैदा करने के लिए जो कुछ भी आवश्यक था, उसे करने पर पूरी तरह से केंद्रित था।

यह बेबी ट्रेनर्स के मामले में काफ़ी स्पष्ट था, अच्छी आदतों को विकसित करने के उनके समर्पण के साथ जो एक अच्छे जीवन के लिए एक बच्चे की अच्छी तरह से सेवा कर सकते हैं। लेकिन यह प्राकृतिक माता-पिता के बारे में भी कम सच नहीं था। यह एक बात होती यदि स्वाभाविक माता-पिता का 'बच्चे को पहनाने', या एक साथ सुलाने, या तीन साल की उम्र तक स्तनपान कराने पर ज़ोर देने का औचित्य केवल यह होता कि ये माता-पिता और बच्चों के जीने के लिए अधिक संतोषजनक तरीक़े थे। लेकिन उनका वास्तविक उद्देश्य, जो कभी-कभी स्पष्ट रूप से व्यक्त किया जाता था, यह था कि बच्चे के भविष्य के मनोवैज्ञानिक स्वास्थ्य को सुनिश्चित करने के लिए ये सबसे अच्छी चीज़ें थीं। (एक बार फिर : इसका कोई वास्तविक प्रमाण नहीं है) और इसने मुझे और अधिक

असहज कर दिया, कि सबसे पहले मैं यह सारी सलाह इसलिए ले रहा था, क्योंकि जीवन के प्रति मेरा रुख़ भी यही था : जहां तक मुझे याद है, मेरे दिन भविष्य के परिणामों के लिए प्रयास करते हुए बीते थे – परीक्षा परिणाम, नौकरियां, बेहतर व्यायाम की आदतें : सूची लंबी होती गई – इसके अतिरिक्त कुछ काल्पनिक समय की सोच में भी जब जीवन अंततः सुचारू रूप से चलेगा। अब जब मेरे दैनिक कर्तव्यों में एक बच्चा शामिल था, तो मैंने नई वास्तविकता को समायोजित करने के लिए अपने दृष्टिकोण का विस्तार किया : मैं जानना चाहता था कि मैं बच्चे के पालन-पोषण के क्षेत्र में भी अपने इच्छित भविष्य के परिणाम प्राप्त करने के लिए जो कुछ भी आवश्यक था, वह कर रहा था।

सिवाय इसके कि यह तरीक़ा अब मुझे एक नवजात शिशु के साथ समय बिताने के लिए एक आश्चर्यजनक रूप से विकृत तरीक़े की तरह लगने लगा, एक अनावश्यक रूप से थका देने वाली बात का उल्लेख नहीं करने के लिए जबकि जीवन पहले से ही काफ़ी थका हुआ था। ज़ाहिर है, भविष्य पर एक नज़र रखना महत्त्वपूर्ण है – वैक्सीनेशन करवाने की ज़रूरत होगी, प्रीस्कूल में आवेदन करना होगा, और ऐसा ही आगे और भी कुछ। लेकिन मेरा बेटा अब यहां था, और वह केवल एक साल के लिए शून्य वर्ष का होगा, और मुझे अहसास हुआ कि मैं उनके वास्तविक जीवन के इन दिनों को केवल इस बात पर ध्यान केंद्रित करके बर्बाद नहीं करना चाहता था कि उसके भविष्य के लिए उनका सबसे अच्छा उपयोग कैसे किया जाए। यह विशुद्ध उपस्थिति थी, जिस क्षण में उसने ख़ुद को पाया, उस क्षण में बिना किसी शर्त के भाग लिया, और मैं इसमें उसके साथ शामिल होना चाहता था और मैं उसकी छोटी सी मुट्ठी को अपनी अंगुली और उसकी अंगुली के चारों ओर बंद होते हुए देखना चाहता था। आसपास के किसी शोर के जवाब में उसका सिर को हिलाते हुए घुमाना, बिना इस बात पर ध्यान दिए कि क्या इससे पता चलता है कि वह अपने 'विकासात्मक लक्ष्यों' को पूरा कर रहा है या नहीं, या मुझे यह सुनिश्चित करने के लिए क्या करना चाहिए कि उसने कुछ किया की नहीं। इससे भी बुरी बात यह है कि मुझे यह अहसास हुआ कि समय का सदुपयोग करने के प्रति मेरी प्रतिबद्धता का मतलब है कि मैं अपने बेटे को, जो एक बिलकुल

अन्य इंसान है, अपनी चिंता को शांत करने के लिए एक उपकरण के रूप में उपयोग कर रहा हूं, उसे मेरे मन की काल्पनिक भविष्य की सुरक्षा और शांति की भावना के साधन के अलावा और कुछ नहीं मान रहा हूं।

लेखक एडम गोपनिक ने उस जाल को 'कारणात्मक आपदा' कहा है, जिसे उन्होंने इस विश्वास के रूप में परिभाषित किया है कि 'बच्चों की परवरिश के किसी भी तरीक़े के सही या ग़लत होने का प्रमाण उस तरह के वयस्क हैं जो इससे पैदा होते हैं। यह विचार काफ़ी उचित लगता है– आप सही या ग़लत का न्याय कैसे करेंगे? – जब तक आप यह महसूस नहीं करते कि इसका प्रभाव किसी भी आंतरिक मूल्य के बचपन को समाप्त करने के लिए है, इसे वयस्कता के लिए एक प्रशिक्षण स्थल के अलावा और कुछ नहीं मानता है। हो सकता है कि यह वास्तव में एक 'बुरी आदत' हो, जैसा कि बेबी ट्रेनर ज़ोर देकर कहते हैं, कि आपके एक साल के बच्चे को आपकी छाती पर सोने की आदत हो जाए। लेकिन यह वर्तमान क्षण में एक सुखद अनुभव भी है, और इसलिए इसे समान महत्त्व दिया जाना चाहिए; ऐसा नहीं हो सकता कि भविष्य की चिंताओं को हमेशा अपने आप प्राथमिकता मिलनी चाहिए। इसी तरह, यह सवाल कि क्या आपके नौ साल के बच्चे को हिंसक वीडियो गेम खेलने में हर दिन घंटों बिताने देना ठीक है, केवल इस बात पर निर्भर नहीं करता है कि क्या यह उसे एक हिंसक वयस्क में बदल देगा, लेकिन साथ ही साथ यह भी कि क्या यह उसके लिए अभी अपने जीवन का उपयोग करने का एक अच्छा तरीक़ा है; शायद डिजिटल खून–ख़राबे में डूबा हुआ बचपन सिर्फ़ एक निम्न–गुणवत्ता वाला बचपन है, भले ही भविष्य में कोई प्रभाव ना हो। अपने नाटक द *कोस्ट ऑफ़ यूटोपिया* में, टॉम स्टॉपर्ड ने नौवीं–सदी के रूसी दार्शनिक अलेक्जेंडर हेर्जेन के मुख से इस भावना को एक तीव्र संस्करण में प्रस्तुत किया है , जब वह अपने बेटे की मृत्यु के साथ समझौता करने के लिए संघर्ष करता है, जो एक जहाज के मलबे में डूब गया है–हर्ज़न जोर देकर कहता है, कि उसका जीवन, वयस्क उपलब्धियों में कभी सफल नहीं होने के कारण कम मूल्यवान नहीं था। हर्जन कहते हैं, 'क्योंकि बच्चे बड़े हो जाते हैं, हम सोचते हैं कि एक बच्चे का उद्देश्य बड़ा होना है। लेकिन एक बच्चे का उद्देश्य एक बच्चा होना है। प्रकृति केवल एक दिन के लिए जीवित चीज़ों का तिरस्कार नहीं करती

है। यह अपने आप को हर पल में झोंक देती है... जीवन का वरदान उसके प्रवाह में है। बाद में बहुत देर हो जाती है।'

आख़िरी बार

और फिर भी मैं आशा करता हूं कि अब तक यह स्पष्ट हो गया होगा कि इनमें से कोई भी केवल उन लोगों पर लागू नहीं होता है जो छोटे बच्चों के माता-पिता होते हैं। निश्चित रूप से, यह सच है कि एक तेज़ी से विकसित होने वाला नवजात शिशु इस तथ्य को नज़रअंदाज़ करना विशेष रूप से कठिन बनाता है कि जीवन क्षणिक अनुभवों का एक क्रम है, जो अपने आप में मूल्यवान है, जिसे आप याद करेंगे यदि आप पूरी तरह से उस गंतव्य पर ध्यान केंद्रित कर रहे हैं जिस पर आपको उम्मीद है कि वे आगे बढ़ रहे होंगे। लेकिन लेखक और पॉडकास्ट होस्ट सैम हैरिस परेशान करने वाला अवलोकन करते हैं कि यही बात सभी चीज़ों पर लागू होती है: हमारा जीवन, उसकी सीमितता के कारण, अनिवार्य रूप से उन गतिविधियों से भरा हुआ है जो हम आख़िरी बार कर रहे हैं। ठीक उसी तरह जैसे एक अंतिम अवसर होगा जब मैं अपने बेटे को उठाऊंगा – एक विचार जो मुझे आकर्षित करता है, लेकिन जिसे अस्वीकार करना कठिन है, क्योंकि जब वह तीस का हो जाएगा तो मैं निश्चित रूप से ऐसा नहीं करूंगा... कभी न कभी यह आख़िरी बार अवश्य होगा, जब आप अपने उस घर में जाएं, जहां आपने अपने बचपन का समय व्यतीत किया, या समुद्र में तैरें, या प्यार करें, या किसी क़रीबी दोस्त के साथ गहरी बातचीत करें। फिर भी आम तौर पर यह जानने का कोई तरीक़ा नहीं होगा कि आप इसे आख़िरी बार कर रहे हैं। हैरिस का कहना है कि इसलिए हमें इस तरह के हर अनुभव को उस सम्मान के साथ ग्रहण करने की कोशिश करनी चाहिए जिसका प्रदर्शन हम तब करते जबकि हमें यह पूर्व से पता होता कि हम जो कुछ भी कर रहे हैं वह आख़िरी बार कर रहे हैं। और वास्तव में एक भावना है जिसमें जीवन का हर क्षण एक 'अंतिम समय' है। यह क्षण अवश्य आता है; और आपको यह फिर कभी नहीं मिलेगा-और एक बार यह बीत जाने के बाद, आपके बचे हुए क्षणों की आपूर्ति पहले की तुलना में कम होगी। इन सभी क्षणों को केवल भविष्य के किसी क्षण के लिए सीढ़ी के रूप में मानना

हमारी वास्तविकता के प्रति अनभिज्ञता के स्तर को प्रदर्शित करना है। ऐसी स्थिति जो दांतों तले अंगुली दबा देने वाली होती यदि यह तथ्य ना होता कि हम सब हर समय ऐसा करते हैं।

मान लीजिए, यह पूरी तरह से हमारी अपनी ग़लती नहीं है कि हम अपने सीमित समय को इस तरह के विकृत साधन और भविष्य-केंद्रित तरीक़े से देखते हैं। शक्तिशाली बाहरी दबाव हमें इस दिशा में भी धकेलते हैं, क्योंकि हम एक ऐसी आर्थिक प्रणाली के भीतर मौजूद हैं जो इसके मूल में सहायक है। वास्तव में, पूंजीवाद को समझने का एक तरीक़ा भविष्य के लाभ की सेवा में पृथ्वी के संसाधनों, आपके समय और क्षमताओं (या 'मानव संसाधन') का सामना करने वाली हर चीज़ का उपयोग करने के लिए एक विशाल मशीन के रूप में है। चीज़ों को इस तरह से देखने से इस रहस्यमय सच्चाई को समझाने में मदद मिलती है कि पूंजीवादी अर्थव्यवस्थाओं में अमीर लोग अक्सर आश्चर्यजनक रूप से दुखी होते हैं। वे अपने लिए धन उत्पन्न करने के उद्देश्य से अपने समय का उपयोग करने में बहुत अच्छे हैं; यही एक पूंजीवादी दुनिया में सफल होने की परिभाषा है। लेकिन अपने समय को साधन बनाने पर इतनी मेहनत से ध्यान केंद्रित करने में, वे वर्तमान क्षण में अपने जीवन को भविष्य की ख़ुशी की स्थिति की ओर यात्रा करने के लिए एक साधन के अलावा कुछ नहीं मानते हैं। और इसलिए उनके दिन अर्थहीन हो जाते हैं, यहां तक कि उनके बैंक बैलेंस में भी वृद्धि होती है।

यह इस घिसी-पिटी बात में भी सच्चाई का मूल है कि कम आर्थिक रूप से सफल देशों के लोग जीवन का आनंद लेने में बेहतर हैं - जो यह कहने का एक और तरीक़ा है कि वे भविष्य के लाभ के लिए इसे कम निश्चित साधन बना रहे हैं, और इस प्रकार वर्तमान के सुखों को भोगने में अधिक सक्षम हैं। उदाहरण के लिए, मेक्सिको ने ख़ुशी के वैश्विक सूचकांकों में अक्सर संयुक्त राज्य अमेरिका को पीछे छोड़ दिया है। इसलिए न्यू यॉर्क के एक छुट्टी मनाने वाले व्यवसायी के बारे में पुराना दृष्टांत जो एक मैक्सिकन मछुआरे से बात करता है, जो उसे बताता है कि वह प्रति दिन केवल कुछ घंटे काम करता है और अपना अधिकांश समय धूप में शराब पीने और अपने दोस्तों के साथ संगीत बजाने में बिताता है। समय

प्रबंधन के लिए मछुआरे के दृष्टिकोण से हैरान होकर, व्यवसायी उसे एक अवांछित सलाह देता है और उसे बताता है कि अगर मछुआरा और कड़ी मेहनत करता है, तो वह अपने लाभ को नावों के एक बड़े बेड़े में निवेश कर सकता है एवं दूसरों को मछली पकड़ने के लिए भुगतान कर सकता है, लाखों कमाएं, फिर जल्दी रिटायर हो जाएं। 'और फिर मैं क्या करूंगा?' मछुआरा पूछता है। 'अच्छा, तो फिर क्या होगा,' व्यापारी जवाब देता है कि *फिर* आप अपना दिन धूप में शराब पीने और अपने दोस्तों के साथ संगीत बजाने में बिता सकते हैं।

कॉरपोरेट वकीलों का कुख्यात मामला इस बात का एक ज्वलंत उदाहरण है कि कैसे आपके समय को साधन बनाने की दिशा में पूंजीवादी दबाव जीवन को अर्थपूर्ण बनाता है। कैथोलिक क़ानूनी विद्वान कैथलीन केवेनी ने तर्क दिया है कि आम तौर पर बहुत अच्छी तनख़्वाह मिलने के बावजूद उनमें से कई लोग इतने नाख़ुश हैं – इसका कारण 'बिल योग्य घंटे' की परंपरा है, जो उन्हें अपने समय, और वास्तव में ख़ुद को, एक वस्तु के रूप में मानने के लिए बाध्य करती है, जिसे साठ मिनट के हिस्सों में ग्राहकों को बेचा जाता है। एक घंटा ना बेचा जाना स्वचालित रूप से एक घंटा बर्बाद होने के बराबर है। इसलिए जब एक बाहरी रूप से सफल, कड़ी मेहनत करने वाला वकील पारिवारिक रात्रिभोज या अपने बच्चे के स्कूल के खेल के लिए उपस्थित होने में विफल रहता है, तो यह ज़रूरी नहीं है कि वह 'बहुत व्यस्त' है, सीधे अर्थ में कि उसके पास करने के लिए बहुत कुछ है। ऐसा इसलिए भी हो सकता है क्योंकि वह अब किसी ऐसी गतिविधि की कल्पना करने में सक्षम नहीं है जिसे करने लायक़ किसी चीज़ के रूप में वर्गीकृत नहीं किया जा सकता है। जैसा कि केवेनी लिखते हैं,' वकील बिल योग्य समय के लोकाचार से ओत-प्रोत थे, उन्हें समय के अर्थ की एक गैर-संशोधित समझ को समझने में कठिनाई होती है जो उन्हें इस तरह की भागीदारी के वास्तविक मूल्य की सराहना करने की अनुमति देगी। जब किसी गतिविधि को बिल करने योग्य घंटों की चल रही संख्या में नहीं जोड़ा जा सकता है, तो यह एक भोग की तरह महसूस करने लगता है जिसे कोई वहन नहीं कर सकता है। हममें से अधिकांश में-यहां तक कि गैर-वकीलों में भी-इस नैतिकता की अधिकता हो सकती है जिसे हम स्वीकार करना चाहेंगे।

और फिर भी जिस तरह से आधुनिक जीवन अक्सर एक कठिन परिश्रम की तरह महसूस होता है, हम पूंजीवाद पर सारा दोष लगाने के लिए ख़ुद को मूर्ख बना रहे होंगे। भविष्य में कुछ बेहतर समय के साथ 'प्राप्त' किया जा सकता है। सच्चाई यह है कि हम इस स्थिति के साथ सहयोग करते हैं। हम समय को इस आत्म-पराजयकारी तरीक़े से बिताना पसंद करते हैं, और हम ऐसा इसलिए करते हैं, क्योंकि यह हमें अपने जीवन के सर्वशक्तिमान नियंत्रण में होने की भावना को बनाए रखने में मदद करता है। जब तक आप मानते हैं कि जीवन का वास्तविक अर्थ भविष्य में कहीं न कहीं निहित है - कि एक दिन आपके सभी प्रयास सभी आपको सभी समस्याओं से मुक्त और आनंद के स्वर्ण युग में बदल देंगे - आप इस अप्रिय वास्तविकता का सामना करने से बच सकते हैं कि आपका जीवन सत्य के किसी ऐसे क्षण की ओर नहीं बढ़ रहा है जो अभी तक नहीं आया है। हमारे आनेवाले समय से भविष्य का महान मूल्य निकालने का हमारा जुनून हमें इस वास्तविकता से अंधा कर देता है कि, वास्तव में, सत्य का क्षण हमेशा अभी वर्तमान में होता है-कि जीवन कुछ भी नहीं बल्कि वर्तमान क्षणों का एक क्रम है, जो मृत्यु में समाप्त होता है, और यह कि आप शायद कभी भी उस बिंदु पर नहीं पहुंचेंगे, जहां आपको लगता है कि आपके पास सभी चीज़ें सुचारू रूप से उचित क्रम में हैं और इसलिए बेहतर होगा कि आप अपने वर्तमान जीवन के 'वास्तविक अर्थ' को भविष्य में स्थापित करना बंद कर दें, और ख़ुद को अभी वर्तमान जीवन में समर्पित कर दें।

जॉन मेनार्ड कीन्स ने इस सब के मूल में सच्चाई को देखा, जो यह है कि भविष्य के उद्देश्यों के लिए समय का अच्छी तरह से उपयोग करने पर, या 'व्यक्तिगत उत्पादकता' पर हमारा निर्धारण-जिसे उन्होंने 'उद्देश्य' कहा था, अगर आज वह लिख रहे होते, तो उन्होंने अंत में यह कहा होता कि यह अंततः ना मरने की इच्छा से प्रेरित है। कीन्स ने लिखा कि यह 'उद्देश्यपूर्ण व्यक्ति' हमेशा अपने कार्यों में अपने हितों को समय पर आगे बढ़ाकर एक नक़ली और भ्रामक अमरता को सुरक्षित करने की कोशिश कर रहा है। वह अपनी बिल्ली से नहीं, बल्कि अपनी बिल्ली के बिल्ली के बच्चे से प्यार करता है; ना ही वास्तव में बिल्ली के बच्चे, बल्कि केवल बिल्ली के बच्चे के बच्चे, और इसी तरह हमेशा के लिए बिल्ली के वंश के अंत तक। उनके लिए, ट्रेफ़िक जाम तब तक जाम नहीं है जब तक कि

यह आनेवाले कल के जाम का मामला नहीं हो और आज कभी जाम ना हो। इस प्रकार अपने जाम को हमेशा भविष्य में आगे बढ़ाते हुए, वह इसे आगे बढ़ाने के अपने कार्य के लिए एक अमरता को सुरक्षित करने का प्रयास करता है। क्योंकि उसे यहां और अब अपने कार्यों की सार्थकता को कभी 'कैश आउट' नहीं करना पड़ता है, उद्देश्यपूर्ण व्यक्ति अपने आप को एक सर्वशक्तिमान भगवान की कल्पना करने लगता है, जिसका प्रभाव वास्तविकता पर अनंत रूप से भविष्य में फैलता है; उसे ऐसा महसूस होता है जैसे कि वह वास्तव में अपने समय का स्वामी है। लेकिन वह जो क़ीमत चुकाता है वह बहुत भारी है। वर्तमान समय में उसे कभी भी वास्तविक बिल्ली से प्यार नहीं होता है। ना ही उसे कभी किसी वास्तविक जाम का आनंद लेने को मिलता है। अपने समय का अधिकतम लाभ उठाने की अत्यधिक कोशिश करने के कारण, वह अपने जीवन से चूक जाता है।

वर्तमान में अनुपस्थित

हालांकि, जीवन में अर्थ खोजने के लिए 'वर्तमान में जीने' का प्रयास, अपने साथ चुनौतियां भी लाता है। क्या आपने कभी वास्तव में इसे आज़माया है? आधुनिक माइंडफुलनेस शिक्षकों के आग्रह के बावजूद कि यह ख़ुशी का एक त्वरित मार्ग है – और 'स्वाद' के लाभों पर मनोवैज्ञानिक अनुसंधान के बढ़ती संख्या के बावजूद, या जीवन के छोटे-छोटे सुखों की सराहना करने के लिए जानबूझकर प्रयास करना- यह करना आश्चर्यजनक रूप से कठिन हो जाता है। अपने हिप्पी क्लासिक *ज़ेन ऐंड द आर्ट ऑफ़ मोटरसाइकिल मेंटेनेंस* में, रॉबर्ट पिरसिग ने अपने छोटे बेटे के साथ ओरेगन में क्रेटर झील के जलते हुए नीले विस्तार के पास पहुंचने का वर्णन किया है, जो एक ध्वस्त प्रागैतिहासिक ज्वालामुखी है जो अमेरिका का सबसे गहरा जल निकाय है। वह अनुभव का अधिकतम लाभ उठाने के लिए दृढ़ संकल्पित है, फिर भी किसी तरह वह विफल हो जाता है : 'हम क्रेटर झील को इस भावना के साथ देखते हैं कि ''ठीक है, यह वहां है'', जैसा कि चित्रों से पता चलता है। मैं अन्य पर्यटकों को देखता हूं, वे सभी भी अजीब दिखते हैं। मुझे इस पर कोई नाराजगी नहीं है, बस एक भावना है कि यह सब अवास्तविक है और झील की गुणवत्ता इस तथ्य से ढंक गई है कि इस पर

इतना ध्यान केंद्रित किया गया है।' जितना अधिक आप अभी यहां रहने का प्रयास करेंगे, यह इंगित करने के लिए कि क्या हो रहा हैं इस क्षण में और वास्तव में इसे देखें, उतना ही अधिक ऐसा लगता है जैसे आप अभी यहां नहीं हैं - या वैकल्पिक रूप से आप हैं, लेकिन अनुभव का सारा स्वाद ख़त्म हो गया है।

मैं जानता हूं कि पिर्सिग को कैसा महसूस हुआ होगा। कई साल पहले, मैंने कैनेडा के उत्तर-पश्चिमी क्षेत्र के सुदूर उत्तर में एक छोटे से शहर तुक्तोयाकटुक का दौरा किया था। उस समय, यह केवल हवा या समुद्र द्वारा या सर्दियों में, मेरे द्वारा चुने गए मार्ग से पहुंचा जा सकता था, जिसमें एक जमी हुई नदी की सतह के साथ एक ऑफ़-रोड वाहन में यात्रा करना, मौसम के लिए बर्फ़ में स्थिर जहाज और फिर जमे हुए आर्कटिक महासागर पर ही गाड़ी चलाना शामिल था। मेरा पत्रकारिता कार्य उत्तरी ध्रुव के नीचे तेल संसाधनों के लिए कैनेडा और रूस के बीच लड़ाई से संबंधित था- लेकिन स्वाभाविक रूप से, उनके बारे में इतना कुछ सुनने के बाद, मैं उत्तरी ध्रुव की रोशनी भी देखना चाहता था। केवल घने बादल के आवरण का अंधेरा देखने के लिए मैं कई रातों तक भागदौड़ करता रहा और मैं -30 डिग्री सेल्सियस ठंड में बाहर जाने के लिए मजबूर था - एक ऐसा तापमान जिस पर सांस लेते ही आपकी नाक के अंदर की नमी बर्फ़ में बदल जाती है - वहां मेरी पिछली रात तक कुछ भी नहीं था लेकिन सुबह के दो बजे के तुरंत बाद, मेरे बिस्तर और नाश्ते के पास के केबिन में किराए पर रहने वाले जोड़े ने उत्साहपूर्वक मेरे दरवाज़े पर थपथपाया और मुझे बताया कि समय आ गया है: आकाश में उत्तरी रोशनी दिखाई दे रही थी। मैंने अपने पूरे शरीर के थर्मल अंडरवियर पर कुछ कपड़े पहने और गिरजाघर के आकाश के नीचे क़दम रखा, जो एक क्षितिज से दूसरे क्षितिज तक फैलती हरी रोशनी के गतिशील पर्दों से भरा हुआ था। मैं उस प्रदर्शनी का आनंद लेने के लिए कृतसंकल्पित था, जब अगली सुबह होगी तो स्थानीय लोग इसका विशेष रूप से प्रभावशाली वर्णन करेंगे। लेकिन जितना अधिक मैंने प्रयास किया, उतना ही कम मैं ऐसा करने में सक्षम होता गया। जब तक मैं अपने केबिन की गर्माहट में लौटने के लिए तैयार हो रहा था, मैं उस क्षण में लीन होने से इतना दूर था कि एक विचार मेरे मन में उत्तरी रोशनी के बारे में आया,

जिसे आज तक मैं याद करके रोमांचित होता हूं। *ओह, मैंने सोचा कि वे उन स्क्रीन सेवरों में से एक की तरह दिखते हैं।*

समस्या यह है कि क्षण में मौजूद रहने का प्रयास, हालांकि यह उस वाद्ययंत्रवादी, भविष्य-केंद्रित मानसिकता के बिलकुल विपरीत लगता है, जिसकी मैं इस अध्याय में आलोचना कर रहा हूं, वास्तव में यह इसका थोड़ा अलग स्वरुप है। आप अपने समय का सर्वोत्तम उपयोग करने की कोशिश करने के लिए इतने दृढ़ हैं-इस मामले में कुछ बाद के परिणाम के लिए नहीं, बल्कि अभी जीवन के एक समृद्ध अनुभव के लिए-कि यह अनुभव को ही अस्पष्ट कर देता है। यह सोने के लिए बहुत अधिक प्रयास करने जैसा है, और इसलिए असफल हो रहे हैं। आप बर्तन धोते समय पूरी तरह से उपस्थित रहने का संकल्प लेते हैं - शायद इसलिए कि आपने सबसे अधिक बिकने वाले बौद्ध शिक्षक थिच न्हत हान का वह उद्धरण देखा है, जो सबसे सांसारिक गतिविधियों में तल्लीनता खोजने के बारे में है केवल यह पता लगाने के लिए कि आप ऐसा नहीं कर सकते, क्योंकि आप आत्म-सचेतन रूप से यह सोचने में व्यस्त हैं कि आप पर्याप्त रूप से उपस्थित हैं या नहीं। वाक्यांश 'अभी यहां रहो' बेल-बॉटम पतलून में दाढ़ी वाले पत्थरबाज़ों की छवियों को ध्यान में लाता है, जो उनके आसपास जो कुछ भी हो रहा है उसके बारे में पूरी तरह से निश्चिंत हैं। फिर भी वास्तव में अब यहां रहने का प्रयास इतना आरामदायक नहीं बल्कि कठिन लगता है - और यह पता चलता है कि वर्तमान क्षण का सबसे गहन संभव अनुभव प्राप्त करने का प्रयास विफल होने का एक निश्चित तरीक़ा है। इस प्रभाव का मेरा पसंदीदा उदाहरण पिट्सबर्ग में कार्नेगी मेलन विश्वविद्यालय के शोधकर्ताओं द्वारा 2015 का अध्ययन है, जिसमें जोड़ों को दो महीने की अवधि के लिए हमेशा की तरह दो बार यौन संबंध बनाने का निर्देश दिया गया था। निर्धारित समय के अंत में, इस अध्ययन ने यह निष्कर्ष निकाला कि वे शुरू में जितना ख़ुश थे, बाद में उससे ज़्यादा ख़ुश नहीं थे। इस खोज को व्यापक रूप से यह प्रदर्शित करने के रूप में रिपोर्ट किया गया था कि अधिक सक्रिय यौन जीवन उतना सुखद नहीं है जितना आपने कल्पना की होगी। लेकिन यह वास्तव में जो दिखाता है, मैं कहूंगा, वह यह है कि अधिक सक्रिय यौन जीवन जीने के लिए बहुत अधिक प्रयास करना कोई मजेदार बात नहीं है।

वर्तमान क्षण में पूरी तरह से जीने की चुनौती के लिए एक अधिक उपयोगी दृष्टिकोण यह ध्यान देने से शुरू होता है कि आप वास्तव में, वैसे भी, हमेशा पहले से ही उस क्षण में जी रहे हैं, चाहे आप इसे पसंद करें या नहीं। आख़िरकार, इस बारे में आपके आत्म-जागरूक विचार कि क्या आप बर्तन धोने पर पर्याप्त रूप से ध्यान केंद्रित कर रहे हैं - या क्या आप उस मनोविज्ञान अध्ययन में भाग लेने के लिए सहमत होने के बाद से इन दिनों किए जा रहे अतिरिक्त सेक्स का आनंद ले रहे हैं - वर्तमान समय में भी विचार उत्पन्न हो रहे हैं।और यदि आप अपरिहार्य रूप से पहले से ही इस समय में हैं, तो निश्चित रूप से उस स्थिति को लाने की कोशिश करने के बारे में कुछ गहरी संदेहास्पद बात है। इस क्षण में जीने का *प्रयास* करने का अर्थ है कि आप किसी तरह से 'क्षण' से अलग हैं, और इस प्रकार इसमें जीने में सफल या असफल होने की स्थिति में हैं। अपने सभी ठंडे संबंधों के बावजूद, यहां अब होने की कोशिश फिर भी एक उपकरणवादी प्रयास है, ताकि आप अपने समय के निरंतर बदलाव को नियंत्रित करते महसूस कर सकें। हमेशा की तरह, यह काम नहीं करता है। जब आप 'वर्तमान क्षण में अधिक' होने के लिए बहुत अधिक प्रयास करते हैं तो आप जिस आत्म-चेतना का अनुभव करते हैं, वह अपने स्वयं के बूट पट्टियों द्वारा ख़ुद को ऊपर उठाने का प्रयास करने की मानसिक बेचैनी है - समय के वर्तमान क्षण में अपने रिश्ते को संशोधित करने के लिए, जबकि वास्तव में समय का वह क्षण ही वह सब कुछ है जिससे आपको शुरुआत करनी है।

जैसा कि अमेरिकी लेखक जे जेनिफ़र मैथ्यूज ने अपनी उत्कृष्ट शीर्षक वाली लघु पुस्तक *रेडिकलली कंडेन्स्ड इंस्ट्रक्शंस फ़ॉर बीइंग जस्ट एज यू आर* में कहा है, 'हम जीवन से कुछ भी प्राप्त नहीं कर सकते। बाहर ऐसा कोई स्थान नहीं है जहाँ हम इस चीज़ को ले जा सकें। जीवन के बाहर कोई छोटी सी भी जेब नहीं है, जिसके लिए हम जीवन के प्रावधानों को चुरा सकते हैं और उन्हें दूर कर सकते हैं। इस क्षण के जीवन का कोई बाहरी हिस्सा नहीं है। वर्तमान में पूरी तरह से जीना अंततः यह महसूस करने का मामला हो सकता है कि आपके पास अभी यहां रहने के अलावा कोई अन्य विकल्प नहीं था।

9.

आराम को फिर से खोजना

कुछ वर्ष पूर्व मैं अत्यधिक गर्मी वाले सप्ताह के अंत में, सिएटल में एक अत्यधिक घुटनवाले विश्वविद्यालय व्याख्यान थिएटर में टेक बैक योर टाइम नामक एक अभियान समूह के उत्साही सदस्यों में शामिल हो गया, जहां वे 'अधिक काम की बीमारी को ख़त्म करने' के अपने लंबे समय से चले आ रहे मिशन को आगे बढ़ाने के लिए एकत्रित हुए थे। जिस सभा में मैंने भाग लिया, उनके वार्षिक सम्मेलन में कुछ हद तक बहुत कम लोग शामिल हुए - क्योंकि, जैसा कि आयोजकों ने स्वीकार किया, यह अगस्त था, और बहुत से लोग छुट्टी पर थे, और अमेरिका का सबसे कठोर रूप से विश्राम समर्थक संगठन शायद ही इसके बारे में शिकायत कर सकता था। लेकिन ऐसा इसलिए भी था, क्योंकि टेक बैक योर टाइम इन दिनों एक अत्यधिक तीखे संदेश के रूप में प्रचार करता है जो महत्त्वपूर्ण है। अधिक दिनों की छुट्टी या कम कामकाजी घंटों की इसकी मांग में कुछ भी असामान्य नहीं है; ऐसे प्रस्ताव आम होते जा रहे हैं। लेकिन उन्हें लगभग हमेशा इस आधार पर उचित ठहराया जाता है कि एक अच्छी तरह से आराम करने वाला कार्यकर्ता अधिक कार्य उत्पादक श्रमिक होता है - और यह वास्तव में एक महत्त्वपूर्ण तर्क था कि इस समूह को प्रश्न पूछने के लिए तैयार किया गया था। इसके सदस्य जानना चाहते थे कि समुद्र के किनारे छुट्टियों, या दोस्तों के साथ भोजन, या बिस्तर पर आलसी सुबह को काम पर बेहतर प्रदर्शन के संदर्भ में बचाव की आवश्यकता क्यों होनी चाहिए? जॉन डी ग्राफ़, एक उत्साही सत्तर वर्षीय फ़िल्म निर्माता और टेक बैक योर टाइम के पीछे की प्रेरक शक्ति ने गुस्से में कहा, 'आप लोगों को यह तर्क देते हुए

सुनते रहते हैं कि अधिक समय देना अर्थव्यवस्था के लिए अच्छा हो सकता है, लेकिन हमें *अर्थव्यवस्था* के संदर्भ में *जीवन* को उचित क्यों ठहराना चाहिए? इसका कोई मतलब नहीं है!' बाद में, मुझे एक प्रतिद्वंद्वी पहल, परियोजना के अस्तित्व के बारे में पता चला : टाइम ऑफ़, जिसने टेक बैक योर टाइम के विपरीत, उदार कॉर्पोरेट प्रायोजन और बेहतर उपस्थिति वाले सम्मेलनों का आनंद लिया – और यह जानकर कोई आश्चर्य नहीं हुआ कि इसका उद्देश्य अवकाश के 'व्यक्तिगत, व्यावसायिक, सामाजिक और आर्थिक लाभों' को बढ़ावा देना था। इसे यूएस ट्रैवल एसोसिएशन द्वारा भी समर्थन दिया गया था, जिसके अपने कारण हैं कि लोग अधिक छुट्टियां लेना चाहते हैं।

आनंद में गिरावट

डी ग्राफ़ ने समय को केवल यथासंभव उपयोग की जाने वाली चीज़ के रूप में मानने की एक गुप्त समस्या की ओर इशारा किया था, जो यह है कि हम अपने ख़ाली समय का भी रचनात्मक रूप से उपयोग करने के लिए दबाव का अनुभव करना शुरू कर देते हैं। अपने स्वयं के लिए फुरसत का आनंद लेना – जिसे आपने शायद फुर्सत का संपूर्ण उद्देश्य मान लिया हो – ऐसा महसूस होता है मानो यह किसी भी तरह पर्याप्त नहीं है। यदि आप अपने अवकाश के समय को अपने भविष्य में निवेश के रूप में नहीं मान रहे हैं, तो ऐसा महसूस होने लगता है जैसे कि कुछ अस्पष्ट तरीक़े से आप जीवन में असफल हो रहे हैं। कभी-कभी यह दबाव इस स्पष्ट तर्क का रूप ले लेता है कि आपको अपने ख़ाली समय को एक बेहतर कामकाजी बनने के अवसर के रूप में सोचना चाहिए ('आराम करो! आप अधिक उत्पादक बनेंगे,' *न्यू यॉर्क टाइम्स* के एक बेहद लोकप्रिय लेख की हेडलाइन में लिखा है) लेकिन उसी रवैये के एक और अधिक गुप्त रूप ने आपके मित्र को भी प्रभावित कर दिया है जो हमेशा 10K के लिए प्रशिक्षण लेता दिखता है, फिर भी जो स्पष्ट रूप से दौड़ने में असमर्थ है : उसने ख़ुद को आश्वस्त कर लिया है कि दौड़ना तभी तक सार्थक है जब तक यह भविष्य में उपलब्धि की ओर ले जाए। और इस विचार ने मुझे भी प्रभावित कर दिया, उन वर्षों के दौरान जब मैंने ध्यान कक्षाओं में भाग लिया और बमुश्किल स्पष्ट लक्ष्य

के साथ एकांतवास किया ताकि मैं एक दिन स्थायी शांति की स्थिति तक पहुंच सकूं। यहां तक कि दुनिया भर में बैकपैकिंग में बिताए गए एक साल के रूप में सुखद प्रतीत होने वाला एक उपक्रम भी उसी समस्या का शिकार हो सकता है, यदि आपका उद्देश्य दुनिया का पता लगाना नहीं है, बल्कि-एक सूक्ष्म अंतर, जोकि-आपके अनुभवों के मानसिक भंडार में जोड़ने के लिए, इस उम्मीद में कि आप बाद में महसूस करेंगे कि आपने अपने जीवन का अच्छी तरह से उपयोग किया है।

अवकाश को केवल अन्य चीज़ों के लिए इसकी उपयोगिता के संदर्भ में उचित ठहराने का ख़ेदजनक परिणाम यह है कि यह अस्पष्ट रूप से एक काम की तरह महसूस होने लगता है - दूसरे शब्दों में, उस शब्द के सबसे बुरे अर्थ में काम की तरह। यह एक नुक़सान था जिसे आलोचक वाल्टर केर ने 1962 में अपनी पुस्तक द *डिक्लाइन ऑफ़ प्लेजर* में देखा था : 'हम सभी मजबूर हैं,' केर ने लिखा, 'लाभ के लिए पढ़ना, संपर्कों के लिए पार्टी करना... दान के लिए जुआ खेलें, नगर पालिका की गरिमा के लिए शाम को बाहर जाएं, और घर के पुनर्निर्माण के लिए सप्ताहांत के लिए घर पर रहें।' आधुनिक पूंजीवाद के समर्थक यह इंगित करने का आनंद लेते हैं कि चीज़ें कैसी महसूस हो सकती हैं, इसके बावजूद हमारे पास वास्तव में पिछले दशकों की तुलना में अधिक ख़ाली समय है - पुरुषों के लिए प्रति दिन औसतन लगभग पांच घंटे, और महिलाओं के लिए थोड़ा कम। लेकिन शायद एक कारण है कि हम जीवन को इस तरह से अनुभव नहीं करते हैं और अवकाश अब बहुत सहजता से महसूस नहीं होता है। इसके बजाय, यह अक्सर हमारी कार्य-सूची में एक और काम की तरह महसूस होता है। और हमारे समय की कई परेशानियों की तरह, शोध से पता चलता है कि यह समस्या उतनी ही बदतर होती जाती है जितनी आप अमीर होते जाते हैं। अमीर लोग अक्सर काम में व्यस्त रहते हैं, लेकिन उनके पास खाली समय के किसी भी घंटे का उपयोग करने के लिए अधिक विकल्प भी होते हैं : किसी और की तरह, वे एक उपन्यास पढ़ सकते हैं या टहलने जा सकते हैं; लेकिन वे समान रूप से ओपेरा में भाग ले सकते हैं, या कोरचेवेल की स्की यात्रा की योजना बना सकते हैं। इसलिए उन्हें यह महसूस करने की अधिक संभावना होती है कि ऐसी मनोरंजन गतिविधियां हैं जिनसे उन्हें गुज़रना चाहिए लेकिन वे नहीं कर रहे हैं।

हम शायद यह समझने की उम्मीद नहीं कर सकते कि औद्योगिक क्रांति से पहले किसी भी समय रहने वाले किसी भी व्यक्ति को अवकाश के प्रति यह दृष्टिकोण कितना पूरी तरह से अलग लग रहा होगा। प्राचीन दुनिया के दार्शनिकों के लिए, अवकाश किसी अन्य लक्ष्य का साधन नहीं था; इसके विपरीत, यह वह अंत था जिसके लिए बाक़ी सब कुछ करना एक साधन था। अरस्तू ने तर्क दिया कि सच्चा अवकाश – जिससे उनका तात्पर्य आत्म-चिंतन और दार्शनिक चिंतन से था – सबसे ऊंचे गुणों में से एक था, क्योंकि यह अपने लिए चुनने लायक़ था, जबकि अन्य गुण, जैसे युद्ध में साहस का प्रदर्शन, या सरकार में नीतिगत व्यवहार, केवल इसलिए गुणी थे क्योंकि वे कुछ दूसरी ओर ले जाते थे। व्यवसाय के लिए लैटिन शब्द, *नेगोटियम*, का शाब्दिक अनुवाद 'नॉटलेज़र' है, जो इस दृष्टिकोण को दर्शाता है कि काम सर्वोच्च मानवीय आह्वान से विचलन है। स्थिति की इस समझ में, कुछ लोगों के लिए काम एक अपरिहार्य आवश्यकता हो सकती है – सबसे बढ़कर, उन दासों के लिए जिनकी मेहनत ने एथेंस और रोम के नागरिकों के अवकाश को संभव बनाया– लेकिन यह मूल रूप से अवर्णनीय था, और निश्चित रूप से जीवित रहने का मुख्य बिंदु नहीं था।

यही आवश्यक विचार बाद की सदियों की ऐतिहासिक उथल-पुथल में बरकरार रहा : अवकाश जीवन का गुरुत्वाकर्षण का केंद्र था, डिफ़ॉल्ट स्थिति जिसमें काम कभी-कभी आवश्यक रुकावट की तरह था। यहां तक कि मध्यकालीन अंग्रेज़ी किसानों का कठिन जीवन भी फुरसत से भरा हुआ था : वे एक कैलेंडर के अनुसार जीवन पद्धति का अनुसरण करते थे, जिसमें महत्त्वपूर्ण अवसरों को चिह्नित करने के लिए धार्मिक छुट्टियों और संतों के दिनों के साथ-साथ बहुदिवसीय ग्रामीण त्योहारों को शामिल किया जाता था, जिन्हें 'एल्स' के नाम से जाना जाता था जैसे विवाह और मृत्यु। (या कम महत्त्वपूर्ण, जैसे वार्षिक मेमना, वह मौसम जब भेड़ें जन्म देती हैं – नशे में धुत्त होने का कोई बहाना।) कुछ इतिहासकारों का दावा है कि सोलहवीं शताब्दी में औसत ग्रामीण-निवासी ने प्रत्येक वर्ष केवल लगभग 150 दिनों के लिए काम किया होगा, और जबकि वे आंकड़े विवादित हैं, किसी को संदेह नहीं है कि अवकाश लगभग प्रत्येक इंसान को पसंद है। किसी भी चीज़ के अलावा, हालांकि वह सारा मनोरंजन मज़ेदार हो सकता था, लेकिन यह बिलकुल वैकल्पिक नहीं था। लोगों को हर समय काम

नहीं करने के लिए मजबूत सामाजिक दबाव का सामना करना पड़ा : आप धार्मिक छुट्टियों का पालन करते थे, क्योंकि चर्च को इसकी आवश्यकता होती थी; और एक क़रीबी गांव में, अन्य उत्सवों से बचना भी आसान नहीं होता था। एक अन्य परिणाम यह था कि लोगों द्वारा काम पर बिताए जाने वाले दिनों में आराम की भावना फैल गई। डरहम के बिशप जेम्स पिल्किंगटन ने 1570 के आसपास किसी समय शिकायत की, 'मजदूर आदमी सुबह में लंबा आराम करेगा; दिन का एक अच्छा हिस्सा उसके काम पर आने से पहले बिताया जाता है। फिर उसे अपना नाश्ता करना चाहिए, भले ही उसने इसे अपने सामान्य समय पर अर्जित नहीं किया हो, अन्यथा नाराज़गी और बड़बड़ाहट होती है।'

दोपहर को उसके सोने का समय होना चाहिए, फिर दोपहर में उसे बिस्तर पर जाना चाहिए, जिसमें दिन का एक बड़ा हिस्सा व्यतीत होता है। लेकिन घड़ी-समय की मानसिकता के प्रसार से उत्प्रेरित औद्योगीकरण ने यह सब दूर कर दिया। कारख़ानों और मिलों को सैकड़ों लोगों के समन्वित श्रम की आवश्यकता होती थी, जिसका भुगतान घंटे के हिसाब से किया जाता था, और इसका परिणाम यह हुआ कि अवकाश काम से तेज़ी से अलग हो गया। स्पष्ट रूप से, श्रमिकों को एक सौदे की पेशकश की गई : आप अपने अवकाश के समय में जो चाहें कर सकते हैं, जब तक कि इससे काम का कोई नुक़सान ना हो -(इसलिए लाभ का एक उद्देश्य था जब उच्च वर्ग ने जिन (शराब) पीने के लिए निचले वर्गों के उत्साह और आदत पर भय व्यक्त किया : हैंगओवर के साथ काम पर आना, क्योंकि आपने अपना खाली समय बर्बाद कर दिया था, जोकि सौदे का उल्लंघन था।) एक संकीर्ण अर्थ में, इस नई स्थिति ने कामकाजी लोगों को पहले से अधिक स्वतंत्र बना दिया, क्योंकि उनका अवकाश पहले की तुलना में वास्तव में उनका अपना था, जब चर्च और समुदाय ने उनके द्वारा की जाने वाली लगभग हर चीज़ को निर्धारित किया था। लेकिन साथ ही, एक नया पदानुक्रम स्थापित किया गया था। अब काम को अस्तित्व का वास्तविक उद्देश्य माना जाने लगा; अवकाश मात्र एक अवसर था पुनःप्राप्ति और पुनः पूर्ति के लिए, आगे के काम के उद्देश्यों के लिए। समस्या यह थी कि औसत मिल या फ़ैक्ट्री कार्यकर्ता के लिए औद्योगिक काम इतना सार्थक नहीं था

कि उसे अस्तित्व का उद्देश्य माना जाए : वो इसे पैसे के लिए करते थे, ना कि इसमें अंतर्निहित संतोष के लिए। तो अब पूरे जीवन – काम और अवकाश समय दोनों – को भविष्य में किसी और चीज़ के लिए मूल्यवान माना जाने लगा, ना कि स्वयं के लिए।

विडंबना यह है कि संघ के नेताओं और श्रम सुधारकों, जिन्होंने अधिक समय की छुट्टी के लिए अभियान चलाया, उन्होंने अवकाश के प्रति इस सहायक दृष्टिकोण को मजबूत करने में मदद की। अंततः उन्होंने आठ घंटे के कार्य दिवस और दो दिवसीय सप्ताहांत को हासिल किया जिसके अनुसार इसे केवल शुद्ध आनंद के अलावा किसी अन्य आधार पर ही उचित ठहराया जा सकता है। उन्होंने तर्क दिया कि श्रमिक किसी भी अतिरिक्त ख़ाली समय का उपयोग शिक्षा और सांस्कृतिक गतिविधियों के माध्यम से ख़ुद को बेहतर बनाने के लिए करेंगे– दूसरे शब्दों में, वे इसका उपयोग केवल आराम करने से कुछ अधिक के लिए करेंगे। लेकिन उन्नीसवीं सदी के मैसाचुसेट्स कपड़ा श्रमिकों के बारे में कुछ हृदयविदारक है, जिन्होंने एक सर्वेक्षण शोधकर्ता को बताया कि वे वास्तव में अधिक ख़ाली समय के साथ क्या करना चाहते थे : 'चारों ओर यह देखने के लिए कि क्या हो रहा है'। वे वास्तविक अवकाश के लिए तरसते थे, ना कि एक अलग तरह की उत्पादकता के लिए। वे वही चाहते थे जिसे बाद में मनमौजी मार्क्सवादी पॉल लाफार्ग ने अपने सबसे प्रसिद्ध पैम्फ़लेट, *द राइट टु बी लेज़ी* के शीर्षक में कहा।

हमें इन सब से एक गहरा विचित्र विचार विरासत में मिला है कि अपना समय 'अच्छी तरह से' बिताने का क्या मतलब है – और इसके विपरीत, इसे बर्बाद करने के रूप में क्या मायने रखता है। समय के इस दृष्टिकोण में, कुछ भी जो भविष्य के लिए किसी प्रकार का मूल्य पैदा नहीं करता है, परिभाषा के अनुसार, केवल आलस्य है। आराम की अनुमति है, लेकिन केवल काम के लिए स्वास्थ्य लाभ के उद्देश्यों के लिए, या शायद आत्म-सुधार के किसी अन्य रूप के लिए। भविष्य के किसी भी संभावित लाभ की परवाह किए बिना, अकेले अपने लिए एक पल के आराम का आनंद लेना मुश्किल हो जाता है, क्योंकि जिस आराम का कोई साधनात्मक मूल्य नहीं है, वह बेकार लगता है।

सच तो यह है कि अपने ख़ाली समय का कम से कम कुछ हिस्सा 'बेकार' में बिताना, पूरी तरह से अनुभव के आनंद पर ध्यान केंद्रित करना, इसे बर्बाद नहीं करने का एकमात्र तरीक़ा है – भविष्य पर केंद्रित आत्म-सुधार में गुप्त रूप से संलग्न होने के बजाय वास्तव में अवकाश में रहना। आपको जो एकमात्र जीवन मिलता है उसे पूरी तरह से जीने के लिए, आपको व्यक्तिगत विकास के लिए हर ख़ाली घंटे का उपयोग करने से *बचना* होगा। इस दृष्टिकोण से, आलस्य केवल क्षमा करने योग्य नहीं है; यह व्यावहारिक रूप से एक दायित्व है। सिमोन डी बोवोइर ने लिखा, 'अगर एक बूढ़े आदमी को एक गिलास शराब पीने से मिली संतुष्टि व्यर्थ है, तो उत्पादन और धन केवल खोखले मिथक हैं;' उनका अर्थ केवल तभी होता है, जब वे व्यक्तिगत और जीवंत आनंद में पुनःप्राप्त किए जाने में सक्षम हों।

पैथोलॉजिकल उत्पादकता

और फिर भी यहां हमें आराम के बारे में शायद ही कभी स्वीकार की जाने वाली सच्चाई का सामना करना होगा, जो यह है कि हम केवल उस आर्थिक प्रणाली के शिकार नहीं हैं, जो हमें इसके लिए किसी भी अवसर से वंचित करती है। तेज़ी से बढ़ते हुए हम लोग ऐसे लोग हैं जो वास्तव में आराम नहीं करना चाहते हैं – और कार्यों को पूरा करने के हमारे प्रयासों को रोकना हमें अच्छा नहीं लगता है और हम हमेशा यही सोचकर परेशान होते रहते हैं कि हम पर्याप्त रूप से कार्य – उत्पादक नहीं हो पा रहे हैं। इसका एक अच्छा उदाहरण उपन्यासकार डेनियल स्टील का मामला है, जिन्होंने 2019 में *ग्लैमर* पत्रिका के साथ एक साक्षात्कार में इस रहस्य का खुलासा किया कि कैसे वह प्रति वर्ष सात पुस्तकों की दर से वह बहत्तर साल की उम्र तक 179 किताबें लिखने में कामयाब रहीं । लगभग पूरे समय काम करके, बीस घंटे के दिनों में, प्रति माह चौबीस घंटे की लेखन अवधि के साथ, हर साल एक सप्ताह की छुट्टी, और व्यावहारिक रूप से कोई नींद नहीं। ('मैं तब तक सो नहीं पाती जब तक कि मैं इतनी थक नहीं जाती कि मैं फ़र्श पर सो सकूं' उसने कहा। अगर मेरे पास चार घंटे हैं, तो यह मेरे लिए वास्तव में अच्छी रात है। स्टील ने अपनी 'अक्खड़' काम की आदतों के लिए व्यापक प्रशंसा प्राप्त की। लेकिन इस तरह की दैनिक दिनचर्या में, समय को उत्पादक रूप

से उपयोग करने से परहेज करने में गहरी जड़ें जमा लेने में असमर्थता और इसे एक गंभीर समस्या का प्रमाण समझना निश्चित रूप से अनुचित नहीं है। वास्तव में, स्टील स्वयं यह स्वीकार करती प्रतीत होती है कि वह कठिन भावनाओं का सामना करने से बचने के लिए उत्पादकता का उपयोग करती है। उनकी व्यक्तिगत कठिनाइयों में नशीली दवाओं के अत्यधिक सेवन के कारण एक वयस्क बेटे की मृत्यु और कम से कम पांच तलाक़ शामिल हैं – और काम, इस बारे में उन्होंने पत्रिका को बताया, 'वह जगह है जहां मैं शरण लेती हूं। बुरी चीज़ें घटित होने पर भी–मेरे निजी जीवन में लिखा गया, यह एक स्थिरांक है। यह कुछ ठोस है जिससे मैं बच सकती हूं।'

यदि स्टील पर पैथोलॉजिकल रूप से आराम करने में असमर्थ होने का आरोप लगाना अनुचित लगता है, तो मुझे स्पष्ट करना चाहिए कि बीमारी व्यापक है। मैंने भी किसी की तरह ही इसका सामना किया है; और स्टील के विपरीत, मैं यह दावा नहीं कर सकता कि मैंने रोमांटिक कथाओं के लाखों पाठकों को एक सुखद दुष्प्रभाव के रूप में ख़ुशी दी है। सामाजिक मनोवैज्ञानिक आराम करने की इस असमर्थता को 'आलस्य से घृणा' कहते हैं, जो इसे एक और मामूली व्यवहार की तरह ध्वनित करता है; लेकिन 'प्रोटेस्टेंट कार्य नैतिकता' के अपने प्रसिद्ध सिद्धांत में, जर्मन समाजशास्त्री मैक्स वेबर ने तर्क दिया कि यह आधुनिक आत्मा के मुख्य अवयवों में से एक था। वेबर के विवरण के अनुसार, यह पहली बार उत्तरी यूरोप में कैल्विनवादी ईसाइयों के बीच उभरा, जो पूर्वनियति के सिद्धांत में विश्वास करते थे–कि प्रत्येक मानव, उनके जन्म से पहले से, निर्वाचित लोगों का सदस्य होने के लिए पूर्वचयनित किया गया था, और इसलिए मृत्यु के बाद भगवान के साथ स्वर्ग में अनंत काल बिताने का हक़दार था, या फिर शापितों में से एक के रूप में, और इस तरह इसे नरक में बिताने की गारंटी दी गई। वेबर ने तर्क दिया कि प्रारंभिक पूंजीवाद को अपनी अधिकांश ऊर्जा कैल्विनवादी व्यापारियों और व्यवसायियों से मिली, जिन्होंने महसूस किया कि अथक परिश्रम दूसरों के लिए, लेकिन ख़ुद के लिए भी साबित करने के सर्वोत्तम तरीक़ों में से एक था – कि वे बाद वाले के बजाय पूर्व श्रेणी से संबंधित थे। मितव्ययी जीवन के प्रति उनकी प्रतिबद्धता ने वेबर के पूंजीवाद के सिद्धांत के दूसरे आधे हिस्से की आपूर्ति की : जब लोग अपने दिन कड़ी मेहनत के माध्यम से बड़ी मात्रा में धन उत्पन्न करने में बिताते हैं, लेकिन यह

भी महसूस करते हैं कि वे इसे विलासिता पर ना ख़र्च करने के लिए बाध्य हैं, तो इसका आवश्यक परिणाम पूंजी का बड़ा संचय है।

यह जीने का एक अनूठा दर्दनाक तरीक़ा रहा होगा। इस बात की कोई संभावना नहीं थी कि इतनी मेहनत से किसी के बचने की संभावना में सुधार हो सकता है : आख़िरकार, पूर्वनियति के सिद्धांत का पूरा विषय यह था कि कुछ भी किसी के भाग्य को प्रभावित नहीं कर सकता था। दूसरी ओर, क्या कोई व्यक्ति जो पहले से ही बचा हुआ था, स्वाभाविक रूप से पुण्यपूर्ण प्रयास और मितव्ययिता की प्रवृत्ति प्रदर्शित नहीं करेगा? इस भयावह समझ पर,आलस्य एक विशेष रूप से चिंता पैदा करने वाला अनुभव बन गया, जिससे किसी भी क़ीमत पर बचा जाना चाहिए- यह केवल एक बुराई नहीं है जिसके लिए आप अत्यधिक लिप्त हो जाएं, जैसा कि कई ईसाइयों ने लंबे समय से माना है, लेकिन यह उस भयानक सच्चाई का सबूत हो सकता है कि आप पहले से ही शापित थे।

हम ख़ुद को ख़ुश करते हैं कि हमने आज इस तरह के अंधविश्वासों को पीछे छोड़ दिया है। और फिर भी, किसी भी ऐसी चीज़ के साथ हमारी बेचैनी बनी रहती है जो बहुत अधिक समय बर्बाद करने जैसा महसूस करती है, एक ऐसी चीज़ के लिए लालसा जो शाश्वत मोक्ष से अलग नहीं है। जब तक आप दिन के हर घंटे को किसी न किसी प्रकार के प्रयास से परिपूर्ण कर रहे हैं, तब तक आपको यह विश्वास बना रहता है कि यह सारा प्रयास आपको कहीं न कहीं ले जा रहा है-पूर्णता की एक काल्पनिक भविष्य की स्थिति की ओर,एक स्वर्गीय क्षेत्र जिसमें सब कुछ सुचारू रूप से चलता है, आपका सीमित समय आपको कोई दर्द नहीं देता है, और आप इस दोषी भावना से मुक्त हैं कि आपको अपने अस्तित्व को सही ठहराने के लिए और अधिक करने की आवश्यकता है। शायद हमें बहुत आश्चर्य नहीं होना चाहिए, जब जिन गतिविधियों के साथ हम अपने अवकाश के घंटों को परिपूर्ण करते हैं, वे ना केवल काम के समान होते हैं, बल्कि कभी-कभी, जैसे कि एक सोलसाइकिल क्लास या क्रॉसफ़िट वर्कआउट के मामले में, वास्तविक शारीरिक दंड - आलस्य के दाग़ को मिटाने के लिए चिंतित दोषी पापियों की स्वयं को कोड़े मारने की प्रक्रिया, इससे पहले कि बहुत देर हो जाए।

आराम के लिए आराम करना – इसके लिए एक आलसी घंटे का आनंद लेना स्वयं के लिए – पहले इस तथ्य को स्वीकार करना शामिल है कि यही है : चूंकि आपके दिन अत्यंत ख़ुशी वाली भविष्य की पूर्ण स्थिति की ओर नहीं बढ़ रहे हैं, और इस तरह की धारणा के साथ उनसे जुड़ने का प्रयास करना व्यवस्थित रूप से हमारे चार हज़ार सप्ताहों के मूल्य को ख़त्म करना है। थॉमस वोल्फ़ लिखते हैं, 'हम अपने जीवन के सभी क्षणों का योग हैं, जो कुछ भी हमारा है वह उनमें है : हम इससे बच नहीं सकते हैं या इसे छिपा नहीं सकते हैं।' यदि हम इस ग्रह पर अपने संक्षिप्त समय के लिए उपस्थित होना चाहते हैं, और इस प्रकार उसमें कुछ आनंद प्राप्त करना चाहते हैं, तो हमारे लिए अब इसके लिए बेहतर प्रदर्शन करना बेहतर होगा।

विश्राम के नियम

आधुनिक पश्चिमी लोगों की आराम करने में असमर्थता के लिए मैं यहां धर्म पर जो भी दोष लगा रहा हूं, उसे देखते हुए, यह सुझाव देना विकृत लग सकता है कि हमें प्रतिकार के लिए भी धर्म की ओर देखना चाहिए। लेकिन वे धार्मिक समुदायों के सदस्य थे जिन्होंने पहले आराम के बारे में एक महत्त्वपूर्ण तथ्य को समझा, जो यह है कि जब आप काम से ब्रेक लेते हैं तो यह स्वाभाविक रूप से नहीं होता है। आपको यह संभावना बनाने के तरीक़ों की आवश्यकता है कि आराम वास्तव में होगा।

मेरे एक दोस्त न्यू यॉर्क के ऐतिहासिक यहूदी लोअर ईस्ट साइड पर स्थित एक इमारत के एक अपार्टमेंट में रहते हैं जो 'सब्बाथ लिफ़्ट' से सुसज्जित है : शुक्रवार की शाम और शनिवार की रात के बीच इसके अंदर क़दम रखें, और आप ख़ुद को हर मंज़िल पर रुकते हुए पाएंगे, भले ही कोई भी वहां पर चढ़ना या उतरना नहीं चाहता हो, क्योंकि इसे यहूदी निवासियों और आगंतुकों को सब्बाथ पर बिजली के स्विच चलाने के ख़िलाफ़ नियम का उल्लंघन करने से बचाने के लिए प्रोग्राम किया गया है। (वास्तव में, प्राचीन यहूदी क़ानून में निर्धारित वास्तविक निषेध, आग जलाने के ख़िलाफ़ है, लेकिन आधुनिक अधिकारी इसकी व्याख्या करते हुए विद्युत सर्किट

को पूरा करने को भी शामिल करते हैं। प्रतिबंधित गतिविधियों की अन्य अड़तीस श्रेणियों की व्याख्या स्विमिंग पूल में पानी के पंखों को फुलाने से लेकर रोल से टॉयलेट पेपर की चादरें फाड़ने तक सब कुछ गैरक़ानूनी के रूप में की गई है।) इस तरह के नियम हममें से कई लोगों को बेतुके लगते हैं। लेकिन अगर वे हैं, तो यह एक बेतुकी बात है जो मनुष्यों के बारे में समान रूप से बेतुकी वास्तविकता के अनुरूप है, जो यह है कि हमें ख़ुद को आराम करने के लिए इस तरह के दबाव की आवश्यकता है। जैसा कि लेखक जूडिथ शुलेविट्ज़ बताते हैं :

> ज़्यादातर लोग ग़लती से मानते हैं कि काम करना बंद करने के लिए आपको बस इतना करना है कि काम नहीं है। सब्बाथ के आविष्कारक समझ गए कि यह एक बहुत अधिक जटिल उपक्रम था। आप लापरवाही से और आसानी से डाउनशिफ़्ट नहीं कर सकते हैं, जिस तरह से आप एक लंबे दिन के अंत में बिस्तर पर लेट सकते हैं। जैसा कि कैट इन द हैट कहता है, 'मज़े करने में मज़ा आता है लेकिन आपको पता होना चाहिए कि कैसे।' यही कारण है कि प्यूरिटन और यहूदी सब इतने सटीक रूप से जानबूझकर किए गए थे, जिसके लिए व्यापक अग्रिम तैयारी की आवश्यकता थी -कम से कम एक साफ़-सुथरा घर, एक पूर्ण शौचालय और एक स्नानघर। आस्थावानों को यातना देने के लिए नियम मौजूद नहीं थे। वे इस अंतर्दृष्टि को संप्रेषित करने के लिए थे कि प्रयास के निरंतर दौर को बाधित करने के लिए इच्छाशक्ति के एक आश्चर्यजनक रूप से कठिन कार्य की आवश्यकता होती है, जिसे आदत के साथ-साथ सामाजिक स्वीकृति से भी बढ़ावा दिया जाना चाहिए।

एक सामुदायिक साप्ताहिक अवकाश का विचार आज पूरी तरह से पुराने ज़माने का लगता है, जो मुख्य रूप से लगभग चालीस से अधिक उम्र के लोगों की यादों में बना हुआ है – जो अभी भी याद कर सकते हैं, जब अधिकांश दुकानें प्रति सप्ताह केवल छह दिन खुली हुईं रहती थीं – और कुछ अजीब, अवशिष्ट क़ानूनों में, जैसे कि उस शहर में जहां मैं रहता

हूं, रविवार को दोपहर से पहले शराब की ख़रीद पर प्रतिबंध होता है। परिणामस्वरूप, हम यह भूलने के ख़तरे में हैं कि सब्बाथ हमेशा से एक कट्टरपंथी धारणा थी – कम से कम इसलिए कट्टरपंथी नहीं, क्योंकि इसका उद्घाटन करने वाले पूर्व दासों को यह बताने में परेशानी हो रही थी कि यह बिना किसी अपवाद के सभी पर लागू होता है। (शुलेविट्ज़ ने नोट किया कि यहूदी सब्बाथ के नियमों को निर्धारित करने वाले तोराह छंदों में, इस तथ्य का दो बार उल्लेख किया गया है कि दासों को भी आराम करने की अनुमति दी जानी चाहिए, जैसे कि यह एक विदेशी विचार था, जिसे पाठ के लेखक को पता था कि जबरन अपने यहां ले जाने की आवश्यकता होगी। और पूंजीवाद की शुरुआत के बाद से, यह दूसरे तरीक़े से कट्टरपंथी रहा है : जबकि पूंजीवाद अपनी ऊर्जा अधिक पाने की चाहत की स्थायी चिंता से प्राप्त करता है, सब्बाथ इस विचार का प्रतीक है कि शुक्रवार (या शनिवार) की रात तक आपने जो भी काम पूरा कर लिया है वह *पर्याप्त* हो सकता है – कि अभी के लिए, और अधिक करने की कोशिश करने का कोई मतलब नहीं हो सकता है। अपनी पुस्तक *सब्बाथ एज रेसिस्टेंस* में, ईसाई धर्मशास्त्री वाल्टर ब्रूगेमैन ने सब्बाथ का वर्णन प्रति सप्ताह एक दिन बिताने के निमंत्रण के रूप में किया है 'इस दावे की जागरूकता और अभ्यास में कि हम परमेश्वर के उपहारों के प्राप्त करने के अंत में स्थित हैं'। किसी को 'प्राप्त करने के अंत में' होने के उस विचार में कुछ गहरी राहत महसूस करने के लिए एक धार्मिक आस्तिक होने की आवश्यकता नहीं है – इस संभावना में कि आज, कम से कम, आपके अस्तित्व को सही ठहराने के लिए आपको और कुछ *करने* की आवश्यकता नहीं हो सकती है।

फिर भी, आज की तुलना में आवश्यक मनोवैज्ञानिक बदलाव करना निश्चित रूप से कभी भी कठिन नहीं रहा है – अपने काम में लंबे समय तक रुकना ताकि जीवन के 'अंत में' होने के साथ आने वाले समय के सुसंगत, सामंजस्यपूर्ण, किसी तरह के ठोस अनुभव में प्रवेश किया जा सके अर्थात घड़ी में महारत हासिल करने के लिए लगातार संघर्ष करने के बजाय 'गहरे समय' में क़दम रखने की भावना। सामाजिक दबावों के कारण समय निकालना अपेक्षाकृत आसान हो जाता था : जब दुकानें खुली ना हों तो आप चाहकर भी ख़रीदारी करने नहीं जा सकते थे, या जब कार्यालय में ताला लगा हो तो आप काम नहीं कर सकते थे। इसके अलावा, यदि आप

जानते हैं कि आपकी अनुपस्थिति से लोगों की भौंहें चढ़ जाएंगी, तो आपके चर्च छोड़ने या विस्तारित परिवार के साथ रविवार के दोपहर के भोजन को छोड़ने की बहुत कम संभावना होगी। हालांकि, अब सभी दबाव हमें दूसरी दिशा में धकेल रहे हैं: दुकानें पूरे दिन, हर दिन (और पूरी रात, ऑनलाइन) खुली रहती हैं। और डिजिटल प्रौद्योगिकी को धन्यवाद कि इसके कारण, घर पर काम करते रहना बहुत आसान हो गया है।

व्यक्तिगत या घरेलू नियम, जैसे स्वयं-लगाए गए 'डिजिटल सब्बाथ' का तेज़ी से लोकप्रिय विचार, कुछ हद तक शून्य को भर सकते हैं। लेकिन उनके पास सामाजिक सुदृढ़ीकरण की कमी है जो तब आता है जब हर कोई नियम का पालन कर रहा होता है, इसलिए उनका पालन करना अनिवार्य रूप से कठिन होता है - और क्योंकि वे इच्छाशक्ति पर निर्भर हैं, वे ख़ुद को 'क्षण में मौजूद' रहने के लिए मजबूर करने की कोशिश में शामिल सभी ख़तरों से ग्रस्त हैं, जैसा कि पिछले अध्याय में बताया गया है। दूसरे महत्त्वपूर्ण काम जो हम व्यक्तिगत रूप से कर सकते हैं, वास्तविक आराम के अनुभव में प्रवेश करने के लिए, बस यह उम्मीद करना बंद कर दें कि यह अच्छा महसूस होगा, कम से कम पहली बार में। दार्शनिक जॉन ग्रे लिखते हैं, 'वर्तमान युग में आलस्य से अधिक अजनबी कुछ भी नहीं है।' वह आगे कहते हैं : 'ऐसे समय में खेल कैसे हो सकता है जब किसी भी चीज़ का कोई मतलब नहीं है जब तक कि वह किसी और चीज़ की ओर ना ले जाए?' ऐसे युग में, यह लगभग गारंटी है कि वास्तव में आराम करने के लिए रुकना-10K के लिए प्रशिक्षण के विपरीत, या आध्यात्मिक ज्ञान प्राप्त करने के लक्ष्य के साथ ध्यान पर पीछे हटना - शुरू में ख़ुशी के बजाय असुविधा की कुछ गंभीर भावनाओं को उकसाने वाला है। हालांकि, यह असुविधा इस बात का संकेत नहीं है कि आपको ऐसा नहीं करना चाहिए। यह एक संकेत है कि आपको निश्चित रूप से ऐसा करना चाहिए।

अपने आप में एक अंत के रूप में लंबी पैदल यात्रा

गर्मियों के मध्य में एक बरसात की सुबह साढ़े सात बजे के बाद जब मैं अपनी कार सड़क के किनारे पार्क करता हूं, अपनी वॉटरप्रूफ़ जैकेट को ज़िप करता हूं, और उत्तरी यॉर्कशायर डेल्स के ऊंचे दलदलों की ओर

निकल पड़ता हूं। इस इलाके में एक ऐसा सौंदर्य है जो तब सबसे अधिक शक्तिशाली (आकर्षक) होता है जब आप अकेले होते हैं, और सुखद बातचीत से इस सब के नीरस नाटक से विचलित होने का कोई ख़तरा नहीं होता है। इसलिए जब मैं ऊपर की ओर बढ़ रहा हूं, एक संतोषजनक रूप से शैतानी नाम हेलगिल फ़ोर्स नाम के एक झरने के पास से गुज़र रहा हू तो मुझे अकेले रहने में ख़ुशी हो रही है। और खुले मैदान में, जहां मेरे चलने से जूतों की चरमराहट की आवाज़ से जंगली तीतर अपनी छुपने की जगहों से हवा में उड़ जाते हैं। एक मील या उससे भी अधिक दूर, किसी भी सड़क से दूर, मैं एक छोटे से अनुपयोगी एवं पत्थर से बने चर्च पर रुक जाता हूं, जिसका एक खुला दरवाज़ा है। भीतर की ख़ामोशी शांत महसूस होती है, जैसे कि यह वर्षों से भंग नहीं हुई है, हालांकि वास्तव में यहां शायद कल शाम की तरह हाल ही में कुछ पर्वतारोही आए थे। बीस मिनट बाद, मैं उसकी छत पर पहुंचकर ठंडी हवा का आनंद लेता हू जोकि मुझे हमेशा से पसंद है। मैं जानता हू कि ऐसे लोग भी हैं जो चमकदार आकाश के नीचे झाड़ियों के बीच से गुज़रते हुए भीगने के बजाय कैरेबियन समुद्र तट पर आराम करना पसंद करेंगे; लेकिन मैं यह दिखावा नहीं करूंगा कि मैं उन्हें समझता हूं।

बेशक, यह सिर्फ़ एक देहात की सैर है, शायद अवकाश गतिविधियों का सबसे सांसारिक स्वरुप – और फिर भी, अपना समय बिताने के तरीक़े के रूप में, इसमें ध्यान देने योग्य एक या दो विशेषताएं हैं। एक बात के लिए, मैं अपने जीवन में जो कुछ भी करता हू उसके विपरीत, यह पूछना प्रासंगिक नहीं है कि क्या मैं इसमें अच्छा हू : मैं जो कर रहा हू वह केवल चलना है, एक ऐसा कौशल जिसमें मैंने लगभग चार वर्ष की उम्र से कोई उल्लेखनीय सुधार नहीं किया है। इसके अलावा, कंट्री वॉक का कोई उद्देश्य नहीं होता है, उस परिणाम के अर्थ में जिसे आप प्राप्त करने की कोशिश कर रहे हैं या जहाँ आप कुछ प्राप्त करने की कोशिश कर रहे हैं। यहां तक कि सुपरमार्केट तक पैदल चलने का भी एक लक्ष्य होता है – सुपरमार्केट तक पहुंचना – जबकि पैदल यात्रा के दौरान, आप या तो एक लूप का अनुसरण करते हैं या वापस मुड़ने से पहले किसी दिए गए बिंदु तक पहुंचते हैं, इसलिए अंतिम बिंदु तक पहुंचने का सबसे प्रभावी तरीक़ा यह होगा कि पहले कभी नहीं छोड़ें।) इसके सकारात्मक दुष्प्रभाव भी हैं, जैसे शारीरिक

रूप से अधिक फ़िट होना, लेकिन आमतौर पर लोग इसीलिए लंबी पैदल यात्रा पर नहीं जाते हैं। ग्रामीण इलाक़ों में टहलना, जैसे किसी पसंदीदा गीत को सुनना या बातचीत की एक शाम के लिए दोस्तों से मिलना, इस प्रकार एक अच्छा उदाहरण है जिसे दार्शनिक किरान सेतिया 'एटेलिक गतिविधि' कहते हैं, जिसका अर्थ है कि इसका मूल्य इसके टेलोस, या अंतिम लक्ष्य से प्राप्त नहीं होता है। आपको सैर 'पूरी' करने का लक्ष्य नहीं रखना चाहिए; ना ही आपके जीवन में उस बिंदु तक पहुंचने की संभावना है, जब आप वह सभी चीज़ें पूरी कर लेंगे जो आप करना चाहते थे। सेतिया बताते हैं, 'आप इन चीज़ों को करना बंद कर सकते हैं, और आप अंततः करेंगे, लेकिन आप उन्हें *पूरा* नहीं कर सकते।' उनके पास 'ऐसा कोई परिणाम नहीं है जिसकी उपलब्धि उन्हें थका दे और इसलिए उन्हें समाप्त कर दे'। और इसलिए उन्हें करने का एकमात्र कारण केवल स्वयं के लिए है : 'अभी आप जो कर रहे हैं उसके अलावा टहलने जाने का कोई मतलब नहीं है।'

जैसा कि सेतिया अपनी पुस्तक *मिडलाइफ़* में याद करते हैं, वे चालीस वर्ष की आयु की ओर बढ़ रहे थे, जब उन्होंने पहली बार ख़ालीपन की भावना महसूस करना शुरू किया, जिसे वे बाद में एक योजना-संचालित जीवन जीने के परिणामस्वरूप समझने लगे। एटेलिक गतिविधियों से नहीं बल्कि टेलीक गतिविधियों से भरा हुआ, जिसका प्राथमिक उद्देश्य उन्हें करना और कुछ परिणामों को प्राप्त करना था। उन्होंने अकादमिक कार्यकाल के लिए अपने रास्ते को तेज़ करने के लिए दर्शन पत्रिकाओं में शोध पत्र प्रकाशित किए; उन्होंने एक मजबूत पेशेवर प्रतिष्ठा और वित्तीय सुरक्षा प्राप्त करने के लिए कार्यकाल की मांग की; उन्होंने उन लक्ष्यों को प्राप्त करने के साथ-साथ उन्हें डिग्री प्राप्त करने में मदद करने और अपना करियर शुरू करने के लिए छात्रों को पढ़ाया। दूसरे शब्दों में, वे उसी समस्या से पीड़ित थे जिसकी हम खोज कर रहे थे : जब समय के साथ आपका संबंध लगभग पूरी तरह से सहायक होता है, तो वर्तमान क्षण अपना अर्थ खोने लगता है और यह समझ में आता है कि यह भावना एक मध्य जीवन संकट के रूप में आ सकती है, क्योंकि मध्य जीवन तब होता है जब हम में से कई पहली बार सचेत हो जाते हैं कि मृत्यु आ रही है - और मृत्यु केवल भविष्य के

लिए जीने की बेतुकी बातों को नज़रअंदाज़ करना असंभव बना देती है। कुछ समय बाद तक कार्य सम्पन्नता को लगातार स्थगित करने का तर्क कहां है, जब जल्द ही आपके पास कोई 'बाद में' नहीं बचेगा?

ऐसा लगता है कि दार्शनिकों में सबसे अधिक निराशावादी, आर्थर शोपेनहावर ने इस तरह के जीवन के ख़ालीपन को मानव इच्छा के कार्य करने के तरीक़े के अपरिहार्य परिणाम के रूप में देखा है। हम अपने दिन विभिन्न उपलब्धियों को प्राप्त करने में बिताते हैं जिन्हें हम प्राप्त करना चाहते हैं; और फिर भी किसी भी उपलब्धि के लिए – आपके विश्वविद्यालय में एक स्थायी पद प्राप्त करना, कहते हैं – यह हमेशा से ऐसा मामला रहा है कि या तो आपने इसे अभी तक हासिल नहीं किया है (इसलिए आप असंतुष्ट हैं, क्योंकि आपके पास अभी तक वह नहीं है जो आप चाहते हैं) या कि आपने इसे पहले ही प्राप्त कर लिया है (इसलिए आप असंतुष्ट हैं, क्योंकि अब आपके पास ऐसा प्रयास करने के लिए कुछ नहीं है) जैसा कि शोपेनहावर ने अपनी उत्कृष्ट कृति, *द वर्ल्ड एज विल एंड आइडिया* में कहा है, इसलिए मनुष्यों के लिए 'इच्छित वस्तुओं' का होना स्वाभाविक रूप से तकलीफ़देह है – जो चीज़ें आप जीवन में करना चाहते हैं, या रखना चाहते हैं – क्योंकि अभी तक उनका नहीं होना बुरा है, लेकिन उन्हें प्राप्त करना यक़ीनन और भी बदतर है : अगर, दूसरी ओर, मानव पशु के पास इच्छित वस्तुओं की कमी है, क्योंकि यह एक बार फिर से वह उनसे बहुत आसान संतुष्टि से वंचित है, एक भयानक ख़ालीपन और ऊब उस पर आ जाती है; दूसरे शब्दों में, उसका जीवन और उसका अस्तित्व उसके लिए एक असहनीय बोझ बन जाता है। इसलिए वह दर्द और ऊब के बीच एक पेंडुलम की तरह घूमता रहता है। लेकिन एटेलिक गतिविधि की धारणा से पता चलता है कि एक विकल्प है जिसे शोपेनहावर ने अनदेखा किया होगा, जो एक अत्यधिक साधनयुक्त जीवन की समस्या के आंशिक समाधान का संकेत देता है। हम अपने दैनिक जीवन में अधिक चीज़ों को शामिल करने की कोशिश कर सकते हैं जो हम अकेले उनके लिए करते हैं – अपना कुछ समय बिताने के लिए, यानी उन गतिविधियों पर जिनमें हम उनसे केवल एक ही चीज़ प्राप्त करने की कोशिश कर रहे हैं, वह है स्वयं करना।

रॉड स्टीवर्ट, रेडिकल

एक कम फ़ैंसी शब्द है जो सेतिया द्वारा संदर्भित कई गतिविधियों को एटेलिक के रूप में संदर्भित करता है : वे शौक हैं। उस शब्द का उपयोग करने में उनकी अनिच्छा समझ में आती है, क्योंकि यह थोड़ा दयनीय संकेत देता है; हममें से बहुत से लोग यह महसूस करते हैं कि जो व्यक्ति अपने शौक में गहराई से शामिल है, उदाहरण के लिए, लघु काल्पनिक मूर्तियों को चित्रित करना, या दुर्लभ कैक्टि के संग्रह की देखभाल करना, वह वास्तविक जीवन में उतने ऊर्जावान और उत्साहित रूप से भाग नहीं लेने का दोषी है, जितना वह अन्यथा कर सकता था। फिर भी यह निश्चित रूप से कोई संयोग नहीं है कि समय का सदुपयोग करने के प्रति इतने प्रतिबद्ध युग में शौक ने इतनी लज्जाजनक प्रतिष्ठा हासिल कर ली है। साधनों के युग में, शौकीन व्यक्ति एक क्रांतिकारी की तरह होता है जो इस बात पर ज़ोर देता है कि उत्पादकता या लाभ के मामले में कोई भुगतान नहीं करने के बावजूद कुछ चीज़ें अकेले अपने लिए करने लायक़ हैं। उत्साही डाक टिकट संग्रहकर्ता या ट्रेन स्पॉटर का जो हम मज़ाक़ उड़ाते हैं, वह वास्तव में एक प्रकार का रक्षा तंत्र हो सकता है, हमें इस संभावना का सामना करने से बचाने के लिए कि वे वास्तव में इस तरह से ख़ुश हैं कि हम में से बाक़ी लोग –अपने टेली जीवन का पीछा करते हुए, लगातार भविष्य की पूर्ति की तलाश में–नहीं हैं। इससे यह समझाने में भी मदद मिलती है कि 'साइड हसल', एक शौक जैसी गतिविधि करना कम शर्मनाक (वास्तव में, सकारात्मक रूप से फ़ैशनेबल) क्यों है- यह स्पष्ट रूप से लाभ को ध्यान में रखकर किया गया है।

और इसलिए सच्ची संतुष्टि का स्रोत बनने के लिए, एक अच्छे शौक को शायद थोड़ा लज्जापूर्ण महसूस करना चाहिए; यह एक संकेत है कि आप इसे अपने लिए कर रहे हैं, ना कि किसी सामाजिक रूप से स्वीकृत परिणाम के लिए। रॉक स्टार रॉड स्टीवर्ट के लिए मेरा सम्मान कुछ साल पहले *रेलवे मॉडलर* पत्रिका को दिए गए एक साक्षात्कार के समाचार पत्र कवरेज से बढ़ गया, जब मुझे पता चला कि उन्होंने पिछले दो दशकों में 1940 के अमेरिकी शहर के विशाल और जटिल मॉडल रेलवे लेआउट पर काम किया था, जो गगनचुंबी इमारतों, विंटेज के साथ न्यू यॉर्क और शिकागो का एक काल्पनिक मिश्रण था, जिसमें उच्च इमारतें, पुरानी ऑटोमोबाइल और

गंदे फुटपाथ शामिल हैं, जिनकी गंदगी सर रॉड ने ख़ुद हाथ से पेंट की है। (वह अपने साथ दौरे पर इसका लेआउट लेकर आए, और इसे समायोजित करने के लिए एक अतिरिक्त होटल के कमरे का अनुरोध किया।) स्टीवर्ट के शौक की तुलना उद्यमी रिचर्ड ब्रैनसन की पतंगबाजी की गतिविधि से करें। इसमें कोई संदेह नहीं है कि ब्रैनसन ईमानदारी से पतंगबाजी को आनंददायक मानते हैं। लेकिन मनोरंजक गतिविधि की उनकी पसंद को एक उद्यमी के रूप में अपने ब्रांड को बढ़ाने के लिए एक सुविचारित प्रयास के रूप में व्याख्या करना मुश्किल नहीं है – जबकि स्टीवर्ट का मॉडल ट्रेन शौक चमड़े के पतलून वाले, कर्कश-आवाज़ वाले गायक के रूप में उनकी छवि के साथ इतना विपरीत है जैसे – 'डू या थिंक आई एम सेक्सी?' इस निष्कर्ष से बचना असंभव है कि वह वास्तव में प्रेमपूर्वक ऐसा करता होगा।

एक दूसरा अर्थ है जिसमें शौक उत्पादकता और प्रदर्शन की हमारी शासन संस्कृति के लिए एक चुनौती पेश करते हैं : यह ठीक है, और शायद बेहतर है, परंतु उन पर कम ध्यान देना ही ठीक होगा। स्टीवर्ट ने रेलवे मॉडलर के सामने स्वीकार किया कि वह वास्तव में मॉडल ट्रेन लेआउट बनाने में उतने अच्छे नहीं हैं। (उन्होंने बिजली के तारों को बनाने के लिए किसी और को पैसे दिए।) लेकिन यह इस बात का हिस्सा हो सकता है कि वह इसका इतना आनंद क्यों लेता है : एक ऐसी गतिविधि को आगे बढ़ाना जिसमें आपको असाधारण बनने की कोई उम्मीद नहीं है, कुछ समय के लिए, 'समय का अच्छी तरह से उपयोग करने' की चिंतित आवश्यकता को अलग रखना है। जो स्टीवर्ट के मामले में संभवतः दर्शकों को ख़ुश करने, स्टेडियमों को बेचने, दुनिया को दिखाने की आवश्यकता शामिल है कि वह अभी भी इसे हासिल कर रहा है। लंबी पैदल यात्रा के अलावा मेरा अन्य पसंदीदा शौक – मेरे इलेक्ट्रिक पियानो पर एल्टन जॉन के गाने बजाना है –यह बहुत उत्साहित और संतुष्टि प्रदान करने वाला है, कम से कम आंशिक रूप से यह ठीक है क्योंकि मेरे जैसे चिंपैंजी-स्तर के संगीतकार को पैसे या आलोचनात्मक प्रशंसा से पुरस्कृत किए जाने का कोई ख़तरा नहीं है। इसके विपरीत, लेखन कहीं अधिक तनावपूर्ण कार्य है, जिसमें पूरी तरह तल्लीन रहना कठिन है, क्योंकि मैं इस उम्मीद को नहीं मिटा सकता कि मैं इसे शानदार ढंग से पूरा कर पाऊंगा, अत्यधिक प्रशंसा या बड़ी व्यावसायिक

सफलता प्राप्त कर सकूंगा, या कम से कम इसे अपने आत्म-मूल्य की भावना को मजबूत करने के लिए पर्याप्त रूप से कर सकता हूं।

प्रकाशक और संपादक करेन रिनाल्डी सर्फ़िंग के बारे में उसी तरह महसूस करती हैं जैसे मैं घटिया पियानो रॉक के बारे में करता हूं, बल्कि उससे भी अधिक : वह अपना हर अतिरिक्त क्षण इसके लिए समर्पित करती हैं, और समुद्र तक बेहतर पहुंच के लिए कोस्टारिका में भूमि के एक भूखंड पर अपनी बचत को भी पूरा ख़र्च कर देती है और फिर भी वह सहजता से स्वीकार करती है कि वह आज भी एक ज़बरदस्त सर्फ़र बनी हुई है। (पहली बार ऐसा करने में कामयाब होने से पहले उन्हें एक लहर पर काबिज़ होने की कोशिश में पांच साल लग गए।) लेकिन 'आनंद के कुछ क्षणों को प्राप्त करने की कोशिश में', रिनाल्डी बताती हैं, 'मैं कुछ और अनुभव करती हूं : निश्चित रूप से, धैर्य और विनम्रता, लेकिन *स्वतंत्रता* भी। व्यर्थ का पीछा करने की स्वतंत्रता और बिना परवाह किए आनंद को हासिल करने की स्वतंत्रता रहस्योद्घाटन है।' परिणाम ही सब कुछ नहीं हैं। वास्तव में, ऐसा ना होना ही बेहतर है, क्योंकि परिणाम हमेशा बाद में आते हैं और बाद में हमेशा बहुत देर हो जाती है।

10.

अधीरता का चक्र

यदि आपने एक ऐसे शहर में बहुत समय बिताया है, जहां कार के हॉर्न इतनी अधिक मात्रा में बजाए जाते हैं कि उन पर कोई नियंत्रण नहीं रहता जैसे न्यू यॉर्क या मुंबई–तो आपको उस आवाज़ की विशेष चिढ़ और पीड़ा का पता चल जाएगा, और इस बात से हमें महसूस होता है कि यह केवल शांति और नीरवता में ही रुकावट नहीं है बल्कि यह एक अत्यधिक व्यर्थ व्यवधान भी है : यह शोर हॉर्न बजाने वालों की स्थिति में सुधार किए बिना बाक़ी सभी के जीवन की गुणवत्ता को कम कर देता है। ब्रुकलिन के मेरे इलाक़े में, शाम के व्यस्त समय में लगभग 4 बजे हॉर्न बजना शुरू हो जाता है और लगभग आठ बजे तक जारी रहता है; और उस समयावधि में, पूरे नगर में इनका वास्तविक और व्यावहारिक उद्देश्य पूरा करने वाले मुट्ठी भर से अधिक हॉर्न नहीं हो सकते हैं, जैसे किसी को ख़तरे के प्रति सचेत करना या किसी ड्राइवर को जगाना, जिसे लाइट (ट्रैफ़िक) बदलने का पता नहीं चला हो। अन्य सभी हॉर्न का संदेश बस यही है 'जल्दी करो!' और फिर भी हर ड्राइवर एक ही यातायात में फंस गया है, आगे बढ़ने की एक ही इच्छा के साथ, और ऐसा करने में एक ही असमर्थता; कोई भी समझदार हॉर्न बजाने वाला इस बात पर गंभीरता से विश्वास नहीं कर सकता है कि उसके हॉर्न से चीज़ों में कोई महत्त्वपूर्ण परिवर्तन होगा और आख़िरकार बात आगे बढ़ेगी। इस प्रकार निरर्थक हॉर्न इस प्रकार एक अन्य महत्त्वपूर्ण तरीक़े का लक्षण है जिसमें हम अपने समय की बात आने पर अपनी सीमाओं को स्वीकार करने के लिए तैयार नहीं हैं : यह इस तथ्य

पर क्रोध का स्वर है कि कोई भी हॉन्कर अपने आस-पास की दुनिया को उतनी तेज़ी से आगे बढ़ने के लिए प्रेरित नहीं कर सकता जितना वह चाहता है।

जब हम शेष अन्य किसी वास्तविकता के प्रति इस तरह का तानाशाही रवैया अपनाते हैं तो हमें परेशानी होती है, यह ताओवाद के प्राचीन चीनी धर्म की केंद्रीय अंतर्दृष्टि में से एक है। ताओ ते चिंग कोमलता और उपज क़ी छवियों से भरा है : बुद्धिमान व्यक्ति (पाठक को लगातार सूचित किया जा रहा है) एक पेड़ की तरह है जो हवा या अपने आस-पास बहनेवाले पानी आदि जैसी बाधाओं में टूटने की बजाय झुक जाता है। इस तरह के रूपक बताते हैं कि चीज़ें वैसी ही होती हैं जैसी वे हैं, चाहे आप कितनी भी शिद्दत से चाहें कि वे ना हों - और दुनिया पर कोई वास्तविक प्रभाव डालने की आपकी एकमात्र आशा इसके ख़िलाफ़ काम करने के बजाय उस तथ्य के साथ काम करना है। फिर भी व्यर्थ हॉर्न बजाने और आम तौर पर अधीरता की घटना से पता चलता है कि हम में से अधिकांश बहुत बुरे ताओवादी हैं। हम ऐसा महसूस करते हैं जैसे कि चीज़ों को हमारी इच्छा के अनुसार गति से आगे बढ़ाना हमारा अधिकार है, और परिणाम यह है कि हम ख़ुद को दुखी कर लेते हैं- सिर्फ़ इसलिए नहीं कि हम इतना समय निराश महसूस करने में बिताते हैं, बल्कि इसलिए कि दुनिया को तेज़ी से आगे बढ़ने के लिए उकसाना अक्सर प्रतिकूल साबित होता है।

उदाहरण के लिए, यातायात अनुसंधान ने बहुत पहले ही स्थापित कर दिया था कि अधीरतापूर्ण ड्राइविंग व्यवहार आपको धीमा कर देता है। (लाल बत्ती पर प्रतीक्षा करते हुए सामने की कार की ओर झुकने का अभ्यास, बेचैन मोटर चालकों की एक प्राचीन आदत पूरी तरह से आत्म-पराजय है, क्योंकि एक बार जब चीज़ें फिर से चलना शुरू हो जाती हैं, तो आपको अन्य की तुलना में अधिक धीरे-धीरे गति बढ़ानी होगी, ताकि आगे वाले वाहन के सबसे पिछले हिस्से से बचा जा सके।) और वास्तविकता की गति को बदलने के हमारे कई अन्य प्रयासों के लिए भी यही बात लागू होती है। बहुत जल्दबाजी में काम करने का मतलब है कि आप और ग़लतियां करेंगे, जिसे आप फिर सुधारने के लिए बाध्य होंगे; जैसे घर से बाहर निकलने के लिए जल्दबाजी करना अथवा एक बच्चे को

जल्दी-जल्दी से कपड़े पहनाना, ऐसी प्रक्रियाओं की बहुत लंबे समय तक चलने की गारंटी होती है।

एस्केप वेलोसिटी

यद्यपि वैज्ञानिक रूप से इसे स्थापित करना एक कठिन बात है, परंतु यह एक वास्तविकता है कि हम पहले की तुलना में निश्चित रूप से बहुत अधिक अधीर हैं। देरी के प्रति हमारी घटती सहनशीलता रोड रेज और राजनेताओं के साउंडबाइट की लंबाई से लेकर उनकी संख्या एवं कुछ ही सेकंड में औसत वेब उपयोगकर्ता द्वारा धीमी गति से लोड होने वाले पृष्ठ की प्रतीक्षा तक हर चीज़ अब आंकड़ों में परिलक्षित होती है। (यह गणना की गई है कि यदि अमेज़ॉन का फ्रंट पेज एक सेकंड अपेक्षाकृत रूप से धीरे-धीरे लोड होता है, तो कंपनी को वार्षिक बिक्री में 1.6 बिलियन का नुक़सान होगा।) और फिर भी पहली नज़र में, जैसा कि मैंने परिचय में उल्लेख किया है, यह बहुत अजीब लगता है। भाप इंजन से लेकर मोबाइल ब्रॉडबैंड तक लगभग हर नई तकनीक ने हमें पहले की तुलना में अधिक तेज़ी से काम करने की अनुमति दी है। तो क्या हमें अपनी पसंद की गति के क़रीब कुछ जीने की अनुमति देकर इससे हमारी अधीरता *कम* नहीं होनी चाहिए थी? फिर भी त्वरण (गति परिवर्तन) के आधुनिक युग की शुरुआत के बाद से, लोग हर समय संतुष्टि के साथ नहीं बल्कि बढ़ते आवेश के साथ प्रतिक्रिया दे रहे हैं कि वे चीज़ों को अभी भी तेज़ी से आगे नहीं बढ़ा पा रहे हैं।

हालांकि, यह एक और रहस्य है जो तब उजागर होता है जब आप इसे हमारी अंतर्निहित मानवीय सीमाओं के प्रतिरोध के रूप में समझते हैं। तकनीकी प्रगति हमारी अधीरता की भावनाओं को बढ़ा देती है, इसका कारण यह है कि प्रत्येक नई प्रगति हमें अपनी सीमाओं को पार करने के बिंदु के क़रीब लाती है। ऐसा लगता है कि यह वादा करता है कि *इस बार,* आख़िरकार, हम चीज़ों को इतनी तेज़ी से करने में सक्षम हो सकते हैं कि हम अपने सामने आने वाले समय पर पूरी तरह से नियंत्रण महसूस कर सकें। और इसलिए इस बात का स्मरण कि वास्तव में हम नियंत्रण के इस स्तर को प्राप्त *नहीं* कर सकते हैं, परिणामस्वरूप हमें अधिक अप्रिय महसूस

होने लगता है। एक बार जब आप माइक्रोवेव में अपने रात के खाने को साठ सेकंड में गर्म कर लेते हैं, तो यह वास्तव में वास्तविक रूप से महसूस होने लगने लगता है कि आप शून्य सेकंड में तुरंत ऐसा करने में सक्षम हो सकते हैं – और इस प्रकार यह और भी अधिक दुखद रूप से निराशाजनक है कि आपको अभी भी इसके बजाय एक पूरा मिनट इंतज़ार करना होगा। (आपने देखा होगा कि कार्यालय के माइक्रोवेव में अंतिम व्यक्ति द्वारा उपयोग किए जाने के समय से घड़ी में सात या आठ सेकंड अभी भी बचे हैं, यह उस क्षण का सटीक रिकॉर्ड है जिस समय अधीरता उनके लिए सहन करने के लिए बहुत अधिक हो गई थी।) दुर्भाग्य से, यदि आप व्यक्तिगत रूप से इस प्रकार की प्रतिक्रिया से बचने के लिए आंतरिक शांति जुटाने में कामयाब होते हैं, तो इससे कोई ख़ास फ़र्क़ नहीं पड़ेगा, क्योंकि आप तब भी *सामाजिक* अधीरता से पीड़ित रहेंगे- यानी, व्यापक संस्कृति की बढ़ती अपेक्षाओं से कि चीज़ें कितनी जल्दी घटित होनी चाहिए। एक बार जब अधिकांश लोग यह मान लेते हैं कि किसी व्यक्ति को एक घंटे के अंतराल में चालीस ईमेल का उत्तर देने में सक्षम होना चाहिए, तो आपकी नौकरी का जारी रहना इस बात पर निर्भर हो सकता है कि आप ऐसा करने में सक्षम हैं या नहीं, भले ही इस मामले पर आपकी भावनाएं कुछ भी हों।

पढ़ने के अनुभव के साथ जो हुआ, उससे अधिक वास्तविकता की गति को तेज़ करने की चाहत, असुविधा की इस तीव्र भावना का कोई और ज्वलंत प्रदर्शन नहीं हो सकता है। पिछले एक दशक में, अधिक से अधिक लोगों ने एक ज़बरदस्त भावना की रिपोर्ट करना शुरू कर दिया है और जिसे वास्तव में 'अधीरता' के एक रूप के रूप में सबसे अच्छी तरह से समझा जाता है, कि वे जब भी कोई किताब उठाते हैं, तो पढ़ने के कार्य में उनकी इच्छा से अधिक समय लगता है। सार्वजनिक डोमेन ऑडियोबुक सेवा लिब्रिवॉक्स के संस्थापक और (कम से कम हाल तक) साहित्यिक कथाओं के आजीवन पाठक ह्यूग मैकगायर यह कहते हुए अपना दुःख व्यक्त करते हैं कि, 'मेरे लिए शब्दों, वाक्यों, पैराग्राफ़ पर ध्यान केंद्रित करना कठिन और कठिन होता जा रहा है।' अध्यायों की तो बात ही छोड़ दीजिए। अध्यायों में अक्सर पन्ने दर पन्ने पैराग्राफ़ होते हैं। वह वर्णन करते हैं कि किताब के साथ बिस्तर पर लेटने के पूर्व सुखद अनुभव में क्या बदलाव आया है :

'एक वाक्य। दो वाक्य। शायद तीन। और फिर... मुझे *कुछ और* चाहिए था।' मुझे आकर्षित करने के लिए कुछ। मेरे मन की क्षुधा को दूर करने के लिए कुछ – बस मेरे आईफ़ोन पर ईमेल पर एक नज़र डालना; विलियम गिब्सन के एक मज़ेदार ट्वीट का जवाब लिखने और मिटाने के लिए; *न्यू यॉर्क* में एक अच्छे, वास्तव में अच्छे लेख का लिंक ढूंढने और उसका अनुसरण करने के लिए...'

लोग शिकायत करते हैं कि अब उनके पास 'पढ़ने का समय' नहीं है, लेकिन वास्तविकता, जैसा कि उपन्यासकार टिम पार्क्स ने बताया है, ऐसा कभी-कभार ही होता है कि दिन के दौरान इसके लिए वे सचमुच ख़ाली आधा घंटा नहीं निकाल पाते। उनके कहने का मतलब यह है कि जब उन्हें इस काम के लिए थोड़ा सा समय मिलता है और उसका उपयोग पढ़ने की कोशिश करने के लिए करते हैं, तो वे पाते हैं कि वे ख़ुद को इस कार्य के लिए समर्पित करने के लिए बहुत अधीर हैं। पार्क्स लिखते हैं, 'यह सिर्फ़ इतना नहीं है कि किसी को बाधित किया जाता है।' क्या ऐसा है, वास्तव में व्यक्ति व्यवधान की ओर प्रवृत्त होता है। यह इतना अधिक नहीं है कि हम बहुत व्यस्त हैं, या बहुत विचलित हैं, लेकिन हम इस सच्चाई को स्वीकार करने के लिए तैयार नहीं हैं कि पढ़ना एक ऐसी गतिविधि है जो बड़े पैमाने पर अपने स्वयं के कार्यक्रम के अनुसार संचालित होती है। इससे पहले कि अनुभव अपना अर्थ खोने लगे, आप इसमें बहुत जल्दबाजी नहीं कर सकते; आप कह सकते हैं, यह हमारे समय पर नियंत्रण रखने की हमारी इच्छा के लिए सहमति देने से इनकार करता है। दूसरे शब्दों में, वास्तविकता के कहीं अधिक पहलुओं के साथ सामान्य रूप से हम स्वीकार करने में सहज महसूस करते है कि किसी चीज़ को सही ढंग से पढ़ने में जितना समय लगता है, वह उतना ही समय लेता है।

रुकना चाहिए, रुक नहीं सकता

1990 के दशक के अंत में, कैलिफ़ोर्निया में स्टेफ़नी ब्राउन नामक एक मनोचिकित्सक ने उन ग्राहकों के बीच कुछ आश्चर्यजनक नए पैटर्न को नोटिस करना शुरू किया जो उनकी मदद लेने आए थे। ब्राउन का परामर्श

कक्ष सिलिकॉन वैली के केंद्र में मेनलो पार्क में हैं, और जैसे ही पहले डॉट-कॉम बूम ने गति पकड़ी, उसने ख़ुद को इसके शुरुआती नुक़सान का सामना करते हुए पाया : अच्छी तरह से भुगतान करने वाले, उच्च-स्थिति वाले अति-उपलब्धिकर्ता जो निरंतर गति और उत्तेजना के जीवन के इतने आदी थे कि पचास मिनट के चिकित्सा सत्र के लिए उनको बैठे रहना ऐसा प्रतीत होता था जैसे उन्हें शारीरिक कष्ट और पीड़ा हो रही हो। ब्राउन को यह पता लगाने में देर नहीं लगी कि उनकी तात्कालिकता की भावना आत्म-चिकित्सा का एक रूप थी-कुछ ऐसा जो वे कुछ और महसूस ना करने के तरीक़े के रूप में कर रहे थे। 'जैसे ही मैं धीमी होती हूं,' उसे याद है कि एक महिला ने उससे कहा था, 'इस सुझाव के जवाब में कि वह चीज़ों को थोड़ा और धीरे से लेने पर विचार कर सकती है,' चिंता की भावना अंदर से अच्छी हो जाती है, और मैं इसे दूर करने के लिए कुछ ढूंढ़ती हूं। स्मार्टफ़ोन तक पहुंचना, टु-डू सूची में वापस जाना, जिम में अण्डाकार मशीन पर ज़ोर-ज़ोर से काम करना - हाई-स्पीड जीवन के ये सभी रूप किसी प्रकार के भावनात्मक बचाव के रूप में काम कर रहे थे। जैसे-जैसे महीने बीतते गए, ब्राउन को यह अहसास हुआ कि वह स्वयं इस प्रकार के परहेज को अच्छी तरह से पहचानती है। इसके बारे में उसके अपने अनुभव उस जीवन से संबंधित थे जिसे वह बहुत पहले ही पीछे छोड़ चुकी थी। लेकिन फिर भी, संबंध स्पष्ट था : 'ये लोग बिलकुल *एक ही चीज़ के बारे में* बात कर रहे थे!' उसने मुझे बताया, उस शुरुआती अहसास का रोमांच अभी भी उसकी आवाज़ में सुनाई दे रहा था। सिलिकॉन वैली के उच्च उपलब्धि हासिल करने वालों ने ब्राउन को एक शराबी के रूप में अपने दिनों की याद दिला दी।

इस बिंदु के महत्त्व को समझने से, यह जानने में मदद मिलती है कि ब्राउन, कई पूर्व शराब पीने वालों की तरह, अल्कोहलिक्स एनोनिमस के बारह चरणों वाले दर्शन का बहुत अधिक सम्मान करती है, जो इस बात पर ज़ोर देता है कि शराब की लत मूलतः आपकी भावनाओं पर उस स्तर का नियंत्रण स्थापित करने के प्रयास का परिणाम है जिसे आप कभी प्राप्त नहीं कर सकते। भविष्य में शराबी पहले अनुभव के कुछ दर्दनाक पहलू से बचने के प्रयास में पीने के लिए बदल जाता है : ब्राउन ने बताया कि उसने सोलह

साल की उम्र में गंभीरता से शराब पीना शुरू कर दिया था, क्योंकि ऐसा लगता था कि यह उसके और उसके माता-पिता के बीच भावनात्मक दूरी की भावना को दूर करने का एकमात्र तरीक़ा है, दोनों ही आजीवन नशेड़ी रहे हैं। वह याद करती है, 'मुझे पता था कि हमारे परिवार में कम उम्र से ही कुछ गड़बड़ है, लेकिन जब मेरे पिता ने पहली बार मुझे शादी के लिए शैंपेन का गिलास दिया था? मुझे याद है कि मैं रोमांचित थी परंतु इस बात पर मैंने अपनी कोई प्रतिक्रिया नहीं दी! मानो मुझे आख़िरकार परिवार में शामिल होने का मौक़ा मिला।'

प्रथम दृष्ट्या यह रणनीति काम करती प्रतीत होती है, क्योंकि शराब पीने से अप्रिय भावनाएं अस्थायी रूप से सुन्न हो जाती हैं। हालांकि, दीर्घावधि में इसका विनाशकारी परिणाम होता है। अपने अनुभव से बचने के आपके सभी प्रयासों के बावजूद, सच्चाई यह है कि आप अभी भी वहीं हैं जहां आप हैं - अपने बेकार परिवार एवं अपमानजनक रिश्ते में फंसे हुए हैं, अवसाद से पीड़ित हैं, या बचपन के किसी आघात के परिणामों का सामना नहीं कर पा रहे हैं - और इसलिए भावनाएं जल्द ही वापस आ जाती हैं, और उन्हें सुन्न करने के लिए मजबूत पेय की आवश्यकता होती है। अब, शराबी को केवल अन्य दूसरी समस्याएं होती है जैसे शराब के माध्यम से अपनी भावनाओं को नियंत्रित करने के लिए संघर्ष करने के साथ-साथ, उसे अपने शराब पीने पर भी नियंत्रण रखने की कोशिश करनी चाहिए, ऐसा ना हो कि इससे उसका रिश्ता, उसकी नौकरी, या यहां तक कि उसका जीवन भी बर्बाद हो जाए। वह शायद काम पर और घर पर अधिक टकराव का अनुभव करना शुरू कर देगी, और अपनी स्थिति के बारे में शर्म महसूस करेगी-ये सभी आगे की कठिन भावनाओं के लिए प्रेरक हैं जो अधिक पेय से सबसे आसानी से सुन्न हो जाती हैं। यह वह दुष्चक्र है जो किसी लत के मनोवैज्ञानिक मूल का निर्माण करता है। आप जानते हैं कि आपको रुकना चाहिए, लेकिन आप रुक भी नहीं सकते, क्योंकि वही चीज़ जो आपको अब नुक़सान पहुंचा रही है - और यही शराब अब आपको अपनी नकारात्मक भावनाओं को नियंत्रित करने का एकमात्र साधन लगने लगी है, वास्तव में, आपका शराब पीना इन नकारात्मक भावनाओं को पैदा करने में मदद कर रहा है।

शायद 'गति की लत' की तुलना करना मेलोड्रामैटिक लगता है, जैसा कि ब्राउन हमारे त्वरित जीवन की आधुनिक बीमारी को शराब के रूप में गंभीर स्थिति में कहते हैं। जब वह ऐसा करती है तो कुछ लोग निश्चित रूप से नाराज़ हो जाते हैं। लेकिन उनका कहना यह नहीं है कि आवश्यक जल्दबाजी शराब की अधिकता की तरह शारीरिक रूप से विनाशकारी है। वास्तविकता यह है कि बुनियादी तंत्र समान है। जैसे-जैसे दुनिया तेज़ और तेज़ होती जा रही है, हम यह विश्वास करने लगते हैं कि हमारी ख़ुशी, या हमारा वित्तीय अस्तित्व, हमारे काम करने और चलने-फिरने और चीज़ों को अलौकिक गति से करने में सक्षम होने पर निर्भर करता है। हम जागते नहीं रहने के बारे में चिंतित हो जाते हैं - इसलिए चिंता को शांत करने के लिए, इस भावना को प्राप्त करने की कोशिश करने के लिए कि हमारा जीवन नियंत्रण में है, हम तेज़ी से आगे बढ़ते हैं। लेकिन यह केवल एक नशे की लत पैदा करता है। हम चिंता से छुटकारा पाने के लिए ख़ुद कड़ी मेहनत करते हैं, लेकिन इसका परिणाम वास्तव में और अधिक चिंता है, क्योंकि हम जितनी तेज़ी से जाते हैं, यह उतना ही स्पष्ट हो जाता है कि हम कभी भी ख़ुद को या बाक़ी दुनिया को उतनी तेज़ी से आगे बढ़ाने में सफल नहीं होंगे जितना हमें लगता है कि ऐसा होना आवश्यक है। (इस बीच, हम बहुत तेज़ी से आगे बढ़ने के अन्य प्रभावों का सामना करते हैं : ख़राब कार्य उत्पादन, ख़राब आहार, टूटे हुए रिश्ते।) फिर भी इस सारी अतिरिक्त चिंता को प्रबंधित करने के एक तरीक़े के रूप में केवल एक ही चीज़ जो संभव महसूस करती है, वह है अभी भी तेज़ी से आगे बढ़ना। आप जानते हैं कि आपको जल्दबाजी करना बंद कर देना चाहिए, फिर भी ऐसा लगता है जैसे आप नहीं कर सकते।

जीवन का यह तरीक़ा पूरी तरह से अप्रिय नहीं है : जिस तरह शराब शराबी को मदहोश कर देती है, उसी तरह तीव्र गति से जीने में एक मादक रोमांच होता है। (जैसा कि विज्ञान लेखक जेम्स ग्लीक बताते हैं, यह कोई संयोग नहीं है कि 'हड़बड़ी' शब्द का एक और अर्थ 'उत्साह की भावना' है।) लेकिन मन की शांति प्राप्त करने के एक तरीक़े के रूप में, यह असफल होने के लिए अभिशप्त है। और जबकि यदि आप ख़ुद को शराब की लत में लिप्त हुआ पाते हैं, तो आपके शुभचिंतक मित्र इसमें हस्तक्षेप करने की

कोशिश कर सकते हैं, ताकि आपको एक स्वस्थ जीवन की दिशा में ले जाने में मदद मिल सके। गति की लत सामाजिक रूप से सराहनीय मानी जाती है। आपके दोस्त 'प्रेरित' होने के लिए आपकी प्रशंसा करने की अधिक संभावना रखते हैं।

इस स्थिति की निरर्थकता–जिसमें नशेड़ी के नियंत्रण को फिर से हासिल करने के प्रयास उसे नियंत्रण से बाहर कर देते हैं – यह उस विरोधाभासी–सी लगने वाली अंतर्दृष्टि का आधार है जिसके लिए अल्कोहलिक्स एनोनिमस प्रसिद्ध हो गया है : कि जब तक आप शराब को हराने की सारी उम्मीद नहीं छोड़ देते, तब तक आप वास्तव में शराब को हराने की उम्मीद नहीं कर सकते। इस दृष्टिकोण में यह आवश्यक बदलाव आम तौर पर 'रॉक बॉटम हिटिंग' के परिणामस्वरूप होता है, जो कि एए–स्पीच है, जब चीज़ें इतनी ख़राब हो जाती हैं कि आप ख़ुद को बेवकूफ़ बनाने में सक्षम नहीं होते हैं। उस समय, शराबी के लिए अपनी सीमाओं की अप्रिय सच्चाई के सामने आत्मसमर्पण करने से बचना असंभव हो जाता है – यह देखना कि उसके पास अपनी सबसे कठिन भावनाओं को दबाने के लिए एक रणनीतिक उपकरण के रूप में शराब का उपयोग करने की क्षमता नहीं है। ('हमने स्वीकार किया,' बारह चरणों में से पहला पढ़ता है, कि 'हम शराब के कारण शक्तिहीन थे – कि हमारा जीवन असहनीय हो गया था।') तभी, असंभव को प्राप्त करने के विनाशकारी प्रयास को छोड़ने के बाद, वह उस पर काम कर सकता है जो वास्तव में संभव है : वास्तविकता का सामना करना। सबसे बढ़कर, वास्तविकता यह है कि, उनके मामले में, मध्यम पीने का कोई स्तर नहीं है जो एक कार्यशील जीवन जीने के साथ संगत है, फिर धीरे–धीरे और शांत रूप से काम करना, एक अधिक उत्पादक और परिपूर्ण जीवन जीने के लिए।

इसी तरह, ब्राउन का तर्क है, तेज़ी से नशे की लत को समाज में ख़त्म होना चाहिए। हमें इसे छोड़ना होगा। आप इस वास्तविकता के सामने आत्मसमर्पण कर देते हैं कि चीज़ों को होने में बस समय लगता है, और आप तेज़ी से काम करके अपनी चिंताओं को शांत नहीं कर सकते हैं, क्योंकि वास्तविकता की गति को उतना बढ़ाना आपकी शक्ति में नहीं है जितना आप महसूस करते हैं कि आपको इसे बढ़ने की आवश्यकता है,

और क्योंकि आप जितनी जल्दबाजी करेंगे, उतनी ही तेज़ी से आपको महसूस होगा कि आपको इसकी ज़रूरत है। यदि आप उन कल्पनाओं को टूटने दे सकते हैं, तो ब्राउन के ग्राहकों को मालूम हुआ कि कुछ अप्रत्याशित होता है, जो शराबी द्वारा नियंत्रण के लिए अपनी अवास्तविक लालसा को छोड़ने के समान है, जो कि कर्कश, डाउन-टु-अर्थ एवं वास्तविकता का सामना करने वाले अनुभव के बदले में है। मनोचिकित्सक इसे 'दूसरे क्रम का परिवर्तन' कहते हैं, जिसका अर्थ है कि यह एक प्रगतिशील सुधार नहीं है, बल्कि परिप्रेक्ष्य में परिवर्तन है जो सब कुछ फिर से तैयार करता है। जब आप अंत में इस सच्चाई का सामना करते हैं कि आप यह निर्धारित नहीं कर सकते कि चीज़ें कितनी तेज़ी से होती हैं, तो आप अपनी चिंता को दूर करने की कोशिश करना बंद कर देते हैं, और आपकी चिंता बदल जाती है। एक चुनौतीपूर्ण कार्य परियोजना में ख़ुदाई करना जिसे जल्दबाजी में नहीं किया जा सकता है, तनावपूर्ण भावनाओं के लिए एक ट्रिगर नहीं है, बल्कि पसंद का एक ब्रेसिंग कार्य है; एक कठिन उपन्यास को समय देना आनंद का स्रोत बन जाता है। ब्राउन बताते हैं, 'आप धैर्य के लिए प्रशंसा पैदा करते हैं, आगे बढ़ते हैं और अगला पैर आगे बढ़ाते हैं।' आप 'तत्काल समाधान की मांग, असुविधा और दर्द से तत्काल राहत, और जादुई सुधार' को छोड़ देते हैं। आप राहत की सांस लेते हैं, और जैसे-जैसे आप अपनी सीमाओं के बारे में स्पष्ट जागरूकता में जीवन में डुबकी लगाते हैं, आप वह हासिल करना शुरू कर देते हैं, जो सबसे कम फ़ैशनेबल लेकिन शायद महाशक्तियों का सबसे प्रमुख परिणाम बन गया है : धैर्य।

11.

बस में रहना

यह कहना उचित है कि धैर्य की एक ख़राब छवि है। एक बात तो यह है कि आपको जो कुछ भी बताया गया है, उसे करने के लिए धैर्य की आवश्यकता होगी। हालांकि यह एक परेशान करने वाली और निष्क्रिय बात है। यह वह गुण है जिसकी अपेक्षा पारंपरिक रूप से घर की पत्नियों से की जाती है, जबकि उनके पति घर के बाहर अधिक रोमांचक जीवन जीते हैं; या नस्लीय अल्पसंख्यकों पर, जिनके पूर्ण नागरिक अधिकारों के लिए कुछ और दशकों तक प्रतीक्षा करने के लिए कहा गया है। प्रतिभाशाली लेकिन एक स्वाभिमानी कर्मचारी, जो पदोन्नति के लिए 'धैर्यपूर्वक प्रतीक्षा करता है', हमें लगता है, एक लंबा समय इंतज़ार करेगा : इसके बजाय उसे अपनी उपलब्धियों का बिगुल बजाना चाहिए। ऐसे सभी मामलों में, धैर्य की क्षमता की कमी के लिए ख़ुद को मनोवैज्ञानिक रूप से समायोजित करने का एक तरीक़ा है, एक ऐसा रवैया जिसका उद्देश्य आने वाले बेहतर दिनों की सैद्धांतिक आशाओं में आपको अपनी निम्न स्थिति में ख़ुद को त्यागने में मदद करना है। लेकिन जैसे-जैसे समाज आगे बढ़ता है, कुछ न कुछ बदलता जाता है। अधिक से अधिक संदर्भों में, धैर्य *शक्ति* का एक रूप बन जाता है। जल्दबाजी के लिए तैयार दुनिया में, जल्दबाजी करने की इच्छा का विरोध करने की क्षमता-चीज़ों को जितना समय लगता है, उसे लेने का - एक तरीक़ा है दुनिया पर नियंत्रण प्राप्त करने का, उन कामों को करने का जो मायने रखते हैं, और काम करने से संतोष प्राप्त करने का और अपनी सारी कार्य पूर्ति को भविष्य के लिए टालने के बजाय स्वयं करने से संतुष्टि प्राप्त करने के लिए।

मैंने सबसे पहले यह सबक़ जेनिफ़र रॉबर्ट्स से सीखा, जो हार्वर्ड विश्वविद्यालय में कला इतिहास पढ़ाती हैं। जब आप रॉबर्ट्स के साथ कक्षा में शामिल होते हैं, तो आपका प्रारंभिक असाइनमेंट हमेशा एक जैसा होता है, और यह ऐसा है जो उसके छात्रों से डरावनी चीख़ें निकालने के लिए जाना जाता है : स्थानीय संग्रहालय में एक पेंटिंग या मूर्तिकला चुनें, फिर जाकर सीधे तीन घंटे तक इसे देखें। कोई ईमेल चेक करने या सोशल मीडिया देखने की अनुमति नहीं; स्टारबक्स जाने की अनुमति नहीं। (वह अनिच्छा से स्वीकार करती है कि टॉयलेट ब्रेक की अनुमति है।) जब मैंने एक दोस्त को बताया कि मैंने रॉबर्ट्स से मिलने और ख़ुद पेंटिंग देखने का अभ्यास करने के लिए हार्वर्ड जाने की योजना बनाई है, तो उसने मेरी ओर इस तरह देखा कि जिसमें मेरी बुद्धि के लिए भय के साथ-साथ प्रशंसा भी थी, जैसे कि मैं ने अकेले ही अमेज़ॉन नदी को एक छोटी सी नाव से पार करने के इरादे की घोषणा की हो और उसका मेरे मानसिक स्वास्थ्य के बारे में चिंता करना पूरी तरह से ग़लत नहीं था। जब मैं असाइनमेंट के दौरान हार्वर्ड आर्ट म्यूज़ियम में अपनी सीट पर कसमसाता हुआ बैठा था, तब कुछ ऐसे लंबे क्षण थे, जब मैंने स्वेच्छा से अनगिनत चीज़ें की थीं जिन्हें मैं आमतौर पर बर्दाश्त नहीं कर सकता था - कपड़ों की ख़रीदारी करना, फ़्लैट-पैक फ़र्नीचर इकट्ठा करना, ड्राइंग पिन को अपने पैर में चुभाना-सिर्फ़ इसलिए कि मैं उन्हें धैर्य रखने के बजाय जल्दबाजी में कर सकता था।

रॉबर्ट्स के लिए इस तरह की प्रतिक्रियाएं कोई आश्चर्य की बात नहीं हैं। वह तीन घंटे तक चलने वाले व्यायाम पर ज़ोर देती है, क्योंकि वह जानती है कि विशेष रूप से शीघ्रता के जीवन के आदी किसी भी व्यक्ति के लिए यह एक दर्दनाक रूप से लंबा समय है। वह चाहती है कि लोग प्रत्यक्ष रूप से अनुभव करें कि विपरीत स्थिति में अटके रहना, शीघ्रता करने में असमर्थ होना कितना अजीब कष्टप्रद होता है, और उन भावनाओं को नियंत्रित करना इतना सार्थक क्यों है। रॉबर्ट्स ने मुझे बताया कि यह विचार सबसे पहले इसलिए आया, क्योंकि उनके छात्रों को डिजिटल तकनीक से तेज़ी से आगे बढ़ने के लिए बहुत सारे बाहरी दबावों का सामना करना पड़ा- लेकिन हार्वर्ड के अति-प्रतिस्पर्धी वातावरण से भी वह महसूस करने लगी कि उसके जैसे शिक्षक के लिए केवल असाइनमेंट सौंपना और

परिणामों की प्रतीक्षा करना अपर्याप्त था। उसने महसूस किया कि यदि वह कला की मांग के अनुसार अपने छात्रों के काम करने की गति को प्रभावित करने का प्रयास नहीं करती है तो वह अपने कर्तव्यों में विफल हो जाएगी। उन्होंने कहा, 'उन्हें किसी ऐसे व्यक्ति की ज़रूरत थी जो उन्हें *किसी* भी चीज़ पर इस तरह का समय बिताने की अनुमति दे सके। किसी को तो देना ही था, क्योंकि उनके पास नियमों और बाधाओं का एक अलग सेट है जो उनके जीवन पर हावी हो रहे थे।'

कुछ कला रूप अपने दर्शकों पर एक स्पष्ट तरीक़े से अस्थायी प्रतिबंध लगाते हैं : जैसे जब आप *द मैरिज ऑफ़ फ़िगारो* का लाइव प्रदर्शन या *लॉरेंस ऑफ़ अरबिया* की स्क्रीनिंग देखते हैं, तो आपके पास काम को उसका समय ले लेने के अलावा ज़्यादा विकल्प नहीं होते हैं। लेकिन पेंटिंग सहित कला के अन्य प्रकार, बाहरी प्रतिबंधों से लाभान्वित होते हैं–क्योंकि अपने आप को यह बताना बहुत आसान है कि एक बार जब आप एक पेंटिंग को *देखने* के लिए कुछ सेकंड ले लेते हैं, तो आपने इसे वास्तव में *देखा* है। इसलिए अपने छात्रों को असाइनमेंट में जल्दबाजी करने से रोकने के लिए, रॉबर्ट्स को असाइनमेंट में 'जल्दबाजी नहीं' करनी पड़ी। उन्होंने अमेरिकी कलाकार जॉन सिंगलटन कोपले द्वारा *बॉय विद ए स्कीरल* नामक एक चित्र के साथ स्वयं भी अभ्यास किया। (इसमें एक लड़के को गिलहरी के साथ दिखाया गया है।) रॉबर्ट्स ने बाद में लिखा, 'मुझे यह नोटिस करने में नौ मिनट लगे कि बच्चे के कान का आकार गिलहरी के पेट के साथ पूरी तरह से मेल खाता है, और यह कि कोपले जानवर और मानव शरीर के बीच किसी तरह का संबंध बना रहा था ...मुझे यह समझने में 45 मिनट लग गए कि पृष्ठभूमि के पर्दे में बेतरतीब दिखने वाली सिलवटें और झुर्रियां वास्तव में लड़के के कान और आंख की एकदम सही नक़ल थीं।'

जल्दबाजी की इच्छा का विरोध करने के इस प्रयास से उत्पन्न होने वाले धैर्य के बारे में कुछ भी निष्क्रिय या त्यागपूर्ण नहीं है। इसके विपरीत, यह सतर्क उपस्थिति की एक सक्रिय, लगभग मांसपेशियों की स्थिति है–और इसके लाभ, जैसा कि हम देखेंगे, कला की प्रशंसा से परे हैं। लेकिन रिकॉर्ड के लिए, या क्या होता है जब आप *न्यू ऑरलियन्स में कॉटन मर्चेंट्स* को देखते हुए हार्वर्ड आर्ट म्यूज़ियम में एक छोटी सी फ़ोल्ड–आउट

सीट पर निरंतर तीन घंटे बिताते हैं, एडगर डेगास की एक पेंटिंग, जिसमें आपका फ़ोन, लैपटॉप और ध्यान भटकाने वाली अन्य चीज़ें आपकी पहुंच से दूर अलमारी के कमरे में रखी हुई हैं : आप पहले चालीस मिनट यह सोचते हुए बिताते हैं कि आप क्या सोच रहे थे। तुम्हें याद है – तुम कैसे भूल सकते हो? – कि तुम्हें हमेशा कला दीर्घाओं से नफ़रत रही है, ख़ासकर जिस तरह से उनकी भीड़ में फेरबदल होता है आगंतुकों की भीड़ हवा में एक प्रकार की संक्रामक सुस्ती लाती है। आप चित्रों को बदलने पर विचार करते हैं, एक ऐसे काम से जो अब आपको एक स्वयं-स्पष्ट रूप से थकाऊ विकल्प के रूप में लगता है (यह तीन लोगों को, एक कमरे में, कपास की कुछ गांठों का निरीक्षण करते हुए दिखाता है) पास के एक विकल्प के लिए, जो कई छोटी आत्माओं को नरक में प्रताड़ित करते हुए दिखाता है। लेकिन फिर आप अपने आप को यह स्वीकार करने के लिए मजबूर हो जाते हैं कि एक नई पेंटिंग चुनकर एक नई शुरुआत करना, उस अधीरता के आगे झुकना होगा जिसका आप विरोध करना सीख रहे हैं – अपने अनुभव पर नियंत्रण पाने का प्रयास ठीक उसी तरह से जिस तरह से आप बचने की कोशिश कर रहे हैं। इसलिए आप इंतज़ार करें। फिर चिड़चिड़ापन थकान का मार्ग प्रशस्त करता है। बेचैन करने वाली जलन महसूस होती है। समय धीमा और शिथिल हो जाता है। आपको आश्चर्य होता है कि क्या एक घंटा बीत गया है, लेकिन जब आप अपनी घड़ी देखते हैं, तो आप पाते हैं कि अभी तो सत्रह मिनट ही हुए हैं।

और फिर, अस्सी मिनट के आसपास, लेकिन यह ध्यान में रखे बिना कि यह कब या कैसे होता है, एक बदलाव होता है। आप अंत में इतने धीरे-धीरे गुज़रने वाले समय की असुविधा से बचने की कोशिश करना छोड़ देते हैं, और असुविधा कम हो जाती है। और देगास अपने गुप्त विवरणों को प्रकट करना शुरू कर देते हैं: सूक्ष्म व्याख्या -तीनों के चेहरों पर चौकसी और उदासी के भाव पुरुष-जिनमें से एक, आप पहली बार ठीक से नोटिस करते हैं, वह है दूसरा एक अन्यथा सफ़ेद परिवेश में एक काला व्यापारी - इसके अलावा एक अस्पष्ट छाया जिसे आपने पहले नहीं देखा था, जैसे कि एक चौथा व्यक्ति दृश्य से बाहर छिपा हुआ था; और एक जिज्ञासु प्रकाशीय भ्रम जो एक भूत की तरह पारंपरिक रूप से ठोस या पारदर्शी आकृतियों

में से एक को प्रस्तुत करता है। यह सब इस बात पर निर्भर करता है कि आपकी आंखें पेंटिंग की अन्य पंक्तियों की व्याख्या कैसे करती हैं। जल्द ही, आप अपने सभी संवेदनशील परिपूर्णता में दृश्य का अनुभव कर रहे हैं: न्यू ऑरलियन्स के उस कमरे की नमी और क्लौस्ट्रफ़ोबिया, फ़्लोरबोर्ड की चरमराहट, हवा में धूल का स्वाद।

दूसरे क्रम में बदलाव आया है : अब जब आपने अनुभव की गति को निर्धारित करने के अपने व्यर्थ प्रयासों को छोड़ दिया है, तो वास्तविक अनुभव शुरू हो सकता है। और आप समझने लगते हैं कि दार्शनिक रॉबर्ट ग्रुडिन का क्या अर्थ है जब वह धैर्य के अनुभव को 'मूर्त, लगभग खाने योग्य' के रूप में वर्णित करते हैं, जैसे कि यह चीज़ों को एक तरह से 'चबाने' देता है। यह शब्द अपर्याप्त है, लेकिन यह सबसे निकटतम है- जिसमें आप अपने दांत गड़ा सकते हैं। वास्तविकता की गति को नियंत्रित करने की कल्पना को त्यागने का आपका इनाम अंततः उस वास्तविकता को ख़रीदने की वास्तविक भावना प्राप्त करना है - *वास्तव में जीवन में फंसने का।*

देखना और इंतज़ार करना

अपनी पुस्तक द *रोड लेस ट्रैवल्ड* में, मनोचिकित्सक एम. स्कॉट पेक वास्तविकता की गति के सामने आत्मसमर्पण करने के एक परिवर्तनकारी अनुभव का वर्णन करते हैं- जो इस बात पर ज़ोर देता है कि धैर्य केवल जीने का एक अधिक शांतिपूर्ण और वर्तमान-उन्मुख तरीक़ा नहीं है, बल्कि एक ठोस रूप से उपयोगी कौशल है। पेक बताते हैं कि सैंतीस साल की उम्र तक, वह ख़ुद को एक 'यांत्रिक मूर्ख' मानते थे, जब घरेलू उपकरणों, कारों, साइकिलों और इस तरह के अन्य उपकरणों को ठीक करने की बात आती थी तो वे लगभग पूरी तरह से अयोग्य थे। फिर एक दिन उसकी मुलाक़ात एक पड़ोसी से हुई जो अपने लॉन की घास काटने की मशीन को ठीक रहा था उसने आत्मलोचनात्मक ढंग से पेक की प्रशंसा की : 'लड़के, मैं निश्चित रूप से तुम्हारी प्रशंसा करता हूं। मैं कभी भी इस प्रकार की चीज़ों को ठीक नहीं कर पाया!'

'ऐसा इसलिए है क्योंकि आप समय नहीं लेते हैं,' पड़ोसी ने उत्तर दिया - एक टिप्पणी जिसने पेक को मन ही मन में कचोट दिया और उसकी आत्मा को कुछ परेशान कर दिया, और यह बात कुछ हफ़्तों बाद फिर से सामने आई जब उसके एक चिकित्सा रोगी की कार पर हैंड ब्रेक फंस गई। इस बारे में वह लिखते हैं कि मैं क्या कर रहा हूं इसका ज़रा सा भी अंदाज़ लगाए बिना तुरंत कुछ तारों को खींच लिया होता, और फिर, जब कोई सकारात्मक परिणाम नहीं निकलता, तो मेरे हाथ खड़े हो जाते और चिल्लाते कि "यह मेरे बस की बात नहीं है!" हालांकि, समय रहते पेक को अपने पड़ोसी की चेतावनी याद आ गई :

> मैं गाड़ी की अगली सीट के नीचे फ़र्श पर लेट गया। फिर मैंने ख़ुद को सहज बनाने के लिए समय बिताया। एक बार जब मैं सहज हो गया, तो मैंने स्थिति को देखने के लिए समय निकाला ...सबसे पहले मैंने देखा कि तारों और नलियों और छड़ों की एक समझ ना आनेवाली गड़बड़ी थी, जिसका अर्थ मुझे नहीं पता था। लेकिन धीरे-धीरे, बिना किसी जल्दबाजी के, मैं ब्रेक उपकरण पर अपनी दृष्टि केंद्रित करने और उसके मार्ग का पता लगाने में सक्षम हो गया था। और फिर मेरे लिए यह स्पष्ट हो गया कि ब्रेक को छोड़ने से रोकने के लिए एक छोटी सी कुंडी थी। मैंने धीरे-धीरे इस कुंडी को समझने की कोशिश की जब तक कि मुझे यह स्पष्ट नहीं हो गया कि अगर मैं इसे अपनी अंगुली की नोक से ऊपर की ओर धकेलता हूं, तो यह आसानी से आगे बढ़ेगी और ब्रेक को छोड़ देगी। इसलिए मैंने ऐसा ही किया। एक ही गति, एक अंगुलियों से एक औंस दबाव, और समस्या हल हो गई। अब मैं एक मास्टर मैकेनिक था!

यहां पेक की अंतर्दृष्टि- यह है कि यदि आप किसी बारे में ना जानने की तकलीफ़ को सहन करने के लिए तैयार हैं, तो अक्सर कोई न कोई समाधान स्वयं ही निकल आएगा जो समस्या को हल करने में पर्याप्त रूप से सहायक होगा। यदि यह केवल लॉन घास काटने वाली मशीनों और कारों को ठीक करने के लिए सलाह का एक अंश होता तो काफ़ी मददगार होता। लेकिन

उनका बड़ा मुद्दा यह है कि यह जीवन में लगभग हर जगह लागू होता है: जैसे कोई भी रचनात्मक काम और रिश्ते की परेशानियां, राजनीति और पालन-पोषण के लिए आदि। हम वास्तविकता को अपनी गति से प्रकट होने देने के अनुभव से इतने असहज हो जाते हैं कि जब हम किसी समस्या का सामना करते हैं, तो समाधान की ओर दौड़ना बेहतर लगता है – कोई भी संकल्प, वास्तव में, जब तक हम ख़ुद को बता सकते हैं कि हम स्थिति से 'निपट रहे हैं', जिससे नियंत्रण में होने की भावना बनी रहती है। इसलिए हम अपने साथी की बात सुनने के बजाय उस पर झपट पड़ते हैं, क्योंकि प्रतीक्षा करने और सुनने से हमें ऐसा महसूस होगा जैसे कि स्थिति हमारे नियंत्रण में नहीं है। या हम कठिन रचनात्मक परियोजनाओं, या नए रोमांटिक संबंधों को छोड़ देते हैं, क्योंकि यह देखने की प्रतीक्षा करने की तुलना में कि वे कैसे आगे बढ़ सकते हैं, चीज़ों को बंद कर देने में कम अनिश्चितता है। पेक अपने पेशेवर जीवन में एक कुशल वित्तीय विश्लेषक, एक मरीज़ को याद करती है, जिसने अपने बच्चों को अनुशासित करने की चुनौती के लिए भी यही जल्दबाजी वाला दृष्टिकोण अपनाया था : 'या तो उसने पहला बदलाव किया जो कुछ ही सेकंडों में उसके दिमाग़ में आया-उन्हें अधिक नाश्ता कराना या उन्हें जल्दी सोने के लिए भेजना। इस बात की परवाह किए बिना कि क्या इस तरह के परिवर्तन का समस्या से कोई लेना-देना था, या फिर वह अपने अगले चिकित्सा सत्र में आई... निराश होकर : ''यह मेरे बस का नहीं है। मैं क्या करूं?'''

धैर्य के तीन सिद्धांत

व्यावहारिक रूप से, दैनिक जीवन में रचनात्मक शक्ति के रूप में धैर्य की शक्ति का उपयोग करने के लिए अंगूठे के तीन नियम विशेष रूप से उपयोगी हैं। *सबसे पहले समस्याओं के प्रति रुचि विकसित करना है।* हर बाधा या चुनौती से निपटने की हमारी इच्छा के पीछे, उससे 'निपटने' के प्रयास में, आमतौर पर यह अनकही कल्पना होती है कि आप एक दिन अंततः बिना किसी समस्या के होने की स्थिति में पहुंच सकते हैं। नतीजतन, हम में से अधिकांश लोग जिन समस्याओं का सामना करते हैं, उन्हें दोगुनी समस्या के रूप में मानते हैं : सबसे पहले हम जिस भी विशेष समस्या का सामना

कर रहे हैं; और दूसरा, क्योंकि हम ऐसा मानते हैं, भले ही अवचेतन रूप से, कि हमें बिलकुल भी समस्या नहीं होनी चाहिए। फिर भी हमारे जीवन में कोई भी समस्या नहीं होने की स्थिति स्पष्ट रूप से कभी नहीं आने वाली है। और अधिक महत्त्वपूर्ण बात यह है कि आप भी ऐसा होना कभी नहीं चाहेंगे, क्योंकि सभी समस्याओं से रहित जीवन में कुछ भी करने लायक़ नहीं होगा, और इसलिए यह पूरी तरह अर्थहीन होगा। क्योंकि वास्तव में 'समस्या' क्या है? सबसे सामान्य परिभाषा बस यह है कि यह कुछ ऐसा है जो आप को स्वयं से वार्तालाप करने की आवश्यकता प्रदर्शित करता है –और अगर हमारे जीवन में ऐसी कोई आवश्यकता अथवा मांग नहीं है तो फिर हमारे जीवन में किसी भी बात का कोई मतलब नहीं होगा। एक बार जब अपनी सभी समस्याओं को समाप्त करने के असंभव लक्ष्य पर आप हार मान लेते हैं, तो इस बात की प्रशंसा करना संभव हो जाता है कि जीवन एक के बाद एक समस्याओं से जुड़ने की प्रक्रिया है, एवं प्रत्येक समस्या को उतना समय देना ज़रूरी है जितना कि उसे आवश्यकता है– आपके जीवन में समस्याएं, दूसरे शब्दों में, आपके जीवन में समस्याओं की मौजूदगी एक अर्थपूर्ण अस्तित्व के लिए बाधा नहीं है, बल्कि इसका मूल तत्व है।

दूसरा सिद्धांत *कट्टर प्रगतिवाद* को अपनाना है। मनोविज्ञान के प्रोफ़ेसर रॉबर्ट बोइस ने अपना कार्यकाल इस निष्कर्ष पर पहुंचते हुए अपने साथी शिक्षाविदों की लेखन आदतों का अध्ययन करते हुए बिताया कि उनमें से सबसे अधिक रचनात्मक और सफल लोगों ने आम तौर पर लेखन को दूसरों की तुलना में अपनी दिनचर्या का एक छोटा हिस्सा बना दिया, ताकि दिन–ब–दिन इसे जारी रखना अधिक संभव हो सके। उन्होंने इस तथ्य को आत्मसात करने के लिए धैर्य विकसित किया कि वे शायद किसी भी दिन बहुत अधिक कार्य–निष्पादन नहीं करेंगे, जिसके परिणामस्वरूप उन्होंने लंबी अवधि में बहुत अधिक रचनात्मक कार्य किया। वे संक्षिप्त दैनिक सत्रों में लिखते थे। कभी–कभी दस मिनट जितना छोटा, और कभी भी चार घंटे से अधिक नहीं–और वे नैतिकता के तहत सप्ताहांत की छुट्टी भी लेते थे। जिन चिंतित पीएच.डी. छात्रों के साथ बोइस ने इस नियम को लागू करने की कोशिश की, उनमें शायद ही किसी को कभी इसे सुनने की हिम्मत थी। उनके पास समय सीमाएं थीं, उन्होंने विरोध किया, और इस तरह स्वयं

को अत्यधिक व्यस्त रखने की आदतों को बर्दाश्त नहीं कर सकते थे। उन्हें अपने शोध प्रबंधों को जल्दी और जल्दी पूरा करने की ज़रूरत थी! लेकिन बोइस के लिए, उस प्रतिक्रिया ने उनकी बात को साबित कर दिया। यह निश्चित रूप से छात्रों की अपने काम को उसकी उचित गति से अधिक तेज़ करने और उसे पूरी तरह समाप्त करने तक लगातार कार्य करने की अधीर इच्छा थी, जो उनकी प्रगति में बाधा बन रही थी। वे उस असुविधा को बर्दाश्त नहीं कर सकते थे जो रचनात्मक प्रक्रिया की गति पर अपने सीमित नियंत्रण को स्वीकार करने के लिए मजबूर होने से उत्पन्न हुई थी- और इसलिए उन्होंने इससे बचने की कोशिश की, या तो काम नहीं करके, या पूरे दिन तनावपूर्ण लेखन करते हुए, जिसके कारण बाद में विलंब हुआ, क्योंकि इसने उन्हें इस तरह के पूरे प्रयास से इसके प्रति नफ़रत पैदा की।

कट्टर प्रगतिवादी दृष्टिकोण का एक महत्त्वपूर्ण पहलू, जो कार्य उत्पादकता के बारे में मुख्यधारा की सलाह के बहुत अधिक विपरीत चलता है, इस प्रकार जब आपका दैनिक समय समाप्त हो जाता है, तब भी रुकने के लिए तैयार रहना है, तब भी जब आप ऊर्जा से भर जाते हैं और महसूस करते हैं कि आप बहुत कुछ कर सकते हैं। यदि आपने किसी परियोजना पर पचास मिनट के लिए काम करने का निर्णय लिया है, तो एक बार पचास मिनट बीत जाने के बाद, उठें और उससे दूर चले जाएं। क्यों? क्योंकि जैसा कि बोइस ने समझाया, उस बिंदु से आगे बढ़ने की इच्छा में 'काम पूरा नहीं होने, पर्याप्त परिणामजनक नहीं होने, काम के लिए फिर कभी ऐसा आदर्श समय नहीं मिलने' की अधीरता का एक बड़ा घटक शामिल होता है। रुकने से धैर्य की शक्ति को मजबूत करने में मदद मिलती है जो आपको बार-बार परियोजना पर लौटने की अनुमति देगी और इस तरह पूरे करियर में आपको अपनी कार्य उत्पादकता को बनाए रखने में मदद मिलेगी।

इसका अंतिम सिद्धांत यह है कि *मौलिकता अक्सर अमौलिकता से बहुत दूर होती है।* फ़िनिश अमेरिकी फ़ोटोग्राफ़र अर्नो मिन्किनेन ने हेलसिंकी के मुख्य बस स्टेशन के दृष्टांत के साथ धैर्य की शक्ति के बारे में इस गहरे सत्य को चित्रित किया है। वे बताते हैं कि वहां दो दर्जन प्लेटफ़ॉर्म हैं, जिनमें से प्रत्येक से कई अलग-अलग बस लाइनें निकलती हैं - और अपनी यात्रा के पहले भाग के लिए, किसी भी प्लेटफ़ॉर्म से निकलने वाली प्रत्येक बस

शहर के माध्यम से वही मार्ग लेती है जो अन्य सभी के लिए समान रूप से रुकती है। मिंककिनेन फ़ोटोग्राफ़ी के छात्रों को सलाह देते हैं कि प्रत्येक पड़ाव को अपने करियर के एक वर्ष का प्रतिनिधित्व करने के रूप में सोचें। आप एक कलात्मक दिशा चुनते हैं - शायद आप नग्नता के प्लैटिनम प्रिंटों पर काम करना शुरू कर देते हैं - और आप काम का एक पोर्टफ़ोलियो जमा करना शुरू कर देते हैं। तीन साल बाद (या बस स्टॉप), आप गर्व से इसे एक गैलरी के मालिक को प्रस्तुत करते हैं। लेकिन आपको यह बताए जाने पर निराशा होती है कि आपकी तसवीरें उतनी मूल नहीं हैं जितनी आपने सोची थीं, क्योंकि वे फ़ोटोग्राफ़र इरविंग पेन के काम के नॉक-ऑफ़ की तरह दिखती हैं; पेन की बस, यह पता चला है, उसी रास्ते पर थी जैसे आपकी थी। किसी और के रास्ते पर चलते हुए तीन साल बर्बाद करने के लिए ख़ुद पर नाराज़ होकर, आप उस बस से कूद जाते हैं, एक टैक्सी करते हैं, और वहीं लौट जाते हैं जहां से आपने बस स्टेशन पर शुरुआत की थी। इस बार, आप एक अलग बस में चढ़ते हैं, फ़ोटोग्राफ़ी की एक अलग शैली चुनते हैं जिसमें विशेषज्ञता हासिल की जा सकती है। लेकिन कुछ रुकने के बाद, वही बात होती है:आपको सूचित किया जाता है कि आपका नया कार्य भी किसी अन्य के कार्य से नक़ल किया हुआ प्रतीत होता है। आप पुनः वापस बस स्टेशन पर जाते हैं। लेकिन यह पैटर्न दोहराया जाता रहता है: आपके द्वारा उत्पादित किसी भी कार्य को कभी भी वास्तव में आपके अपने होने के रूप में मान्यता प्राप्त नहीं होती है।

इसका समाधान क्या है? 'यह सरल है,' मिंककिनेन कहते हैं। 'बस में ठहरो। *कमबख़्त बस पर ही रहो।*' शहर के माध्यम से होकर अपनी यात्रा पर थोड़ा और आगे बढ़ते रहो आगे चलकर हेलसिंकी के बस मार्ग अलग हो जाते हैं, जो उपनगरों और ग्रामीण इलाक़ों से आगे बढ़ते हुए अद्वितीय गंतव्यों की ओर जाते हैं। यहीं से विशिष्ट कार्य शुरू होता है। लेकिन यह केवल उन लोगों के लिए शुरू होता है जो शुरुआती चरण-परीक्षण-त्रुटि दूसरों की नक़ल करने, नए कौशल सीखने और अनुभव जमा करने में ख़ुद को पूरी तरह झोंक देने के लिए धैर्य जुटा सकते हैं।

इस अंतर्दृष्टि के निहितार्थ रचनात्मक कार्य तक ही सीमित नहीं हैं। जीवन के कई क्षेत्रों में, एक अनूठी दिशा में आगे बढ़ने के लिए मजबूत

सांस्कृतिक दबाव होता है – जैसे शादी करने, या बच्चे पैदा करने, या अपने गृह नगर में रहने, या कार्यालय की नौकरी करने के पारंपरिक विकल्पों को अस्वीकार करने के लिए अर्थात स्पष्ट रूप से किसी अधिक रोमांचक और मौलिक चीज़ के पक्ष में। फिर भी यदि आप हमेशा इस तरह से अपरंपरागत का पीछा करते हैं, तो आप ख़ुद को उन अन्य, विशिष्टता के समृद्ध रूपों का अनुभव करने की संभावना से इनकार करते हैं जो पहले अच्छी तरह से चलाए गए मार्ग पर यात्रा करने के लिए धैर्य रखने वालों के लिए आरक्षित हैं। जैसा कि जेनिफ़र रॉबर्ट्स के तीन घंटे के पेंटिंग-देखने के अभ्यास में, यह सब यात्रा के उस हिस्से के साथ भी संलग्न होने के लिए एवं वास्तविकता को जल्दबाजी में करने के बजाय रुकने और आप जहां हैं, वहीं रहने की इच्छा के साथ शुरू होता है। लंबे समय से विवाहित जोड़े की गहरी आपसी समझ का अनुभव करने के लिए, आपको एक व्यक्ति से विवाहित रहना होगा। यह जानने के लिए कि किसी विशेष समुदाय और स्थान में गहराई से जड़ें जमाए रहना कैसा होता है, आपको इधर-उधर घूमना बंद करना होगा। ये उस प्रकार की सार्थक और विलक्षण उपलब्धियां हैं जिनमें समय लगता है।

12.

डिजिटल खानाबदोश का अकेलापन

हमेशा यह निर्धारित करने की कोशिश करने के बजाय कि चीज़ें कैसे सामने आती हैं, धैर्य ही एकमात्र तरीक़ा नहीं है जिसमें सांसारिक बाधाओं के सामने आत्मसमर्पण करने में एक ख़ास तरह की स्वतंत्रता प्राप्त करना संभव है। दूसरी चिंता अन्य मनुष्यों की निरंतर परेशान करने वाली घटना से है - जैसा कि हमने आपने इसे देखा और महसूस किया है कि हमेशा कुछ न कुछ तत्व या कारण आपके समय को अनगिनत निराशाजनक तरीक़ों से प्रभावित कर रहे हैं। यह लगभग सभी रचनात्मक सलाह के लिए एक सामान्य सिद्धांत है कि, एक आदर्श दुनिया में, आपके समय के बारे में निर्णय लेने वाला एकमात्र व्यक्ति आप होंगेः आप अपने ख़ुद के घंटे निर्धारित करते हैं, जहां चाहें काम करते हैं, जब चाहें छुट्टियां लेते हैं, और आम तौर पर किसी के प्रति आकर्षित नहीं होते हैं। लेकिन यह तर्क दिया जा सकता है कि इस हद तक नियंत्रण एक ऐसी क़ीमत पर आता है जो अंततःकिसी भी तरह से लाभप्रद नहीं है।

जब भी मैं अपनी समय सीमा, या किसी बच्चे के अप्रत्याशित नींद के पैटर्न, या मेरी सांसारिक स्वतंत्रता पर अन्य आक्रमणों के बारे में नाराज़गी महसूस करता हूं, तो मैं क्यूबा के अमेरिकी वित्तीय सलाहकार मारियो साल्सेडो की सतर्क करने वाली कहानी को याद करने की कोशिश करता हूं, जो लगभग निश्चित रूप से क्रूज जहाजों पर बिताई गई रातों की संख्या का रिकॉर्ड रखता है। इसमें कोई संदेह नहीं है कि सुपर मारियो–जैसा कि

वह रॉयल कैरेबियन क्रूज के कर्मचारियों के लिए जाना जाता है, जिस फ़र्म के लिए महासागरों के निवासी के रूप में वह अपने दो दशकों के अधिकांश समय से वफादार रहा है, 2020 की कोरोनावायरस महामारी के साथ एकमात्र बड़ी रुकावट–अपने समय के पूर्ण नियंत्रण में है। उन्होंने एक बार फ़िल्म निर्माता लांस ओपेनहेम से *एनचैन्टमेंट ऑफ़ द सीज* में पूलसाइड पर कहा था, 'मुझे कचरा बाहर निकालने की ज़रूरत नहीं है, मुझे सफ़ाई करने की ज़रूरत नहीं है, मुझे कपड़े धोने की ज़रूरत नहीं है – मैंने उन सभी गैर–मूल्यवर्धित गतिविधियों को हटा दिया है, और बस दुनिया में मेरे लिए हर समय आनंद लेने के लिए है जो मुझे करना पसंद है।' लेकिन संभवतः यह जानकर कोई आश्चर्य नहीं होगा कि वह इतना ख़ुश नहीं लगता है। ओपेनहेम की लघु फ़िल्म, द *हैप्पीएस्ट गाइ इन द वर्ल्ड* में, साल्सेडो डेक पर घूमता है, हाथ में कॉकटेल लेकर, समुद्र की ओर देखता है, उन लोगों से मंद–मंद मुस्कराहट और गालों पर अनिच्छा से चुंबन प्राप्त करता है, जिन्हें वह अपने 'दोस्त' के रूप में उल्लेखित करता है रॉयल कैरेबियन क्रूज के कर्मचारी शिकायत करते हैं कि उन्हें अपने केबिन में टेलीविज़न पर फ़ॉक्स न्यूज़ नहीं मिल रहा है। 'मैं शायद दुनिया का सबसे ख़ुश आदमी हूं!' वह अन्य यात्रियों के समूहों को बहुत ज़ोर से बताता है; और वे मुस्कराते हैं और सिर हिलाते हैं, और विनम्रता से अभिनय करते हैं कि वे उससे ईर्ष्या करते हैं।

बेशक, यह कहना मेरा काम नहीं है कि साल्सेडो उतना ख़ुश नहीं है जितना वह दावा करता है। शायद वह है। लेकिन मुझे पता है कि अगर मैं उसकी ज़िंदगी जी लेता तो ऐसा नहीं होता। मुझे लगता है कि समस्या यह है कि उनकी जीवन शैली समय के मूल्य के बारे में ग़लतफ़हमी पर आधारित है। अर्थशास्त्र की भाषा से उधार लेने के लिए, साल्सेडो समय को एक नियमित प्रकार के 'अच्छे' के रूप में देखता है। एक संसाधन जो आपके लिए अधिक मूल्यवान है, आप उसका जितना अधिक उपयोग करेंगे। (पैसा एक उत्कृष्ट उदाहरण है : इसे कम की तुलना में अधिक नियंत्रित करना बेहतर है।) फिर भी सच्चाई यह है कि समय एक 'नेटवर्क गुड' भी है, जो इसका मूल्य इस बात से बढ़ता है कि कितने अन्य लोगों की भी इस तक पहुंच है, और उनका हिस्सा आपके साथ कितनी अच्छी तरह से समन्वित

है। टेलीफ़ोन नेटवर्क यहां स्पष्ट उदाहरण है : टेलीफ़ोन इस हद तक मूल्यवान हैं कि दूसरों के पास भी हैं। (जितने अधिक लोग फ़ोन के मालिक होंगे, आपके लिए फ़ोन का मालिक होना उतना ही अधिक फ़ायदेमंद होगा; और पैसे के विपरीत, अपने व्यक्तिगत उपयोग के लिए अधिक से अधिक फ़ोन जमा करने का कोई मतलब नहीं है।) सोशल मीडिया प्लेटफ़ॉर्म एक ही तर्क का पालन करते हैं। जो महत्त्व रखता है वह यह नहीं है कि आपके पास कितने फ़ेसबुक प्रोफ़ाइल हैं, बल्कि यह है कि दूसरों के पास भी हैं, और वे आपके साथ जुड़े हुए हैं।

पैसों की तरह, पर्याप्त समय होना अच्छा है, बाक़ी सब समान है। लेकिन दुनिया में हर समय रहने का ज़्यादा फ़ायदा नहीं है यदि आप यह सब स्वयं अनुभव करने के लिए मजबूर हैं तो इसका उपयोग करें। समय के साथ अनेक महत्त्वपूर्ण काम करने के लिए – सामाजिककरण करना, डेट पर जाना, बच्चों की परवरिश करना, व्यवसाय शुरू करना, राजनीतिक आंदोलनों का निर्माण करना, तकनीकी प्रगति करना – इसे अन्य लोगों के साथ समन्वित करना होगा। वास्तव में, बड़ी मात्रा में समय होना लेकिन इसे सहयोगात्मक रूप से उपयोग करने का कोई अवसर नहीं होना, ना केवल बेकार है बल्कि सक्रिय रूप से अप्रिय है – यही कारण है कि, पूर्व–आधुनिक लोगों के लिए, सभी दंडों में से सबसे ख़राब सामाजिक रूप से बहिष्कृत किया जाना था, इसके तहत आपको किसी दूरस्थ स्थान पर छोड़ दिया जाना था, जहां आप जनजाति की जीवनशैली के साथ नहीं जुड़ सकते थे और फिर भी अपने समय पर इतना अधिक अधिकार प्राप्त करने में, सुपर मारियो ने अपने ऊपर उसी भाग्य का एक थोड़ा हल्का संस्करण थोप दिया है।

इन और आउट ऑफ़ सिंक

हालांकि, वास्तव में परेशान करने वाला विचार यह है कि हम में से जो कभी भी साल्सेडो जैसी जीवन शैली चुनने का सपना नहीं देखते हैं, वे फिर भी उसी बुनियादी ग़लती के दोषी हो सकते हैं और वह यह है कि अपने समय को संचय करने की चीज़ के रूप में मानना, जब इसे साझा करने के

लिए कुछ के रूप में बेहतर तरीक़े से संपर्क किया जाता है, भले ही इसका मतलब यह तय करने के लिए अपनी कुछ शक्ति को समर्पित करना हो कि आप इसके साथ क्या करते हैं और कब करते हैं। मैं यह स्वीकार करता हूं कि अपने समय पर अधिक व्यक्तिगत नियंत्रण की खोज, घर से काम करने वाले लेखक बनने के लिए एक समाचार पत्र में अपनी नौकरी छोड़ने के मेरे फ़ैसले के पीछे एक प्रमुख प्रेरणा थी। और यह कई कार्यस्थल की नीतियों के पीछे अंतर्निहित तर्क है जिन्हें हम निर्विवाद रूप से अच्छा मानते हैं, जैसे कि माता-पिता के अनुकूल उदारता और ऐसी व्यवस्थाएं जो कर्मचारियों को दूर से काम करने का विकल्प देती हैं, जो महामारी के दौरान लॉकडाउन के अनुभव के बाद बहुत अधिक आम हो गईं। कार्टूनिस्ट से स्व-सहायता गुरु बने स्कॉट एडम्स व्यक्तिगत समय अधिकार के लोकाचार का सारांश देते हुए सलाह देते हैं, 'एक उदार कार्यक्रम और औसत संसाधनों वाला व्यक्ति एक अमीर व्यक्ति की तुलना में अधिक ख़ुश होगा, जिसके पास एक लचीले कार्यक्रम को छोड़कर सब कुछ है।' और इसलिए, वह आगे कहते हैं, 'खुशी की खोज में पहला क़दम अपनी योजना पर नियंत्रण रखने की दिशा में लगातार काम करना है'। इस दृष्टिकोण की सबसे उत्कृष्ट अभिव्यक्ति एक 'डिजिटल खानाबदोश' बनने का आधुनिक जीवन शैली विकल्प है-कोई ऐसा व्यक्ति जो अपने लैपटॉप के साथ दुनिया की यात्रा करने के लिए भेड़चाल से ख़ुद को मुक्त करता है, ग्वाटेमाला के समुद्र तट या थाई पर्वत की चोटी से अपना इंटरनेट व्यवसाय संचालित करता है, जैसा कि उसकी कल्पना उसे निर्देशित करती है।

लेकिन 'डिजिटल खानाबदोश' एक ग़लत नाम है - और एक शिक्षाप्रद भी। पारंपरिक खानाबदोश केवल अकेले भटकने वाले नहीं होते हैं या जिनके पास केवल लैपटॉप की कमी होती है; बल्कि वे पूरी तरह से समूह - केंद्रित लोग हैं, जिनके पास स्थायी रूप से बसे हुए जनजातियों के सदस्यों की तुलना में कम व्यक्तिगत स्वतंत्रता है, क्योंकि उनका अस्तित्व उनके सफलतापूर्वक एक साथ काम करने पर निर्भर करता है और अपनी निजी बातचीत के क्षणों में डिजिटल खानाबदोश स्वीकार करते हैं कि उनकी जीवन शैली के साथ मुख्य समस्या तीव्र एकाकीपन की है। 'पिछले साल, मैंने 17 देशों की यात्रा की; इस साल, मैं 10 देशों की यात्रा करूंगा',

अमेरिकी लेखक मार्क मैनसन ने लिखा, जब वह ख़ुद एक खानाबदोश थे। 'पिछले साल, मैंने तीन महीने की अवधि में ताजमहल, चीन की महान दीवार और माचूपिचू को देखा ...लेकिन यह सब मैंने अकेले ही किया।' एक साथी यात्री, जैसा कि मैन्सन ने उल्लेख किया, 'जापान के एक छोटे से उपनगर में पार्क में परिवारों को एक साथ साइकिल चलाते हुए देखकर आंसू बहाने लगा', जब उसे यह अहसास हुआ कि उसकी तथाकथित स्वतंत्रता – अपनी मर्ज़ी से जब चाहे जो कुछ भी करने की उसकी स्वतंत्र क्षमता – ने उसे ऐसी साधारण ख़ुशियों से वंचित कर दिया है।

स्पष्ट रूप से, मुद्दा यह नहीं है कि फ्रीलांसिंग या दीर्घकालिक यात्रा-परिवार के अनुकूल कार्यस्थल नीतियों की तो बात ही छोड़िए-सामान्य रूप से बुरी चीज़ें हैं। बस इतना अवश्य है कि इसका एक आवश्यक विपरीत पक्ष है; व्यक्तिगत सांसारिक स्वतंत्रता में प्रत्येक लाभ में इस बात का नुक़सान होता है कि अन्य लोगों के साथ अपने समय का समन्वय करना कितना आसान है। डिजिटल खानाबदोश की जीवनशैली में गहरे रिश्तों की जड़ें जमाने के लिए आवश्यक साझा तालमेल का अभाव होता है। इसी तरह, हममें से बाक़ी लोगों के लिए, यह चुनने की अधिक स्वतंत्रता कि आप कब और कहां काम करते हैं, आपकी नौकरी के माध्यम से संबंध बनाना कठिन बना देती है, साथ ही इस बात की संभावना कम हो जाती है कि जब आपके दोस्त हों तो आप मेलजोल करने के लिए स्वतंत्र होंगे।

2013 में, स्वीडन के उप्साला के एक शोधकर्ता टेरी हार्टिग ने कई सहयोगियों के साथ, स्वीडनवासियों की छुट्टियों के पैटर्न की तुलना फ़ार्मासिस्टों द्वारा अवसादरोधी दवाओं के वितरण की दर के आंकड़ों से करने की अद्वितीय सोच के साथ, तालमेल और जीवन संतोष के बीच संबंध को सुरुचिपूर्ण ढंग से सिद्ध किया। उनके दो केंद्रीय निष्कर्षों में से एक उल्लेखनीय था : जब स्वीडिश लोग काम से छुट्टी लेते हैं, तो वे अधिक ख़ुश होते हैं (जैसा कि औसतन उन्हें अवसादरोधी दवाओं की आवश्यकता कम होने से मापा जाता है)। लेकिन दूसरी बात रहस्योद्घाटन करने वाली थी : हार्टिग ने प्रदर्शित किया कि किसी भी समय स्वीडन की कितनी आबादी छुट्टी पर थी, इसके अनुपात में एंटीडिप्रेसेंट का उपयोग काफ़ी हद तक कम हो गया। या इसे दूसरे शब्दों में थोड़ा अलग तरीक़े से कहा जाए, तो जितने

अधिक स्वीडिश एक साथ काम से दूर थे, उतने ही अधिक वो ख़ुश थे। उन्होंने ना केवल छुट्टियों के समय से, बल्कि अन्य लोगों के समान छुट्टियों के समय से मनोवैज्ञानिक लाभ प्राप्त किए। जब कई लोग एक साथ छुट्टी पर थे, तो ऐसा लगा जैसे कि पूरे देश में विश्राम का एक अमूर्त, अलौकिक बादल सा बस गया हो।

सिवाय इसके कि जब आप इसके बारे में सोचते हैं, तो यह बिलकुल ग़ैर सांसारिक समझ में आता है। जब परिवार और दोस्त काम पर नहीं होते हैं तो उनके साथ संबंध बनाए रखना बहुत आसान होता है। इस बीच, यदि आप निश्चिंत हो सकते हैं कि जब आप आराम करने की कोशिश कर रहे हैं और पूरा कार्यालय सुनसान है, तो आप उन सभी अधूरे कार्यों के बारे में सोचने की चिंता से बच जाएंगे जो आपके दिमाग़ में हमेशा बनी रहती है। जैसे आपके इनबॉक्स में भरने वाले ईमेल, या आपकी नौकरी हथियाने के लिए साजिश रचने वाले सहयोगियों की कोशिशें आदि। फिर भी, इस बात में कुछ न कुछ डरावना ज़रूर था कि कैसे समकालिक छुट्टियों के लाभकारी प्रभाव पूरे देश में व्यापक रूप से फैल गए... हार्टिग ने दिखाया कि सेवानिवृत्त लोग भी, छुट्टी लेने के लिए नौकरी नहीं होने के बावजूद, अधिक ख़ुश थे, जबकि स्वीडिश कार्यबल छुट्टी पर था। उस खोज ने अन्य शोधों को भी प्रेरित किया जिनके निष्कर्षों ने प्रदर्शित किया कि लंबे समय तक बेरोज़गारी में रहने वाले लोगों को सप्ताहांत आने पर ख़ुशी मिलती है, जैसे नौकरीपेशा लोग एक व्यस्त कार्य सप्ताह के बाद आराम करते हैं, हालांकि उनके पास पहले स्थान पर कार्य सप्ताह नहीं होता है। इसका कारण यह है कि सप्ताहांत को मज़ेदार बनाने का एक हिस्सा उन लोगों के साथ समय बिताना है जो काम से दूर हैं – साथ ही, बेरोज़गारों के लिए, सप्ताहांत लज्जा की भावनाओं से राहत प्रदान करता है कि उन्हें काम करना चाहिए जबकि वे काम नहीं कर रहे हैं।

हार्टिग अपने परिणामों के विवादास्पद निष्कर्षों से विचलित नहीं हुए। उस विषय में उनका सुझाव यह है कि लोगों को अपनी योजना के कार्यक्रम पर अधिक व्यक्तिगत नियंत्रण की आवश्यकता नहीं है, बल्कि जिसे वे 'समय का सामाजिक विनियमन' कहते हैं, वह है : विशेष तरीक़ों से अपने समय का उपयोग करने के लिए अधिक बाहरी दबाव। इसका मतलब है

कि समुदाय के अनुकूल होने की अधिक इच्छा; पिछले दशकों के सब्बाथ की तरह अधिक परंपराएं या *ग्रैंडस छुट्टियों* की फ्रांसीसी घटना, जहां प्रत्येक गर्मियों में लगभग सब कुछ कई हफ़्तों के लिए रुक जाता है। शायद इसका मतलब यह भी है कि लोग कब काम कर सकते हैं और कब नहीं कर सकते हैं, इसे विनियमित करने के लिए अधिक क़ानून, जैसे रविवार के खुलने के घंटों की सीमा या हाल ही में यूरोपीय क़ानून जो कुछ नियोक्ताओं को काम के लिए निर्धारित घंटे समाप्त होने के बाद काम से संबंधित ईमेल बाहर भेजने पर प्रतिबंध लगाता है।

कुछ साल पहले स्वीडन की एक कार्य यात्रा पर, मैंने *फ़िका* के रूप में उसी विचार के एक सूक्ष्म-स्तरीय संस्करण का अनुभव किया, वह दैनिक समय जब किसी दिए गए कार्यस्थल पर हर कोई कॉफ़ी और केक के लिए इकट्ठा होने के लिए अपने डेस्क से उठ जाता है। यह आयोजन एक अच्छी उपस्थित वाले कॉफ़ी ब्रेक जैसा दिखता है, सिवाय इसके कि स्वीडिश लोग हल्के से नाराज़ होने के लिए उत्तरदायी हैं – जो एक गैर-स्वीडिश के गंभीर रूप से नाराज होने के बराबर है। यदि आप सुझाव देते हैं तो बस इतना ही। क्योंकि *फ़िका* में कुछ अमूर्त लेकिन महत्त्वपूर्ण होता है। सामान्य विभाजन अलग हो जाते हैं; लोग उम्र, या वर्ग, या कार्यालय के भीतर स्थिति की परवाह किए बिना मिलते हैं, काम से संबंधित और गैर-काम दोनों मामलों पर चर्चा करते हैं : लगभग आधे घंटे के लिए, पदानुक्रम और नौकरशाही पर संचार और सौहार्द को प्राथमिकता दी जाती है। एक वरिष्ठ प्रबंधक ने मुझे बताया कि यह जानने का अब तक का सबसे प्रभावी तरीक़ा था कि वास्तव में उनकी कंपनी में क्या चल रहा था। फिर भी यह तरीक़ा केवल इसलिए काम करता है, क्योंकि इसमें शामिल लोग अपने पद एवं गरिमा के अहंकार को कुछ कम करके सादगी से एकदूसरे से मिलते हैं। यदि आप ज़िद करते हैं तो कॉफ़ी पीने के लिए इसके बजाय कोई दूसरा समय चुन सकते हैं, लेकिन इस बात को लेकर निश्चित रूप से अन्य लोग आपसे नाराज़ हो सकते हैं।

यह समझने का दूसरा तरीक़ा है कि सामुदायिक समय में परिवर्तन से हमें कितना लाभ होता है – चाहे हमें इसका अहसास हो या ना हो – यह देखना है कि जब लोगों को ऐसा करने से जबरन रोका जाता है तो क्या

होता है। इतिहासकार क्लाइव फ़ॉस ने उस दुःस्वप्न का वर्णन किया है जो तब घटित हुआ जब सोवियत संघ का नेतृत्व, राष्ट्र को एक अत्यंत कुशल मशीन में बदलने की इच्छा से प्रेरित होकर, समय को फिर से तैयार करने के लिए निकल पड़ा। सोवियत लंबे समय से दक्षता विशेषज्ञ फ्रेडरिक विंसलो टेलर के काम से प्रेरित थे, जिनके 'वैज्ञानिक प्रबंधन' के दर्शन का उद्देश्य अमेरिकी कारख़ाने के श्रमिकों से अधिकतम संभव उत्पादन को हासिल करना था। इस योजना के क्रियान्वयन के लिए जोसेफ़ स्टालिन के मुख्य अर्थशास्त्री, यूरी लारिन ने सोवियत कारख़ानों को बिना किसी रुकावट के साल के हर दिन चालू रखने की एक हास्यास्पद महत्त्वाकांक्षी योजना बनाई। इसके लिए, उन्होंने अगस्त 1929 में घोषणा की, अब एक सप्ताह सात नहीं बल्कि पांच दिन का होगा : चार दिन का काम, उसके बाद एक दिन का आराम। हालांकि, महत्त्वपूर्ण रूप से, विचार यह था कि सभी श्रमिक एक ही कैलेंडर का पालन नहीं करेंगे। इसके बजाय, उन्हें पांच समूहों में विभाजित किया जाएगा, जिन्हें एक रंग द्वारा पहचाना जाएगा-पीला, हरा, नारंगी, बैंगनी, लाल-जिनमें से प्रत्येक को एक अलग चार-दिवसीय कार्य सप्ताह और एक-दिवसीय सप्ताहांत सौंपा जाएगा, ताकि संचालन को कभी भी बंद नहीं करना पड़े, यहां तक कि एक दिन के लिए भी। इस बीच, सोवियत अधिकारियों ने तर्क दिया कि इस व्यवस्था से सर्वहारा वर्ग के लिए भी कई लाभ होंगे : अधिक लगातार छुट्टी, साथ ही ग्राहकों के स्थिर प्रवाह के कारण सांस्कृतिक संस्थानों और सुपरमार्केट में भीड़ कम होगी।

लेकिन सोवियत संघ के आम नागरिकों के लिए इसका मुख्य प्रभाव, जैसा कि लेखक जूडिथ शुलेविट्ज़ ने समझाया है, सामाजिक जीवन की संभावना को नष्ट करना था। यह समय-निर्धारण का एक सरल प्रश्न था। दो अलग-अलग कैलेंडर समूहों में वर्गीकृत किये गए दो दोस्त कभी भी एक ही दिन मेलजोल करने के लिए स्वतंत्र नहीं होंगे। पतियों और पत्नियों को एक ही समूह में नियुक्त किया जाना था, लेकिन प्रायः ऐसा नहीं हो पाता था, जिससे परिवारों पर इसका गहरा असर पड़ता था; और इसी कारण की वजह से, रविवार की धार्मिक सभाएं भी बाधित हुईं - जिनमें से किसी ने भी मास्को के दृष्टिकोण से कोई समस्या पैदा नहीं की, क्योंकि यह परिवार और चर्च के प्रतिद्वंद्वी शक्ति केंद्रों को कमज़ोर करने के लिए साम्यवाद के मिशन का हिस्सा था। (ई.जी. रिचर्ड्स, एक इतिहासकार जिन्होंने इस

प्रयोग का वर्णन किया, ने कहा कि 'लेनिन की विधवा, एक श्रेष्ठ मार्क्सवादी तरीक़े से, रविवार के पारिवारिक मिलन समारोह के दिन को समाप्त करने के लिए एक अच्छा पर्याप्त कारण मानती थी'।) जैसे कि एक कर्मचारी ने साहसपूर्वक सरकारी समाचार पत्र *प्रावदा* से शिकायत की : 'अगर पत्नी कारख़ाने में है, बच्चे स्कूल में हैं, और कोई भी हमें मिलने नहीं आ सकता है तो हम घर पर क्या करें? सार्वजनिक स्थान पर स्थित चाय की दुकान में जाने के अलावा और क्या शेष बचा है? वह किस तरह का जीवन है, जब छुट्टियां पाली में आती हैं, तो वे सभी श्रमिकों के लिए एक साथ नहीं होती हैं? अगर आपको इसे अकेले मनाना है तो यह कोई छुट्टी नहीं है।' पुनर्गठित कार्य सप्ताह 1940 तक किसी न किसी रूप में बना रहा, जब तक कि इसे मशीनरी के रखरखाव के कारण होने वाली समस्याओं के कारण छोड़ नहीं दिया गया। लेकिन इससे पहले सोवियत सरकार ने अनजाने में यह साबित कर दिया था कि समय का मूल्य आपके पास उसकी मौजूद मात्रा से नहीं आता है, बल्कि इस बात से आता है कि क्या आप उन लोगों के साथ तालमेल बिठा पाते हैं जिनकी आप सबसे अधिक परवाह करते हैं।

समय में एक साथ रहना

इसका एक और आशय यह है कि जब आप दूसरों के साथ अच्छी तरह से तालमेल बिठा लेते हैं, तब समय अधिक वास्तविक लगता है एवं यह अधिक तीव्र, अधिक जीवंत, एवं अर्थ से अधिक भरा हुआ लगता है –1941 में, विलियम मैकनील नाम के एक युवा अमेरिकी को संयुक्त राज्य अमेरिका की सेना में शामिल किया गया और टेक्सास स्क्रबलैंड के धूल भरे क्षेत्र में एक शिविर में बुनियादी प्रशिक्षण के लिए भेजा गया। सामान्य तौर पर, उनका काम विमान-रोधी बंदूकें चलाना सीखना था, लेकिन चूंकि हज़ारों प्रशिक्षुओं के बीच शिविर में ऐसी केवल एक बंदूक थी, और चूंकि वह बंदूक भी पूरी तरह से काम नहीं कर रही थी, इसलिए प्रभारी अधिकारियों ने ख़ाली समय में पारंपरिक सैन्य मार्च ड्रिल करवाना प्रारंभ कर दिया। इसके बावजूद, जैसा कि मैकनील जैसे नौसिखिया भी समझते थे, इस तरह के अभ्यास पूरी तरह से व्यर्थ थे : द्वितीय विश्व युद्ध के समय तक, सैनिकों को ट्रकों और ट्रेनों में बड़ी दूरी तक ले जाया जाता था, ना

कि पैदल; और मशीनगन के युग में, युद्ध की गर्मी में औपचारिक मार्च में शामिल होना अनिवार्य रूप से दुश्मन से आपको ख़तरा पैदा कर रहा था। और इसलिए मैकनील उस तरीक़े के लिए तैयार नहीं थे, जिसमें अपने साथी सैनिकों के साथ मार्च करने के अनुभव ने उन्हें परेशान कर दिया था :

> ड्रिल के मैदान पर बिना किसी उद्देश्य के घूमना, निर्धारित सैन्य मुद्राओं के अनुरूप घूमना, केवल क़दम रखने के प्रति सचेत रहना ताकि अगली चाल को सही ढंग से किया जा सके, यह सब अच्छा महसूस किया। ड्रिलिंग में शामिल लंबे समय तक चलने से उत्पन्न भावना का वर्णन करने के लिए शब्द अपर्याप्त हैं। व्यापक कल्याण की भावना मुझे याद है; विशेष रूप से, व्यक्तिगत विस्तार की एक अजीब भावना; एक तरह का उभार, जीवन से बड़ा होना, सामूहिक अनुष्ठान में भागीदारी के लिए धन्यवाद... तेज़ी से आगे बढ़ना और समय का ध्यान रखना हमें अपने बारे में अच्छा महसूस कराने, एक साथ आगे बढ़ने से संतुष्ट होने और बड़े पैमाने पर दुनिया से ख़ुश होने के लिए पर्याप्त था।

यह अनुभव मैकनील के साथ बना रहा, और युद्ध के बाद, जब वे एक पेशेवर इतिहासकार बने, तो उन्होंने *कीपिंग टुगेदर इन टाइम* नामक एक मोनोग्राफ़ में इस विचार को व्यक्त किया। इसमें उनका तर्क है कि समकालिक आंदोलन, साथ में समकालिक गायन को बहुत कम सराहा गया है। विश्व इतिहास में बल, समूहों के बीच सामंजस्य को बढ़ावा देना, पिरामिडों के निर्माता, सेनाओं के रूप में विविध ओटोमन साम्राज्य, और जापानी कार्यालय कर्मचारी जो प्रत्येक कार्य दिवस की शुरुआत में समूह कैलिस्थेनिक्स करने के लिए अपने डेस्क से उठते हैं। रोमन जनरलों ने सबसे पहले यह पता लगाया था कि ताल-मेल के रूप में मार्च करने वाले सैनिकों को थकान का शिकार होने से पहले लंबी दूरी की यात्रा कराई जा सकती है। और कुछ विकासवादी जीवविज्ञानी यह अनुमान लगाते हैं कि संगीत स्वयं-एक ऐसी घटना है जिसे डार्विन के प्राकृतिक चयन के संदर्भ में अधिक महत्त्वपूर्ण तंत्रों के एक सुखद उप-उत्पाद के रूप में छोड़कर, ध्यान में रखना मुश्किल साबित हुआ है-हो सकता है कि आदिवासी योद्धाओं

के बड़े समूहों के समन्वय के एक तरीक़े के रूप में उभरा हो, जो लय और धुनों का पालन करके एकजुट हो सकते थे, जहां संचार के अन्य रूप काम के लिए बहुत बोझिल साबित हुए होंगे।

दैनिक जीवन में भी, हम आमतौर पर इसका अहसास किए बिना हर समय तालमेल में रहते हैं : थिएटर में, तालियां धीरे-धीरे ख़ुद को एक लय में व्यवस्थित करती हैं; और यदि आप किसी मित्र या किसी अजनबी के साथ सड़क पर चलते हैं, तो आप जल्द ही पाएंगे कि आपकी गति मेल खाने लगी है। समन्वित कार्रवाई के प्रति यह उदात्त आग्रह इतना शक्तिशाली है कि कट्टर प्रतिद्वंद्वी भी इसका विरोध नहीं कर सकते। 2009 में विश्व एथलेटिक्स चैंपियनशिप में पुरुषों के सौ मीटर के ख़िताब के लिए प्रतिस्पर्धा करने वाले स्प्रिंटर्स उसेन बोल्ट और टायसन गे की तुलना में कम से कम सचेत स्तर पर एक-दूसरे को हराने के लिए प्रतिबद्ध दो पुरुषों की कल्पना करना मुश्किल होगा। लेकिन दौड़ के फ़्रेम-दर-फ़्रेम विश्लेषण पर आधारित एक अध्ययन से पता चलता है कि संभवतः जीतने की इच्छा से ग्रस्त होने के बावजूद, बोल्ट गे के क़दमों जैसा स्वयं के कदमों को नहीं कर सके और परिणामस्वरूप बोल्ट को लगभग निश्चित रूप से लाभ हुआ : अन्य शोधों ने संकेत दिया है कि बाहरी लय के अनुरूप होना किसी की चाल को अदृश्य रूप से अधिक कुशल बनाता है। इसलिए यह संभावना है कि गे ने अपने होने के बावजूद अपने प्रतिद्वंद्वी को एक नए विश्व रिकॉर्ड तक पहुंचने में मदद की।

और जैसा कि नर्तक जानते हैं, जब वे ख़ुद को नृत्य में खो देते हैं, तो समकालिकता उस पवित्र स्थान के दूसरे आयाम का एक द्वार भी है, जहां स्वयं की सीमाएं धुंधली हो जाती हैं, और ऐसा लगता है कि समय का अस्तित्व ही नहीं है। मैंने इसे एक सामुदायिक गायन मंडली के सदस्य के रूप में महसूस किया है, जब शौकिया आवाज़ों के तीखे और सपाट स्वर एक पूर्णता में संयोजित होते हैं, जिसे इसमें शामिल कुछ गायक अपने दम पर प्राप्त कर सकते हैं। (2005 के एक अध्ययन के निष्कर्ष के अनुसार, गायन के असाधारण मनोवैज्ञानिक लाभ कम नहीं होते हैं 'जब मुखर वाद्य मध्यम गुणवत्ता का होता है'।) इस मामले को असल में मैंने और भी साधारण परिस्थितियों में महसूस किया है – जैसे कि अपने मासिक शिफ़्ट

के दौरान खाद्य सहकारी विभाग में काम करते हुए, उदाहरण के लिए, गाजर और ब्रोकली के बक्सों को कन्वेयर बेल्ट पर डालते हुए, अन्य कामगारों के साथ समय बिताते हुए, जिन्हें मैं मुश्किल से जानता हूं, लेकिन जिनके साथ, कुछ घंटों के लिए, मैं एक ऐसा बंधन साझा करता हूं जो कुछ वास्तविक दोस्तों के साथ मेरे बंधन से भी गहरा महसूस होता है। कुछ समय के लिए, ऐसा लगता है जैसे हम किसी मठ की सामुदायिक लय में भाग ले रहे हैं, जिसमें प्रार्थना और श्रम के समकालिक घंटे दिन के लिए सुसंगतता और साझा उद्देश्य की भावना प्रदान करते हैं।

ऐसे क्षणों में कुछ रहस्यमयी चीज़ काम कर रही होती है – और यह कितना शक्तिशाली है इसका इससे बेहतर प्रमाण और कोई नहीं हो सकता है कि इसका उपयोग ख़तरनाक और वास्तव में घातक उद्देश्यों के लिए किया जा सकता है। सैन्य कमांडरों के दृष्टिकोण से, आख़िरकार, सैनिकों के बीच तालमेल का मुख्य लाभ यह नहीं है कि वे लंबी दूरी तक मार्च करेंगे। यह ऐसा है कि एक बार जब उन्हें महसूस होता है कि वे ख़ुद से बड़ी किसी चीज़ से संबंधित हैं, तो वे अपनी सैन्य इकाई के लिए अपना जीवन देने के लिए अधिक इच्छुक होंगे। एक ऊंची छत वाले चर्च में हैंडेल के *मसीहा* के रिहर्सल के बीच में, एक शौकिया गायक के लिए यह कल्पना करना लगभग संभव हो जाता है कि कोई व्यक्ति मन की उस स्थिति में कैसे प्रवेश कर सकता है। लेखक और गायक मंडली के सदस्य स्टेसी हॉर्न कहते हैं, 'जब मैं अकेला गाता हूं तो दुनिया आशा और संभावना के लाखों झिलमिलाते आयामों में नहीं खुलती है।' ऐसा तभी होता है 'जब मैं अपने साथी गायकों से घिरा हुआ होता हूं, और हम जो भी अलग-अलग आवाज़ें बना रहे होते हैं, वे हमें सामंजस्य में एकसाथ झूमने के लिए मजबूर कर देती हैं – वर्तमान में हमारे दिमाग़, शरीर और दिलों के माध्यम से जो भी उत्कृष्ट कृति दौड़ रही है, वह समकालिक रूप से चमकते जुगनुओं की तरह एक साथ जगमगा उठती है।'

अपने दोस्तों को कभी ना देखने की स्वतंत्रता

सवाल यह है कि जब समय की बात आती है तो हम वास्तव में किस तरह की स्वतंत्रता चाहते हैं? एक तरफ़, व्यक्तिगत समय संप्रभुता का सांस्कृतिक

रूप से मनाया जाने वाला लक्ष्य है – अपना ख़ुद का समय निर्धारित करने की स्वतंत्रता, अपने स्वयं के निर्णय लेने की स्वतंत्रता, अपने क़ीमती चार हज़ार सप्ताहों में दूसरों के हस्तक्षेप से *मुक्त होने* की स्वतंत्रता। दूसरी ओर, शब्द के बाक़ी हिस्सों की लय के साथ जुड़ने के इच्छुक होने से अर्थ की गहरी समझ आती है : उन सभी सार्थक सहयोगात्मक प्रयासों में शामिल होने के लिए *स्वतंत्र होना* जिनके लिए कम से कम आपके एकमात्र नियंत्रण के कुछ त्याग की आवश्यकता होती है, आप क्या करते हैं और कब करते हैं। पहली तरह की स्वतंत्रता प्राप्त करने की रणनीतियां उस तरह की चीज़ हैं जो प्रेरणा देनेवाली पुस्तकों में बहुतायत में पाई जाती है : आदर्श सुबह की दिनचर्या, सख़्त व्यक्तिगत कार्यक्रम, और यह सीमित करने की रणनीति कि आप हर दिन ईमेल का जवाब देने में कितना समय बिताते हैं, साथ ही 'ना कहना सीखने' के महत्त्व पर उपदेश – ये सभी इस जोख़िम के विरुद्ध ढाल के रूप में कार्य कर रहे हैं कि अन्य लोग आपके समय के उपयोग पर बहुत अधिक प्रभाव डाल सकते हैं और निस्संदेह इनकी एक भूमिका है : हमें दृढ़ सीमाएं निर्धारित करने की आवश्यकता है ताकि मालिकों का धमकाना, शोषणकारी रोज़गार व्यवस्था, स्वार्थी पति या पत्नी या लोगों को ख़ुश करने के प्रति दोषी प्रवृत्ति आपकी हर दिन की कार्ययोजना को निर्देशित नहीं करें।

और फिर भी इस तरह की व्यक्तिवादी स्वतंत्रता के साथ समस्या, जैसा कि जूडिथ शुलेविट्ज़ बताते हैं, यह है कि जिस तरह के समाज में हम रहते है, अपने आप को असंतुलित कर देता है – और यह अपने ऊपर कुछ ऐसा थोप रहा है, जिसके परिणामस्वरूप यह सोवियत संघ के विभाजित पांच-दिन के सप्ताह के विनाशकारी प्रयोग के समान प्रतीत होता है। हम अपना जीवन कम से कम एक-दूसरे के समान अस्थायी खांचे में जीते हैं। बाज़ार अर्थव्यवस्था की मांगों से प्रेरित इस व्यक्तिवादी दृष्टिकोण का अनियंत्रित शासन हमारे समय को संगठित करने के पारंपरिक तरीक़ों को प्रभावित कर चुका है। इसका अर्थ यह है कि जिन घंटों में हम आराम करते हैं, काम करते हैं और समाज में मेलजोल बढ़ाते हैं, वे और भी अधिक असंयमित होते जा रहे हैं। इत्मीनान से पारिवारिक रात्रिभोज, दोस्तों से सहज मुलाक़ात या किसी सामूहिक परियोजना के लिए समय निकालना पहले से कहीं अधिक कठिन है – सामुदायिक उद्यान का पोषण करना, शौकिया

रॉक बैंड में बजाना – जो कार्यस्थल के अलावा किसी अन्य स्थान पर होता है।

सबसे कम विशेषाधिकार प्राप्त लोगों के लिए, इस प्रकार की स्वतंत्रता का प्रभुत्व बिलकुल भी उनकी स्वतंत्रता में परिवर्तित नहीं होता है : इसका मतलब है अप्रत्याशित गिग-इकोनॉमी नौकरियां और 'ऑन-डिमांड शेड्यूलिंग' क्योंकि जिस बड़े ख़ुदरा विक्रेता के लिए आप काम करते हैं, वह आपको किसी भी समय काम पर बुला सकता है, उसके श्रम की बिक्री की मात्रा के आधार पर घंटे-दर-घंटे गणना की जाती है-जिससे दोस्तों के साथ एक रात बिताने की तो बात ही छोड़िए, आपको बच्चों की देखभाल या डॉक्टर के पास आवश्यक रूप से जाने की योजना की बनाना भी असंभव हो जाता है। लेकिन हममें से उन लोगों के लिए भी जो वास्तव में पिछली पीढ़ियों की तुलना में काम करते समय बहुत अधिक व्यक्तिगत नियंत्रण रखते हैं, परिणाम यह है कि काम पानी की तरह जीवन में रिसता है, करों की भरमार हो जाती है, एक ऐसी घटना जो केवल कोरोना वायरस लॉकडाउन के दौरान तेज़ होती दिख रही थी। ऐसा महसूस होने लगता है जैसे आपको, आपके जीवनसाथी और आपके सबसे क़रीबी दोस्तों को अलग-अलग रंग-कोडित सोवियत कार्य समूहों में नियुक्त किया गया है। मेरी पत्नी और मेरे लिए गंभीर बातचीत के लिए, या मेरे और मेरे तीन सबसे क़रीबी दोस्तों के लिए बीयर के लिए मिलने के लिए सप्ताह में एक घंटा निकालना इतना कठिन होने का कारण आमतौर पर यह नहीं है कि हमारे पास 'समय नहीं है', हमारे पास समय है – लेकिन इसमें शामिल सभी लोगों के लिए एक ही समय पर एकदूसरे से मिलने की कोई संभावना नहीं है। अपने स्वयं के पूरी तरह से व्यक्तिगत शेड्यूल को पूरा करने के लिए स्वतंत्र, फिर भी अपनी नौकरियों से जुड़े हुए, हमने ऐसे जीवन का निर्माण किया है जिन्हें एक साथ नहीं जोड़ा जा सकता है।

यह सब राजनीतिक निहितार्थ के साथ भी आता है, क्योंकि ज़मीनी स्तर की राजनीति-बैठकों, रैलियों, विरोध प्रदर्शनों और प्रचार की दुनिया-सबसे महत्त्वपूर्ण समन्वित गतिविधियों में से हैं जिन्हें एक असंबद्ध आबादी को पूरा करना मुश्किल लगता है। इस सामूहिक कार्रवाई का परिणाम एक शून्य है, जो निरंकुश नेताओं द्वारा भरा जाता है, जो एक बड़े पैमाने पर उन

लोगों के समर्थन से पनपते हैं जो अन्यथा एक दूसरे से अलग-थलग हैं। हन्ना अरेन्ड ने *द ओरिजिंस ऑफ टोटालिटेरियनिज़्म* में इस बारे में लिखा है, 'एक-दूसरे से अलग-थलग, घर पर सोफ़े पर धंसे हुए, टेलीविज़न पर प्रसारित प्रचार के बंधक दर्शक।' यह एक तानाशाह के हित में है कि उसके समर्थकों के बीच एकमात्र वास्तविक बंधन उसके लिए उनका समर्थन होना चाहिए। उन अवसरों पर जब समन्वित कार्रवाई इस अलगाव को भेदती है, जैसे 2020 में मिनियापोलिस पुलिस द्वारा जॉर्ज फ़्लॉयड की हत्या के बाद हुए विश्वव्यापी प्रदर्शनों के दौरान हुआ था, प्रदर्शनकारियों से उन अनुभवों का वर्णन सुनना असामान्य नहीं है, जो विलियम मैकनील के 'अजीब व्यक्तिगत विस्तार की भावना' को याद दिलाते हैं – समय के गहरे और तीव्र होने की भावना, जो एक प्रकार की परमानंद से ओत-प्रोत होती है।

समय के साथ हमारी अन्य परेशानियों की तरह, हमारे तालमेल की क्षति को स्पष्ट और विशेष रूप से व्यक्ति या परिवार के स्तर पर हल नहीं किया जा सकता है। (अपने पड़ोस के सभी लोगों को हर सप्ताह एक ही दिन काम से छुट्टी लेने के लिए मनाने के लिए शुभकामनाएं।) लेकिन हममें से प्रत्येक को यह तय करने का मौक़ा मिलता है कि व्यक्तिगत समय की संप्रभुता की परंपरा के साथ सहयोग करना है या इसका विरोध करना है। आप अपने जीवन को दूसरे, सामुदायिक प्रकार की स्वतंत्रता की दिशा में थोड़ा और आगे बढ़ा सकते हैं। एक बात यह और है कि आप शौकिया गायकों या खेल टीमों, अभियान समूहों या धार्मिक संगठनों में शामिल होकर ऐसे प्रकार की प्रतिबद्धताएं कर सकते हैं जो समुदाय के पुरस्कारों के बदले में आपके कार्यक्रम से लचीलेपन को हटा देते हैं। आप डिजिटल दुनिया की तुलना में भौतिक दुनिया की गतिविधियों को प्राथमिकता दे सकते हैं, जहां सहायक गतिविधि भी आश्चर्यजनक रूप से अलग-थलग महसूस करती है। और अगर, मेरे जैसे, आपके पास अपने समय की बात आने पर नियंत्रण-भ्रांति के प्रति रचनात्मक गीक का स्वाभाविक झुकाव है, तो आप इसके साथ यह प्रयोग कर सकते हैं कि अपने समय सारिणी पर एक मजबूत पकड़ बनाने की कोशिश *ना* करने के लिए आप को कैसा महसूस होता है : कभी-कभी पारिवारिक जीवन और मित्रता और सामूहिक

कार्रवाई की लय को अपनी संपूर्ण सुबह की दिनचर्या या अपने सप्ताह के निर्धारण के लिए अपने सिस्टम पर प्राथमिकता दें। आपको इस सच्चाई को समझना चाहिए कि आपको अपने स्वयं के समय पर नियंत्रण रखना कोई ऐसी चीज़ नहीं है जो पूरी तरह से आपके लिए निर्धारित की गई हो : कि आपका समय आपके लिए बहुत अधिक अपना हो सकता है।

13.

ब्रह्मांडीय नगण्यता चिकित्सा

युंगियन मनोचिकित्सक जेम्स होलिस अपने एक मरीज़ के अनुभव को याद करते हैं, जो एक चिकित्सा उपकरण कंपनी के एक सफल उपाध्यक्ष थे, जो एक व्यावसायिक यात्रा पर अमेरिकी मिडवेस्ट के ऊपर से गुज़रते विमान में उड़ान भर रहे थे, वह एक किताब पढ़ रहे थे, तभी उनके मन में यह विचार उत्पन्न हुआ, 'मुझे अपने जीवन से नफ़रत है।' वर्षों से उसके भीतर बढ़ रही बेचैनी इस विचार में स्पष्ट हो गई थी कि वह अपने दिन इस तरह से बिता रही थी कि अब ऐसा महसूस नहीं होता था कि इसका कोई अर्थ है। अपने काम के लिए उसके पास जो आनंद था, वह समाप्त हो गया था; वह जिन पुरस्कारों का पीछा कर रही थी, वे बेकार लग रहे थे; और अब जीवन गति से गुज़रने की बात थी, इस लुप्त होती आशा में कि यह सब किसी तरह भविष्य की ख़ुशी में फलदायी हो सकता है।

शायद आप जानते हैं कि वह कैसा महसूस कर रही थी। हर किसी को इस तरह की अचानक अनुभूति नहीं होती है, लेकिन हम में से कई लोग जानते हैं कि यह संदेह करना क्या है कि हमारे चार हज़ार हफ़्तों के साथ हम अधिक समृद्ध, पूर्ण एवं आनंददायी चीज़ें कर सकते हैं। - यहां तक कि जब हम वर्तमान में उनके साथ क्या कर रहे हैं, बाहर से यह हमारी सफलता के रूप में दिखाई देता है, या हो सकता है कि आप प्रकृति में या साथ में असामान्य रूप से संतोषजनक सप्ताहांत बिताने के बाद, अपनी दैनिक दिनचर्या में लौटने के अनुभव से परिचित हों या पुराने दोस्तों के साथ, और इस विचार से प्रभावित हो हो रहे हों कि जीवन में अधिकतर लोगों को

इसी तरह महसूस करना चाहिए – कि यह उम्मीद करना अनुचित नहीं होगा कि अत्यधिक मनोरंजक क्षण दुर्लभ अपवादों से अधिक होंगे। आधुनिक दुनिया में विशेष रूप से ऐसी भावनाओं के प्रति अच्छी प्रतिक्रियाओं की कमी है : धर्म अब सार्वभौमिक उद्देश्य की भावना प्रदान नहीं करता है जो उसने एक बार किया था, जबकि उपभोक्तावाद हमें ऐसे अर्थ की तलाश में गुमराह करता है, जहां यह नहीं पाया जा सकता है। लेकिन यह भावना अपने आप में अधिक प्राचीन है। एक्लेसिएस्टेस की पुस्तक के लेखक ने, कई अन्य लोगों के बीच, हॉलिस के रोगी की पीड़ा को तुरंत पहचान लिया होगा : 'तब मैंने सब कुछ जो मेरे हाथों ने किया, और जो परिश्रम मैं ने उसे करने में व्यय किया, उस पर विचार किया, और यह महसूस किया कि सब कुछ व्यर्थ और व्यर्थ का प्रयत्न है, और इस संसार में कुछ भी सार्थक प्राप्त होने वाला नहीं है।'

आप अपने जीवन के साथ क्या कर रहे हैं, इस पर संदेह करना बहुत परेशान करने वाली बात है। लेकिन वास्तव में यह एक बुरी बात नहीं है, क्योंकि यह दर्शाता है कि एक आंतरिक बदलाव पहले ही हो चुका है। अगर आप पहले से ही अपने जीवन में एक नए दृष्टिकोण को नहीं अपना रहे थे, तो आप इस तरह के संदेहों को पहले स्थान पर नहीं रख सकते थे – यह वह क्षण है जब आपको अहसास होने लगता है कि आप इस बात पर निर्भर नहीं रह सकते कि संतोष एक दूर भविष्य में आएगा, जब आप अपना जीवन व्यवस्थित कर लेंगे या दुनिया की सफलता के मानदंडों को पूरा कर लेंगे। इसके बजाय, आप समझते हैं कि इस मामले को अभी ध्यान में लाने की आवश्यकता है। एक व्यावसायिक यात्रा के बीच में यह महसूस करना कि आप अपने जीवन से नफ़रत करते हैं, आपने पहले ही एक ऐसा क़दम उठा लिया है जिससे आप नफ़रत नहीं करते हैं। क्योंकि इसका मतलब है कि आप इस तथ्य को समझ गए हैं कि अगर आपके सीमित जीवन का कोई अर्थ नहीं है तो आपके जीवन के ये ऐसे सप्ताह हैं जिन्हें कुछ सार्थक करने में बिताना होगा। यह एक ऐसा दृष्टिकोण है जिससे आप अंत में समय प्रबंधन का सबसे बुनियादी सवाल पूछ सकते हैं : आपको जो समय मिला हुआ है, उसे इस तरह से बिताने का क्या मतलब होगा जो वास्तव में ऐसा महसूस करता है जैसे कि आप इसे महत्त्व दे रहे हैं?

महान विराम

कभी-कभी यह अवधारणात्मक आघात एक ही बार में पूरे समाज को प्रभावित करता है। मैंने इस अध्याय का पहला ड्राफ़्ट कोरोनोवायरस महामारी के दौरान न्यू यॉर्क शहर में लॉकडाउन के तहत लिखा था, जब दुःख और चिंता के बीच, लोगों को जो वे अनुभव कर रहे थे उसके लिए एक प्रकार की खट्टी-मीठी कृतज्ञता व्यक्त करते हुए सुनना सामान्य हो गया था : भले ही काम छूट जाने के कारण वो वे छुट्टी पर थे और मकान के किराए के बारे में अत्यधिक चिंतित थे, लेकिन अपने बच्चों के साथ पूर्व की अपेक्षा अधिक समय बिताना, या फूल-पौधे रोपना या रोटी पकाने के आनंद को फिर से खोजना एक वास्तविक ख़ुशी थी। काम, स्कूल और सामाजिक मेलजोल में लागू किए गए ठहराव ने इस बारे में कई धारणाओं को बदल दिया कि हमें अपना समय कैसे व्यतीत करना है। उदाहरण के लिए, यह पता चला कि बहुत से लोग एक घंटे तक नीरस कार्यालय में पहुंचने या शाम 6.30 बजे तक सिर्फ़ मेहनती दिखने के लिए डेस्क पर बैठे बिना भी अपना काम पर्याप्त रूप से कर सकते हैं। यह भी पता चला कि अधिकांश रेस्तरां भोजन और टेकअवे कॉफ़ी जो मैं खाने का आदी हो गया था, संभवतः इस आधार पर कि उन्होंने मेरे जीवन को आगे बढ़ाया, बिना किसी नुक़सान के त्यागा जा सकता है। (एक दोधारी रहस्योद्‌घाटन, यह देखते हुए कि उनके उपलब्ध होने पर कितनी नौकरियां निर्भर करती हैं) और आपातकालीन कर्मियों की सराहना के लिए आयोजित तालियों की गूंज, घर में बंद पड़ोसियों के लिए की गई ख़रीदारी यात्राएं, और कई अन्य उदारता के कार्यों से यह भी स्पष्ट हो गया – कि लोग एक-दूसरे की परवाह पहले से कहीं अधिक करते थे, जितना हमने सोचा था। यह सिर्फ़ इतना था कि ज़ाहिर है, वायरस से पहले, हमारे पास इस भाव को दिखाने का समय नहीं था।

ज़ाहिर है, चीज़ें कुछ बेहतर होने के लिए नहीं बदली थीं। लेकिन इससे होने वाली तबाही के साथ-साथ, वायरस ने हमें बेहतर होने के लिए बदल दिया, कम से कम अस्थायी रूप से, और कम से कम कुछ मामलों में तो अवश्य : इससे हमें यह स्पष्ट रूप से समझने में मदद मिली कि लॉकडाउन से पूर्व हमारे दिनों में क्या कमी थी और हम स्वेच्छा से

अथवा हमारी परिस्थितियों से क्या अन्यथा समझौता कर रहे थे। उदाहरण के लिए, कामकाजी जीवन जीने से जिसमें पड़ोस के लोगों से मिलने-जुलने के लिए कोई समय नहीं बचता था। न्यू यॉर्क के लेखक और निर्देशक जूलियो विन्सेंट गैंबुटो ने इस भावना को बख़ूबी व्यक्त किया, जिसे मैंने 'संभावना का आघात' कहना शुरू किया - यह चौंकाने वाली समझ कि चीज़ें बड़े पैमाने पर अलग हो सकती हैं, अगर हम सामूहिक रूप से इसे पर्याप्त रूप से चाहें। गाम्बुटो ने लिखा, 'आघात ने हमें जो दिखाया है, उसे देखा नहीं जा सकता। कारों की अनुपस्थिति की वजह से लॉस एंजिल्स में साफ़ नीला आसमान है, क्योंकि प्रदूषण बिलकुल बंद हो गया है। एक शांत न्यू यॉर्क में, आप मैडिसन एवेन्यू के बीच में पक्षियों की चहचहाहट सुन सकते हैं। गोल्डन गेट ब्रिज पर कोयोट्स देखे गए हैं। ये पोस्टकार्ड छवियां हैं, जो प्रदर्शित करती हैं कि अगर हम हमारी धरती पर कम घातक प्रभाव डालने का तरीक़ा खोज सकें तो दुनिया कैसी हो सकती है'। बेशक, इस संकट ने कम बजट की स्वास्थ्य देखभाल प्रणालियों, अवैध राजनेताओं, गहरी नस्लीय असमानताओं और पुरानी आर्थिक असुरक्षा का भी खुलासा किया। लेकिन इन सब ने भी इस भावना में योगदान दिया कि अब हम महसूस कर रहे थे कि वास्तव में क्या मायने रखता है, हमारे ध्यान की मांग क्या थी-और यह भी कि हम इसे हमेशा से जानते थे।

जब लॉकडाउन समाप्त हो गया, तो गैंबुटो ने चेतावनी दी कि निगम और सरकारें चमकते नए उत्पादों और सेवाओं और असहज करने वाले सांस्कृतिक युद्धों के माध्यम से हमें उन संभावनाओं को भूलने की साजिश करेंगी जो हमने देखी थीं; और हम सामान्य स्थिति में लौटने के लिए इतने बेताब होंगे कि हम इसका पालन करने के लिए लालायित होंगे। हालांकि, इसके बजाय, हम विचित्रता की भावना को बनाए रख सकते हैं और अपने जीवन के घंटों का उपयोग करने के तरीक़े के बारे में नए विकल्प चुन सकते हैं :

> जो हुआ वह अवर्णनीय है। यह अब तक का सबसे बड़ा उपहार है। मौतें नहीं, वायरस नहीं, लेकिन महान विराम... कृपया खिड़की से आने वाले तेज़ प्रकाश पुंज से पीछे नहीं हटें। मैं जानता हू इससे आपकी आंखों में तकलीफ़ होती है। इससे मुझे

> भी दर्द होता है. लेकिन पर्दा पूरी तरह खुला हुआ है... द ग्रेट अमेरिकन रिटर्न टु नॉर्मल आ रहा है ...(लेकिन) मैं आपसे विनती करता हूं : एक गहरी सांस लें, बहरा कर देने वाले शोर पर ध्यान नहीं दें, और इस बारे में गहराई से सोचें कि आप अपने जीवन में क्या वापस लाना चाहते हैं। यह हमारे लिए एक अवसर है कि हम हमारे वर्तमान सामान्य जीवन को एक नवीन स्वरूप प्रदान करें, यह एक दुर्लभ और वास्तव में पवित्र (हां, पवित्र) अवसर है कि हम जीवन की नकारात्मक चीज़ों से छुटकारा पाएं और केवल वही वापस लाएं जो हमारे लिए महत्त्व रखता है, जोकि हमारे जीवन को समृद्ध बनाता है, जो हमारे बच्चों को ख़ुश करता है, जो हमें वास्तव में गर्व महसूस कराता है।

हालांकि, जीवन में 'जो सबसे अधिक मायने रखता है' की ऐसी किसी भी चर्चा में ख़तरा यह है कि यह एक प्रकार की पंगुजनक भव्यता को जन्म देता है। ऐसा महसूस होने लगता है जैसे कि यह आपका कर्तव्य है कि आप अपने समय के साथ वास्तव में कुछ परिणामजनक खोजें-एक सहायक कार्यकर्ता बनने के लिए अपनी कार्यालय की नौकरी छोड़ दें या एक अंतरिक्ष उड़ान कंपनी शुरू करें-या फिर, यदि आप इस तरह का भव्य कार्य करने की स्थिति में नहीं हैं, तो यह निष्कर्ष निकालने के लिए कि एक गहरा सार्थक जीवन आपके लिए एक विकल्प नहीं है। राजनीति और सामाजिक परिवर्तन के स्तर पर, यह निष्कर्ष निकालना लुभावना हो जाता है कि केवल सबसे क्रांतिकारी, विश्व-परिवर्तनकारी कारण ही संघर्ष करने लायक़ हैं-मान लीजिए, डिमेंशिया से पीड़ित एक बुजुर्ग रिश्तेदार की देखभाल करने या स्थानीय सामुदायिक उद्यान में स्वयंसेवा करने में अपना समय बिताना अर्थहीन होगा, जबकि ग्लोबल वार्मिंग और आय असमानता की समस्याएं अभी तक सुलझ नहीं पाई हैं। नए युग के प्रकारों में, यही भव्यता इस विश्वास का रूप लेती है कि हम में से प्रत्येक का कुछ ब्रह्मांडीय रूप से महत्त्वपूर्ण जीवन उद्देश्य है, जिसे ब्रह्मांड हमें उजागर करने और फिर पूरा करने के लिए तरस रहा है।

यही कारण है कि हमारी यात्रा के इस अंतिम चरण को एक कुंद लेकिन अप्रत्याशित रूप से मुक्त करने वाले सत्य के साथ शुरू करना

उपयोगी है: कि आप अपने जीवन के साथ क्या करते हैं इससे कोई फ़र्क़ नहीं पड़ता – और जब यह बात आती है कि आप अपने सीमित समय का उपयोग कैसे कर रहे हैं, तो ब्रह्मांड बिलकुल कम परवाह नहीं कर सकता।

सादगीपूर्ण सार्थक जीवन

दिवंगत दार्शनिक ब्रायन मैगी को निम्नलिखित आकर्षक बात कहना पसंद था। मानव सभ्यता लगभग छह हज़ार साल पुरानी है, और हमें इसे एक आश्चर्यजनक रूप से लंबे समय के रूप में सोचने की आदत में हैं : एक विशाल अवधि जिसके दौरान साम्राज्यों का उत्थान और पतन हुआ, और ऐतिहासिक काल खंड जिन्हें हम 'शास्त्रीय पुरातनता' या 'मध्य युग' जैसे नाम देते हैं, एक–दूसरे के बाद 'केवल गतिमान समय में गतिशील रहे – समय ठीक उसी प्रकार गतिमान है जिस प्रकार ग्लेशियर गति करता है।' लेकिन अब मामले को अलग तरीक़े से समझिए। प्रत्येक पीढ़ी में, यहां तक कि जब जीवन प्रत्याशा आज की तुलना में बहुत कम थी, तब भी हमेशा कम से कम कुछ लोग ऐसे होते थे जो सौ वर्ष (या 5,200 सप्ताह) की आयु तक जीवित रहते थे। और जब उनमें से प्रत्येक व्यक्ति का जन्म हुआ था, तो उस समय कुछ अन्य लोग भी जीवित रहे होंगे जो स्वयं एक सौ वर्ष की आयु तक पहुंच चुके थे। तो शताब्दी के जीवनकाल की एक श्रंखला की कल्पना करना संभव है, जो पूरे इतिहास में फैली हुई है, उनके बीच में कोई ख़ाली स्थान नहीं है : यदि केवल ऐतिहासिक रिकॉर्ड पर्याप्त रूप से अच्छा होता तो जो विशिष्ट लोग उस वक़्त वास्तव में रहते थे तो उनमें से प्रत्येक का हम नाम ले सकते थे।

अब महत्त्वपूर्ण भाग : इस मापदंड के अनुसार, मिस्र के फ़राओ का स्वर्ण युग – एक युग जो हम में से अधिकांश को हमारे अपने समय से असंभव रूप से दूर लगता है – मात्र पैंतीस जीवनकाल पहले हुआ था। यीशु का जन्म लगभग बीस जन्म पहले हुआ था, और पुनर्जागरण सात जन्म पहले हुआ था। मात्र पांच सौ वर्ष पूर्व, हेनरी अष्टम अंग्रेजी सिंहासन पर बैठे। पाँच! जैसा कि मैगी ने देखा, संपूर्ण सभ्यता को कवर करने के लिए आपको साठ जीवन की आवश्यकता होगी, 'जब मैं ड्रिंक पार्टी करता हू तो

मैं अपने लिविंग रूम में जितने दोस्तों को इकट्ठा करता हूं, यह वह संख्या' थी। इस दृष्टिकोण से, मानव इतिहास हिमाच्छादित रूप से नहीं बल्कि पलक झपकते ही सामने आ गया है। और इससे निःसंदेह, यह पता चलता है कि आपका अपना जीवन चीज़ों की योजना में लगभग शून्यता की एक छोटी सी झिलमिलाहट होगी : सबसे छोटा बिंदु, समय के दो स्पष्ट रूप से विशाल पथों के साथ, समग्र रूप से ब्रह्मांड का अतीत और भविष्य, दोनों ओर की दूरी तक फैला हुआ है।

ऐसे विचारों को भयावह मानना स्वाभाविक है। 'ब्रह्मांड की विशाल उदासीनता' पर विचार करना, जैसा कि एडिनबर्ग के पूर्व बिशप रिचर्ड हॉलोवे लिखते हैं, 'घने जंगल में खो जाने जितना अस्थिर करने वाला, या समुद्र में गिर जाने जितना डरावना हो सकता है, जब कोई यह जानने वाला ना हो कि हम चले गए हैं। लेकिन इसका एक और दृष्टिकोण भी है जिससे यह एक अनोखी तरह से सांत्वना देने वाला है। आप इसे 'ब्रह्मांडीय नगण्यता चिकित्सा' के रूप में सोच सकते हैं : जब सब कुछ बहुत अधिक लगता है, तो इससे बेहतर सांत्वना क्या हो सकती है कि यह याद दिलाया जाए कि यदि आप थोड़ा दूर से देखें, तो ये सभी चीज़ें कुछ भी नहीं के बराबर हैं? वे चिंताएं जो एक सामान्य जीवन को अव्यवस्थित करती हैं – रिश्तों की समस्याएं, प्रतिष्ठा की प्रतिद्वंद्विता, पैसे की चिंताएं – तुरंत ही अप्रासंगिक हो जाती हैं। इसी प्रकार, महामारी और राष्ट्रपतियों के मामलों का भी यही हाल है। ब्रह्मांड बिना किसी परवाह के, शांत और अडिग बना रहता है। या जैसा कि मैंने एक बार समीक्षा की गई पुस्तक के शीर्षक से उद्धृत किया था : द *यूनिवर्स डजंट गिव अ फ़्लाइंग फक अबाउट यू।* यह याद करना कि आप कितने कम महत्त्वपूर्ण हैं, एक ब्रह्मांडीय समय रेखा पर, ऐसा महसूस हो सकता है जैसे एक भारी बोझ को उतार देना, जिसे हम में से अधिकांश ने पहले जगह पर उठाया ही नहीं था।

हालांकि, राहत की यह भावना थोड़ी अधिक बारीकी से जांचने लायक़ है, क्योंकि यह इस तथ्य पर ध्यान आकर्षित करती है कि बाक़ी समय, हममें से अधिकांश लोग ख़ुद को ब्रह्मांड के प्रकटीकरण के लिए काफ़ी महत्त्वपूर्ण *मानते* हैं; यदि हमने ऐसा नहीं किया, तो यह याद दिलाना कोई राहत की बात नहीं होगी कि वास्तव में ऐसा नहीं है। ना ही यह

घटना मेगालोमैनियाक्स या पैथोलॉजिकल नार्सिसिस्टों तक ही सीमित है, बल्कि मानव होने के लिए कहीं अधिक मौलिक है : हर चीज़ को आपके नजरिए से आंकना एक समझने योग्य प्रवृत्ति है, ताकि कुछ हज़ार सप्ताह जिनके लिए आप अनिवार्य रूप से इतिहास की धुरी की तरह महसूस करते हैं, जिसके लिए सभी पूर्व समय हमेशा आगे बढ़ रहे थे। ये आत्म-केंद्रित निर्णय मनोवैज्ञानिकों का हिस्सा हैं 'अहंकेंद्रितता पूर्वाग्रह' कहें, और वे विकासवादी दृष्टिकोण से अच्छी समझ रखते हैं। यदि आपके पास अपनी स्वयं की अप्रासंगिकता का अधिक वास्तविक अहसास है, जिसे ब्रह्मांड के समय के पैमाने पर माना जाता है, तो *आप* संभवतः जीवित रहने के लिए संघर्ष करने और इस तरह अपने जीन को फैलाने के लिए कम प्रेरित होंगे।

इसके अलावा, आप कल्पना कर सकते हैं कि अपने स्वयं के ऐतिहासिक महत्त्व की ऐसी अवास्तविक भावना के साथ अपने हर कार्य को लौकिक महत्त्व की भावना के साथ निवेश करके रहने से, चाहे वह कितना भी अनुचित क्यों ना हो, जीवन को और अधिक सार्थक बना देगा। लेकिन वास्तव में जो होता है वह यह है कि आपके अस्तित्व को अधिक महत्त्व देने से आपके सीमित समय का सही तरीक़े से उपयोग करने की एक अवास्तविक परिभाषा उत्पन्न होती है। यह मानक को बहुत ऊंचा सेट कर देता है। यह सुझाव देता है कि 'अच्छी तरह से व्यतीत हुए' के रूप में गिनने के लिए, आपके जीवन में अत्यधिक प्रभावशाली उपलब्धियां शामिल होनी चाहिए, या इसका भावी पीढ़ियों पर स्थायी प्रभाव होना चाहिए –या कम से कम यह कि, दार्शनिक इद्दो लैंडाउ के शब्दों में, 'सामान्य और सांसारिकता से परे' होना चाहिए। ज़ाहिर है, यह सिर्फ़ सामान्य नहीं हो सकता : आख़िरकार यदि आपका जीवन उतना ही महत्त्वपूर्ण है जितना कि आप सोचते हैं, तो आप इसे कुछ वास्तव में असाधारण करने के लिए बाध्य क्यों *नहीं* महसूस करेंगे?

यह उस सिलिकॉन वैली के टाइकून की मानसिकता है जो 'ब्रह्मांड में सेंध लगाने' के लिए दृढ़ है, या उस राजनेता की जो एक विरासत छोड़ने पर केंद्रित है, या उस उपन्यासकार की जो गुप्त रूप से सोचता है कि उसका काम तब तक कुछ नहीं गिना जाएगा, जब तक कि वह लियो तॉलस्तॉय की ऊंचाइयों और सार्वजनिक प्रशंसा तक नहीं पहुंचता। कम स्पष्ट रूप

से, यह उन लोगों का अंतर्निहित दृष्टिकोण भी है जो निराशाजनक रूप से निष्कर्ष निकालते हैं कि उनका जीवन अंततः निरर्थक है, और उन्हें बेहतर होगा कि वे इसे अन्यथा महसूस करने की उम्मीद करना बंद कर दें। उनका वास्तव में मतलब यह है कि उन्होंने सार्थकता का एक ऐसा मानक अपनाया है, जिस पर वस्तुतः कोई भी कभी खरा नहीं उतर सकता। लैंडाउ इंगित करते हैं कि 'हम एक कुर्सी को इस कारण से अस्वीकार नहीं करते कि उसका उपयोग चाय का कप बनाने के लिए पानी उबालने में नहीं किया जा सकता': कुर्सी इस प्रकार की चीज़ नहीं है जिसे पानी उबालने की क्षमता होनी चाहिए, इसलिए यह कोई समस्या नहीं है कि उसमें यह क्षमता नहीं है और यह ठीक वैसा ही है जैसे सभी लोगों के लिए स्वयं से यह अपेक्षा करना असंभव है कि वे माइकल एंजेलो, मोज़ार्ट या आइंस्टीन हों... कुल मिलाकर मानवता के इतिहास में ऐसे कुछ दर्जन ही लोग हुए हैं।' दूसरे शब्दों में कह सकते हैं कि लगभग निश्चित रूप से ब्रह्मांड में कोई सेंध *नहीं* लगा सकता। वास्तव में, आपके मानदंडों की कठोरता के आधार पर, यहां तक कि स्टीव जॉब्स, जिन्होंने उस वाक्यांश को गढ़ा था, ऐसी सेंध लगाने में विफल रहे। शायद आईफ़ोन आपके या मेरे द्वारा किए गए किसी भी कार्य से अधिक पीढ़ियों तक याद रखा जाएगा; लेकिन वास्तव में लौकिक दृष्टि से, बाक़ी सब चीज़ों की तरह इसे भी जल्द ही भुला दिया जाएगा।

इसमें कोई आश्चर्य नहीं कि आपकी तुच्छता की याद दिलाना एक राहत की तरह है : यह इस बात का अहसास है कि आप इस पूरे समय अपने आप को उन मानकों के अनुरूप बनाए हुए हैं, जिन्हें पूरा करने की आपसे उचित अपेक्षा नहीं की जा सकती और यह अहसास ना केवल शांत करने वाला है बल्कि मुक्तिदायक भी है, क्योंकि एक बार जब आप 'अच्छी तरह से बिताए गए जीवन' की ऐसी अवास्तविक परिभाषा के बोझ से मुक्त हो जाते हैं, तो आप इस संभावना पर विचार करने के लिए स्वतंत्र हो जाते हैं कि कहीं अधिक विविध प्रकार की चीज़ें आपके सीमित समय का सार्थक उपयोग बन सकती हैं। आप इस संभावना पर विचार करने के लिए भी स्वतंत्र हैं कि जो चीज़ें आप *पहले से* ही कर रहे हैं उनमें से कई चीज़ें आपकी अपेक्षा से अधिक सार्थक हैं – और इस नए दृष्टिकोण से यह भी देखना संभव हो जाता है कि अब तक इस आधार पर कि वे

पर्याप्त 'महत्त्वपूर्ण' नहीं थे, आप अवचेतन रूप से उनका अवमूल्यन कर रहे थे।

इस नए दृष्टिकोण से, यह देखना संभव हो गया है कि आपके बच्चों के लिए पौष्टिक भोजन तैयार करना उतना ही महत्त्वपूर्ण हो सकता है जितना कि कोई भी चीज़ कभी भी हो सकती है, भले ही आप खाना पकाने के लिए कोई पुरस्कार नहीं जीत रहे हों; या कि आपका उपन्यास लिखने लायक़ है यदि यह आपके कुछ समकालीनों को प्रभावित करता है या उनका मनोरंजन करता है, भले ही आप जानते हों कि आप टॉल्स्टॉय नहीं हैं। या कि लगभग कोई भी करियर एक कामकाजी जीवन बिताने का सार्थक तरीक़ा हो सकता है, यदि यह उन लोगों के लिए चीज़ों को थोड़ा बेहतर बनाता है जिनकी यह सेवा करता है। इसके अलावा, इसका मतलब यह है कि यदि हम कोरोना वायरस महामारी के अनुभव से यह सीखते हैं कि अपने पड़ोसियों की ज़रूरतों के प्रति थोड़ा और संवेदनशील होना है, तो हमने 'महान विराम' के परिणामस्वरूप कुछ मूल्यवान सीखा होगा, चाहे समाज का मूलभूत परिवर्तन कितना भी दूर क्यों ना हो।

'कॉस्मिक इनसिग्निफ़िकेंस थेरेपी' आपके अप्रासंगिकता के सच का सामना करने के लिए एक निमंत्रण है। इसे अपनाने के लिए, जितना भी संभव हो सके, स्वीकार करें। (क्या यह पिछली बातों पर सोचने पर हास्यास्पद नहीं है कि आपने कभी कल्पना की थी कि चीज़ें इससे अलग हो सकती थीं?) वास्तव में कुछ हज़ार सप्ताहों के आश्चर्यजनक उपहार के साथ न्याय करना उनके साथ 'कुछ उल्लेखनीय करने' का संकल्प लेने का मामला नहीं है। वास्तव में, इसमें बिलकुल विपरीत बात शामिल है : उन्हें उल्लेखनीयता के एक अमूर्त और अतिआवश्यकता वाले मानक पर रखने से इनकार करना, जिसके ख़िलाफ़ वे केवल कभी भी इच्छा करते हुए ही पाए जा सकते हैं, और उन्हें अपनी शर्तों पर ले जाना, ब्रह्मांडीय महत्त्व की ईश्वरीय कल्पनाओं से जीवन के अनुभव में वापस आना, जैसा कि यह ठोस, सीमित रूप से – और अक्सर पर्याप्त, अद्भुत रूप से – वास्तव में होता है।

14.

मानव रोग

हमारी समय-संबंधी बहुत सी परेशानियों के पीछे की कल्पना उस पुस्तक के शीर्षक में समाहित है जिसका मैंने पहले अध्याय में उल्लेख किया था : समय प्रबंधन गुरु ब्रायन ट्रेसी द्वारा *मास्टर योर टाइम, मास्टर योर लाइफ़।* समय को इस तरह के संघर्ष की तरह महसूस करने का कारण यह है कि अपने सामने आने वाले जीवन पर प्रभुत्व और नियंत्रण की स्थिति में स्वयं के लिए लाभ उठाने के लिए हम लगातार इसमें महारत हासिल करने का प्रयास कर रहे हैं – ताकि हम अंततः सुरक्षित और सुरक्षित महसूस कर सकें, और हमारे जीवन में होने वाली घटनाओं के प्रति इतना असुरक्षित ना रहें।

हम में से कुछ के लिए, यह संघर्ष इस रूप में प्रकट होता है कि हम इतने उत्पादक और कुशल बनने का प्रयास करते हैं कि हमें फिर कभी दूसरों को निराश करने का अपराधबोध महसूस नहीं करना पड़े या ख़राब कार्य प्रदर्शन के कारण नौकरी से निकाल दिए जाने की चिंता भी नहीं हो; ताकि अपनी सबसे बड़ी महत्त्वाकांक्षाओं को पूरा किए बिना मरने की संभावना का सामना करने से बचें। अन्य लोग महत्त्वपूर्ण परियोजनाओं को शुरू करने या अंतरंग रिश्तों को शुरू करने से पूरी तरह से क़तराते हैं, क्योंकि वे ख़ुद को किसी ऐसी चीज़ के लिए प्रतिबद्ध करने की चिंता को सहन नहीं कर सकते हैं जो व्यावहारिक रूप में आनंददायी हो सकती है और नहीं भी। हम अपना जीवन ट्रैफ़िक जाम और बच्चों के समय बर्बाद करने की गुस्ताख़ी के कारण बर्बाद कर देते हैं, क्योंकि वे इस बात की स्पष्ट याद दिलाते हैं

कि वास्तव में हमारे शेड्यूल पर हमारा कितना कम नियंत्रण है। और हम समय पर नियंत्रण कर लेने की अंतिम कल्पना का पीछा करते हैं – इस इच्छा के रूप में कि जब तक हम मरें, हमने वास्तव में ब्रह्मांडीय व्यवस्था में महत्त्वपूर्ण योगदान दिया हो, बजाय इसके कि हम अग्रसर होते युगों द्वारा तुरंत पैरों तले रौंद दिए जाएं।

किसी भी तरह समय के साथ हमारे रिश्ते में बढ़त हासिल करने का यह सपना मानवीय भ्रमों में सबसे अधिक क्षमा करने योग्य है, क्योंकि इसका विकल्प बहुत परेशान करने वाला है। लेकिन दुर्भाग्य से, यह विकल्प है जो सच है : संघर्ष असफल होने के लिए अभिशप्त है। क्योंकि आपके पास समय की मात्रा इतनी सीमित है कि आप कभी भी आपको प्रदान की गई प्रत्येक ज़िम्मेदारी को संभालने या महत्त्वपूर्ण लगने वाली हर महत्त्वाकांक्षा को पूरा करने में सक्षम होने के नियंत्रक होने की स्थिति तक नहीं पहुंच पाएंगे; इसके बजाय आपको कठिन निर्णय लेने के लिए मजबूर होना पड़ेगा। आपको मिलने वाले समय के सीमित हिस्से के साथ–क्या होता है, इसके विषय में ना तो आप कुछ निर्धारित कर सकते हैं और ना ही इस बारे में आप कोई सटीक भविष्यवाणी ही कर सकते हैं। इसलिए आप कभी भी महसूस नहीं करेंगे कि आप घटनाओं के लिए सुरक्षित रूप से अधिकारसंपन्न हैं या किसी भी तरह की तकलीफ़ से सुरक्षित हैं अथवा आप भविष्य में आने वाली किसी भी मुसीबत के लिए तैयार हैं।

अनंतिम जीवन

लेकिन इन सब के पीछे की गहरी सच्चाई हाइडेगर के रहस्यमय सुझाव में पाई जाती है कि ऐसा नहीं है कि हमें समय नहीं मिलता है या *हमारे पास बिलकुल भी समय नहीं है* – बल्कि इसके बजाय वास्तविकता यह है कि हम ही समय हैं। हम अपने जीवन के क्षणों के साथ अपने संबंधों में कभी भी बढ़त हासिल नहीं कर पाएंगे, क्योंकि हम उन क्षणों के अलावा और कुछ नहीं हैं। उनमें 'महारत हासिल' करने के लिए पहले उनसे बाहर निकलना, उनसे अलग होना पड़ता था। लेकिन हम कहां जाएंगे? जॉर्ज लुइस बोर्हेस लिखते हैं, 'समय वह तत्व है जिससे मैं बना हूं। समय एक नदी है, जो मुझे बहा ले जाती है, लेकिन मैं ही वह नदी हूं; यह एक बाघ है जो

मुझे नष्ट करता है, लेकिन मैं ही वह बाघ हूं; यह एक आग है जो मुझे भस्म कर देती है, लेकिन मैं ही वह आग हूं।' जब नदी आप ही हों तो नदी के किनारे की सुरक्षा तक पहुंचने का कोई उपाय नहीं है। और इसलिए असुरक्षा और भेद्यता डिफ़ॉल्ट स्थिति है, क्योंकि प्रत्येक क्षण में जो आप अपरिहार्य रूप से हैं, कुछ भी हो सकता है, एक तत्काल ईमेल से जो सुबह के लिए आपकी योजनाओं को नष्ट कर देता है और एक शोक जो आपकी दुनिया को अपनी नींव तक हिला देता है।

एक जीवन जो समय के संबंध में सुरक्षा प्राप्त करने पर केंद्रित है, जबकि वास्तव में ऐसी सुरक्षा अप्राप्य है, केवल अस्थायी रूप से ही महसूस की जा सकती है। जैसे कि आपके जन्म का बिंदु अभी भी भविष्य में है, क्षितिज के ठीक ऊपर, और जैसे ही आप इसे अर्नोल्ड बेनेट के शब्दों में, 'उचित कार्य क्रम में' रखते हैं, आपका जीवन अपनी पूरी संपूर्णता में शुरू हो सकता है। आप ख़ुद से कहते हैं; एक बार जब आप सारे काम निपटा लेंगे, या एक बेहतर व्यक्तिगत संगठन प्रणाली लागू कर लेंगे, या अपनी डिग्री हासिल कर लेंगे, या अपने कौशल को निखारने में पर्याप्त वर्षों का अनुभव हासिल कर लेंगे; या एक बार जब आपको आपका जीवनसाथी मिल जाएगा या आपके बच्चे होंगे, या एक बार जब बच्चे घर छोड़ देंगे, या जब क्रांति आएगी और सामाजिक न्याय स्थापित होगा- *जब* आप अंत में स्वयं को नियंत्रण में महसूस करेंगे, तो आप थोड़ा आराम करने में सक्षम होंगे, और आपके जीवन को वास्तविक अर्थ मिल जाएगा परंतु जब तक ऐसा नहीं होता तब तक, जीवन अनिवार्य रूप से एक संघर्ष की तरह महसूस होता है : कभी-कभी रोमांचक, कभी-कभी थका देने वाला, लेकिन हमेशा सत्य के किसी न किसी क्षण की सेवा में जो अभी भी भविष्य में है। 1970 में लिखते हुए, स्विस मनोवैज्ञानिक और परियों की कहानियों के विद्वान मैरी-लुईस वॉन फ्रांज़ ने इस तरह के अस्तित्व के दूसरे सांसारिक वातावरण को अपनी रचना में चित्रित किया :

> एक अजीब रवैया और भावना है कि कोई अभी तक वास्तविक जीवन नहीं जी रहा है। फ़िलहाल कोई यह कर रहा है या वह कर रहा है, लेकिन चाहे वह एक महिला के साथ संबंध हो या नौकरी, यह अभी तक तय नहीं हो पाया है कि वास्तव में क्या

> वांछित है, और हमेशा कल्पना होती है कि भविष्य में कभी न कभी असली बात सामने आएगी ...इस तरह के आदमी को जिस एक चीज़ से डर लगता है, वह है किसी भी चीज़ से बंधा होना। ऐसे व्यक्ति के लिए सबसे अधिक डरावनी बात यह होती है कि किसी भी चीज़ से बंधा होना। पूरी तरह से समय और स्थान में प्रवेश करने, और जो अनोखा इंसान है, वही बनने का एक ज़बरदस्त डर होता है।

'पूरी तरह से समय और स्थान में प्रवेश करना' – या आंशिक रूप से भी, जितना कि हम में से कोई भी कभी भी पहुंच सकता है – का मतलब है हार स्वीकार करना। इसका मतलब है कि अपनी भ्रांतियों को मरने देना। आपको स्वीकार करना होगा कि करने के लिए हमेशा बहुत कुछ होगा; और आप कभी भी कठिन विकल्पों से बच नहीं सकते या दुनिया को अपनी पसंदीदा गति से नहीं चला सकते; कि कोई भी अनुभव, ख़ासकर अन्य इंसानों के साथ घनिष्ठ संबंध, कभी भी पहले से इस बात की गारंटी नहीं दे सकते कि वे बिना तकलीफ़ के और अच्छे होंगे – और एक ब्रह्मांडीय दृष्टिकोण से, जब यह सब ख़त्म हो जाएगा, तो इसकी बहुत अधिक अहमियत नहीं होगी।

और यह सब स्वीकार करने के बदले में? आपको वास्तव में यहां रहने का मौक़ा मिलता है। आपको जीवन पर वास्तव में पकड़ मिलती है। आप अपने सीमित समय को कुछ ऐसी चीज़ों पर केंद्रित कर सकते हैं जो स्वयं में, अभी, इस क्षण में आपके लिए मायने रखती हैं। शायद यह स्पष्ट करने योग्य बात है कि इनमें से कोई भी विवाह या पालन-पोषण, संगठनों के निर्माण या राजनीतिक प्रणालियों में सुधार जैसे दीर्घकालिक प्रयासों के ख़िलाफ़ एक तर्क नहीं है, और निश्चित रूप से जलवायु संकट से निपटने के ख़िलाफ़ भी नहीं है; ये उन चीज़ों में से हैं जो सबसे अधिक मायने रखती हैं। लेकिन तर्क यह है कि वे चीज़ें केवल अभी, काम में लगे हर क्षण में ही मायने रख सकती हैं, चाहे वे बाक़ी दुनिया की नज़र में अभी तक फलित हुई हों या नहीं। क्योंकि अभी ही वह सब है जो आपको मिलता है।

यह कल्पना करना लुभावना है कि समय के साथ संघर्ष को समाप्त करना या कम से कम आसान बनाना भी आपको ज़्यादातर या हर समय *ख़ुश* कर सकता है। लेकिन मुझे इस बात पर विश्वास नहीं हो रहा है। हमारा

सीमित जीवन अंत की सभी दर्दनाक समस्याओं से भरा हुआ है, कंप्यूटर के इनबॉक्स से लेकर मृत्यु तक, और उनका सामना करना उन्हें समस्याओं की तरह महसूस करने से नहीं रोकता है–या नहीं समझे जाने पर भी, किसी भी प्रकार से या बिलकुल नहीं। यहां प्रस्तुत मन की शांति उच्च स्तर की है : यह इस तथ्य को स्वीकार करने में निहित है कि सीमाओं की समस्याओं से बचने में असमर्थ होना स्वयं में कोई समस्या नहीं है। मानव रोग अक्सर दर्दनाक होता है, लेकिन जैसा कि ज़ेन शिक्षक शार्लोट जोको बेक कहते हैं, यह केवल तब तक *असहनीय* है जब तक आप इस धारणा के तहत हैं कि इसका इलाज हो सकता है। दुख की अनिवार्यता को स्वीकार करें, इससे आपको स्वतंत्रता प्राप्त होगी : आप अंततः जीवन जीना शुरू कर सकते हैं। एक ऐसे ही सामान्य क्षण में, वे याद करते हैं कि ब्रुकलिन में उस पार्क की बेंच पर मुझे वही अहसास हुआ जो फ्रांसीसी कवि क्रिश्चियन बॉबिन को हुआ था। ''मैं बगीचे में एक लाल सेब छील रहा था, तभी मुझे अचानक यह अहसास हुआ कि जीवन मुझे हमेशा अद्भुत और असाध्य समस्याओं की एक श्रंखला ही देगा। इस विचार के साथ ही मेरे दिल में शांति का सागर उमड़ पड़ा।''

पांच प्रश्न

इन सब को थोड़ा और मजबूत बनाने के लिए, अपने जीवन के बारे में निम्नलिखित प्रश्न पूछना उपयोगी हो सकता है। इससे कोई फ़र्क़ नहीं पड़ता कि इनके जवाब तुरंत नहीं मिल पा रहे हैं; राइनर मारिया रिल्के की प्रसिद्ध उक्ति में, 'प्रश्नों को जीना' है। किसी भी प्रकार की ईमानदारी के साथ उन्हें पूछना पहले से ही आपकी स्थिति की वास्तविकता को समझने और आपके सीमित समय का अधिकतम उपयोग करने की शुरुआत है।

1. अपने जीवन या कार्य में आप वर्तमान में कहां आराम की तलाश कर रहे हैं, जबकि आवश्यकता थोड़ी असुविधा की है?

जीवन की उन परियोजनाओं को आगे बढ़ाना जो आपके लिए सबसे ज़्यादा महत्त्व रखती हैं, लगभग हमेशा ही आपके समय पर आपका पूरी तरह से

नियंत्रण *नहीं* होने, की वास्तविकता के तकलीफ़देह हमलों से सुरक्षित ना होने या भविष्य के बारे में आत्मविश्वास महसूस नहीं करना होगा। इसका मतलब है उन उद्यमों को शुरू करना जो विफल हो सकते हैं, शायद इसलिए कि आप पाएंगे कि आपके पास पर्याप्त योग्यता की कमी है; इसका मतलब है शर्मिंदा होने का जोख़िम उठाना, कठिन बातचीत करना, दूसरों को निराश करना, और संबंधों में इतनी गहराई तक जाना कि अतिरिक्त पीड़ा हो – जब उन लोगों के साथ कुछ बुरा होता है, जिनकी आपको परवाह है – तो यह लगभग निश्चित होता है और इसलिए हम स्वाभाविक रूप से अपने दैनिक समय के उपयोग के बारे में ऐसे निर्णय लेते हैं, जो चिंता से बचने को प्राथमिकता देते हैं। विलंब, व्याकुलता, प्रतिबद्धता-भय, अपनी अलमारी को साफ़ करना और एक बार में बहुत सारी योजनाओं को हाथ में ले लेना आदि इस भ्रम को बनाए रखने की कोशिश करने के सभी तरीक़े हैं कि आप चीज़ों पर अधिकार रखते हैं। एक सूक्ष्म तरीक़े से, अत्यधिक चिंता भी ऐसा ही करती है, जो अपना उदासीन लेकिन आरामदायक अहसास देती है कि आप कुछ रचनात्मक कर रहे हैं ताकि नियंत्रण में बने रह सकें।

जेम्स होलिस जीवन में हर महत्त्वपूर्ण निर्णय लेने के लिए पूछने की सलाह देते हैं; 'क्या यह विकल्प मुझे कमतर बनाता है, या मुझे बेहतर करता है?' यह प्रश्न चिंता को कम करने के लिए निर्णय लेने की प्रवृत्ति को दरकिनार कर देता है और इसके बजाय आपके समय के लिए आपके गहरी मंशाओं के संपर्क में आने में मदद करता है। यदि आप यह तय करने की कोशिश कर रहे हैं कि किसी दी गई नौकरी या रिश्ते को छोड़ना है या उसके प्रति अपनी प्रतिबद्धता को दोगुना करना है, तो यह पूछना कि आपको सबसे ज़्यादा क्या ख़ुश करेगा, आपको सबसे आरामदायक विकल्प की ओर आकर्षित कर सकता है, या फिर आपको अनिर्णय से ग्रसित कर सकता है। लेकिन आप आमतौर पर सहज रूप में जानते हैं कि किसी रिश्ते या नौकरी में बने रहने से आपके सामने ऐसी चुनौतियां आएंगी, जो आपको एक व्यक्ति के रूप में विकसित होने में मदद करेंगी (विस्तार) या ऐसी चुनौतियां जो हर गुज़रते सप्ताह के साथ आपको कमज़ोर कर देंगी (ह्रास)। जब भी ऐसा अवसर आए तो आरामदायक कमी के स्थान पर असुविधाजनक वृद्धि का चुनाव करें।

2. क्या आप ख़ुद को रचनात्मकता या प्रदर्शन के मानकों पर क़ायम रखते हैं और ख़ुद को उन मानकों के आधार पर आंकते हैं जिन्हें पूरा करना असंभव है?

समय के साथ किसी दिन पूर्ण प्रभुत्व प्राप्त करने की कल्पना का एक सामान्य लक्षण यह है कि हम इसके उपयोग के लिए स्वाभाविक रूप से असंभव लक्ष्य निर्धारित करते हैं - ऐसे लक्ष्य जिन्हें हमेशा भविष्य के लिए स्थगित कर दिया जाना चाहिए, क्योंकि उन्हें वर्तमान में कभी पूरा नहीं किया जा सकता है। सच्चाई यह है कि इतना कुशल और संगठित होना असंभव है कि आप आने वाली आवश्यकताओं की असीमित संख्या को पूरा कर सकें। आमतौर पर अपने काम पर और अपने बच्चों के साथ, और लोगों से मेल-जोल या समाज सेवा, यात्रा या राजनीतिक सक्रियता में शामिल होने पर 'पर्याप्त समय' बिताना समान रूप से असंभव है। लेकिन यह विश्वास करने में संतुष्टि की एक भ्रामक भावना है कि आप ऐसे जीवन के निर्माण की प्रक्रिया में हैं, जो अब किसी भी दिन अस्तित्व में आने वाला है।

यदि आपको अपनी रग-रग में यह अहसास हो जाए कि तकलीफ़ों से मुक्ति कभी भी नहीं मिलेगी और कि आपके मानदंड हमेशा से ही असंभव थे, और इसलिए आप कभी भी उन सभी चीज़ों के लिए समय नहीं निकाल पाएंगे जिसकी आपने उम्मीद की थी तो आज आप अपने समय के साथ क्या अलग करेंगे? शायद आप यह आपत्ति प्रकट करने के लिए उत्सुक हों कि आपका मामला विशेष है, कि आपकी विशेष स्थिति में, आपको अपनी किसी मुसीबत को टालने के लिए असंभव लगनेवाले कार्य को समय पर अंजाम देना आवश्यक है। उदाहरण के लिए, हो सकता है कि आपको डर हो कि यदि आप अपने किसी असंभव से प्रतीत होने वाले कार्यभार को नही संभालते हैं तो आपको नौकरी से निकाल दिया जाएगा और आपकी आय कम हो जाएगी। लेकिन यह एक ग़लतफ़हमी है। यदि आप स्वयं से जिस स्तर के प्रदर्शन की मांग कर रहे हैं वह वास्तव में असंभव है, तो यह असंभव है, भले ही आपदा आ जाए और इस वास्तविकता का सामना करने से ही आप को कोई मदद नहीं मिल सकती है।

इड्डो लैंडाउ इंगित करते हैं कि अपने आप को उन मानकों पर बनाए रखने में एक तरह की क्रूरता है, जिन तक कोई भी कभी नहीं पहुंच सकता

था (और हम में से कई लोग कभी भी अन्य लोगों से मांग करने का सपना नहीं देखेंगे) अधिक मानवीय दृष्टिकोण यह है कि आप इस तरह के प्रयासों को पूरी तरह से छोड़ दें। अपने असंभव मानदंडों को धराशायी होने दें। फिर उसके मलबे में से कुछ सार्थक कार्य चुनें और आज ही उन पर काम करना शुरू करें।

3. आप किन तरीक़ों से इस तथ्य को स्वीकार नहीं कर पाए हैं कि आप वही हैं जो आप हैं, ना कि वह व्यक्ति जो आप सोचते हैं कि आपको होना चाहिए?

सीमितता के साथ टकराव को स्थगित करने का एक निकट संबंधी तरीक़ा अथवा चिंता पैदा करने वाले तथ्य को टालने का एक तरीक़ा *यह है* कि आप अपने वर्तमान जीवन को उस यात्रा का हिस्सा मानें जो आपको उस प्रकार का व्यक्ति बनने की ओर ले जाती है जो आप सोचते हैं कि आपको समाज, धर्म, या आपके माता-पिता की नज़रों में बनना चाहिए, चाहे वे जीवित हों या नहीं। आप ख़ुद से कहते हैं कि एक बार जब आपने अपने अस्तित्व का अधिकार अर्जित कर लिया, तो जीवन इतना अनिश्चित और नियंत्रण से बाहर महसूस होना बंद हो जाएगा। राजनीतिक और पर्यावरणीय संकट के समय में, यह मानसिकता अक्सर इस विश्वास का रूप ले लेती है कि समय बिताने लायक़ कुछ भी नहीं है, सिवाय इन आपातकालों का सीधे, चौबीसों घंटे समाधान करने के। - और यह कि आप ख़ुद को दोषी और स्वार्थी मानने में पूरी तरह सही हैं, यदि आप अपना समय किसी और चीज़ पर ख़र्च करते हैं।

किसी बाहरी अधिकार संपन्न व्यक्ति की नज़र में अपने अस्तित्व को सही ठहराने की यह खोज वयस्कता तक लंबे समय तक जारी रह सकती है। मनोचिकित्सक स्टीफ़न कोप लिखते हैं, 'आख़िरकार एक निश्चित उम्र में', हमें यह पता चलता है कि, आश्चर्यजनक रूप से, कोई भी वास्तव में परवाह नहीं करता है कि हम अपने जीवन के साथ क्या कर रहे हैं। यह उन लोगों के लिए सबसे परेशान करने वाली खोज है जिन्होंने किसी और का जीवन जिया है और अपने स्वयं के जीवन से दूर रहे हैं : कोई वास्तव में परवाह नहीं करता सिवाय हमारे। अपने अस्तित्व को सही ठहराकर सुरक्षा

प्राप्त करने का प्रयास, अंततः, निरर्थक और अनावश्यक था। व्यर्थ इसलिए क्योंकि जीवन हमेशा अनिश्चित और आपके नियंत्रण से बाहर रहेगा। और अनावश्यक इसलिए क्योंकि, परिणामस्वरूप, जब तक आप किसी और से या किसी और चीज़ से मान्यता प्राप्त नहीं कर लेते, तब तक जीने का कोई मतलब नहीं है। मन की शांति और स्वतंत्रता का उत्साहजनक अहसास मान्यता प्राप्त करने से नहीं आता, बल्कि इस वास्तविकता को स्वीकार करने से आता है कि यदि आपको मान्यता मिल भी जाती है तो यह सुरक्षा नहीं लाएगी।

मुझे विश्वास है कि, किसी भी स्थिति में, यह भावना नहीं होने से कि आपको पृथ्वी के इस जीवन में अपने हफ़्तों को अर्जित करने की आवश्यकता है, इस मानसिकता से आप अपने जीवन के समय का सबसे सच्चा और वास्तविक भला कर सकते हैं।

एक बार जब आप किसी विशेष प्रकार का व्यक्ति बनने के दबाव को महसूस *नहीं* करते, तो आप अपनी वर्तमान स्थिति में अपनी व्यक्तित्व, ताकतों और कमज़ोरियों, प्रतिभाओं और उत्साहों का सामना कर सकते हैं और उन्हें जहां ले जाते हैं वहां का अनुसरण कर सकते हैं। शायद एक ऐसी दुनिया के लिए जिसमें कई संकटों का सामना करना पड़ रहा है, आपका विशेष योगदान प्राथमिक रूप से अपने समय को सक्रियता में लगाने या चुनावी पद प्राप्त करने में नहीं है, बल्कि एक बुज़ुर्ग रिश्तेदार की देखभाल करने में, संगीत बनाने में, या पेस्ट्री शेफ़ के रूप में काम करने में है, जैसे कि मेरे साले, एक सशक्त दक्षिण अफ़्रीकी जिन्हें आप रग्बी खिलाड़ी समझ सकते हैं, लेकिन जिनका काम स्पन शुगर और बटर आइसिंग की जटिल संरचनाओं का निर्माण करना है जो उनके साथियों के मध्य सदैव हास्य के क्षण प्रकट करते रहते हैं। बौद्ध शिक्षिका सूज़न पिवर बताती हैं कि हममें से कई लोगों के लिए यह पूछना आश्चर्यजनक रूप से कठोर और असहज करने वाला हो सकता है कि हम अपना समय कैसे बिताना पसंद करेंगे। लेकिन कम से कम, आपको इस संभावना से इंकार नहीं करना चाहिए कि उस प्रश्न का उत्तर इस बात का संकेत है कि आप अपने समय का सबसे अच्छा उपयोग कैसे कर सकते हैं।

4. जीवन के कौन से क्षेत्रों में आप अभी भी ख़ुद को तब तक रोक रहे हैं, जब तक आपको ऐसा महसूस ना हो कि आप जानते हैं कि आप क्या कर रहे हैं?

यह कहना आसान है कि आप अपने जीवन को एक पूर्वाभ्यास के रूप में वर्षों तक इस तर्क पर जी सकते हैं कि आप जो कर रहे हैं, वह इस समय के लिए कौशल और अनुभव हासिल करना है, जो आपको बाद में चीज़ों पर अधिकारपूर्वक नियंत्रण करने की अनुमति देगा। लेकिन कभी-कभी मैं अपनी अब तक की वयस्कता की यात्रा को इस तरह से सोचता हूं कि यह धीरे-धीरे इस सच्चाई की खोज की यात्रा है कि कोई भी संस्था, कोई भी जीवन का क्षेत्र ऐसा नहीं है, जहां हर कोई हर समय बस जैसे-तैसे काम नहीं चला रहा हो। बड़े होते हुए, मैंने सोचा कि नाश्ते की मेज़ पर समाचार पत्र को उन लोगों द्वारा इकट्ठा किया जाना चाहिए जो वास्तव में जानते थे कि वे क्या कर रहे थे; फिर मुझे एक समाचार पत्र में नौकरी मिल गई। अनजाने में, मैंने अपनी योग्यता की मान्यताओं को कहीं और स्थानांतरित कर दिया, जिसमें सरकार में काम करने वाले लोग भी शामिल थे। लेकिन फिर मुझे कुछ लोगों के बारे में पता चला जिन्होंने ऐसा किया-और जो कुछ पेग शराब पीने के बाद यह स्वीकार करते थे कि उनके काम में एक संकट से दूसरे संकट तक लड़खड़ाना शामिल होता है, रास्ते में कारों की पिछली सीटों पर विश्वसनीय नीतियां गढ़ना, जिनका प्रेस कॉन्फ्रेंस में घोषणा करना होता था। तब भी, मैंने पाया कि मैं यह मान रहा था कि इसे ब्रिटिश लोगों के बीच प्रचलित अजीब गर्व के रूप में समझाया जा सकता है, जो कभी-कभी ख़ुद को अव्यवस्थित रूप से औसत दर्जे का मानते हैं। फिर मैं अमेरिका चला गया - जहां, यह पता चला, हर कोई जैसे-तैसे काम चला रहा है। इसके बाद के वर्षों में राजनीतिक घटनाक्रम ने केवल यह और स्पष्ट कर दिया है कि 'प्रभुत्व संपन्न' लोग भी विश्वस्तरीय घटनाओं पर उतना ही नियंत्रण रखते हैं जितना कि हम में से बाक़ी लोग।

यह विचार भयावह है कि आप कभी भी वास्तव में ऐसा महसूस नहीं कर सकते कि आप जानते हैं कि आप क्या कर रहे हैं, चाहे वह काम हो, विवाह हो, पालन-पोषण हो या कुछ और। लेकिन यह मुक्तिदायक भी है, क्योंकि यह वर्तमान समय में उन क्षेत्रों में आपके प्रदर्शन के बारे में आत्म-

जागरूक या बाधित महसूस करने के एक केंद्रीय कारण को हटा देता है : अगर पूर्ण अधिकार का अनुभव कभी नहीं आने वाला है, तो बेहतर होगा कि आप अब और इंतज़ार नहीं करें और इन गतिविधियों को पूरे मन से करना शुरू कर दें। यदि पूर्ण अधिकार की भावना कभी नहीं आने वाली है, तो आप ऐसी गतिविधियों को अपना सब कुछ देने के लिए इंतज़ार नहीं कर सकते हैं–साहसिक योजनाओं को अमल में लाना, सावधानी बरतने की ग़लती करना बंद करना। यह सोचना और भी ज़्यादा मुक्तिदायक है कि हर कोई उसी नाव में सवार है, चाहे वे इसके बारे में जानते हों या नहीं।

5. यदि आप अपने कार्यों को सफल होते देखने के बारे में इतना चिंतित नहीं होते तो आप अपने दिन किस प्रकार अलग ढंग से बिताते?

समय पर नियंत्रण की इच्छा की अंतिम सामान्य अभिव्यक्ति अध्याय 8 में 'कारणात्मक आपदा' के रूप में वर्णित अव्यक्त धारणा से उत्पन्न होती है : यह विचार कि हम अपना समय कैसे बिताते हैं, इसका सही मूल्य हमेशा और केवल परिणामों द्वारा आंका जाता है। इस दृष्टिकोण से यह स्वाभाविक रूप से पर्याप्त है कि आपको अपना समय उन गतिविधियों पर केंद्रित करना चाहिए जिनके लिए आप परिणाम देखने के लिए आस-पास होने की उम्मीद करते हैं। लेकिन अपनी डॉक्यूमेंट्री *ए लाइफ़्स वर्क* में, निर्देशक डेविड लिकाटा ने उन लोगों का उल्लेख किया है जिन्होंने एक और रास्ता अपनाया, अपने जीवन को उन परियोजनाओं के लिए समर्पित किया जो लगभग निश्चित रूप से उनके जीवनकाल में पूरी नहीं होंगी, जैसे पिता और पुत्र की टीम दुनिया के शेष प्राचीन जंगलों में हर पेड़ को सूचीबद्ध करने का प्रयास कर रही है, और खगोलविद कैलिफ़ोर्निया में एस.ई.टी.आई. संस्थान में अपनी मेज़ से अतिरिक्त-स्थलीय जीवन के संकेतों के लिए रेडियो तरंगों को खोज रहे हैं। सभी के पास उम्मीद से भरी आंखें हैं जो जानते हैं कि वे उन चीज़ों को कर रहे हैं जो अत्यंत महत्त्वपूर्ण हैं, और जो अपने काम का आनंद लेते हैं, क्योंकि उन्हें ख़ुद को यह समझाने की कोशिश करने की आवश्यकता नहीं है कि उनका अपना योगदान निर्णायक साबित होगा या जब तक वे जीवित हैं, तब तक अपने इस कार्य में सफल होंगे।

फिर भी, एक ऐसा अहसास है कि सभी काम – जिसमें पालन–पोषण, समुदाय निर्माण और सभी अन्य शामिल हैं – हमारे अपने जीवनकाल में पूरे नहीं हो सकते। ऐसी सभी गतिविधियां हमेशा एक बहुत बड़े कालिक संदर्भ में होती हैं, जिसका अंतिम मूल्य हमारे चले जाने के बाद (या शायद कभी नहीं, क्योंकि समय अनिश्चित रूप से बढ़ता है) ही मापने योग्य होगा। और इसलिए यह पूछना उचित है : कौन से कार्य – दुनिया के लिए उदारता या देखभाल के कौन से कार्य, दूर के भविष्य में कौन सी महत्त्वाकांक्षी योजनाएं या निवेश – क्या आज यह काम करना सार्थक होगा, अगर आप कभी भी परिणाम ना देखने की बात स्वीकार कर सकें? हम सभी मध्ययुगीन पत्थर के कारीगरों की स्थिति में हैं, जो एक गिरजाघर में कुछ और ईंटें जोड़ रहे हैं, जिसका निर्माण हम जानते हैं कि हम कभी नहीं देख पाएंगे। फिर भी गिरजाघर के निर्माण कार्य को पूरा करना आवश्यक है।

अगली सबसे ज़रूरी चीज़

15 दिसंबर 1933 को, कार्ल युंग ने एक संवाददाता, फ्राउ वी. को जीवन के उचित आचरण पर कई सवालों का जवाब देते हुए एक जवाब लिखा, और उनका जवाब इस पुस्तक को समाप्त करने के लिए एक अच्छा जवाब है। 'डियर फ्राउ वी.' युंग ने शुरू किया, 'आपके सवाल अनुत्तरित हैं, क्योंकि आप जानना चाहते हैं कि कैसे जीना है। एक व्यक्ति जैसा जी सकता है, वैसा ही जीता है। कोई एकल, निश्चित तरीक़ा नहीं है ...यदि आप यही चाहते हैं, तो सबसे अच्छा है कि आप कैथोलिक चर्च में शामिल हो जाएं, जहां वे आपको बताते हैं कि क्या सही है।' इसके विपरीत, व्यक्तिगत मार्ग 'वह रास्ता है जो आप स्वयं के लिए बनाते हैं, जो कभी निर्धारित नहीं होता, जिसे आप पहले से नहीं जानते, और जो बस स्वयं ही अस्तित्व में आता है, जब आप एक क़दम आगे बढ़ाते हैं।' इस तरह के रास्ते पर चलने के लिए उनकी एकमात्र सलाह थी कि 'चुपचाप अगला और सबसे आवश्यक काम करें। जब तक आपको लगता है कि आप यह नहीं जानते कि वह क्या है, तब तक आपके पास बेकार की अटकलों में ख़र्च करने के लिए अभी भी बहुत पैसा है। लेकिन यदि आप दृढ़ विश्वास के साथ अगला और सबसे आवश्यक कार्य करते हैं, तो आप हमेशा कुछ

अर्थपूर्ण और भाग्य द्वारा नियोजित कार्य कर रहे होते हैं।' इस अंतर्दृष्टि का एक संशोधित संस्करण, 'अगला सही कार्य करो', तब से अल्कोहलिक्स अनोनिमस के सदस्यों के बीच एक प्रिय नारा बन गया है, जो तीव्र संकट के क्षणों में समझदारी से आगे बढ़ने का एक तरीक़ा है। लेकिन वास्तव में, 'अगला और सबसे आवश्यक कार्य' वही है जो हममें से कोई भी किसी भी क्षण करने की आकांक्षा कर सकता है। और हमें इसे करना चाहिए, भले ही यह सुनिश्चित करने का कोई वस्तुनिष्ठ तरीक़ा ना हो कि सही तरीक़ा क्या है।

सौभाग्य से, ठीक इसलिए कि आप बस इतना ही कर सकते हैं, आपको बस इतना ही *करना* है। यदि आप समय के बारे में सच्चाई का सामना इस तरह से कर सकते हैं – यदि आप एक सीमित मानव होने की अवस्था में पूरी तरह क़दम रख सकते हैं, तो आप उत्पादकता, उपलब्धि, सेवा और संतुष्टि की उन महान ऊंचाइयों तक पहुंच जाएंगे जो आपके लिए प्रारंभ से ही संभावित थीं। और जिस जीवन को आप पीछे से देखने वाले दर्पण में क्रमिक रूप से आकार लेते हुए देखेंगे, वह ऐसा होगा जो आपके सप्ताहों का अच्छी तरह से उपयोग करने के अर्थ के एकमात्र निश्चित उपाय को पूरा करता है : यह नहीं कि आपने कितने लोगों की मदद की, या कितना काम पूरा किया; बल्कि यह कि आपने अपने समय और इतिहास की सीमाओं के भीतर, और अपनी सीमित समय और प्रतिभाओं के साथ, वास्तव में करने लायक काम किया–और ऐसा करके, जीवन को हम सबके लिए अधिक प्रकाशमान बना दिया–चाहे वह शानदार कार्य हो या कोई आश्चर्यजनक रूप से कोई छोटी सी चीज़ हो, जिसके लिए आप यहां आए थे।

उपसंहार : आशा से परे

शायद आपने ध्यान दिया होगा कि बस एक समस्या है : सब कुछ उलझा हुआ है।

प्राचीन हिंदू सभ्यता के किसी समय यात्री को हमारे युग को कलियुग का हिस्सा मानने में कोई कठिनाई नहीं होगी, जो इतिहास के चक्र का वह चरण है, जब हिंदू पौराणिक कथाओं के अनुसार, सब कुछ गड़बड़ होना शुरू हो जाता है : सरकारें गिर जाती हैं, पर्यावरण नष्ट हो जाता है और मौसम संबंधी अजीब घटनाएं बढ़ जाती हैं, शरणार्थियों का आना-जाना सीमाओं के पार हो जाता है और बीमारियां और संदिग्ध विचारधाराएं दुनिया भर में फैल जाती हैं। (इसका अधिकांश हिस्सा महाभारत से लगभग शब्दशः लिया गया है, 2,000 साल पुराना संस्कृत महाकाव्य, इसलिए यह मेरे ट्विटर टाइमलाइन से मेल खाता है, यह या तो संयोगवश है या अत्यंत भयावह।) यह सच है, जैसा कि अधिक आशावादी टिप्पणीकार हमें याद दिलाना पसंद करते हैं, कि लोग हमेशा से मानते रहे हैं कि वे अंत समय में जी रहे हैं, और इन दिनों की बहुत सारी ख़बरें वास्तव में काफ़ी अच्छी हैं : शिशु मृत्यु दर, अत्यधिक ग़रीबी और वैश्विक असमानता सभी तेज़ी से गिर रही हैं, जबकि साक्षरता बढ़ रही है, और युद्ध में मारे जाने की संभावना पहले से कम हो गई है। फिर भी, आर्कटिक में 34° C के दिन भी वास्तविक हैं, जैसे कि कोरोना वायरस महामारी, विशाल जंगल की आग, और निराश्रित प्रवासियों से भरी नौकाएं। चीज़ों को जितना संभव हो सके उतना हल्के ढंग से कहें तो, पूरी तरह से आश्वस्त रहना मुश्किल है कि एक दिन सब कुछ ठीक हो जाएगा।

ऐसे युग में समय प्रबंधन पर ध्यान क्यों दिया जाए? यह अप्रासंगिकता की पराकाष्ठा की तरह लग सकता है। लेकिन जैसा कि मैं स्पष्ट करने की

कोशिश कर रहा हूं, मेरा मानना है कि यह मुख्य रूप से अधिकांश पारंपरिक समय प्रबंधन सलाह के संकीर्ण दृष्टिकोण का परिणाम है। अपने दृष्टिकोण को थोड़ा विस्तृत करें, और यह स्पष्ट हो जाता है कि चिंता और संघर्ष के समय में, समय के उपयोग के सवालों पर नई अनिवार्यता आ जाती है : जिन चुनौतियों का हम सामना कर रहे हैं, उनका सामना करने में हमारी सफलता या असफलता पूरी तरह से इस बात पर निर्भर करेगी कि हम दिन में उपलब्ध घंटों का कैसे उपयोग करते हैं। 'समय प्रबंधन' वाक्य पूरे मामले को साधारण बना सकता है। लेकिन फिर एक साधारण जीवन – उस अर्थ में जो यहां अभी, इस क्षण में घटित हो रहा है – यही वह सब कुछ है जिसके साथ हमें काम करना है।

लोग कभी-कभी पर्यावरणविद डेरिक जेन्सेन से पूछते हैं, जिन्होंने कट्टरपंथी समूह डीप ग्रीन रेजिस्टेंस की सह-स्थापना की थी, जब सब कुछ इतना निराशापूर्ण प्रतीत होता है तो वह कैसे आशावादी बने रहते हैं। लेकिन उन लोगों को वह बताते हैं कि वह ऐसा नहीं करते लेकिन उन्हें लगता है कि यह एक अच्छी बात है। जेन्सन कहते हैं कि *आशा* को 'अंधेरे में हमारा प्रकाश स्तंभ' माना जाता है। लेकिन वास्तव में, यह एक अभिशाप है। किसी निश्चित परिणाम की आशा करना अपने आप और वर्तमान क्षण से बाहर किसी चीज़ पर अपना विश्वास रखना है, ताकि अंत में सब कुछ ठीक हो जाए। उदाहरण के लिए सरकार, या भगवान, या कार्यकर्ताओं की अगली पीढ़ी, या बस 'भविष्य' – जैसा कि अमेरिकी बौद्ध नन पेमा चोड्रोन कहती हैं, इसका मतलब है जीवन को इस तरह से जीना जैसे कि 'जब भी हमें किसी की ज़रूरत होगी, हमेशा एक बेबी सिटर उपलब्ध रहेगा' और कभी-कभी उस रवैये को उचित ठहराया जा सकता है : उदाहरण के लिए, अगर मैं सर्जरी के लिए अस्पताल जाता हूं, तो मुझे बस यह उम्मीद करनी होगी कि सर्जन जानता है कि वह क्या कर रहा है, क्योंकि उसके कार्य में मैं जो भी योगदान दे सकता हूं, उससे कोई बहुत फ़र्क़ पड़ने की संभावना नहीं है। लेकिन बाक़ी समय, इसका मतलब है चीज़ों को बदलने की अपनी क्षमता को अस्वीकार करना – जो कि जेन्सन के क्षेत्र, पर्यावरण सक्रियता के संदर्भ में, इसका मतलब है अपनी शक्ति को उन्हीं ताक़तों के सामने समर्पित कर देना जिनसे आपको लड़ना चाहिए था।

जेन्सन कहते हैं, 'बहुत से लोग कहते हैं कि उन्हें उम्मीद है कि प्रमुख संस्कृति दुनिया को नष्ट करना बंद कर देगी,' लेकिन ऐसा कहकर, 'उन्होंने मान लिया है कि विनाश जारी रहेगा, कम से कम अल्पावधि में, और उन्होंने इसे रोकने में भाग लेने की अपनी क्षमता से ख़ुद को दूर कर लिया है।' इसके विपरीत, आशा छोड़ देना, उस शक्ति को अपने पास रखना है जो वास्तव में आपके पास है। उस बिंदु पर, जेन्सन आगे कहते हैं, 'हमें अब किसी भी तरह की ''आशा'' करने की आवश्यकता नहीं है। हम बस काम करते हैं। हम सुनहरी मछलियों को जीवित रखते हैं। हम सुनहरे कुत्तों को जीवित रखते हैं। हम सुनहरे हिरणों को जीवित रखते हैं ...जब हम यह उम्मीद करना बंद कर देते हैं कि जिस भयावह स्थिति में हम हैं, वह किसी तरह अपने आप सुलझ जाएगी, जब हम यह उम्मीद करना बंद कर देते हैं कि स्थिति किसी तरह और ख़राब नहीं होगी, तब हम अंततः स्वतंत्र हो जाते हैं – वास्तव में स्वतंत्र–ईमानदारी से इसे सुलझाने के लिए काम करना शुरू करने के लिए।'

आप इस पुस्तक को आशा त्याग देने की सशक्त क्षमता के लिए एक विस्तारित तर्क के रूप में सोच सकते हैं। अपनी सीमाओं को अपनाने का मतलब है उम्मीद छोड़ना कि सही तकनीकों और थोड़े अधिक प्रयास से आप दूसरे लोगों की असीम मांगों को पूरा कर पाएंगे, अपनी हर महत्त्वाकांक्षा को साकार कर पाएंगे, हर भूमिका में उत्कृष्टता प्राप्त कर पाएंगे, या हर अच्छे कारण या मानवीय संकट पर ध्यान दे पाएंगे। इसका मतलब है कि कभी भी पूरी तरह से नियंत्रण में महसूस करने की उम्मीद छोड़ दें, या निश्चित करें कि कड़वे तकलीफ़देह अनुभव आपके रास्ते में नहीं आ रहे हैं। और इसका मतलब है, जितना संभव हो, उस मुख्य आशा को छोड़ देना जो इसके पीछे छुपी होती है, वह आशा कि किसी तरह *यह* वास्तव में सब कुछ नहीं है – कि यह सिर्फ़ एक पूर्वाभ्यास है, और एक दिन आपको सच्चा विश्वास होगा कि आपके पास जो चाहिए वह है।

चोड्रन जिसे 'निराशा की आदत डालना' कहती हैं, उसका केंद्रीय भाव यह समझ लेने में है कि चीज़ें ठीक नहीं होने वाली हैं। क्योंकि वास्तविकता तो यह है कि वे पहले से ही ठीक नहीं हैं – चाहे वह कुदरती तौर पर हो या व्यक्तिगत स्तर पर। आर्कटिक की बर्फ़ पहले से ही पिघल रही है। महामारी

ने पहले ही लाखों लोगों की जान ले ली है और अर्थव्यवस्था को तबाह कर दिया है। आप अमेरिकी राष्ट्रपति पद के लिए कितने अयोग्य हो सकते हैं, फिर भी वाइट हाउस में पहुंच सकते हैं, इस सवाल का भी पहले ही स्पष्ट रूप से उत्तर मिल चुका है। हज़ारों प्रजातियां पहले ही विलुप्त हो चुकी हैं। जैसा कि *न्यू यॉर्क टाइम्स* के एक लेख में एक महिला ने कहा, जिसमें शहर में रहने वाले लोग हिरण के मांस और बेरी पर जंगल में जीवित रहना सीख रहे हैं : 'लोग कहते हैं, ''ओह, जब प्रलय आएगी...'' आप किस बारे में बात कर रहे हैं? वह तो आ चुकी है।' दुनिया पहले ही तबाह हो चुकी है। और सभ्यता की स्थिति के बारे में जो सच है, वही आपके जीवन के लिए भी सच है : यह हमेशा से ही ऐसा था कि आप कभी भी एक पूर्ण उपलब्धि या सुरक्षा का जीवन नहीं जी पाएंगे। और आपके चार हज़ार हफ़्ते हमेशा से ही समाप्त हो रहे हैं।

हालांकि, यह एक रहस्योद्घाटन है : जब आप इन सभी को थोड़ा भी आत्मसात करना शुरू करते हैं, तो परिणाम निराशा नहीं, बल्कि प्रेरणा की एक ऊर्जा का संचार होता है। आप देखते हैं कि जिस भयानक घटना के ख़िलाफ़ आपने अपना जीवन अपने मन मस्तिष्क को तनाव देने में बिताया था, क्योंकि यह अनुभव करना बहुत भयावह होगा, पहले ही हो चुका है – और फिर भी आप अभी भी जीवित हैं, कम से कम कुछ समय के लिए। चोड्रन कहती हैं, 'आशा छोड़ना एक पुष्टि है, शुरुआत की शुरुआत है।' आप समझ जाते हैं कि आपको वास्तव में उस पूर्ण सुरक्षा की भावना की कभी आवश्यकता नहीं थी जिसे आप पहले इतनी बेताबी से प्राप्त करना चाहते थे। यह एक मुक्ति है। एक बार जब आपको ख़ुद को यह समझाने की आवश्यकता नहीं है कि दुनिया अनिश्चितता और त्रासदी से भरी नहीं है, तो आप मदद करने के लिए जो कुछ भी कर सकते हैं, उस पर ध्यान केंद्रित करने के लिए स्वतंत्र हैं। और एक बार जब आपको ख़ुद को यह समझाने की आवश्यकता नहीं होगी कि आप वह सब कुछ करेंगे जो करने की आवश्यकता है, तो आप कुछ महत्त्वपूर्ण काम करने पर ध्यान केंद्रित करने के लिए स्वतंत्र हैं।

हालांकि यह कहने का एक और तरीक़ा है कि आशा छोड़ने से आप नहीं मरते, जैसा कि जेन्सेन बताते हैं, कि एक निश्चित अर्थ में यह आपको

मार देता है। यह आपके भय से प्रेरित नियंत्रण-पीछा करने वाले, अहंकार-प्रधान संस्करण को मार देता है - जो इस बात की बहुत परवाह करता है कि दूसरे आपके बारे में क्या सोचते हैं, किसी को निराश नहीं करना या बहुत दूर नहीं जाना, क्योंकि हो सकता है कि बाद में प्रभुत्वसंपन्न लोग आपको इसके लिए दंडित करने का कोई तरीक़ा ढूंढ़ लें। जेनसन लिखते हैं कि आप पाते हैं कि 'सभ्य रूप में आप मर गए। निर्मित, गढ़े हुए, मुहर लगे हुए, ढाले हुए आप मर गए। पीड़ित की मौत हो गई'। और 'आप' के रूप में जो बचा है वह पहले से अधिक जीवित है। और अधिक क्रियाशील होने के लिए पूरी तरह तैयार, लेकिन यह भी अधिक आनंदमय है, क्योंकि पता चलता है कि जब आप वास्तविकता के सामने खुले होते हैं, तो आप सभी अच्छी चीज़ों को भी अधिक पूर्णतया अपनी शर्तों पर स्वीकार करने के लिए खुले होते हैं, उन्हें अच्छे तरीक़े से अपनाते हैं, बजाय उन्हें अपनी आवश्यकता को बढ़ाने के लिए प्रयोग करने की कि सब कुछ अच्छी तरह से हो जाएगा। आप जॉर्ज ऑरवेल की विनोदपूर्ण भावना में जीवन की सराहना करते हैं, 1946 की शुरुआत में युद्ध से व्याकुल लंदन में टहलते हुए, गैस कारख़ाने के विषादपूर्ण छायाओं के ऊपर उड़ते बाज़ों को देखते हुए, और सड़क के किनारे के नालों में मेढकों को नाचते हुए, और बाद में अनुभव के बारे में लिखते हुए : 'वसंत यहां है, यहां लंदन एन 1 में भी, और वे आपको इसका आनंद लेने से नहीं रोक सकते।'

एक सामान्य मानव जीवन काल हास्यास्पद रूप से, भयावह रूप से, अपमानजनक रूप से छोटा है। लेकिन यह निरंतर निराशा का कारण नहीं है, या अपने सीमित समय का अधिकतम लाभ उठाने के बारे में चिंता-भरी घबराहट में जीने का कारण नहीं है। बल्कि यह राहत का कारण है। आपको कुछ ऐसा छोड़ना पड़ता है जो हमेशा असंभव था-एक अनुकूलित, असीम रूप से सक्षम, भावनात्मक रूप से अजेय, पूरी तरह से स्वतंत्र व्यक्ति बनने की खोज जो आपको आधिकारिक रूप से माना जाता है। आपको वह पूरी तरह से स्वतंत्र व्यक्ति से निवृत्त करने का अवसर मिलता है, जिसे आपको आधिकारिक रूप से होना चाहिए। फिर आपको अप्रतिम रूप से संभव कार्य पर काम शुरू करने का मौक़ा मिलता है।

परिशिष्ट : अपनी सीमा को अपनाने के लिए दस उपकरण

इस पुस्तक में, मैंने आपके सीमित समय और उस समय पर आपके सीमित नियंत्रण के बारे में सच्चाई को अपनाने का मामला वर्णित किया है। मैंने इस बात पर ज़ोर दिया है कि आपके सीमित समय और उस पर आपके सीमित नियंत्रण की सच्चाई को अपनाना क्यों ज़रूरी है – सिर्फ़ इसलिए नहीं कि यह सच्चाई है, इसलिए आपको इसका सामना करना चाहिए, बल्कि इसलिए कि ऐसा करना सक्रिय रूप से आपको सशक्त बनाता है। वास्तविकता को पूरी तरह स्वीकार कर आगे बढ़ने से आप उन चीज़ों को अधिकतम रूप से पूरा कर सकते हैं जो वास्तव में महत्त्वपूर्ण हैं, और इसके बारे में अधिक संतुष्ट महसूस कर सकते हैं। यहां पूरे अध्याय में दिए गए सुझावों के अलावा, दैनिक जीवन में इस दर्शन को अपनाने वाली इस सीमा को लागू करने के लिए निम्न दस और तकनीकें हैं।

1. कार्य उत्पादकता के लिए एक 'निश्चित मात्रा' दृष्टिकोण अपनाएं।

चीज़ों को पूरा करने के बारे में बहुत सारी सलाहें स्पष्ट रूप से वादा करती है कि यह आपको हर महत्त्वपूर्ण काम को पूरा करने में मदद करेंगी –लेकिन यह असंभव है, और वहां तक पहुंचने के लिए संघर्ष करना आपको केवल व्यस्त बना देगा। (अध्याय 2 देखें) इस मान्यता से शुरू करना बेहतर है कि कठिन विकल्प अपरिहार्य हैं और उन्हें सचेत रूप से और अच्छी तरह से अपनाने पर ध्यान केंद्रित करें। आपके काम को सीमित करने की कोई भी रणनीति यहां मदद करेगी (पृष्ठ 75) लेकिन शायद सबसे सरल दो कार्य

सूचियों को रखना है, **एक 'खुली' और एक 'बंद'**। खुली सूची में वह सब कुछ है जो आपके काम का है और निस्संदेह यह दुःस्वप्न की तरह लंबी होगी। सौभाग्य से, इसे निपटाना आपका काम नहीं है : इसके बजाय, खुली सूची से कार्यों को बंद सूची में डालें – यानी, एक निश्चित संख्या में प्रविष्टियों वाली सूची, परंतु अधिकतम दस प्रविष्टि। नियम यह है कि जब तक कोई कार्य पूरा नहीं हो जाता, तब तक आप कोई नया कार्य प्रारंभ नहीं कर सकते। (आपको उन कार्यों के लिए तीसरी सूची की भी आवश्यकता हो सकती है जो तब तक 'स्थगित' हैं जब तक कि कोई और कार्य आपके पास वापस नहीं आ जाता।) आप कभी भी खुली सूची के सभी कार्यों को पूरा नहीं कर पाएंगे – लेकिन आप किसी भी मामले में ऐसा नहीं करने वाले थे, और कम से कम इस तरह से आप बहुत सी चीज़ों को पूरा करेंगे जिनकी आप वास्तव में परवाह करते हैं और जो आपके लिए अत्यंत महत्त्व की हैं।

एक पूरक रणनीति यह है कि आप अपने **दैनिक कार्य के लिए पूर्व निर्धारित समय सीमाएं निर्धारित करें।** जहां तक आपकी नौकरी की स्थिति अनुमति देती है, पहले से तय कर लें कि आप काम के लिए कितना समय समर्पित करेंगे – मान लीजिए कि आप सुबह 8.30 बजे काम शुरू करने का संकल्प ले सकते हैं, और शाम 5.30 बजे से पहले काम ख़त्म कर सकते हैं – फिर उन पूर्व निर्धारित सीमाओं के आधार पर समय से संबंधित अन्य सभी निर्णय लें। कैल न्यूपोर्ट, जो अपनी पुस्तक *डीप वर्क* में इस दृष्टिकोण की खोज करते हैं और इस विषय में लिखते हैं कि 'आप किसी भी मनमाने ढंग से अपने किसी भी रचनात्मक कार्य को इन घंटों में पूरा कर सकते हैं।' आप किसी भी मनमाने घंटे को उत्पादक काम के साथ संलग्न कर सकते हैं। लेकिन अगर आपका प्राथमिक लक्ष्य कार्य को 5.30 तक पूरा करने के लिए आवश्यक है, तो आप अपने समय की बाधाओं से अवगत होंगे, और इसे बुद्धिमानी से उपयोग करने के लिए अधिक प्रेरित होंगे।

2. क्रमबद्ध करें, क्रमबद्ध करें, क्रमबद्ध करें।

उसी तर्क का पालन करते हुए, **एक समय में एक बड़ी परियोजना** (या अधिक से अधिक, एक कार्य परियोजना और एक गैर-कार्य परियोजना)

पर ध्यान केंद्रित करें और आगे बढ़ने से पहले इसे पूरा होने तक देखें। बहुत सारी ज़िम्मेदारियों या महत्त्वाकांक्षाओं को एक साथ शुरू करने की चिंता को कम करने की कोशिश करना आकर्षक है, लेकिन आप इस तरह से बहुत कम प्रगति करेंगे; इसके बजाय, जितना संभव हो सके सब कुछ जानबूझकर स्थगित करके, सिवाय एक चीज़ के अपने आप को उस चिंता को धीरे-धीरे *सहने* में बेहतर बनने के लिए प्रशिक्षित करें। जल्द ही, महत्त्वपूर्ण परियोजनाओं को पूरा करने की संतुष्टि चिंता को सार्थक बना देगी-और चूंकि आप उनमें से अधिक से अधिक कार्य समाप्त कर रहे होंगे, इसलिए आपको वैसे भी चिंता करने की आवश्यकता नहीं होगी। स्वाभाविक रूप से, हर चीज़ को स्थगित करना संभव नहीं होगा - आप बिलों का भुगतान करना या ईमेल का जवाब देना बंद नहीं कर सकते, या बच्चों को स्कूल ले जाना - लेकिन यह नज़रिया यह सुनिश्चित करेगा कि आप अपनी मौजूदा बड़ी परियोजनाओं पर काम करते हुए केवल उन कार्यों को स्थगित नहीं करें जो वास्तव में आवश्यक हैं, ना कि वे जिन्हें आप केवल अपनी चिंता को शांत करने के लिए कर रहे हैं।

3. पहले से तय कर लें कि किसमें असफल होना है।

आप अनिवार्य रूप से किसी न किसी चीज़ में कम उपलब्धि हासिल करेंगे, क्योंकि आपका समय और ऊर्जा सीमित हैं। लेकिन **रणनीतिक रूप से कम उपलब्धि** हासिल करने का बड़ा लाभ यह है कि आप उस समय और ऊर्जा को अधिक प्रभावी ढंग से केंद्रित कर पाते हैं और जब आप उन चीज़ों में असफल होंगे, जिनमें असफल होने की आपने पहले से योजना बनाई थी, तो आप निराश भी नहीं होंगे। लेखक जॉन एकफ़ कहते हैं, 'जब आप सब कुछ नहीं कर पाते, तो आपको शर्म महसूस होती है और आप हार मान लेते हैं,' लेकिन जब आप 'पहले से तय कर लेते हैं कि किन चीज़ों में आप असफल होंगे... तो आप शर्म की चुभन को हटा देते हैं।' ख़राब तरीक़े से संवारा गया लॉन या अव्यवस्थित रसोई तब कम परेशान करने वाली होती है, जब आपने पहले से ही 'लॉन की देखभाल' या 'रसोई की साफ़-सफ़ाई' को ऐसे लक्ष्य के रूप में चुन लिया हो जिन पर आप बिलकुल भी ऊर्जा ख़र्च नहीं करेंगे।

जैसे आप अपने प्रोजेक्ट्स को क्रमवार करते हैं, वैसे ही कई चीज़ें होंगी जिन्हें आप **असफल होने के लिए नहीं चुन सकते**, जैसे यदि आपको अपनी जीविका कमानी है, स्वस्थ रहना है, एक अच्छा साथी और माता-पिता बनना है, आदि। लेकिन इन आवश्यक क्षेत्रों में भी, चक्रीय आधार पर विफल होने की गुंजाइश है : अगले दो महीनों के लिए काम पर न्यूनतम करने का लक्ष्य रखना, उदाहरण के लिए, जब आप अपने बच्चों पर ध्यान केंद्रित करते हैं, या जब आप चुनाव प्रचार में ख़ुद को लगाते हैं तो अपने स्वास्थ्य लक्ष्यों को अस्थायी रूप से समाप्त होने दें। फिर अपनी ऊर्जा को उस पर स्विच करें जिसकी आप उपेक्षा कर रहे थे। इस तरह से जीने का मतलब है, 'कार्य-जीवन संतुलन' की उच्च दबाव वाली इच्छा को असंतुलन के एक सचेत रूप से प्रतिस्थापित करना, जो आपके इस विश्वास पर आधारित है कि जिन भूमिकाओं में आप अभी कम प्रदर्शन कर रहे हैं, उन्हें जल्द ही उनके महत्त्व के अनुसार समय देकर पूरा करेंगे।

4. जो आप पहले ही पूरा कर चुके हैं, उस पर ध्यान दें, ना कि केवल उस पर जो पूरा करना बाक़ी है।

चूंकि सब कुछ करने की इच्छा की परिभाषा (पृष्ठ 39-44) द्वारा अंतहीन है, इसलिए निराश और आत्म-आलोचक होना आसान हैः जब तक यह सब समाप्त नहीं हो जाता, तब तक आप अपने बारे में अच्छा महसूस नहीं कर सकते – लेकिन यह कभी ख़त्म नहीं होता है, इसलिए आपको कभी भी अपने बारे में अच्छा महसूस नहीं होता है। इस समस्या का एक हिस्सा यह है कि एक अनुपयोगी धारणा है कि आप हर सुबह एक तरह के 'उत्पादकता ऋण' में शुरू करते हैं, जिसे आपको कड़ी मेहनत से चुकाना पड़ता है, इस उम्मीद में कि आप शाम तक शून्य संतुलन तक पहुंच सकते हैं। एक विपरीत रणनीति के रूप में, एक **'तैयार सूची'** रखें, जो सुबह ख़ाली शुरू होती है, और जिसे आप धीरे-धीरे पूरे दिन में जो कुछ भी हासिल करते हैं उससे भरते हैं। प्रत्येक प्रविष्टि एक और आत्म-प्रेरित याद देती है कि आप दिन भर कुछ भी रचनात्मक नहीं कर सकते थे – और देखिए आपने इसके बजाय क्या किया! (यदि आप गंभीर मनोवैज्ञानिक संकट में हैं, तो उपलब्धि

के रूप में क्या गिना जाए, इसके लिए मानक कम करें : किसी और को यह जानने की आवश्यकता नहीं है कि आपने सूची में 'दांत साफ़ किए' या 'कॉफ़ी बनाई' जोड़ दिया।) फिर भी यह केवल सांत्वना का अभ्यास नहीं है : 'छोटी जीतों' की प्रेरक शक्ति के लिए अच्छे सबूत हैं, इसलिए आपके नाम के इस प्रकार से अपने लघु उपलब्धियों की स्मृतियों का संग्रह करने का संभावित परिणाम है कि आप उनमें और भी अधिक उपलब्धियां हासिल करेंगे, और इसके अलावा कम-महत्त्वपूर्ण उपलब्धियां।

5. अपनी देखभाल को समेकित करें।

सोशल मीडिया आपको ग़लत चीज़ों (पृष्ठ 94-99) के विषय में चिंतित होने में अपना समय बिताने के लिए एक विशाल मशीन है, लेकिन इसी कारण से, यह आपको बहुत सारी चीज़ों की देखभाल करने के लिए एक मशीन भी है, भले ही वे प्रत्येक निर्विवाद रूप से सार्थक हों। इन दिनों हम अत्याचारों और अन्याय की अंतहीन धारा के संपर्क में हैं - जिनमें से प्रत्येक का हमारे समय और हमारे लोककल्याणकारी कार्यों पर वैध रूप से अधिकार हो सकता है, लेकिन कुल मिलाकर यह किसी भी एक इंसान के लिए प्रभावी रूप से ध्यान देने से कहीं अधिक है। (इससे भी बदतर, ध्यान अर्थशास्त्र का तर्क प्रचारकों को किसी भी संकट को विशिष्ट रूप से तत्काल के रूप में प्रस्तुत करने के लिए बाध्य करता है। कोई भी आधुनिक धन उगाहने वाला संगठन अपने उद्देश्य को दिन के चौथे या पांचवें सबसे महत्त्वपूर्ण कार्य के रूप में वर्णित करने का सपना नहीं देखेगा।)

एक बार जब आप यहां काम करने वाले तंत्र को समझ लेते हैं, तो **दान, सक्रियता और राजनीति में अपनी लड़ाई को जानबूझकर चुनना** आसान हो जाता है: यह तय करने के लिए कि आपका ख़ाली समय, अगले कुछ वर्षों के लिए, जेल सुधार के लिए पैरवी करने और स्थानीय खाद्य भंडार में मदद करने में ख़र्च किया जाएगा। इसलिए नहीं कि अमेज़ॉन में आग लगना या शरणार्थियों का भाग्य मायने नहीं रखता है, बल्कि इसलिए कि आप समझते हैं कि एक अंतर पैदा करने के लिए, आपको देखभाल के लिए अपनी सीमित क्षमता पर ध्यान केंद्रित करना चाहिए।

6. उबाऊ और एकल-उद्देश्य वाली तकनीक को अपनाएं।

डिजिटल विचलन इतने आकर्षक होते हैं, क्योंकि वे एक ऐसे क्षेत्र में भागने का अवसर प्रदान करती हैं जहां दर्दनाक मानवीय सीमाएं लागू नहीं होती हैं : आपको कभी भी अपने काम करने की स्वतंत्रता में ऊब या विवश महसूस करने की आवश्यकता नहीं होती, जो कि महत्त्वपूर्ण कामों के मामले में नहीं होता है (पृष्ठ 105-109)। आप अपने उपकरणों को यथासंभव उबाऊ बनाकर इस समस्या का मुक़ाबला कर सकते हैं-पहले सोशल मीडिया ऐप्स को हटाकर, यहां तक कि यदि आप हिम्मत करते हैं तो ईमेल करके और **फिर स्क्रीन को रंग से ग्रेस्केल में बदलकर।** (लिखने के समय, आईफ़ोन पर, यह विकल्प सेटिंग्स > एक्सेसिबिलिटी > एक्सेसिबिलिटी > शॉर्टकट > कलर फ़िल्टर के तहत किया जा सकता है। ''प्रौद्योगिकी पत्रकार नेल्ली बाउल्स *न्यू यॉर्क टाइम्स* में लिखते हैं कि ''ग्रेस्केल में जाने के बाद, मैं अचानक एक अलग व्यक्ति नहीं बन गया हूं, लेकिन मैं अपने फ़ोन पर अधिक नियंत्रण महसूस करता हूं, जो अब एक खिलौने के बजाय एक उपकरण की तरह दिखता है''। इस बीच, जहां तक संभव हो, केवल **एक उद्देश्य वाले उपकरणों का चयन करें,** जैसे कि किंडल ई-रीडर, जिस पर पढ़ने के अलावा कुछ भी करना थकाऊ और असुविधाजनक है। यदि स्ट्रीमिंग संगीत और सोशल मीडिया केवल एक क्लिक या स्वाइप दूर हैं, तो जब आप जिस गतिविधि पर ध्यान केंद्रित करने का प्रयास कर रहे हैं, उसमें ऊब या कठिनाई का अनुभव होता है तब उनका विरोध करना असंभव साबित होगा।

7. नीरसता में नवीनता की तलाश करें।

ऐसा लगता है कि एक तरीक़ा हो सकता है जिससे हम समय के उस निराशाजनक तरीक़े को कम कर सकते हैं, या यहां तक कि उलट सकते हैं, जिसमें उम्र बढ़ने के साथ समय तेज़ी से गुज़रता हुआ प्रतीत होता है, ताकि हमारे पास जितने कम हफ्ते बचते हैं, हम उन्हें उतनी ही तेज़ी से खोते हुए महसूस करते हैं (पृष्ठ 7)। इस घटना के लिए सबसे संभावित व्याख्या

यह है कि हमारा मस्तिष्क वर्षों के बीतने को इस आधार पर कोडित करता है कि हम किसी निश्चित अंतराल में कितनी जानकारी संसाधित करते हैं। बचपन में बहुत सारे नए अनुभव शामिल होते हैं, इसलिए हम इसे हमेशा के लिए बने रहने के रूप में याद करते हैं; लेकिन जैसे-जैसे हम बड़े होते जाते हैं, जीवन नियमित हो जाता है - हम निवास के उन्हीं कुछ स्थानों से चिपके रहते हैं, वही कुछ रिश्ते और नौकरियां-और नयापन ख़त्म हो जाता है। विलियम जेम्स ने लिखा है, जैसे-जैसे प्रत्येक बीतता वर्ष ... अनुभव को स्वचालित दिनचर्या में बदलता जाता है, वैसे-वैसे दिन और सप्ताह स्मृतियों में सिमटकर विषयहीन इकाइयों में बदल जाते हैं, और वर्ष खोखले होकर ढह जाते हैं।

इससे निपटने के लिए मानक सलाह यह है कि अपने जीवन को नए अनुभवों से भर दें, और यह कारगर भी है। लेकिन इससे एक और समस्या और भी बदतर हो सकती है, 'अस्तित्वगत अतिरेक' (पृष्ठ 44-47)। इसके अलावा, यह अव्यावहारिक है : यदि आपके पास नौकरी या बच्चे हैं, तो जीवन का अधिकांश हिस्सा आवश्यक रूप से कुछ नियमित होगा, और विदेशी यात्रा के अवसर सीमित हो सकते हैं। शिनजेन यंग बताते हैं कि एक विकल्प यह है कि **हर पल पर अधिक ध्यान दिया जाए, चाहे वह कितना भी नीरस क्यों ना हो** : कोई मौलिक रूप से अलग-अलग काम करके नहीं, बल्कि पहले से मौजूद जीवन में अधिक गहराई से उतरकर नवीनता प्राप्त करने का प्रयास करना चाहिए। जीवन को सामान्य से दोगुनी तीव्रता के साथ अनुभव करें, और 'आपके जीवन का अनुभव वर्तमान से दोगुना हो जाएगा' - और जीवन की कोई भी अवधि दोगुनी अवधि तक चलने के रूप में याद की जाएगी। ध्यान यहां मदद करता है। लेकिन यह देखने के लिए कि वे आपको कहां ले जाते हैं, अनियोजित सैर पर जाना, काम पर जाने के लिए एक अलग मार्ग का उपयोग करना, फ़ोटोग्राफ़ी करना या पक्षी देखना या प्रकृति चित्र बनाना या एक पत्रिका रखना, एक बच्चे के साथ आई स्पाई खेलना : कुछ भी जो आपका ध्यान पूरी तरह से आकर्षित करता है कि आप वर्तमान में क्या कर रहे हैं।

8. संबंधों में एक 'शोधकर्ता' बनें।

समय के प्रबंधन पर पूरी तरह से नियंत्रण महसूस करने की इच्छा रिश्तों में कई समस्याओं का कारण बनती है। यह केवल स्पष्ट रूप से 'नियंत्रित' व्यवहार में ही नहीं बल्कि प्रतिबद्धता के डर, सुनने में असमर्थता, ऊब और अपने समय पर इतनी अधिक व्यक्तिगत संप्रभुता की इच्छा में प्रकट होती है कि आप सामूहिकता के समृद्ध अनुभवों से वंचित रह जाते हैं (अध्याय 12)। प्रारंभिक शिक्षा विशेषज्ञ टॉम हॉब्सन ने एक उपयोगी दृष्टिकोण प्रस्तुत किया है जो आपकी समस्या को कम करने में मदद कर सकता है। जैसा कि वे बताते हैं, इसका मूल्य केवल छोटे बच्चों के साथ बातचीत तक सीमित नहीं है : जब आपको किसी चुनौतीपूर्ण या उबाऊ क्षण का सामना करना पड़े, तो जानबूझकर जिज्ञासा का दृष्टिकोण अपनाने का प्रयास करें जिसमें आपका लक्ष्य किसी विशेष परिणाम को प्राप्त करना या अपनी स्थिति को सफलतापूर्वक समझाना नहीं होता, बल्कि, जैसा कि हॉब्सन कहते हैं, यह पता लगाना कि हम जिस इंसान के साथ हैं, वह कौन है। जिज्ञासा एक ऐसा दृष्टिकोण है जो दूसरों के साथ जीवन की अंतर्निहित अप्रत्याशितता के लिए अच्छी तरह से अनुकूल है, क्योंकि यह आपके पसंद या नापसंद के तरीक़ों से उनके व्यवहार से संतुष्ट हो सकता है। जबकि एक निश्चित परिणाम की मांग करने वाला दृष्टिकोण हर बार तब निराशा उत्पन्न करता है, जब चीज़ें आपकी इच्छानुसार नहीं होती हैं।

वास्तव में, आप इस दृष्टिकोण को हर चीज़ के प्रति अपनाने की कोशिश कर सकते हैं, जैसा कि आत्म-सहायता लेखिका सुसान जेफ़र्स अपनी पुस्तक *''एंब्रेसिंग अनसर्टेन्टी''* में सुझाव देती हैं। यह नहीं जानना कि आगे क्या आने वाला है – जो कि भविष्य के संदर्भ में आपकी हमेशा की स्थिति है – जिज्ञासा (यह जानने की उत्सुकता कि आगे क्या हो सकता है) को चिंता (उम्मीद करना कि कोई विशेष चीज़ होगी, और डरना कि वह नहीं होगी) पर चुनने का एक आदर्श अवसर प्रस्तुत करता है।

9. तात्कालिक उदारता को विकसित करें।

मैं अभी भी ध्यान शिक्षक जोसेफ़ गोल्डस्टीन द्वारा प्रस्तावित (और अभ्यास किए गए) आदत पर काम कर रहा हूं : जब भी आपके मन में उदारता का कोई भाव उठे – पैसा देने के लिए, किसी मित्र का हाल-चाल पूछने के लिए, किसी के काम की प्रशंसा वाला ईमेल भेजने के लिए – बजाय इसे बाद तक टालने के **उस भावना पर तुरंत कार्य करें।** जब हम ऐसी प्रवृत्तियों पर कार्य करने में असफल होते हैं, तो यह शायद ही कभी दुर्भावनापूर्ण होता है, या इसलिए कि हम यह सोचते हैं कि संभावित प्राप्तकर्ता इसके योग्य है या नहीं। अधिकतर, यह हमारे समय पर नियंत्रण रखने के प्रयासों से उत्पन्न होने वाले किसी रवैये के कारण होता है। हम ख़ुद से कहते हैं कि हम इसे तब करेंगे, जब हमारा जरूरी काम ख़त्म हो जाएगा, या जब हमारे पास इसे अच्छे से करने के लिए पर्याप्त ख़ाली समय होगा; या यह कि हमें अपने दान के लिए सर्वश्रेष्ठ प्राप्तकर्ताओं पर थोड़ा और शोध करने में समय बिताना चाहिए, इससे पहले कि हम कोई क़दम उठाएं, आदि। लेकिन केवल वही दान मायने रखते हैं जो आप वास्तव में करते हैं। और जबकि आपका सहकर्मी जल्दबाजी में लिखे गए प्रशंसा संदेश की तुलना में अच्छे शब्दों में लिखे गए प्रशंसा संदेश को अधिक पसंद कर सकता है, लेकिन जल्दबाजी में लिखा गया प्रशंसा संदेश, उस बात से कहीं बेहतर है जो वास्तव में तब होने की सबसे अधिक संभावना है, जब आप उसे टालते हैं, यानी आप वह संदेश कभी नहीं भेज पाएंगे। इन सबमें कुछ आरंभिक प्रयास की आवश्यकता होती है, लेकिन जैसा कि गोल्डस्टीन ने कहा है, अधिक स्वार्थी कार्य का प्रतिफल तत्काल मिलता है, क्योंकि उदार कार्य निश्चित रूप से आपको अधिक प्रसन्नता का अनुभव कराता है।

10. कुछ भी नहीं करने का अभ्यास करें।

ब्लेज़ पास्कल ने लिखा है कि 'मैंने पाया है कि पुरुषों की सारी नाख़ुशी एक ही तथ्य से उत्पन्न होती है, कि वे अपने कमरे में चुपचाप नहीं रह सकते।' जब आपके चार हज़ार सप्ताहों का सही उपयोग करने की चुनौती की बात आती है, तो कुछ नहीं करने की क्षमता अपरिहार्य है, क्योंकि यदि आप

कार्य *ना* करने की असुविधा को सहन नहीं कर सकते, तो आपके द्वारा अपने समय के साथ ग़लत चुनाव करने की संभावना अधिक होती है, बस ऐसा महसूस करने के लिए कि आप कार्य कर रहे हैं-ऐसे विकल्प जैसे कि उन गतिविधियों को जल्दी करने का तनावपूर्ण प्रयास करना जिन्हें जल्दी नहीं किया जा सकता (अध्याय 10) या यह महसूस करना कि आपको भविष्य के लक्ष्यों की सेवा में रचनात्मक होने के लिए हर पल बिताना चाहिए, जिससे कार्य पूर्ति उस समय तक स्थगित हो जाती है, जो कभी नहीं आता (अध्याय 8)।

तकनीकी रूप से, कुछ भी नहीं करना असंभव है : जब तक आप जीवित हैं, आप हमेशा सांस ले रहे हैं, कुछ शारीरिक मुद्रा अपना रहे हैं, आदि। इसलिए अपने आप को 'कुछ नहीं करने' के लिए प्रशिक्षित करने का मतलब वास्तव में अपने अनुभव या अपने आस-पास की दुनिया के लोगों और चीज़ों में हेर-फेर करने के आग्रह का विरोध करने के लिए ख़ुद को प्रशिक्षित करना है - चीज़ों को वैसा ही रहने देना जैसा वे हैं। शिनजेन यंग **'डू नथिंग' ध्यान** सिखाता है, जिसके लिए निर्देश केवल एक टाइमर सेट करने के लिए हैं, शायद पहले केवल पांच या दस मिनट के लिए; एक कुर्सी पर बैठें; और फिर कुछ भी करने की कोशिश करना बंद कर दें। हर बार जब आप देखते हैं कि आप कुछ कर रहे हैं - जिसमें सोचना, या अपनी सांस लेने पर ध्यान केंद्रित करना, या कुछ और शामिल है-तो ऐसा करना बंद कर दें। (यदि आप देखते हैं कि आप चीज़ों को करने के लिए आंतरिक रूप से ख़ुद की आलोचना कर रहे हैं, तो ठीक है, यह भी एक विचार है, इसलिए ऐसा करना बंद करें।) टाइमर बंद होने तक रुकते रहें। लेखक और कलाकार जेनी ओडेल टिप्पणी करते हैं, 'कुछ भी नहीं करने से कठिन कुछ भी नहीं है।' लेकिन इसमें बेहतर होने के लिए आपको अपनी स्वायत्तता को पुनः प्राप्त करना होगा - यहां और अभी की वास्तविकता से बचने के प्रयास से प्रेरित होना बंद करना होगा, शांत होना होगा, और अपने जीवन के संक्षिप्त हिस्से में बेहतर विकल्प चुनना होगा।

आभार

इस पुस्तक को लिखने में समय लगा। मैं उन सभी लोगों का बहुत आभारी हूं जिन्होंने इसे लिखने का मुझे अवसर दिया और जिन्होंने इस दौरान इसे कई अमूल्य तरीक़ों से अपना स्वरूप दिया और मैं उन सभी दोस्तों को माफ़ करता हूं जिन्होंने यह उपहास करना उचित समझा कि समय की सीमितता पर लिखी गई पुस्तक ने इतना अधिक समय ले लिया। (और यह पहले कुछ अवसरों पर हास्यास्पद था भी...)

यह कार्य योजना असाधारण एजेंट टीना बेनेट, के बिना कभी पूरी नहीं हो पाती, जिन्हें मैं उनके विशेषज्ञ मार्गदर्शन और अटूट समर्थन के लिए और इस पुस्तक में निहित कई अंतर्दृष्टियों के लिए धन्यवाद देता हूं। अंत में क्लेयर कॉनराड की भागीदारी भी इसी तरह महत्त्वपूर्ण साबित हुई। मुझे डब्ल्यू. एम. ई. में ट्रेसी फ़िशर के साथ लंदन में उनकी सहयोगी मटिल्डा फ़ोर्ब्स वाटसन के साथ काम करने का सौभाग्य भी मिला। एफ़एसजी के कई लोगों में से जिनके प्रति मैं आभारी हूं, विशेष रूप से यहां अपने संपादक एरिक चिन्स्की का उल्लेख करना चाहूंगा, जिन्होंने (असीम धैर्य दिखाने के अलावा) पाठ में काफ़ी सुधार किया और मुझे अपने विचारों पर अधिक स्पष्ट होने के लिए प्रेरित किया; और जटिल संपादन के बाद के चरणों को अपनी विशेषज्ञता से संभालने के लिए जूलिया रिंगो को भी धन्यवाद देना चाहता हूं। लोतशेन शिवर्स और प्रचार विभाग में उनके सहयोगियों और जूडी किवियट, मौरीन क्लियर, क्रिस्टीन पाइक और क्रिस पीटरसन को भी बहुत-बहुत धन्यवाद। द बोडले हेड में स्टुअर्ट विलियम्स ने अपरिहार्य संपादकीय टिप्पणियां दीं; मैं उनके सहयोगियों ऐडन ओ 'नील और सोफ़ी पेंटर' का भी बहुत आभारी हूं। इस बात के लिए मैं और भी अधिक आभारी

हूं कि स्कूल और कार्यालय कोरोना वायरस महामारी के कारण बंद होने के बावजूद इस पर इतना समय और ध्यान केंद्रित किया गया।

मैंने यहां चर्चा किए गए कई विषयों का सबसे पहले अन्य स्थानों पर अन्वेषण किया, जहां मैंने प्रतिभाशाली लोगों के साथ काम किया, जिनमें मेलिसा डेन्स, पॉल लैती, रूथ लेवी, जोनाथन शाइनिन और डेविड वुल्फ़ द *गार्जियन* में; ज़ैन बोग *न्यू फ़िलॉसफ़र* में; और पीटर मैकमैनस बीबीसी में शामिल हैं। लीला सेसिल, जॉन क्रॉप, रॉबिन परमिटर और रशेल शरमन के साथ बातचीत और उन विचारों को एक पुस्तक के रूप में आकार देने के लिए महत्त्वपूर्ण थी। निम्नलिखित लोगों ने भी मेरे शोध के दौरान उदारतापूर्वक अपने ज्ञान का योगदान दिया : जेसिका एबेल, जिम बेन्सन, स्टेफ़नी ब्राउन, कार्ल सेडरस्ट्रोम, जेम्स होलिस, डेरिक जेन्सेन, स्वर्गीय रॉबर्ट लेविन, ज्योफ़ लाइ, मारिया मार्टिनन-टॉरेस, जेनिफ़र रॉबर्ट्स, डेरेक सिवर्स, माइकल टाफ़्ट, एंटीना वॉन श्रिट्ज़लर, रेबेका रैग साइक्स और शिनजेन यंग। एश्ले टटल ने एक महत्त्वपूर्ण समय में काम करने के लिए एक शानदार स्थान प्रदान किया, और मैं भाग्यशाली रहा कि इस किताब के बाक़ी हिस्से का अधिकांश हिस्सा ब्रुकलिन क्रिएटिव लीग में लिखा, जहां नील कार्लसन और एरिन कार्नी ने एक उत्साही और सहायक समुदाय स्थापित किया है। मैं केनेथ फ़ोक और मैक्ससन मैकडॉवेल की मित्रता और बातचीत के लिए भी बहुत आभारी हूं।

इस पुस्तक को लिखते समय मैंने एक समय की सीमा पार कर ली है : अब मैं एम्मा ब्रॉक्स को अपने जीवन के उस समय से अधिक समय से जानता हूं, जितना पहले नहीं जानता था। मैं इस बात से बहुत ख़ुश हूं, और इस बात से भी कि हमारे बच्चे अब दोस्त हैं। उसके साथ कई बातचीत, जिनमें से कुछ में उसने मुझे रूपक के उदाहरण से समझाना भी शामिल था जो इस किताब में शामिल हैं। मेरे माता-पिता, स्टीवन बर्कमैन और जेन गिबिंस; यॉर्क के मेरे दोस्त; मेरी बहन, हन्ना, एल्टन, लैला और एथन के साथ; जेरेमी, जूलिया और मारी; मेरोप मिल्स; जून चैप्लिन; और क्रॉफ़र्ड-मॉन्टैंडन परिवार को भी धन्यवाद।

चंद वाक्य मेरे जीवन में हीथर चैपलिन की भूमिका के साथ न्याय नहीं कर पाएंगे, लेकिन फिर भी मैं यहां यह कहना चाहूंगा कि मैं उनके

प्यार, साझेदारी, हास्य और ईमानदारी के लिए और इस पुस्तक के लिए किए गए उनके अनेक त्यागों के लिए अत्यंत आभारी हूं। यहां यह कहना एक ग़लत उल्लेख होगा कि हमारा बेटा, रोवन, इस पर काम शुरू होने के कुछ ही समय बाद आया। (आइए इसे इस तरह से कहें) कि इस प्रगति ने पुस्तक को पूरा करने की दिशा में गति देने में मदद की, लेकिन उन्हें जानने का परिवर्तनकारी अनुभव निश्चित रूप से इन पृष्ठों में परिलक्षित होता है। आप दोनों को असीम प्यार।

मेरी प्यारी दादी एरिका बुर्केमैन, जिनके बचपन में नाजी जर्मनी से प्रस्थान का वर्णन मैंने अध्याय 7 में किया है, का 2019 में छियानवे वर्ष की आयु में निधन हो गया। मुझे नहीं पता कि उन्होंने यह पुस्तक पढ़ी होगी या नहीं, लेकिन उन्होंने निश्चित रूप से उन सभी को बताया होगा, जिनसे वह मिली थीं कि मैंने इसे लिखा था।